黃兆漢著

金元詞史

臺灣學生書局印行

羅忼烈教授序

在詞學研究中，學者大都專注兩宋，其次是唐五代，對金元詞比較冷淡，這是有其原因的。首先，以詞話形式出現的歷代詞評，很少涉及金元作家，如果我們看看《歷代詩餘》卷一一九的金元詞話，或者唐圭璋的《詞話叢編》，提到金元詞人作品的，不是詞本事就是移錄一二首詞來證明某人會作好詞。像張炎那樣評論元好問《邁陂塘》雙蓮和雁邱詞的（見《詞源·雜論》），却是少見得很。只敍述本事或移錄詞篇，根本和詞學批評拉不上關係，所以我們在研究這個課題時，因爲詞評資料貧乏，無以參稽互證，這是一個難題。

其次是金元詞文獻在唐圭璋的《全金元詞》出版前，資料並不完備。元好問的《中州樂府》，只收吳激、蔡松年等三十六人，詞一二四首；元人周南瑞的《天下同文集》，其中詞的部份只有盧摯等七人，詞二十五首，更是少得可憐。到了清初朱彝尊的《詞綜》，收金詞二十七人、作品六十二首，元詞九十四人，作品二一七首，規模大得多了。但是這種總集是詞選一類，不能代表個別作家的全貌。別集雖然可窺全豹，但如明末毛晉的汲古閣《宋金詞七種》，其中只有金人段成己《菊軒樂府》一種而已。晚清王鵬運的《四印齋所刻詞》中，也只收了元代劉秉忠和劉因等七家，可知金元詞別集十分難得，沒有別集傳世的就不用說了。清末民初，朱祖謀輯刊《彊邨叢書》，收金詞元好問等五家，元詞王惲等五十家（其中《益齋長短句》作者李齊賢是高麗人），可謂洋洋大觀了，然而此叢書只收善本，否則縱使通行也不接受。例如全眞教詞人王喆、譚處端、馬鈺等都有詞集，而《彊邨叢書》僅收邱處機的《磻溪詞》一卷，也不是包舉無遺的。再說，一九七九年中華書局出版的《全金元詞》，雖然鎔總集別集於一爐，並且索隱鉤沈不遺餘力，畢竟也不能「毫髮無遺憾」，我曾在《永樂大典》、《詩淵》及明代方志中，發現譚處端、耶律鑄等八人之詞共十八首，是《全金元詞》失收的（見《詞學雜俎·全金元詞補輯》、一九九〇年巴蜀書社出版）。

說了一大堆，似乎無關痛癢，不過我想藉此指出一點，就是要撰寫金元詞史，先決條件是仔細通讀所有的現存的金元詞，並搜集一切有關材料。還有的是作者的斷代問題，例如元好問，《金史》有傳，而顧嗣立《元詩選》却作元人看待，許多有關他的文書，或作金人，或作元人，莫衷一是。還有的是文學體裁的問題，例如《人月圓》、《太常引》、《風入松》等，既是詞牌，又是曲牌，格律完全一樣，所以同是一人之作，既見於唐圭璋《全金元詞》，又見於隋樹森《全元散曲》。應該如何斷代、分體，也是要解決的問題。

自從近代學者劉毓盤的《詞史》、吳梅的《詞學通論》流行後，不少同類的專著相繼出現，內容日益豐富，體例日益嚴密，這是可喜的現象。斷代式的詞史雖然極少，也有人作了唐五代詞史和宋詞史，甚至清詞史兩年前也出現了，但金元兩代的詞史也許因爲需要解決的問題較多，所以迄今未見出現。兆漢這本《金元詞史》首開先路，是難能可貴的，至於出版後學術界如何評價，那是另一回事了。

這本《金元詞史》，是兆漢在香港大學中文系時的碩士論文，距今已經二十三年了。現在雖有刪訂，基本上差異不大。作者當年只有二十幾歲，但在學術修養方面却特別早熟，所以面對着這個牽涉頗廣的課題，能夠應付裕如。記得他的論文完成後，我推薦鄭騫先生擔任校外評審，鄭先生給予很高的評價。

作者寫《金元詞史》的時候，唐圭璋先生的《全金元詞》尚未出版，除了上文提到的金元詞總集和別集外，還得花很多工夫去發掘有關的文獻，而收穫最豐的是道教詞。這種作品文藝價値不高，所以在歷代詞話和詞選中難得一見，但宗教意義很大，數量亦多，是金元詞的重要成份。大概他因而與道教思想結下香火緣，後來到澳洲國立大學從柳存仁先生攻讀博士，就以道教人物爲研究的主題。近年又發表了許多關於道教的論文，出版了幾本關於道教的專書，可以說，他在研究金元詞當中，已經潛伏着擴大治學範圍的動機了。

羅忼烈　一九九二年八月

自　序

這本《詞史》是根據我一九六九年向香港大學遞交的碩士論文《金元詞通論》刪削改寫而成的。也許可以這麼說，沒有《通論》就沒有這本《詞史》。原來的《通論》字數很多，有五十萬字，現在的《詞史》只有二十萬字左右，不到《通論》的一半，可見刪去的實在不少！不過，重要的部分已經保存，其他枝節的或從詞史的角度去看意義不大的部分雖然刪去，也不值得太可惜了。

一直以來，刊印我的碩士論文是我的宿願，可是，因爲篇幅太大，出版商都不願意出版。香港的出版商不用說了，就算臺灣方面的亦聞之却步。十年前（一九八二年）我曾經寫過一封信給已故的鄭騫教授，希望他爲我的論文向臺灣出版界大力推薦。他回信說：「目前排印工資昂貴，古典文學書籍購者不多，此間各出版商均不願印行四、五十萬字之長篇著作。」故向我提議「自行刪減至三十萬字以內，始易印行」。我對他的提議表示感激，只是當時我還未有「刪減」的意念，大概是由於「敝帚自珍」的心理。如是者一拖就拖了十年。

鄭騫教授是我碩士論文的校外審查委員，我一向視他爲我老師，我之所以寫信給他是有點學生有難而向老師求助的心態的。我有膽量向鄭教授求助是因爲他對我的論文有充滿鼓勵性的批評，他說：「金元兩代詞爲中國詞史上相當重要之一環，而向來爲文學史作者所忽略，但聞散論，未見成書。黃君論文，於此兩代詞家網羅無遺，無論個人風格與時代意義，地理分佈與社會背景，皆有頗爲精闢之批評，與詳盡之敍述。」如今面對鄭教授的手蹟，重讀他的評語，而鄭教授已於去年歸道山，眞令人唏噓慨歎！

二十多年前（一九六七年）當我在香港大學隨饒宗頤和羅忼烈兩位教授研究金元詞的時候，這範圍的研究可算是一片空白，散篇的論文都不曾多見，更遑論專書了。自一九六七年七月註册爲碩士研究生後，我每天以十小時以上的時間去搜集資料和研讀金元詞人的作品。當時唐圭璋先生編的《全金元詞》還沒有出版（一九七九年始出版），我惟有依靠《九金人集》、《四印齋所刻詞》、《彊村叢書》……一類的詞集。但這些詞籍當時是很難買得到的，向圖書館借用又有期限，所以只好向羅老師長期借閱他珍藏的《彊村叢書》（線裝本）。這一點，我對羅老師至今仍然非常感激。終於，在兩位老師不斷的鼓勵和鞭策下，兩年之內我寫完了五十萬字的碩士論文，亦拿到了碩士學位。我相信——至今仍然相信，全面地、有系統地研究金元詞而寫成專書的自我開始。

本來，我修讀碩士學位初時，是打算研究宋末元初的詞人的，後來得到饒老師的提議和鼓勵，我決意研究金元兩代詞，主要原因是這個學術研究領域還有待開墾。可惜過了一年，饒老師移席星大，幸而我可以轉到羅老師的門下，得到羅老師悉心指導，論文纔可以順利完成。於此，特向兩位老師致萬二分謝意。

如今詞學大爲盛行，海峽兩岸出版詞學的書籍漸多，但至今仍未見有「金元詞史」的專著面世。有鑒於此，立下決心，拈出舊文，重新組織，刪減修訂，以成此書，相信它的出版對於詞學研究，尤其是詞史研究或會有點幫助，至少對於有興趣認識金元兩代詞的人提供一點知識或一個門徑。

此書之能夠順利出版，全賴臺灣學生書局之鼎力支持與合作；同時，又得羅老師撥冗撰寫序文，使拙著生色不少，於此一併致謝。最後，還要感謝的是內子曾影靖女士，她在過往的日子裏曾經多次提醒我設法把我的碩士論文盡快出版。沒有她的提醒，此書的出版可能至今還未成爲事實。

黃兆漢

序於港大中文系，一九九二年八月

金元詞史目錄

第二編　金詞

第三編　元　詞

第四編　道釋、婦女與外國華化詞人

第一編　總論

第一章　金元詞在詞史上之地位

焦循《易餘籥錄》說：「夫一代有一代之所勝，舍其所勝，以就其所不勝，皆寄人籬下者耳。余嘗欲自楚騷以下至明八股撰爲一集，漢則專取其賦，魏晉六朝至隋則專錄其五言詩，唐則專錄其律詩，宋專錄其詞，元專錄其曲，明專錄其八股，一代還其一代之所勝，然而未暇也。」❶王國維〈宋元戲曲考．序〉又說：「凡一代有一代之文學：楚之騷，漢之賦，六代之駢語，唐之詩，宋之詞，元之曲，皆所謂一代之文學，而後世莫能繼焉者也。」❷如此看來，元的代表文學是曲而不是詞。元詞在文學史上是沒有地位的。那麼，我們又何必去研究它呢？元詞的質和量雖然比不上宋詞，在文學史上亦比不上宋詞的地位重要，但在整個詞史上却有它的特殊地位，在整個文學史上亦有它的適當位置，我們萬不能因爲它不是「一代之勝」，不能和宋詞媲美便把它忽視，把它擱置起來的。大凡一種文學，不論是盛是衰，在其本身的發展史

---

❶ 焦循《易餘籥錄》，見《水犀軒叢書》，淸光緒十一（一八八五）年刊本，第二十六冊，卷十五，頁二。
❷ 王國維《宋元戲曲考》，見《王國維戲曲論文集》，一九五七年十一月，北京中國戲劇出版社出版，頁三。

上都有它的不可或缺的地位，可是後人却往往不注意這一點，而只着眼於它的興盛階段而漠視它的衰退的時期，甚至更有不遺餘力的攻擊它的末流，以至衰退的更加衰退，末流的更成爲末流。這點站在學術研究的立場上講，是說不通的。我認爲某一種文學的興盛時期固然要大書特書，而它的衰落時期亦需要大力表彰，否則只會令到後者永不受人注意，更會掩蔽了它應有的光彩。元詞自有它的光彩處，我們是應該使到它從荒煙蔓草之中閃耀出來的。至於金詞，在文學發展史上，是與南宋詞並駕齊驅的，位置之重要自然不在南宋詞之下。雖說金代的文學應以諸宮調爲代表，但金詞無論在風格上、內容上都有它的獨特的成就，而是宋詞所無的，所以斷不能以南宋詞去概括金詞，實際上南宋詞與金詞所走的路線是有點不同的。

《白雨齋詞話》說：「詞興於唐，盛於宋，衰於元，亡於明。」❸這不僅握要的道出詞由興盛至衰亡的歷史，更說明詞至元代只是到了衰落的階段而並沒有達到亡滅的地步。這無形中說元詞仍有可稱述的地方，只不過比不上宋詞罷了。

自李白〈憶秦娥〉、〈菩薩蠻〉等作之後（一說無名氏之作而非太白之作），詞作始盛，其後唐代作者如張志和、韋應物、戴叔倫、王建、白居易、劉禹錫、皇甫嵩（一作松）等並有述造，而以溫庭筠爲最高。其詞全祖風騷，沉鬱纏綿，不僅瑰麗見長而已。及至五代，君唱於上，臣和於下，詞風大振，風會所趨，朝野一致，雖在賢人，亦不能免。《花間集》所錄十八人中，飛卿之外，首推韋莊。端己之詞，一變飛卿面目，於綺羅香澤之中，別具疏爽之致。周濟云：「詞有高下之別，有輕重之別。飛卿下語鎭紙，端己揭響入雲，可謂極兩者之能事。」❹是爲的論。世亦以溫、韋並稱，以其難於軒輊也。《花間》之外，以李璟、李煜、馮延巳三人最爲出色。中主以卓絕的詞筆，一掃《花間》之華艷，委婉哀怨，表露出他的特殊境遇和沒落遲暮之情。後主初期寄情聲色，筆意馨逸；後期沉痛哀傷，自寫襟抱，不事寄託，然後詞之境界始大，感慨遂深，遂變伶工之詞而爲士大夫之詞。正中之詞清新秀美，表情深細，影響北宋諸家，實較《花間》爲大。正如王國維說：「正中詞雖不失五代風格，而堂廡特大，開北宋一代風氣。」❺

到了宋代，詞家輩出，遂爲詞的最盛時期。大抵北宋初期作者，如晏殊、晏幾道、歐陽修、張先等人，不過爲花間派與馮延巳的嗣響和終結。他們的作品，最足反映士大夫階級雍容歎唱的生活。及柳永出，以長調的形式與鋪敍的手法，將當日都會的繁榮與歡樂加以深刻的表現。他脫盡了《花間》以來所習用的塡詞術語、腔調及內容。他從五代以來「詩客曲子詞」的登峰造極時代，轉向民衆化與音樂化的「里巷之曲」的路線上。他用忠實的通俗的自然的描寫，代替了浮誇的典雅的雕琢的刻劃。他的作品，普遍到上入宮廷，下入田舍，當代的詞人，也無不或多或少受到他的影響。自他以後，長調成爲流行的詞體，而土語方言和鋪敍的寫法，詞人都普遍地使用了。夏敬觀曰：「耆卿詞，當分雅、俚二類。雅詞用六朝小品文賦作法，層層鋪敍，情景兼融，一筆到底，始終不懈。俚詞襲五代淫詖之風氣，開金、元曲子之先聲，比於里巷歌謠，亦復自成一格。」❻又曰：「耆卿寫景無不工，造句不事雕琢。清眞效之。故學清眞詞者，

---

❸ 陳廷焯《白雨齋詞話》，見唐圭璋《詞話叢編》，第十一冊，民國五十六年五月，北京廣文書局出版，總頁三七九九，卷一，頁一。

❹ 周濟《介存齋論詞雜著》，見《譚評詞辨》附錄，民國五十一年十一月，臺北廣文書局出版，頁一。

❺ 王國維《人間詞話》，見《詞話叢編》，第十二冊，總頁四二四六，卷上，頁二。參❸。

❻ 見龍榆生《唐宋名家詞選》引夏敬觀手評《樂章集》，一九六〇年十月，香港商務印書館出版，頁八九。

不可不讀柳詞。耆卿多平鋪直敍，淸眞特變其法，一篇之中，廻環往復，一唱三歎。故慢詞始盛於耆卿，大成於淸眞。」❼於此可見柳永的風格及其影響了。到了蘇軾，詞起了很大的轉變和進展。由五代到柳永，詞的生命是音樂，詞的內容大都是豔意別情。故塡詞必以協律爲重要的條件，表意必以婉約爲正宗。蘇軾的詞却擺脫了這種傳統束縛，他以傑出的天才，偉大的創造力，在詞壇上開闢了一個新境界。胡寅說：「及眉山蘇氏，一洗綺羅香澤之態，擺脫綢繆宛轉之度，使人登高望遠，舉首高歌，而逸懷浩氣，超然乎塵垢之外，於是《花間》爲皂隸，而柳氏爲輿臺矣。」❽我們讀東坡的詞，自然發覺詞與音樂逐漸分離的迹象。雖不能說蘇詞完全不能入樂，但確有擺脫音樂性的趨勢。其次是詞的詩化。東坡的詩淸新雅正，縱橫奇逸，其詞亦如是。前人以爲「詩莊詞媚」，故以蘇詞爲別格，而不視爲正宗。但是這不過是傳統的偏見而已，毫不貶損蘇詞的藝術價値的。再其次是詞境的擴大。在東坡的詞作裏，眞是「無意不可入，無事不可言」，或弔古傷時，或悼亡送別，或說理詠史，或寫山水田園，或自傷身世，內容廣泛，情感複雜。由於他高尙的人品，豐富的學問，和曠達的人生觀，融和混合，形成他那種前所未有的豪放飄逸的風格。而且當他表達時，灌入自己的性格，融合自己的生活情感，使用自己的語調句法，於是作者的個性成爲作品的個性，東坡的性格就成爲東坡詞的風格了。所以東坡詞的風格是最鮮明、最突出的。及至周邦彥，又於柳永、東坡之外另開一條路徑。雖然柳永、淸眞的作風有些相類，如兩人都喜用長調，長於鋪敍，好寫豔情，精於音律；但在藝術的技巧上，他們却有區別。在格調上，柳較自由而周嚴整；在語言上，柳重通俗，而周重典雅，故淸眞又與柳永不同。淸眞最重視形式美，他不僅注重詞的音樂性，同時也注重表達的手法。因爲他精於音律，每一首詞的字句與聲韻，皆有法度與定型，故南宋詞人如方千里、楊澤民等，塡詞悉以清眞爲準繩，對於字聲不敢稍越榘矱，各有《和清眞詞》一卷行世。清眞的表現方法，不甚注重高遠的意象，而着力於語言的鑄煉。他不似柳永的白描，也沒有蘇軾的豪放。他一筆一筆的鈎勒，一字一字的刻劃，一句一句的鍛煉，形成他那種精巧工麗的典雅作風。他喜歡用事，以增加作品的典雅氣；喜歡融化前人的舊句，以增加字句的工整美。因爲他讀書博，才力高，用事能融化揉合，改用古句亦能翻陳出新。可惜他的作品內容缺乏創造性，除了一部份描寫歌妓的情愛外，有許多只是寫景詠物描述生活情趣之作。這可能是因爲現實的關係，只能把詞的生命寄託在藝術的技巧方面而已。

詞發展到清眞，已經到了造極的地步。以後的作者，只不過是循着已有的規模，逐漸補充，間中翻出新意而已。因爲詞經過溫庭筠、韋莊、馮延巳、李煜等人之後，在造語和造境上已有相當的成就，到了柳永、蘇軾，更在內容上擴大到前所未有的地步；而且在風格上又開拓出兩個新的境界：耆卿的旖旎近情，東坡的豪放飄逸。這是一個大變化而有大成就的時代。直至周邦彥，總結了北宋各家之長，造成了一種典雅工麗的作風。於是後世詞人，不學耆卿，便學東坡；不學東坡，便學清眞了。我們可以說，詞到北宋末期，無論在格調上、語言上、內容上都有一個可觀的規模，縱使後來的詞人大力創造，不斷努力，他們的成就只在擴充與延長，而不是在開出新的道路。大概可以這樣說，要是柳永一派與清眞一派歸併起來，北宋的詞風不外是

❼ 同❻。

❽ 胡寅《酒邊詞．序》，見《宋六十名家詞》收錄之《酒邊詞》（向子諲著），《四部備要》本，上海中華書局據汲古閣本校刊。

婉約和豪放兩派。北宋以後的詞人不是屬於婉約派，就是屬於豪放派。婉約派到了南宋便變爲以姜白石爲首的格律派，而史達祖、高觀國、吳文英、王沂孫、張炎、周密等爲其羽翼。他們都是繼承清眞的道路，盡雕琢刻劃的能事，向形式方面發展。豪放派則以辛棄疾爲代表，其附屬的作家有張元幹、張孝祥、陸游、陳亮、劉過、劉克莊等，他們的詞悲壯激越，滿腔憂憤，都能表現出一種磊落不平的氣慨，可惜稼軒才雄氣大，後繼無人，學者徒得其豪放，而無其沉鬱，故往往近於叫囂，所以在當時已難與白石一派爭雄，對後世的影響亦不及白石深遠。

不過，在另一方面，詞到了白石、玉田等輩之手後，詞的生命就慢慢的僵化起來。他們因爲過份的注重詞的形式美，只顧着字面上的雕琢和音律上的追求而忽視了它的內在生命，所以詞在盛極之中就不知不覺的衰萎了。朱彝尊說：「世人言詞，必稱北宋，然詞至南宋始極其工，至宋季而始極其變。」❾這話雖以南宋爲詞發展的最高峰，但到宋季已「極其變」，不能再發展下去了。南宋詞所以「極其工」和「極其變」者就是因爲它已將北宋詞的種種規模充實了和完美了，到了盡善盡美的地步；而它自己又不能開拓出一個新局面，一個新境界，所以沒有嶄新的發展。要是它能夠像北宋詞一樣，不斷推陳出新，自然不會走上「極其工」和「極其變」的道路。詞到南宋走到最高峰，同時亦開始走下坡了。汪森說：「鄱陽姜夔出，句琢字鍊，歸於醇雅。於是史達祖、高觀國羽翼之，張輯、吳文英師之於前，趙以夫、蔣捷、周密、陳允衡、王沂孫、張炎、張翥效之於後，譬之於樂，舞箾至於九變，而詞之能事畢矣。」❿除了張翥爲元人之外，所舉的都是南宋人，可知詞到南宋已發展到了極端的論調，是詞論家公認的了。金朝與南宋同時，詞的命運也與南宋一樣，由盛走向衰。以後便到元代——一般人認爲是詞的衰落時期了。

吳梅說：「唐五代兩宋人之作，爲詞學極盛之期，自是而後，此道衰矣。金元諸家惟吳、蔡、遺山爲正，餘皆略事聲歌，無當雅奏。元人以北詞見長，文人心力，僅注意於雜劇，且有以詞入曲者，雖有疏齋、仁近、蛻巖諸子，亦非專家之業也。」[11]這似乎是說金元兩代，除了吳激、蔡松年、元遺山三人之外，就沒有可觀之詞人了。要是確實如此的話，金元詞就眞是衰落到極了。但事實上金元兩代可數的詞家並不是少得這樣可憐，除了上述三人外，元的劉秉忠、劉因、白樸、仇遠、張翥、邵亨貞等都是一流的作家，把他們置於南宋詞人中，是毫不遜色的。吳梅之說只是偏見罷了。至於說「疏齋、仁近、蛻巖諸子，亦非專家之業」，更不爲事實。他們正是專力於詞的作家，尤其是蛻巖，簡直是有元一代最有成就的作家，說他們「非專家之業」，如何說得通呢？金元詞之所以衰落，並不是因爲「餘皆略事聲歌」和「非專家之業」，而是由於詞的發展的自然趨勢。詞到金元雖然沒有新發展，但至少能夠繼承南宋的成就。金元詞在質方面於某種程度上是比得上南宋的，雖然在量方面就不及。可是人們就因爲金元詞並無新進展，而把它說成比不上宋代，把它說成衰落了。

元詞的衰落，除了詞本身在發展的歷程上有不可避免的原因外，曲在元代的興盛也有相當關係。元代是曲的全盛時期，在作品的質量上講都是空前的。當時的詞家，如劉秉忠、胡祇遹、王惲、盧摯、白樸、姚燧、虞集、張雨等都莫不分一部份精力寫作散曲，遂令散曲生氣蓬勃，

---

⑨ 朱彝尊《詞綜・發凡》，民國五十五年四月，臺北世界書局出版，頁四。

⑩ 汪森《詞綜・序》，頁一。參⑨。

⑪ 吳梅《詞學通論》，一九六四年三月，香港太平書局出版，第八章，頁一百十二。

而詞就停留在南宋的階段，沒有新的發展。所以後人便認為元有曲而無詞了。如王世貞說：

元有曲而無詞，如虞、趙諸公輩，不免以才情屬曲，而以氣概屬詞，詞所以亡也。⑫

田同之說：

元則曲勝，而詩詞俱掩。⑬

杜文瀾說：

元季盛行南北曲，競趨製曲之易，益憚填詞之難，宮調遂從此失傳矣。⑭

江順詒說：

樂府亡而詞作，詞亡而曲作。非亡也，蓋變也。本有所不足，變一格以求勝，而本遂亡。⑮

陳廷焯說：

元代尚曲，曲愈工，而詞愈晦，周、秦、姜、史之風不可復見矣。⑯

況周頤說：

詞衰於元，唯曲盛行。⑰

曲於元代雖如日麗中天，說它的光輝掩蓋詩詞則可，但說因為它的興盛而使到詞亡則不可。詞在元代縱使比不上曲的蓬勃，但亦不至到消亡的地步。我們至多能夠說詞衰於元，而斷不能說詞亡於元，因為元詞是宋金詞的繼續，雖然處於衰落的階段，但去宋金未遠，依然有着一股不可靜止的餘勢，必須經過一段相當時候才能夠停頓下來的。到了明代，它才慢慢的停止，一動也不動了。詞是亡於明，而不是亡於元。這一點我們是應該首先注意的。王易論述元詞說：

「顧其詞承兩宋之流風，亦尚有可觀者。大抵曲之見於戲劇者，為社會群衆所共賞；曲之見於小令套數者，亦文人學士抒寫懷抱之具，與詞同功，而但變其體格耳。故元之詞未衰，而漸即于衰者，以作者之心力無形而分其大半於曲也；而所以不終歸於衰者，詞之本體特精，而用各有宜也。且詞曲之稱，其始未嘗有劃然之界也。」⑱王氏最能體察當時詞曲之關係及元詞的特殊地位。

元代雖以曲為絕藝，但亦不見得無詞。如劉秉忠、劉因、白樸、張翥、邵亨貞之作，其成就實不在南宋諸人之下。現試舉出每人一首，以見一斑：

木蘭花慢　劉秉忠

到閑人閑處，更何必，問窮通。但遣興哦詩，洗心觀易，散步攜筇。浮雲不堪攀慕，看長空、澹澹沒孤鴻。今古漁樵話裏，江山水墨圖中。　千年事業一朝空。春夢曉聞鐘。得史筆標名，雲臺畫像，多少成功。歸來富春山下，笑狂奴、何事傲三公。塵事休隨夜雨，扁舟好待秋風。

---

⑫ 王世貞《弇州山人詞評》，見《詞話叢編》，第一冊，總頁三四五。參❸。

⑬ 田同之《西圃詞說》，見《詞話叢編》，第五冊，總頁一四八二。參❸。

⑭ 杜文瀾《憩園詞話》，見《詞話叢編》，第九冊，總頁二九二二，卷一，頁一。參❸。

⑮ 江順詒《詞學集成》，見《詞話叢編》，第九冊，總頁三一六六，卷一，頁五。參❸。

⑯ 陳廷焯《白雨齋詞話》，見《詞話叢編》，第十一冊，總頁三八四八，卷三，頁一。參❸。

⑰ 況周頤《蕙風詞話》，一九六一年八月，香港商務印書館出版，卷四，頁一〇〇。

⑱ 王易《詞曲史》，民國五十五年五月，臺北廣文書局出版，下冊，第七，頁三七九。

玉漏遲・汎舟東溪

劉因

故園平似掌。人生何必，武陵溪上。三尺簑衣，遮斷紅塵千丈。不學東山高臥，也不似、鹿門長往。君試望。遠山犂處，白雲無恙。自唱。一曲漁歌，當無復當年，缺壺悲壯。老境羲皇，換盡平生豪爽。天設四時佳興，要留待、幽人清賞。花又放。滿意一篙春浪。

水調歌頭

白樸

感南唐故宮，就隱括後主詞。

南郊舊壇在，北渡昔人空。殘陽澹澹無語，零落故王宮。前日雕闌玉砌，今日遺臺老樹，尚想霸圖雄。誰謂埋金地，都屬賣柴翁。慨悲歌，懷故國，又東風。不堪往事多少，回首夢魂同。借問春花秋月，幾換朱顏綠鬢，荏苒歲華終。莫上小樓上，愁滿月明中。

多麗

張翥

西湖汎舟夕歸，施成大席上以「晚山青」爲起句，各賦一詞。

晚山青。一川雲樹冥冥。正參差、煙凝紫翠，斜陽畫出南屛。館娃歸、吳臺遊鹿，銅仙去、漢苑飛螢。懷古情多，憑高望極，且將尊酒慰漂零。自湖上、愛梅仙遠，鶴夢幾時醒。空留在、六橋疏柳，孤嶼危亭。待蘇隄、歌聲散盡，更須攜妓西泠。藕花深、雨涼翡翠，菰蒲軟、風弄蜻蜓。澄碧生秋，鬧紅駐景，采菱新唱最堪聽。□一片、水天無際，漁火兩三星。多情月、為人留照，未過前汀。

齊天樂　邵亨貞

甲戌清明雨中感春

離歌一曲江南暮，依稀灞橋回首。立馬東風，送人南浦，認得當年楊柳。梨花過後。悄不見鄰牆，弄梅纖手。綺陌東頭，箇人還似舊時否。相如近來病久。縱腰圍暗減，猶未全瘦。宿酒昏燈，重門夜雨，寒食清明依舊。新愁漫有，第一是傷心，粉銷紅溜。待約明朝，問舟官渡口。

像這樣精美的作品，在他們的詞集中俯拾即是，而且在其他詞人的詞集裏亦有不少，這裏我們不過隨便舉出幾首，自然不能代表這個時代的所有佳作的。我們還依然說元代有曲而無詞嗎？元曲的作家，如關、馬、鄭、白、王、喬之輩，雖光芒萬丈，然亦不能盡掩當時詞人的成就的。只要我們拋開成見，細心讀這個時期的詞作，就自然發覺它的功力及它的成就所在，而漸漸會認為前人說「詞衰於元」或「詞亡於元」的說法有點偏差了。

至於金詞，其成就不僅比得上元詞，而且可與宋詞並駕齊驅，只因為地理環境關係，它與南宋詞形成兩個不同的系統而已。現錄出幾首以證吾言之不謬：

念奴嬌　蔡松年

還都後，諸公見追和赤壁詞，用韻者凡六人，亦復重賦。

離騷痛飲，笑人生佳處，能消何物。夷甫當年成底事，空想嵓嵓玉壁。五畝蒼煙，一邱寒碧，歲晚憂風雪。西州扶病，至今悲感前傑。我夢卜築蕭閑，覺來岩桂，十里幽香發。嵬隗胸中冰與炭，一酌春風都滅。勝日神交，悠然得意，遺恨無毫髮。古今同致，永和徒記年月。

春從天上來

吳　激

會寧府遇老姬，善鼓瑟，自言梨園舊籍，因感而賦此。

海角飄零。歎漢苑秦宮，墜露飛螢。夢裏天上，金屋銀屏。歌吹競舉青冥。問當時遺譜，有絕藝、鼓瑟湘靈。促哀彈，似林鶯嚦嚦，山溜泠泠。梨園太平樂府，醉幾度春風，鬢變星星。舞破中原，塵飛滄海，風雪萬里龍庭。寫胡笳幽怨，人憔悴、不似丹青。酒微醒。對一窗涼月，燈火青熒。

石州慢

元好問

赴召史館，與德新丈別於岳祠西新店，明日以此寄之。

擊筑行歌，鞍馬賦詩，年少豪舉。從渠里社浮沈，枉笑人間兒女。生平王粲，而今顦顇登樓，江山信美非吾土。天地一飛鴻，渺翩翩何許。羈旅。山中父老相逢，應念此行良苦。幾許虛名，誤却東家雞黍。漫漫長路，蕭蕭兩鬢黃塵，騎驢漫與行人語。詩句欲成時，滿西山風雨。

滿江紅

段成己

偶覩春事闌珊，謹用遯庵登鸛雀樓韻，以寫所懷。

點檢花枝，風雨外、雪堆瓊矗。春去也、朱絲弦斷，鸞膠難續。眼底光陰容可惜，舊游回首尋無跡。對青山、一餉倚枯藤，灘聲急。　人已老，身猶客。家在邇，歸猶隔。縱語音如舊，形容非昔。芳草綿綿隨意綠，平波渺渺傷心碧。到愁來、惟覺酒杯寬，人間窄。

由此亦可證金詞不乏佳作，不在宋人之下。

金詞的風格不與南宋詞相同，它自有一種清新俊逸之風。況蕙風說：「南宋佳詞能渾，至金源佳詞近剛方。宋詞深緻能入骨，如清眞、夢窗是。金詞清勁能樹骨，如蕭閒、遯庵是。」[19]這說明了金詞與南宋詞是兩種不同的風格。一些抱有成見的學者便以爲金詞只是一個旁支，不能與詞的正宗南宋詞相比的。但實際上，金詞與南宋詞都處於同等的地位，縱然它們的風格有別，可是在藝術成就方面，彼此是無分伯仲的。正如「曉風殘月」的柳耆卿和「大江東去」的蘇東坡一樣，雖格調不同，然成就一也。我們能否硬說東坡詞比不上耆卿詞呢？又能否說豪放派比不上婉約派呢？爲了要具體的了解南宋詞與金詞的差異所在，我們試舉出一些作品比較一下。首先看看兩首南宋的作品：

霜花腴　　重陽前一日汎石湖　　吳文英

---

[19] 況周頤《蕙風詞話》，卷三，頁五七。參[17]。

翠微路窄，醉晚風、憑誰為整欹冠。霜飽花腴，燭銷人瘦，秋光做也都難。病懷彊寬，恨雁聲、偏落歌前。記年時，舊宿淒涼，暮煙秋雨野橋寒。 妝靨鬢英爭艷，度清商一曲，暗墜金蟬。芳節多陰，蘭情稀會，晴暉稱拂吟牋。更移畫船。引佩環、邀下嬋娟。算明朝、未了重陽，紫萸應耐看。

眉嫵

王沂孫

新月

漸新痕懸柳，澹彩穿花，依約破初暝。便有團圓意，深深拜，相逢誰在香徑？畫眉未穩，料素娥猶帶離恨。最堪愛、一曲銀鉤小，寶簾掛秋冷。 千古盈虧休問。歎謾磨玉斧，難補金鏡。太液池猶在，淒涼處、何人重賦清景。故山夜永，試待他、窺戶端正。看雲外山河，還老桂花舊影。

再看看兩首金朝的作品：

念奴嬌

蔡松年

僕來京洛三年，未嘗飽見春物。今歲江梅始開，復事遠行。虎茵、丹房、東岫諸親友折花酌酒於明秀峰下，仍借東坡先生赤壁詞韻，出妙語以惜別。輒亦繼作，致言歎不足之意。

倦游老眼，負梅花京洛，三年春物。明秀高峰人去後，冷落清輝絕壁。花底年光，山前爽氣，別語揮冰雪。摩挲庭檜，耐寒好在霜傑。 人世長短亭中，此身流轉，幾花殘花發。只有平生生處樂，一念猶難磨滅。放眼南枝，忘懷樽酒，及此青青髮。從今歸夢，暗香千里橫月。

滿江紅　　段克己

登河中鸛雀樓

古堞憑空，煙霏外、危樓高矗。人道是、宇文遺址，至今相續。夢斷繁華無覓處，朱甍碧甃空陳跡。問長河、都不管興亡，東流急。　儂本是，乘槎客。因一念，仙凡隔。向人間頫仰，已成今昔。條華橫陳供望眼，水天上下涵空碧。對西風、舞袖障飛鴻，滄溟窄。

從這幾首作品，我們自然看出兩種不同的風格，南宋詞渾厚細緻，婉轉深邃；金源詞蒼老豪放，清新勁拔，兩者各擅勝場，不易軒輊。

元人的詞，世以為纖弱輕淺，不僅不能與南宋匹敵，甚至亦不宜入目，以免傷氣。如蔣兆蘭說：「元人詞斷不宜近，蓋以元詞音律破壞，且非粗即薄，他山之助不敢忘也。」⑳但這不過就一般而論，而實際上元詞並非無可觀之作，正如陳廷焯說：「如徒曰秀艷圓融而已，則北宋豈但不及南宋，並不及金元矣。」㉑那麼，至少元詞勝在「秀艷圓融」呢！倘若我們遍讀元人的作品，就會發覺裏面有不少一如南宋詞精彩的佳作，其意境的渾厚，詞味的深醇，實在可以遠繼姜、張的。陳廷焯說得對：「蒿庵嘗語余云：唐以後詩，元以後詞，必不可入目，方有

⑳ 蔣兆蘭《詞說》，見《詞話叢編》，第十二冊，總頁四二八三。參❸。

㉑ 陳廷焯《白雨齋詞話》，見《詞話叢編》，第十一冊，總頁三九一七，卷五，頁十二。參❸。

獨造處。此論甚精。然余謂作詩詞時，須置於漢魏唐宋之間，不宜自卑其志。若平時觀覽，則唐以後詩，元以後詞，益我神智，增我才思者，正復不少，博觀約取，亦視善學者何如耳。」

㉒元詞並不是不值得讀的，只看我們如何去讀它而已。現姑且錄出兩首以矯正一般人的偏見：

摸魚兒　張翥

王季境湖亭，蓮花中雙頭一枝，邀予同賞，而爲人折去。季境悵然，請賦。

問西湖、舊家兒女，香魂還又連理。多情欲賦雙蕖怨，閒欲滿匳秋意。嬌旖旎，愛照影、紅妝一樣新梳洗。王孫正擬。喚翠袖輕歌，玉箏低按，涼夜為花醉。鴛鴦浦，淒斷淩波夢裏。空憐心苦絲脆。吳娃小艇應偷採，一道綠萍猶碎。君試記。還怕是、西風吹作行雲起。闌干謾倚。便載酒重來，尋芳已晚，餘恨渺煙水。

石州慢　張埜

紅雨西園，香雪東風，還又春暮。當時雙槳悠悠，送客綠波南浦。陽關一闋，至今隱隱餘音，眼前渾是分攜處。此恨有誰知，倚闌干無語。凝竚。天涯幾許。離情化作，暮雲千縷。過盡征鴻，依舊歸期無據。京塵染袂，故人應念飄零，豈知翻被功名誤。無處著羈愁，滿春城煙雨。

如此語言精鍊、意境深美的作品，爲何說成「非粗即薄」？又爲何會「斷不宜近」呢？

元詞是南宋姜、張一路的延續，雖然不能超過他們，或甚至很難和他們相比，但是亦有一部份作品與他們相差不太遠，而且更有一些特出的作品與他們比較之下也不覺得遜色的。要是我們着眼這一類作品，便不會覺得元詞有甚麼不對勁的了。元詞之所以被視爲衰落者，不是因爲它沒有好的作品，或不能跟南宋詞相比，而只是因爲它沒有新的發展，和翻不出新意而已。可是它在整個詞史上的地位——作爲南宋詞的繼承者是不能夠否認的。

㉒ 參前注，總頁四〇〇〇，卷八，頁六。

第二章　金元詞的分期

金元詞並不可能像宋詞一般把它的發展過程劃分爲若干階段，因爲這個時代的詞並沒有新的發展，沒有翻出新的面目，它只是繼承宋詞，亦步亦趨而已。雖然如此，它亦隨着時代的環境而呈現出不同的格調，時代的盛衰對它的內容與風格有着密切的關係。每一個朝代都大致上可依着局勢的初興、大盛至衰落而分爲初、盛、晚三個階段，故每一個朝代的文學亦可以按此劃分。金元兩代很顯明地不能逃出這個規律，所以我們便根據時代局勢的變遷而將每一個朝代的詞人劃分爲三個時期。這樣的分期不但能夠清楚的認識不同時代環境的不同詞風與詞人，更可以通過某一個時期的詞的內容與作風進一步了解當時的社會環境與一般文人的時代意識。相信這樣的分期研究遠較僅順着詞人的生卒先後着一論述好一點。

現在先談金代詞人的分期。第一期由金太祖收國元年至海陵王正隆五年，即宋徽宗政和五年至宋高宗紹興三十年（公元一一一五—一一六〇年）。這是金朝開國之初，百端草創，還談不上修文，所以天輔、天會兩朝（公元一一一七年—一一三七年），文學非常樸陋，統治者對於中原文物，往往加以敵視與摧殘。直到金熙宗當政，才利用遼宋降臣和宋朝被拘留金的使臣爲他們建立典章制度，所以清莊仲方在他所編的〈金文雅．序〉裏說：「金初無文字也，自太祖得遼人韓昉而言始文。太宗入宋汴州，取經籍圖書，宋宇文虛中、張斛、蔡松年、高士談輩後先歸之，而文字煨興，然猶借人異代也。」❶這是金初由樸陋而逐漸文明的一個最好說明。我們可以稱這個時期爲「借才異代」的時期。這個時期的詞人很少，只有吳激、宇文虛中、高士談、蔡松年、劉著、鄧千江、張中孚諸人。他們都是由宋入金的，雖然情形各有不同，但是在他們的作品裏始終脫不離緬懷故國的情緒，其中又以吳彥高尤甚。他曾寫下了一首最感人熱淚的〈人月圓〉，詞云：

南朝千古傷心事，猶唱後庭花。舊時王謝，堂前燕子，飛向誰家。　恍然一夢，仙肌勝雪，宮髻堆鴉。江州司馬，青衫淚溼，同是天涯。

這首詞最能代表此一時期的一般風格。總之，念國懷鄉的情緒差不多充滿了每一首作品。詞固然如是，詩更加如是。又因爲他們留存的作品往往詩較詞多，所以很多時可以詩去補詞的不足。

第二個時期由世宗大定元年至衞紹王崇慶元年，即宋高宗三十一年至宋寧宗嘉定五年（公元一一六一—一二一二年）。這是金代文學興盛的時期。元好問在〈內相文獻楊公神道碑銘〉說：「維金朝大定已還，文治既洽，教育亦至，名氏之舊，與鄉里之彥，率由科舉之選；父兄之淵源，師友之講習，義理益明，利祿益輕，一變五代遼季衰陋之俗。」❷清阮元也在〈金文最・序〉中說：「故當大定以後，其文筆雄健，直繼北宋諸賢。」❸元楊奐則以爲金代文學，大定中君臣上下以淳德相尚，士大夫之學，少華而多實；明昌以後，朝野無事，侈靡成風，士大夫之學，多華而少實，把大定明昌的文風說成兩個截然相反的情況。但姑勿論是否「少華多實」或「多華少實」，這時期是金源文學的興盛時期，應該是沒有問題的。這一個時期的詞風已由悲哀的感慨趨向寫景抒情的風氣了。如劉無黨〈烏夜啼〉云：

菱鑑玉奩秋月，蕙爐銀葉朝雲。宿醒人困屏山夢，煙樹小江村。　翠甲未消蘭恨，粉香不斷梅魂。離愁分付殘春雨，花外泣黃昏。

又如黨世傑〈感皇恩〉云：

一葉下梧桐，新涼風露。喜鵲橋成渺雲步。舊家機杼，巧織紫綃如霧，新愁還織就，無重數。　天上何年，人間朝暮。回首星津又空渡。盈盈別淚，散作半空疎雨。離魂都付與，秋將去。

這大概是因爲大定、明昌以後，國家得到一段時期的太平，一般文人就忘記了民族的矛盾，再不關心現實的問題，只曉得自我陶醉、吟風弄月了。雖然他們之中，間亦有發出一點激越之聲，但却不能引起一般詞人的共鳴，不再爲人理會了。茲把這個時期的詞人列舉如左：

蔡珪　劉迎　李晏　王寂　趙可　任詢　馮子翼

劉仲尹　耶律履　黨懷英　王庭筠　元德明　趙攄　孟宗獻

胥鼎　王磵　景覃　完顏從郁　劉昂　高憲　王特起

第三期由宣宗貞祐元年至哀宗天興三年，即宋寧宗嘉定六年至宋理宗端平元年（公元一二一三—一二三四年）。自貞祐南渡以後，金朝已經一蹶不振，北方的大片土地已被強悍的蒙古民族奪去，危亡迫在眉睫，人民因戰亂而流離顛沛，痛苦不堪，使現實生活充滿了一片慘澹悲

❶ 莊仲方〈金文雅・序〉，見《金文雅》，民國五十六年八月，臺北成文出版社出版。

❷ 〈內相文獻楊公神道碑銘〉，見《遺山先生集》，卷第十八，《九金人集》，頁八二一。民國五十六年八月，臺北成文出版社出版。

❸ 阮元〈金文最・序〉，見《金文最》，民國五十六年八月，臺北成文出版社出版。

涼的景象，因此文人學士再不能吟風弄月、自我陶醉了。他們眼看或甚至身受現實的悲慘，國家將亡的哀痛，因此憂時傷亂便成了這個時期的詩詞的總主題。如元好問〈水調歌頭・氾水故城登眺〉云：

牛羊散平楚，落日漢家營。龍拏虎擲何處，野蔓罥荒城。遙想朱旗回指，萬里風雲奔走，慘澹五年兵。天地入鞭箠，毛髮懍威靈。一千年，成皋路，幾人經。長河浩浩東注，不盡古今情。誰謂麻池小豎，偶解東門長嘯，取次論韓彭。慷慨一尊酒，胸次若為平。

又如段克己〈滿江紅・清明與諸生登西磑柏崗〉云：

欲把長繩，維白日、暫留春住。親友面、一回相見，一回非舊。擾擾膠膠塵世事，不如人意十常九。向斜陽、無語倚危樓，空搔首。活國手，談天口。都付與，尊中酒。這情懷又是，去年時候。風外紛紛飛絮亂，柳邊湛湛長江去。問老來、還有幾多愁，愁如許。

他們都慨歎世事，哀感橫生。這一時期的詞人有：

許　古　辛　愿　趙秉文　完顏璹　馮延登　李俊民　王　渥
高　永　折元禮　李　節　王予可　王　澮　趙　元　李獻能
雷　淵　元好問　段克己　段成己

再談元代詞人的分期。有元一代的詞人共一百八十餘人，其中由宋入元與由金入元的佔了七八十人，不過前者的情形為多，後者的情形較少，所以我們特地把由宋入元的詞人另闢一欄，稱他們為「南宋遺民」，而置諸元詞第一期之前。所謂「南宋遺民」者，是指時跨兩代，由宋入元之詞人。但由宋入元者衆多，本文所收僅以符合以下的標準為限：

一、由宋入元而確曾降元仕元之詞人，
二、宋亡時未滿三十歲者，
三、一般詞選本均以之爲元人者。

雖是由宋入元，但以下情形則不在範圍之內：

一、仕宋而入元隱居不仕者，
二、宋亡時年已過三十以外者，
三、宋亡前（一二七九年以前）已歸附蒙古王朝者，則以元初人視之（如張弘範），不入「南宋遺民」之列。

這些「南宋遺民」身經國家亡破的慘痛，目睹兩朝的興亡，故其詞多悽惻哀怨之音。他們雖受着不平等的待遇，可是處在蒙古人積威之下，已失却了民族的積極反抗性。他們往往於歌詞中流露出一點遺民的歎息，如殘蟬之哀鳴，孤鴻之號夜月。如羅志仁〈金人捧露盤・丙午錢塘〉云：

溼苔青，妖血碧，壞垣紅。怕精靈、來往相逢。荒煙瓦礫，寶釵零亂隱鸞龍。吳峰越巘，翠顰銷、苦為誰容。浮屠換、昭陽殿，僧磬改、景陽鐘。興亡事、淚老金銅。驪山廢盡，更無宮女說元宗。角聲起，海濤落，滿眼秋風。

又如姚雲文〈摸魚兒・艮岳〉云：

渺人間、蓬瀛何許，一朝飛入梁苑。輞川梯洞層瑰出，帶取鬼愁龍怨。窮遊宴。談笑裏，金風吹折桃花扇。翠華天遠。悵莎沼黏螢，錦屏煙合，草露泣蒼蘚。　東華夢，好在牙檣琱輦。畫圖歷歷曾見。落紅萬點孤臣淚，斜日牛羊春晚。摩雙眼。看塵世，鼇宮又報鯨波淺。吟鞘拍斷。便乞與媧皇，化成精衛，填不盡遺恨。

這些都是無可奈何的悲吟，可是時移世易，空留下「萬點孤臣淚」而已。他們的人數相當多，有六七十人。現列出如下：

王義山	宋遠	周景	蕭烈	蕭漢傑	葉閶	鞠華翁
顏奎	尹濟翁	趙淇	張林	趙與仁	應法孫	王奕
彭元遜	曹通甫	謝醉菴	趙文	趙功可	汪宗臣	劉壎
王學文	杜善夫	詹玉	彭履道	韋居安	范晞文	葉李
姚雲文	黎廷瑞	仇遠	李琳	危復之	羅志仁	韓信同
王去疾	劉將孫	陳恕可	陳深	劉鉉	楊樵雲	劉應雄
曾隶	黃水村	姜个翁	彭芳遠	戴山隱	李裕翁	龍端是
蕭東父	王從叔	吳元可	李太古	黃子行	龍紫蓬	蕭允之
段宏章	劉貴翁	黃霽宇	劉天廸	張半湖	劉景翔	周伯陽
尹公遠	李天驥	劉應幾	周孚先	彭泰翁	曾允元	

元詞第一期由太宗七年（即金朝滅亡的第二年）至世祖至元三十一年（公元一二三五—一二九四年）。這是由蒙古時期進入一統時期的一段時間。我們所以斷自金亡的第二年者是因爲要把一二三五年至一二七九年的一段時期（即蒙古滅金後而未滅宋之前）收入我們研究的範圍，使到「金元」的整個時代沒有幾十年的分隔，而且在這段蒙古時期裏實在產生了不少詞人，如李治、耶律楚材、楊果、劉秉忠等輩就是。他們都是由金入元的文士，金代的遺民，不過一般人都把他們視爲元人罷了。這個時期的詞人其實都不外是宋金的遺民，所以他們的作品每多

故國之慟和身世之感，悲涼感慨，發出無可奈何的沉痛呼聲。如王惲〈平湖樂〉云：

采菱人語隔秋煙，波靜如橫練。入手風光莫流轉。共留連。　畫船一笑春風面。　江山信美，終非吾土，問何日是歸年。

又如趙孟頫〈虞美人・浙江舟中作〉云：

潮生潮落何時了。斷送行人老。消沉萬古意無窮。盡在長空、澹澹鳥飛中。　海門幾點青山小。望極烟波渺。何當駕我以長風。便欲乘桴、浮到日華東。

又如劉秉忠〈木蘭花慢〉云：

既天生萬物，自隨分，有安排。看鸑鷟雲霄，驊騮道路，斥鷃蒿萊。東君更相料理，著春風、吹處百花開。戰馬頻投北望，賓鴻又自南來。　紫垣星月隔塵埃。千載折中臺。歎麟出非時，鳳歸何日，草滿金臺。江山閱人多矣，計古來、英物總沈埋。鏡裏不堪看鬢，尊前且好開懷。

此一時期的詞人有三十餘人，他們是：

李　冶	楊宏道	耶律楚材	魏　初	楊　果	許　衡	劉秉忠
朱晞顏	耶律鑄	燕公楠	白　樸	胡祗遹	王　惲	盧　摯
張弘範	姚　燧	陳　孚	李　庭	蕭　𣂏	張伯淳	梁　曾
劉敏中	王　旭	劉　因	程鉅夫	周玉晨	張之翰	張　埜
吳　澄	趙孟頫	鮮于樞	袁　易	安　熙		

第二時期由成宗元貞元年至文宗至順三年（公元一二九五—一三三二年）。這雖然是短短的三十餘年，但却經歷了八主：成宗、武宗、仁宗、英宗、泰定帝、明宗、文宗和寧宗。可是

除了仁宗、文宗稍爲認識中國傳統的文治政制外，其他的幾個皇帝都不知中國的傳統文化爲何物，他們只是糊裏糊塗的浪費了中國歷史上的幾十年，而毫無成就。我們披覽《元史》，只見每凡一個皇帝死了，便爭位一次，及到取得了帝位之後，則竭其方法以事聚斂。其間生民之痛苦，社會之紛擾，又可想見了。不過，經過了世祖統治中國十多年後，一切政制也上了軌道，社會也略見粗安，而且仁宗延祐二年又恢復科舉，此後三年一試，雖至順帝至元元年而罷，但至元六年又復開科，計有元一代，先後開科二十次。縱使朝廷用人不重視科舉出身者，但至少一般文士都有一個出仕的機會，這對漢人南人來說，已是莫大的恩惠了。所以他們都有閒情逸致去寫詩填詞。況且文宗又醉心中國文化，即位以後，就勅翰林國史兩院與奎章閣學士，采輯國朝故事，準《唐、宋會要》之例，纂爲經世大典，這些都是中國文士所高興見到的。所以這個時代的詩詞都趨向閑適曠達，而艷詞麗句的作風頗爲普遍。如許有壬〈摸魚子〉云：

買陂塘旋栽楊柳，歸來此是先務。他鄉故里都休校，舊雨不如今雨。鴻在渚。笑爾尚南飛，吾已安孤嶼。黃花解語。道人老宜秋，身安耐酒，此正有真趣。　鑾坡路。大手深慚燕許。超騰又悖鍾呂。但求閒澹如元亮，卻恨詩多奇句。傾綠醑。底須按，樂天池上霓裳譜。休論往古。有三日重陽，約君同醉，老子築西圃。

又如張翥〈風入松．廣陵元夜，病中有感〉云：

東風巷陌暮寒驕。燈火鬧河橋。勝遊憶徧錢塘夜，青鑾遠、信斷難招。蕙草情隨雪盡，梨花夢與雲銷。　客懷先自病無聊。綠酒負金蕉。下帷獨擁香篝睡，春城外、玉漏聲遙。可惜滿堦明天，更無人為吹簫。

如此意境，如此詞句，都不是在一個動盪的時代所能夠寫出來的。大抵這個時期的文人已習慣了異族的統治，種族間的歧視已慢慢泯滅，所以他們都學會了亂中偷安、忙中取樂的技巧了。這一個時期亦有三十餘人：

胡炳文　陳　櫟　同　恕　曹伯啓　陸文圭　馮子振　白　賁
蒲道源　劉　詵　許　謙　拜　住　張可久　周　權　吳　存
虞　集　歐陽玄　王　結　陸輔之　黃　澄　喬　吉　吳　鎭
洪希文　王德璉　許有壬　許有孚　許　楨　馬　熙　張　翥
趙　雍　柯九思　宋　褧　吳景奎　李孝光

第三期由惠宗元統元年至元朝末年（公元一三三三—一三六八年）。在此時期裏，群雄四起，盜賊縱橫，是一個大動亂的時代。本來漢人之起兵反抗蒙元，已非始自元末順帝之時，早在世祖開國之初，江南義民已曾紛紛起事了，不過其時元室兵威尙盛，起事義民旋起旋滅，不能持久。及至順帝時，由于順帝之荒淫，伯顏之專恣及哈麻之亂政，元室內部固已腐化不堪，其軍隊之作戰能力，亦遠不如前。所以順帝至正八年，臺州方國珍起事而元兵不能撲滅後，繼之便有穎州之劉福通，羅田之徐壽輝，泰州之張士誠，定遠之郭子興，濠州之朱元璋，皆紛紛而起，於是天下騷然，終於把蒙元覆滅了。這時期的詞人眼見亡國之慘禍，故或感慨興亡，哀傷身世；或遁世逃情，嘯傲山林，其中尤以後者爲多，蓋蒙元並非理想，去之不覺可惜，而來者亦未知是否如意，故都採取任其自然、來之則安之的態度。表現在他們詞裏的大都是疎放之意趣，曠逸之襟懷，如陶宗儀〈南浦〉云：

如此好溪山，羨雲屏九疊，波影涵素。暖翠隔紅塵，空明裏，著我扁舟容與。高歌鼓枻，鷗邊長是尋盟去。頭白江南，看不了，何況幾番風雨。　畫圖依約天開，蕩清暉，別有越中眞趣。孤嘯拓蓬窗，幽情遠，都在酒瓢茶具。水萍搖，晚月明，一笛潮生浦。欲問漁郎無恙否，回首武陵何許。

又如凌雲翰〈蝶戀花〉云：

過雨春波浮鴨綠。草閣三間，人住淸溪曲。舊種小桃多似竹。亂紅遮斷松邊屋。有客抱琴穿翠麓。隔水呼舟，應是憐幽獨。歷歷武陵如在目，幾時同借仙源宿。

但間中亦不免流露出一點興亡之感的，如倪瓚〈人月圓〉云：

傷心莫問前朝事，重上越王臺。鷓鴣啼處，東風草綠，殘照花開。悵然孤嘯，青山故國，喬木蒼苔。當時明月，依依素影，何處飛來。

此時期之作家，約有四十餘人，其名如左：

沈　禧	謝應芳	倪　瓚	梁　寅	舒　頔	舒　遜	何可視
邵亨貞	顧德輝	高　明	張仲仁	何景福	楊立齋	周　巽
袁士元	于　立	陸　仁	張　遜	石民瞻	郯　韶	錢抱素
錢應庚	吳　瓘	袁　華	趙　汸	王　逢	何繼高	沈景高
羅　慶	唐桂芳	劉忠之	王　蒙	劉雲寰	王　燧	張　翟
金　絅	王容溪	韓　奕	汪　斌	王　沂	陶宗儀	凌雲翰
王　行	陸祖先	夢　庵				

第三章　金元詞中所表現的時代意識

劉勰《文心雕龍》〈物色篇〉說：「春秋代序，陰陽慘舒，物色之動，心亦搖焉。」❶又〈明詩篇〉說：「人稟七情，應物斯感，感物吟志，莫非自然。」❷鍾嶸《詩品》亦說：「氣之動物，物之感人。故搖蕩性情，形諸舞詠。」❸故時代變遷，事物轉移，對人心必有影響，尤其是詩人詞客，本來就是多愁善感的，其感受就份外深切了。在各體韻文之中，詞以婉約要渺為主，所以由於本質上的關係，往往對於現實的感受只能婉曲地表達出來，而不能直接地描寫，否則，便失去了詞的特性。故此若要從詞裏看詞人的社會感受和時代意識是較諸其他韻文為難的。但，只要細心研究，亦未嘗毫無發現。

我們讀金元時代的詞，自然發覺它浸染着濃厚的時代色彩，雖然並不首首如是，或每一個作者都如是，但至少有足夠的份量去窺察當時詞人的所受所感和所想。時代與文學的關係就是這麼深切。

現在先來看看金朝詞人的時代意識。

---

❶ 劉勰《文心雕龍》，一九六○年七月，香港商務印書館出版。卷十，〈物色篇〉，頁六九三。

❷ 劉勰《文心雕龍》，卷二，〈明詩篇〉，頁六五。參❶。

❸ 鍾嶸《詩品》，一九五九年三月，香港商務印書館出版，頁一。

女眞本來就是一個落後的民族，沒有甚麼文化，更沒有甚麼文學。當他們建立金國的初期，只本着「馬上得之，馬上治之」的政策，所以並沒有甚麼典章制度。自金太祖得遼人韓昉，太宗入宋汴州取得經籍圖書後始言文。但是他們始終還是相信武力，直到金熙宗時，才利用遼宋降臣和宋朝被拘留金的使臣爲金朝建立典章制度。自此以後，金朝才漸漸漢化起來。

不過，金朝初期並沒有產生自己的文人，有的只是從宋朝借來的，如宇文虛中，吳 激、張 斛、蔡松年、高士談、劉 著、馬定國、祝 簡等就是，所謂「借才異代」。他們中間，有些是奉使被留，如宇文虛中和吳 激；有些是隨父降金，如蔡松年；有些原是宋臣，北方國土淪陷後，靦顏忘恥，另仕新朝，如高士談、張 斛、馬定國、祝 簡等。但也有參加起義的知識分子，失敗後北走，轉仕於金朝的，如施宜生。總之，他們都是宋人而非金人，其中固然不乏缺少民族氣節的「歸順之臣」，但也間有隱忍蘊仇，思欲得當以報故國的，像宇文虛中、施宜生就是很好的例子。《北窗炙輠錄》說：「虛中仕金爲國師，遂得其柄，令南北講和，太母獲歸，往往皆其力也。」❹又說他「欲行范蠡、曹沫事，挾淵聖（宋欽宗趙桓）以歸。前五日爲人告變，虛中覺有警，急發兵，直至虜主帳下，虜主幾不能脫。遂爲所擒。」❺可見虛中實是一個反金歸宋的民族英雄，但是却壯烈的犧牲了。又例如施宜生，他被迫的由宋入金後，並未完全忘記宋室，所以奉海陵爲宋正旦使時，看見僕從不在旁，便作隱語道：「今日北風甚勁。」又取几間筆扣之道：「筆來，筆來。」於是宋始儆。使畢還金，副使耶律闢離刺把這情狀告訴海陵，宜生因此被烹死。但海陵不能南征成功，未始不是由於施宜生告密所致。從這兩件事例中，可見金初的由宋入金的文人，却有不少是未能忘情故國的。

其他文人，雖然不盡如宇文虛中、施宜生那麼有膽有識，但對國家的懷念始終存在，故此他們的詩歌和樂府都充滿了去國的哀情和思鄉的感慨，至少也流露出一片無可奈何之情，如吳激〈人月圓〉云：

南朝千古傷心事，猶唱後庭花。舊時王謝，堂前燕子，飛向誰家。　恍然一夢，仙肌勝雪，宮髻堆鴉。江州司馬，青衫淚濕，同是天涯。

這首詞是爲宋故宮人賦的，曾使留金的宋臣都掉下不少眼淚。除了此詞之外，其他作品亦多哀婉感慨的句子，如〈春從天上來．感舊〉云：「海角飄零。歎漢苑秦宮，墜露飛螢。……梨園太平樂府，醉幾度春風，鬢變星星。舞破中原，塵飛滄海，風雪萬里龍庭。寫胡笳幽怨，人憔悴、不似丹青。酒微醒。對一窗涼月，燈火青熒。」又如〈風流子〉云：「書劍憶游梁。當時事、底處不堪傷。回首斷人腸。年芳但如霧，鏡髮成霜。獨有蟻尊陶寫，蝶夢悠揚。聽出塞琵琶，風沙淅瀝，寄書鴻雁，煙月微茫。不似海門潮信，能到潯陽。」撫今追昔，感慨萬千，此是故國山河之歎！

就算在金朝做到丞相的蔡松年也還存着一些民族觀念，對家國未能完全忘情，故在他的詞裏很多時流露出一點故國之思。如〈月華清〉云：

樓倚明河，山蟠喬木，故國秋光如水。常記別時，月冷半山環佩。到而今、桂影尋人，端好在、竹西歌吹。如醉。望白蘋風裏，關山無際。　可惜瓊瑤千里。有年少玉人，

❹ 施彥執《北窗炙輠錄》，見《學海類編》，第六冊，卷上，頁十三，總頁三三一二。民國五十三年，臺北文海出版社出版。

❺ 同❹。

吟嘯天外。脂粉清輝，冷射藕花冰蕊。念老去、鏡裏流年，空解道、人生適意。誰會。更微雲疏雨，空庭鶴唳。

但在另一方面却不能擺脫金朝給他的高官厚祿，所以借酒來麻醉自己。如〈念奴嬌〉云：「感時懷古，酒前一笑都釋。」又〈水調歌頭〉云：「世間物，唯有酒，可忘憂。」他更夢想着歸隱山林的日子，如云：「我夢卜築蕭閑，覺來岩桂，十里幽香發。嵬隗胸中冰與炭，一酌春風都滅。」（〈念奴嬌〉）又云：「蕭閑一段歸計，佳處著居侯。翠竹江村月上，但要綸巾鶴氅，來往亦風流。醉墨薔薇露，灑徧酒家樓。」（〈水調頭歌〉）又云：「誰知倦游心事，向年來、苦思泉石。人未老，約閭峰，多占秀碧。」（〈聲聲慢・涼陘寄內〉）可是他內心的矛盾並不是喝酒和幻想可以消除的，所以他又遷怒於南朝的人士：「江左諸人成底事，空想岩岩青壁。」（〈念奴嬌〉）這是他的沉痛而又激昂的呼聲了。

其他如高士談、劉著、張中孚等輩亦往往發出一點感慨今昔之情，大有「無可奈何」之感。如高士談〈玉樓春・爲伯求作〉云：「少年人物江山秀。流落天涯今白首。形容憔悴不如初，文彩風流仍似舊。……」又如劉著〈鷓鴣天〉云：「雪照山城玉指寒。一聲羌管怨樓間。江南幾度梅花發，人在天涯鬢已斑。　星點點，月團團。倒流河漢入杯盤。翰林風月三千首，寄與吳姬忍淚看。」又如張中孚〈驀山溪〉云：「時移事改，萍梗落江吳。聽楚語，厭蠻歌，往事知多少。」

大抵這個時期的「異代」詞人身在金朝，心懷宋室，自然容易興起無限思歸的感慨，何況還有國仇家恨交織在胸中，「應物斯感，感物吟志」，是最自然不過的事了。

可是，這種情況，到了大定以後便不同了。這時金朝建國已有四、五十年，早期的一些由宋入金的文人，業已死亡殆盡，新的一代亦時屆中年，故在此時的歌詞裏再聽不到憂怨憤慨之聲，再見不到故國懷鄉之感。他們早已忘記了民族矛盾和家仇國恨，也不關心現實的社會，只顧閑適享樂，所以詩詞的題材，總不出個人身邊瑣事和抒情寫景的範圍，絕少接觸到現實方面。他們可稱爲「逃避現實」的一群，與「借才異代」的文人有着很大的差別。

但，他們爲甚麼會這樣呢？最大的關鍵是大定以後的時代與大定以前的時代有所差異。大定以前，國家還沒有完全走上軌道，而且征戰連年，賦役繁重，但是大定以後，世宗能與南宋一度媾和，各自偏安南北，自此以後得到了三十多年的和平。在這段時間裏，世宗勵精圖治，使到社會穩定，國泰民安。《金史》〈世宗本紀〉說：「蓋自太祖以來，海內用兵，寧歲無幾。重以海陵無道，賦役繁興，賊盜滿野，兵甲並起，萬姓盻盻，國內騷然，老無留養之丁，幼無顧復之愛，顛危愁困，待盡朝夕。世宗久典外郡，明禍亂之故，知吏治之得失，即位五載，而南北講好，與民休息。於是躬節儉，崇孝弟，信賞罰，重農桑，愼守令之選，嚴廉察之責，却任得敬分國之請，拒趙位寵郡縣之獻，孳孳爲治，夜以繼日，可謂得爲君之道矣。當此之時，群臣守職，上下相安，家給人足，倉廩有餘，刑部歲斷死罪或十七人，或二十人，號稱『小堯舜』……」❻《大金國志》卷十八〈世宗聖明皇帝下〉說：「世宗寬仁愛人，雅有大度，歷視兩朝，親見干戈之荼毒，崎嶇日久，心頗厭之。中原百姓，不堪海陵之虐，而大名王友直之徒相繼竝起，以興宋爲辭，遼東、渤海之衆，服其賢厚。而正隆（按指海陵）渡江之銳，竟挫於謳歌之化。適南北未定，猶有交爭，和好既成，迄三十年無寸兵尺鐵之用。嘗遇饑年，每命所在官司開倉賑卹。諸國來朝，有見其強盛而致疑者，終不肯加喙昧之誅[illegible]實，

❻《金史》，民國二十三年九月，開明書店鑄版，卷八，《世宗本紀》「贊」，總[illegible]七

北人謂『小堯舜』云。」❼由此看來，怪不得趙翼說：「金代九君，世宗最賢」了❽。世宗在位二十九年，除了初即位時繼海陵對南宋挑起的戰爭餘緒，與南宋相持了三、四年，但在大定四年（公元一一六四年，宋孝宗隆興二年）就與南宋簽訂和約，終其世也沒有南牧。他於是把畢生的精力，用在建設自己的國家上面。

金世宗所以能在金代九君中稱爲最賢，固然與其本質上仁厚有關，但宰輔之臣都是不阿不諛之輩，使得世宗從善如流，也有很大的關係。世宗母舅李石，敦厚寡言，器識宏偉，他輔佐世宗，正位遼陽，出任世宗朝第一任宰相，官居戶部尚書，參知政事。繼李石之後，是躍馬江淮的都元帥僕散忠義，出任尚書右丞，平章政事。僕散忠義不但帶兵有他一套指揮作戰的辦法，治政也有一定的成功。其後是完顏守道、石琚、唐古安禮、紇石烈志寧等相繼拜相，他們各有所長。其後爲良弼、徒單合喜、圖克坦克寧。其中以石琚、唐古安禮、完顏守道、圖克坦克寧均兩度或三度入閣。這些宰相，都能引導世宗走上賢君的道路。他們持正守大體，所以世宗在位二十九年，能使大金帝國出現一個小康局面。

世宗之後，章宗完顏璟繼位。章宗性好儒學，善屬文，寬裕溫和，朝野對之頗具希望。可是即位之後，性情與嗜好都改變，竟聲色犬馬，貪圖享樂了。他對國家大事無心過問，除了與嬪妃飲宴外，又與朝臣有文學者聚飲，彼此以經義相詰問，酒酣之後，賞月賦詩，不興盡不罷。故此自章宗以後，金朝的皇帝便一代不如一代了。不過，經過世宗幾近三十年的竭心圖治，社會的一切也上了軌道，不但在世宗一朝國家大爲安定，而且也澤及章宗一代，所以大定、明昌三十多年間金朝文治興盛，社會安寧，國際間也保持相當的和平。後來的元好問便對這一段悠長的太平日子念念不忘，在〈甲午除夜〉一詩裏就吐露了他的心聲：「神功聖德三千牘，大定明昌五十年。甲子兩週今日盡，空將哀淚灑吳天。」❾「甲午」爲公元一二三四年，金朝即亡於甲午年正月，元好問身遭亡國之痛，在撫今追昔之餘，不禁老淚縱橫了。

然而在這小康的三四十年裏，一般文人因爲過着舒適的生活和享着高官厚祿，所以漸漸走上貪圖逸樂的路子。這在他們的詞裏都有很明顯的表示，如蔡圭〈江城子・王溫季自北都歸，過予三河，坐中賦此〉云：

鵲聲迎客到庭除。問誰歟。故人車。千里歸來，塵色半征裾。珍重主人留客意，奴白飯，馬青芻。　東城入眼杏千株。雪模糊。俯平湖。與子花間，隨分倒金壺。歸報東垣詩社友，曾念我，醉狂無。

像這樣閒適淡逸的作品，早期的詞人是絕少有的。又如趙可〈浣溪沙〉云：

火冷薰鑪香漸消。更闌撥光更重燒。愁心心字兩俱焦。　半世清狂無限事，一窗風月可憐宵。燈殘花落夢無聊。

這是閒來無方的寫照。大凡過於清閒的文人都喜歡飲酒賦詩的，趙可自然不會例外，故〈卜算子・譜太白詩語〉云：

---

❼ 宇文懋昭《大金國志》，卷十八，《世宗聖明皇帝》下，頁四。見清席世臣輯《宋遼金元別史》，第二十四冊，埽葉山房校刊。

❽ 趙翼《廿二史劄記》，一九六三年五月，北京中華書局出版，卷二十八，「大定中亂民獨多」條，頁五七〇。

❾ 元詩說「大定明昌五十年」一語與事實不符。實在金世宗大定僅二十九年（自公元一一六一至一一八九），章宗於大定二十九年正月繼立，翌年（一一九〇）改元明昌；明昌亦只僅六年十一月，與大定二十九年合併計算共爲三十五年又十一月。若說四十年則勉強可以，說五十年則未免相差太遠。

明月在青天，借問今時幾。但見宵從海上來，不覺雲間墜。　流水古今人，共看皆如此。唯願當歌對酒時，長照金尊裏。

又〈驀山溪．賦崇福荷花，崇福在太原晉溪〉云：

雲房西下，天共滄波遠。走馬記狂遊，正芙蕖、平鋪鏡面。浮空闌檻，招我倒芳尊，看花醉，把花歸，扶路清香滿。　水楓舊曲，應逐歌塵散。時節又新涼，料開徧、橫湖清淺。冰姿好在，莫道總無情，殘月下，曉風前，有恨何人見。

有些詞人更沉迷於笙歌妙舞，偎紅倚翠的生活。如馮子翼〈江城子〉云：

臙脂坡上月如鉤。問青樓。覓溫柔。庭院深沉，窗戶掩清秋。月下香雲嬌墮砌，花氣重，酒光浮。　清歌皓齒艷明眸。錦纏頭。若為酬。門外三更，燈影立驊騮。結習未忘吾老矣。煩惱夢，赴東流。

又如劉仲尹〈浣溪沙〉云：

貼體宮羅試裌衣。冰藍嬌淺染東池。春風一把瘦腰支。　戲鏤寶鈿呈翡翠，笑拈金剪下酴醾。最宜京兆畫新眉。

又有一些詞人徘徊於兒女私情之間，如李晏〈虞美人〉云：

佳人酒暈紅生頰。灩灩霞千疊。雨餘紅淚濕黃昏。誤認當年人面倚朱門。　飄零又送青春暮，悵望劉郎去。教人不恨五更風，只恨馬蹄無處避殘紅。

總之，這個時期的文人不是流連於酒色之間，便是閑適於山林之際。他們只求享樂，只求雅興，對於現實的一切都置諸腦後，不聞不問了。現在再找多一點例證，如劉迎〈烏夜啼〉云：

離恨遠縈楊柳，夢魂長遶梨花。青衫記得章臺月，歸路玉鞭斜。　翠鏡啼痕印袖，紅牆醉墨籠紗。相逢不盡平生事，春思入琵琶。

又如黨懷英〈青玉案〉云：

紅紗綠蒻春風餅。趁梅驛、來雲嶺。紫桂巖空瓊竇冷。佳人却恨，等閒分破，縹緲雙鸞影。一甌月露心魂醒，更送清歌助清興。痛飲休辭今夕永。與君洗盡，滿襟煩暑，別作高寒境。

又如王庭筠〈大江東去．癸巳暮冬小雪，家集作〉云：

山堂晚色，滿疏籬寒雀，煙橫高樹。小雪輕盈如解舞，故故穿簾入戶。掃地燒香，團欒一笑，不道因風絮。冰澌生硯，問誰先得佳句。有夢不到長安，此心安穩，只有歸耕去。試問雪溪無恙否，十里淇園佳處。修竹林邊，寒梅樹底，準擬全家住。柴門新月，小橋誰掃歸路。

又如元德明〈好事近〉云：

夢破打門聲，有客袖攜團月。喚起玉川高興，煮松檐晴雪。蓬萊千古一清風，人境兩超絕。覺我胸中黃卷，被春雪香徹。

他們過的是太平日子，他們說的自然是風涼說話了。

但是好景不常，過了這段黃金時期後，金朝的國勢就一落千丈。正當金章宗渾渾噩噩醉生夢死之時，鐵木眞就勃起於蒙古。鐵木眞本來對金國懷恨已久，熙宗一年一度的「減丁」大屠殺，尤其是對他的曾祖俺巴孩用木驢酷刑處死，鐵木眞幼年即承母訓，深深記在心中，於是藉着愛王大辨叛變的機會，連年擾金國邊疆，後竟深入腹心，躍馬長城內外。但鐵木眞深知滅金還未到時候，便權受金朝的封號和官職。但一旦統一了蒙古和接受諸部落共推的蒙古大汗上尊號爲「成吉思」之後，他便作反了。章宗死後，衞紹王繼位。衞紹王只是個庸才，鐵木眞早就看不起他，所以即位之後，鐵木眞就數掠金國西北邊境，在大安三年，更大舉南下。金國四十萬衆被蒙古鐵騎打垮，蒙兵直入居庸關，距燕京僅一百八十里，金兵死者蔽野塞川，蒙古游騎已達燕京郊外，大興府尹烏陵用章出榜疏散城內居民，燕京老弱，哭聲震地。幸而金兵守城部隊用的大砲，是蒙兵所沒有的，所以才能守住燕京。但自此以後，燕京就屢遭蒙人騷擾，無一日安寧。

宣宗繼衞紹王即位。朝臣以燕京近北邊，不能固守，有遷都之議。金宣宗就選擇了汴京。宣宗至汴京後，鐵木眞又領兵南下，重圍燕京。宣宗聞燕京將被圍，即召太子速來汴京。太子既奉召離燕京來汴，燕京人心頓失。蒙古兵入燕京，吏民死者甚衆，宮室爲亂兵所焚，月餘火燄不滅。至此燕京陷入蒙古人之手，金朝祖宗神器、陵寢盡滅無遺。蒙古既取燕京，即提兵渡河，所向皆下，一大片土地旋歸蒙古人所有。

這時的金朝，危亡已迫在眉睫，可是宣宗還要對南宋用兵。誰知屢戰屢敗，雖其間亦有小勝，但遠非當年金兵「南牧」時排山倒海之形勢了。宋金既有舊仇，又結新怨，金宣宗敵北既乏術，征南亦無方，憂心如焚，一病不起，他在顛沛流離中做了十一年皇帝，便與世長辭了。由太子完顏守緒繼承大位，是爲哀宗，改元正大元年（公元一二二四年，宋寧宗嘉定十七年）。到了金哀宗時代，國勢已江河日下，雖未土崩瓦解，但這沒落的女眞大帝國，確實接近夕陽啣山的時候了。蒙古兵既控制了黃河，通過了南宋地區，一直打到汴京。蒙古兵圍着汴京，日夜攻打，金兵以「震天雷」火炮及「飛火槍」兩種新式武器守城，支持了半個月，蒙古兵因不堪盛暑，遂與金國和解。金哀宗自然樂於爭取喘息的機會，獻出大量金帛、珍寶，派皇侄曹王完顏訛到蒙古大營作人質，蒙古遂退兵北去。

不久，和議破裂，蒙古更聯結南宋攻金。金哀宗恐兩面受敵，便藉口北征河朔，棄汴京走歸德。蒙古聞金哀宗棄汴京而去，立即包圍了汴京。汴京內外不通，米一升値白銀二兩，殍死相望，縉紳仕女淪落到街市行乞，諸皮器物，煮爛了充飢。此時金元帥崔立謀作亂，勒兵入營，集百官另立衞紹王的太子從恪爲梁王監國，自封鄭王兼太師都元帥、尙書令，刼太后、皇后、諸王、妃嬪、宗室男女數百人，乘車數十輛，出城逕往蒙古統帥速不臺的大本營投降。速不臺殺梁王從恪及荊王守純，送金太后、皇后、諸王、妃嬪、宗室往和林。這一群俘虜，一路之上所受的難苦，較諸當年徽欽二帝北狩時更加酷虐。幸而得耶律楚材之言，汴京才不致受屠城之慘禍。然而，至此金國燕、汴兩京，俱入蒙古之手了。

哀宗再遷入蔡州，但對大局依然無補。蒙古兵又臨城下，金國將士奮勇抗敵，以一當百，把蒙古兵殺得不復能接近城垣；而且蒙古兵糧食不濟，有撤退意。適宋軍及時來援，於是宋蒙兩軍合力圍攻。時城中缺糧已三月，諸軍以人、畜的骨骼和芹泥而食之，馬鞍、破鼓的皮革俱已吃盡，到了人吃人的階段。而宋蒙聯軍，攻打蔡州緊急，更番撲戰，輪流不休。金哀宗知道時光不久了，於是傳位於東面元帥完顏承麟，是爲末帝。就在末帝受璽的時候，宋蒙聯軍已攻進城，哀宗闔門自縊死，末帝亦於城陷時被亂兵所殺。金朝共傳十主（末帝在內），歷一百二十年而亡。

在這一段戰禍連年的時期裏，人民因戰亂而流離顚沛，痛苦不堪，更加上繁重的捐稅，戰爭的徭役，出丁出錢，使現實生活充滿了一片慘澹悲涼的景象。這時期的詞人，再也不能像前期一樣，躲在象牙之塔裏，寫他們逃避現實、脫離人民生活、追求個人享樂的歌詞了。他們深感現實生活的不幸遭遇，故流露在筆端的盡是哀傷和悲痛，尤其在金遺民元好問、段克己、段成己等人的作品裏，幾無一首不是血淚的結晶。如完顏璹〈朝中措〉云：

襄陽古道灞陵橋。詩興與秋高。千古風流人物，一時多少雄豪。　霜清玉塞，雲飛隴首，楓落江皋。夢到鳳凰臺上，山圍故國週遭。

完顏璹死時是公元一二三二年，金還未亡，然而金朝國勢，自章宗以後，一直下降，故他不期然地發出如此傷感之歌聲。他又說：「舊夢回首何堪，故苑春光又陳迹。」（〈春草碧〉）這自然是眷懷過去快樂的時光了。又如李獻能〈浣溪沙·河中環勝樓感懷〉云：

垂柳陰陰水拍堤。欲窮遠目望還迷。平蕪盡處暮天低。　萬里中原猶北顧，十年長路却西歸。倚樓懷抱有誰知。

這又是沉痛的呼聲了。又如王渥〈水龍吟·從商帥國器獵，同裕之賦〉云：

短衣匹馬清秋，慣曾射虎南山下。西風白水，石鯨鱗甲，山川圖畫。千古神州，一時勝事，賓僚儒雅。快長堤萬弩，平岡千騎，波濤捲、魚龍夜。　落日孤城鼓角，笑歸來、長圍初罷。風雲慘淡，貔貅得意，旌旗閒暇。萬里天河，更須一洗，中原兵馬。看鞬櫜嗚咽，咸陽道左，拜西還駕。

雖是賦獵之作，但却借題發揮。內云：「萬里天河，更須一洗，中原兵馬。」這才是此詞的中心思想。

身遭亡國的詞人就更沉痛了。如元好問〈石州慢·赴召史館，與德新丈別於岳祠西新店，明日以此寄之〉云：

擊筑行歌，鞍馬賦詩，年少豪舉。從渠里社浮沉，枉笑人間兒女。生平王粲，而今顦顇登樓，江山信美非吾土。天地一飛鴻，渺翩翩何許。　羈旅。山中父老相逢，應念此行良苦。幾許虛名，誤卻東家雞黍。漫漫長路，蕭蕭兩鬢黃塵，騎驢漫與行人語。詩句欲成時，滿西山風雨。

慷慨悲歌，悽惋欲絕，最能表現遺民的心境。遺山之詞，每多感慨今昔之言，如〈木蘭花慢·遊三臺〉云：「……風流千古短歌行。慷慨缺壺聲。想釃酒臨江，賦詩鞍馬，詞氣縱橫。飄零。舊家王粲，似南飛、烏鵲月三更。笑殺西園賦客，壯懷無復生平。」讀之，實令人無限傷感。又如段克己〈滿江紅〉云：

塵滿貂裘，依舊是、新豐羇客。還感慨、中年多病，惟堪眠食。方寸玉階無地借，詩書勳業休重憶。況而今、雙鬢已成絲，非疇昔。　興廢事，吾能說。今古恨，空填臆。向南風望斷，五絃消息。眯眼黃塵無處避，洗天風雨來何日。待酒酣、慷慨話平生，無人識。

上一段還只是感歎時光如逝水，下一段則充滿家仇國恨之情緒，其悲憤之情，噴薄而出。又如段成己〈臨江仙·暮秋感興〉云：

濁酒一杯歌一曲，世間萬事悠悠。閑來乘興一登樓。西風吹葉脫，盡見四山秋。　自古興亡天不管，屈原枉葬江流。寸心禁得許多愁。莞然成獨笑，白鷺起滄州。

段成己更由悲傷失望一變而爲狂放了。「自古興亡天不管，屈原枉葬江流」，是最傷心、最沉痛的說話了。

處在這個亂離時代的詞人，身受人間一切慘痛，在無可奈何之餘，他們唯有借着填詞去發洩其胸中的悲、憤、哀、怨而已。

再來看看元詞中所表現的時代意識。

蒙古人起自荒涼大漠，本身固無文化可言，對於中國文化亦不重視。甚至得了中原之後，竟然想把中國變爲牧馬之場。據《宋史紀事本末》卷一百說：「蒙古太祖征西域，倉庫無斗粟尺帛之儲，於是群臣咸言，雖得漢人，亦無所用，不若盡殺之，使草木暢茂，以爲牧地。」⑩當日太祖亦深然其說，其後雖經耶律楚材之反對而止，惟此種不重視漢族文化之觀念，直至元世祖入主中國之後，仍未能改變。元世祖的一切措施便有許多違反中國的傳統習慣，損害中國人的自尊心。就政治上的地位而言，他依着種類，把被統治者分爲國人、色目人、漢人、南人四個階級。所謂「國人」即是蒙古人，是征服者，地位當然是最優越的了。其次是色目人，其中包括西域各部族。又其次是漢人，即黃河流域之中國人，原受金人所統治者。最低一個階級則爲南人，這是指長江流域及其南部之漢人而言，即昔日南宋所統治者。漢人和南人，在社會中受到種種不平等的待遇，在蒙古人的眼中，只是等同騾馬。當時中國人的生活其痛苦的程度可想而知了。更慘的是，據鄭思肖《大義略敍》（見《心史》）說，蒙元入主中國之後，把社會上的人分爲十等，其等次是一官、二吏、三僧、四道、五醫、六工、七獵、八民、九儒、十丐。然我國自周秦以來，儒者常處於社會上最高階層，認爲有領導社會作用的，蒙古人竟以之與乞丐並列，這是何等違背漢人傳統思想，何等輕視漢族文化。他們只知道會醫病的醫生、會製器具的工匠、會捕獸的獵人、會種五穀的農民，對於社會有用，不曾了解到讀書人的用處，所以開國之後，遲遲未行科舉考試之制，直至仁宗延祐二年才實行科舉。然制度不良，科場又多舞弊，因而當日之人才，能由科舉考試以露頭角者絕少，而由臺閣小吏漸升以至顯達者反多。大抵元代君主對於科舉取士，並無多大誠意，其所用之人，多是粗識文字而在臺閣中任小吏多年，然後漸升以至顯要的，故此士人欲求顯達，非先屈身以任小吏不可。然而，士人又多不肯爲。因爲，元代士人對於政治多感失望，欲獻身於政治活動者較前代爲少。在百般失望之餘，自然引起對前代的懷念了。所以元代的詞人，往往流露出眷懷故國的情緒，如姚雲文〈摸魚兒・艮岳〉云：

渺人間、蓬瀛何許，一朝飛入梁苑。輞川梯洞層瑰出，帶取鬼愁龍怨。窮遊宴。談笑裏，金風吹折桃花扇。翠華天遠。悵莎沼黏螢，錦屏煙合，草露泣蒼蘚。　東華夢，好在牙檣琱輦，畫圖歷歷曾見。落紅萬點孤臣淚，斜日牛羊春晚。摩雙眼。看塵世，鼇宮又報鯨波淺。吟鞘拍斷。便乞與媧皇，化成精衛，填不盡遺恨。

又如王惲〈平湖樂〉云：

採蓮人語隔秋煙。波靜如橫練。入手風光莫流轉。共留連。　畫船一笑春風面。江山信美，終非吾土，問何日是歸年。

又如薩都剌〈滿江紅・金陵懷古〉云：

六代豪華春去也、更無消息。空悵望、山川形勝，已非疇昔。王謝堂前雙燕子，烏衣巷口曾相識。聽夜深、寂寞打空城，春潮急。　思往事，愁如織。懷故國，空陳迹。但荒烟衰草，亂鴉斜日。玉樹歌殘秋露冷，胭脂井壞寒螿泣。到如今、只有蔣山青，秦淮碧。

他們每每觸景生情，感慨今昔，表現於作品裏的純是眞摯的情感，所以特別動人。但是有些詞人却對當時環境的不滿和對前朝的懷念並沒有如此明顯的描寫出來，他們只是以煙水迷離的手

⑩ 馮琦編《宋史紀事本末》，民國四十五年四月，臺灣商務印書館出版，卷一百，頁八六三。

法去說出心裏的感想。然而，這樣並不隱蔽或減少了其中的思想性，反而覺得其味無窮。如仇遠〈齊天樂・賦蟬〉：

夕陽門巷荒城曲，清音早鳴秋樹。薄剪綃衣，涼生鬢影，獨飲天邊風露。朝朝暮暮。奈一度凄吟，一番凄楚。尚有殘聲，驀然飛過別枝去。 齊宮往事謾省，行人猶與說，當時齊女。雨歇空山，月籠古柳，彷彿舊曾聽處。離情正苦。甚懶拂冰牋，倦拈琴譜。滿地霜紅，淺莎尋蛻羽。

仇遠以蟬比喻身世，「奈一度凄吟，一番凄楚。尚有殘聲，驀然飛過別枝去。」眞宛若寒蟬悲吟！

不過，元代統治中國九十年中，其間政治的措施，社會的情況亦因個別的統治者而有若干改變，故每一期（如前說，分三期）的詞人的感受和思想亦有少許差別。影響所及，他們的作品內容亦有點不同。現在略爲分析如後：

元初的詞人不外是金朝和南宋的遺民，他們自然沒有忘記前朝，更沒忘記蒙古人帶給他們的慘痛。蒙古人以一個遊牧民族，入主中國，他們不了解中國的傳統文化，更不知士人的重要，所以當攻入中原之初，每至一地，便有無數士人被殺；每破一城，只有工匠得免於死。蒙軍以爲工匠可以替他們造軍器，而不知士人領導社會之功。他們以爲讀書人既不會生產，又無特殊技能，故士人絕不受到重視，往往被任意屠殺。其未被殺而混於雜役中，或被沒爲奴者，又不知凡幾。《黑韃事略》謂金亡之後，其大夫有混於雜奴，有墮於屠沽，以求衣食。王宣撫家中之推車者，有曾爲金之運使及侍郎；燕京之長春宮中，亦有金之朝士。《元史》〈耶律楚材傳〉（卷一百四十六）又謂太宗時耶律楚材請校試儒臣，被俘爲奴者亦令就試，結果得士凡四千三十餘人，免爲奴者四分之一。就《元史》所記，元代大儒趙復，於元兵破德安時，亦曾被俘爲奴，不過幸得姚樞之援救，纔有機會到北方講學。雖然說攻宋之時，殺戮較少，但士人所遭受的殘酷待遇，亦遠較歷來爲深。故元初士人的不幸，實爲空前的。及元世祖統一中國後，亦只曉得以武力鎮壓與攫取財富，絕無政治理想與建國計劃，於是一面專用財計之臣，以事聚斂；一面又把蒙古的落後制度硬搬過來，使中國退到古代貴族封建時代。他的統治結果，弄到聚斂之臣接踵於朝廷，貪汚之吏遍布於天下，做成蒙元整代的統治者的風氣，壞到無可再壞的地步。本來世祖在中國用兵二十年，所接近中國的文人如姚樞、許謙、郝經等已不少，但終不知中國政治上的優良傳統在於文治，而只羨慕中國物產之衆多，財富之豐厚，故滅宋以後，對於漢臣日漸疏遠，而唯蒙古人與色目人是賴，可是蒙古人、色目人不知中國輿情，且不識中國文字，而盤據要津，身居高位，其結果弄到上不知下情，下不能上達。故此，除了一小部份有特別原因之外，大多數士人只好不求聞達，明哲保身。其性近文藝者，惟有藉文藝以宣洩其憤懣，並以呈露其才華而已。

在此情況之下，元初的詞人自然不能像宋初的詞人一樣寫着「金風細細，葉葉梧桐墜。綠酒初嘗人易醉。一枕小窗濃睡。」（晏殊〈清平樂〉）和「芳菲次第長相續。自是情高無處足。尊前百計留春歸，莫爲傷春眉黛促。」（歐陽修〈玉樓春〉）和「沙上並禽池上暝。雲破月來花弄影。重重簾幙密遮燈，風不定。人初靜。明日落紅應滿徑。」（張先〈天仙子〉）這樣溫和而舒寬的歌詞。他們所寫的是國家亡破、身世飄零之感，所賦的是借酒消愁之事。如羅志仁〈金人捧露盤．丙午錢塘〉云：

溼苔青，妖血碧，壞垣紅。怕精靈、來往相逢。荒煙瓦礫，寶釵零亂隱鸞龍。吳峰越巘，翠輦鎖、苦為誰容。浮屠換、朝陽殿，僧磬改、景陽鐘。興亡事、淚老金銅。驪山廢盡，更無宮女說元宗。角聲起，海濤落，滿眼秋風。

羅志仁以懷古寄意，寫出山河故國之感。又如李琳〈木蘭花慢·汴京〉云：

蕊珠仙馭遠，橫羽葆、簇蜺旌。甚鸞月流輝，鳳雲布彩，翠遶蓬瀛。舞衣怯環珮冷，問梨園、幾度沸歌聲。夢裏芝田八駿，禁中花漏三更。　繁華一瞬化飛塵，輦路刼灰平。恨碧減烟銷，紅凋露粉，寂寞秋城。興亡事空陳迹，只青山、淡淡夕陽明。懶向沙鷗說得，柳風吹上旗亭。

這又是一首慨歎興亡的歌詞。此外，如詹玉〈霓裳中序第一〉云：「……興亡事，道人知否，見了也華髮。」又〈三姝媚·古衞舟人謂此舟曾載錢塘宮人〉云：「……如此江山，應悔却、西湖歌舞。」又〈齊天樂·贈童甕天兵後歸杭〉云：「……如此湖山，忍教人更說。」又如韋居安〈摸魚兒〉云：「……溪山信美。歎陳迹猶存，前賢已往，誰會景中意。」又如王學文〈摸魚兒·送汪水雲之湘〉云：「……乾坤桑海無窮事，才歷昆明初刼，誰共說。都付與焦桐，寫入梅花疊。」又如段弘章〈洞仙歌·茶蘼〉云：「……如此江山，都付與、斜陽杜宇。」都莫不對故國懷有無限的戀情。

在宋末元初這一段時期裏，社會情況還是在動盪之中，詞人爲了謀生，往往離鄉別井，故此時詞作的內容，每多身世飄零的描寫，如趙文〈瑞鶴仙·劉氏園西湖柳〉云：

綠楊深似雨。西湖上、舊日晴絲恨縷。風流似張緒。羨春風依舊，年年眉嫵。宮腰楚楚。倚畫闌、曾鬬妙舞。想而今似我，零落天涯，卻悔相妒。　痛絕長秋去後，楊白花飛，舊腔誰譜。年光暗度。淒涼事，不堪訴。記菩提寺路，段家橋水，何時重到夢處。況柔條老去，爭奈繫春不住。

又云：「……閒思。嗟飄泊，浮雲飛絮，……」（〈塞翁吟〉）又如周孚先〈蝶戀花〉云：

　　舟檥津亭何處樹。曉起瓏璁，回首迷烟霧。江上離人來又去。飄零只似風前絮。　　倦倚蓬窗誰共語。野草閒花，一一傷情緒。明日重來須記取。綠楊門巷深深處。

其他感慨身世飄零的句子還多着呢！如彭元遜〈子夜歌・和劉尚友韻〉云：「……昨宵聽，危絃急管，酒醒不知何處。漂泊情多，衰遲感易，無限堪憐許。」又如宋遠〈意難忘〉云：「……舊遊新恨重重。便十分談笑，一樣飄蓬。」又如姜个翁〈霓裳中序第一・春曉旅寓〉云：「……可念我、飄零如此，一地送岑寂。」又如朱晞顏〈賀新郎・歸雁送劉季和韻〉云：「……行斷驚飛悲弔影，誰念嘹風最苦。算只有、天涯羈旅。」他們感覺到作客他鄉的淒寂和痛苦，所以都發出了如此悽惻哀婉的歌聲。

又因為感時傷事，不能自己；或「閑愁最苦」的時候，他們唯有借酒消愁，如王惲〈平湖樂〉云：「……故人遠在千山外，百年心事，一樽濁酒，長使此心違。」又如梁曾〈木蘭花慢・西湖送春〉云：「……人生能幾歡笑，但相逢、尊酒莫相推。」又如姚雲文〈紫萸香慢・九日〉云：「……淒清。淺酒還醒。愁不肯、與詩平。記長楸走馬，雕弓榨柳，前事休評。紫萸一枝傳賜，夢誰到、漢家陵。儘烏紗、便隨風去，要天知道，華髮如此星星。歌罷涕零。」又〈玲瓏玉・半閑堂賦春雪〉云：「……便眞箇、瓊雕玉琢，總是虛飄。且沉醉，趁樓頭、零片未消。」又如黃子行〈滿江紅・歸自湖南題富春館〉云：「……百里家山明日到，一尊芳酒今宵共。任樓頭、吹盡五更風，梅花弄。」又如尹濟翁〈一萼紅・和玉宵感舊〉云：「……却恨閒身，不如鴻雁，飛過妝樓。……懶復能歌，那堪對酒，物華冉冉都休。」

這個時期的詞人，一方面遭遇國破家亡的慘痛，一方面又受到異族統治的不平等待遇，他們既無力量反抗，又不敢對統治者作正面的攻擊，以罹文字之禍，故不得已把心中的抑鬱盡量於歌詞裏表現出來。

世祖死後，成宗繼位。由成宗到順帝只七十餘年，其間順帝已佔三十五年，故其他的八個皇帝合計起來，只不過三十餘年而已。其中最長者爲成宗十三年；最短者則明宗與寧宗，都不及一年。此外文宗與泰定帝各五年，武宗四年，英宗三年。這幾個皇帝在位時間之短，尤甚於唐末五代諸帝，而差不多每次繼位都發生糾紛。及糾紛既解，新君即位，擁立者又以功高震主，常起而專政，致使政治腐敗，紀綱廢弛，殺戮隨之。皇帝權臣又好貨聚斂，大事搜括，每使人民陷於絕境。因賦稅之無法完納而不能不捨棄鄉里而度逃亡生活者在元代是常見的現象。其間民生困苦，可以想見。

成宗以後，除了仁宗、文宗之外，無一皇帝對中國文化有點了解，他們不僅不愛好中國文化，更不知道文治的重要。他們只知道用兵、聚歛和享樂，絕無勵精圖治之意。如成宗即位之後，無所表現，却在大德四年出師入緬，以張國威。其後又征討八百媳婦，以致死傷無數。是時民怨沸騰，中外騷然。但終於不能把八百媳婦平定。前者由於王子求救，無可諱言；但後者志在威臨異域，其動機只由於好大喜功。如此勞民傷財，草菅人命，以滿足私慾，自然不是一個統治者所應爲的。武宗只是一個酒色之徒，對國事絕不關心，只知設法聚歛，以供揮霍。他以脫虎脫爲右丞相，脫虎脫遂專權攬政，變亂舊章。他知道武宗志在歛財，便迎合其意，重徵江南之賦稅。於是江浙各州縣無不被其苛擾。同時又因爲物重鈔輕，人民生活更趨困苦。仁宗雖有心治道，而猶不能不惑於言利之臣，且享年不久，元朝政治仍不能走上合理的軌道。其後諸主又類多愚庸，從此朝政日壞，蒙元便益衰弱了。試看：英宗之時，有鐵木迭之亂政；泰定帝之在位，有爭位之暗潮；明宗、文宗之世，有燕帖木兒之擅權；寧宗只一月而死，其間天下無君者，凡九月有餘。在這樣的皇帝與奸臣統治之下，元朝的政治又安得穩定和進步？民生又安得而不痛苦呢？所以縱觀此時的詩餘，每每發覺其間帶有愁苦之言。如薩都刺〈念奴嬌・登石頭城〉云：「……一江南北，消磨多少豪傑。……。歌舞尊前，繁華鏡裏，暗換青青髮。傷心千古，秦淮一片明月。」又如張翥〈瑞龍吟〉云：「……故園夢裏，長牽別緒。寂寞閒針縷。還念我，飄零江湖烟雨。斷腸歲晚，客衣誰絮。」又〈多麗〉云「……懷古情多，憑高望極，且將尊酒慰飄零。」又如袁易〈臺城路・和師言送春〉云：「……年年春草又綠，看花人自老，遺恨天遠。」又如吳存〈霜天曉角・峨眉亭次韻〉云：「……回首故鄉千里，山一髮，暮江碧。」又〈摸魚兒・揚州〉云：「人事別。把故國興亡，欲問無人說。」這就是現實生活之反映和個人感受之流露了。

然而，這個時期的詞的內容又不盡是如此，其間更有歡樂與閒適的描寫，這是與元初詞不同的地方。為甚麼會這樣呢？自世祖統一中國後，兵戈暫息，到了這時，人們的生活已有相當程度的安定，不再如宋末元初一樣，到處顛沛流離；而且經過世祖的統治，政治和社會各方面都稍有可觀。雖然說世祖以後，蒙元便開始衰弱，但是一個國家由盛到衰到滅亡是要經過一段時間的，沒有可能立刻衰到一無可觀的地步。大亂之後，社會粗安，人民自然要喘息了。這段時期就是人民快樂的日子，縱使觸目的都不如理想，但比起兵荒馬亂的慘痛經歷實在好得多，這樣，他們為甚麼不唱出愉快的歌聲呢？況且仁宗之時，又恢復科舉，文教亦得而復興，士人又有投身政治的機會。到了文宗，雖然他的私德不好，但對於中國文化之了解，實較元代其餘諸帝爲深。他愛好中國文學，而且又實行中國的傳統禮制，如他曾服袞冕大裘，親祀昊天上帝於南郊，以太祖配享。溯自太祖開基，至是凡八世，南郊親祀之禮，此爲首次。凡此種種，足以證明文宗的所以爲「文」。凡仁宗與文宗之所作所爲，都足以使到當時的詞人寫出一些歡愉的歌詞。總之，這段時期是元代較爲安樂的日子。現在舉出一些作品以爲佐證。如宋褧〈浣溪沙・崑山州城西小寺晚憩〉云：

　落日吳江駐畫橈。招提佳處暫逍遙。海風吹面酒全消。　曲沼芙蓉秋的的，小山叢桂晚蕭蕭。幾時容我夜吹簫。

又如許有壬〈太常引〉云：

　四堤楊柳接松筠。香破水芝新。羅襪不生塵。笑畫裏、淩波未真。　紅雲縹緲，清風蕭颯，半醉岸烏巾。不是葛天民。也做得、江湖散人。

又如張翥〈謁金門・寒食臨川平塘道中〉云：

　溪水漫。岸口小橋衝斷。沽酒人家門巷短。柳陰旗一半。　細雨鳴鳩相喚。曲港落花流滿。兩兩睡紅灘鵜暖。惱人春不管。

又如許謙〈蝶戀花・正月十一日〉云：

　楊柳池塘春信早。簾卷東風，猶帶餘寒峭。暖透博山紅霧繞。洞簫扶起歌聲杳。　初試花冠金鳳小。鬢亂釵橫，長怯旁人笑。銀燭未殘尊未倒。雞聲漏永頻催曉。

這些作品，清雋雅逸，詞人之閑適意態於此表露殆盡。此外，又有很多詠物遣興之作，如同恕〈鵲橋仙〉（賦梨花）：

　香飛玉屑，光凝粉堞。不比精神瑩徹。春風一樹倚東欄，還稱道、仙肌勝雪。　憑誰與說，容吾揀折。老去情緣未歇。舭船一棹百分空，真喫到、花梢有月。

又如張雨〈蝶戀花〉（詠新柳）：

誰道鵝兒黃似酒，對酒新鵝，得似垂絲柳。松粉泥金初染就。年年春雪消時候。一縷柔情能斷否。雨重烟輕，無力縈窗牖。試看溪南陰十畝。落花都聚紅雲帚。

大概這個時期的詞人生活較為安定，吟詠特多，詠物就成為他們喜愛的題材，如張翥有〈喜遷鶯・瓊花〉、〈水龍吟・蠟梅〉、〈東風第一枝・憶梅〉、〈露華・玉簪〉，王德璉有〈踏莎行・香奩八詠〉，宋褧有〈穆護砂・燭淚〉等等，這些大都是為文而造情的無病呻吟，於內容實無足取，然於文字則大有可觀。因為內容虛洞，他們只好在文字方面取勝，故精工巧麗，幾盡琢雕之能事。這一點又是與元初詞不同的。

到了元代末期，詞風又有一點轉變。這時天下大亂，國家動搖，所以大多數的詞人都遁世逃情，不理世事。他們知道亡國在即，故或哀痛國家的不幸，或以歡樂去痲醉自己。及至國家亡破，朱明建立，他們又不期然的對故國有無限的懷念，而發出了興亡的慨歎。

但，我們要問，元朝為甚麼會引致亡國呢？元末的情形又是怎樣的呢？這都是我們研究這時期的詞需要知道的。

元代最後的一個皇帝是元順帝。他即位於公元一三三三年，直至一三六八年被逐出北京為止，歷時三十五年。在這段時間裏，他把元朝的命運弄到無可救藥，以至絕祚收場。順帝即位之後，以伯顏為右丞相，唐其勢為左丞相。是時朝廷大權操於伯顏之手，唐其勢被殺之後，更獨攬政權，益為專恣，順帝亦無可奈何。其後雖伯顏獲罪，被貶而死，但朝廷已被他弄到一塌糊塗。幸而隨之脫脫為中書右丞相，力挽狂瀾，執政之後，悉更伯顏所為，復科舉取士，行太廟四時祭，禁苛稅，開經筵，盛倡文治，元政一時好轉。是時湖南山東諸地群雄起兵，亂事日熾，脫脫自請出師伐徐州李二，大破亂兵。至正十四年，脫脫總制諸軍出討張士誠，又破之於高郵。脫脫屢戰屢勝，當日群雄所畏者，惟脫脫一人而已。可是脫脫爲平章政事哈麻所讒，被創官職，旋哈麻更矯詔賜死。脫脫死後，哈麻便爲丞相，以其弟雪雪爲御史大夫，國家大權，盡歸其掌握，由是元政愈壞，順帝之荒淫亦愈甚。哈麻欲得順帝之歡，嘗進西天僧，以運氣術媚帝，帝樂而習之，號「演揲兒法」。其後又隨西番僧伽璘眞學「秘密法」。所謂「演揲兒法」、「秘密法」，其實都是房中術。順帝荒淫成性，深喜其術，乃詔以西天僧爲司徒，西番僧爲大元國師。他們出入禁中，無所禁忌；又搜索美女，供帝淫樂。他們常在帝前，相與褻狎，甚至男女裸處，不以爲恥。於是醜聲四聞，雖市井之人亦惡聞之。順帝如此惑於西僧之房中術，日夕作樂，不理國政，遂令到哈麻謀變。雖及時發覺，不至纂位，然順帝仍惡性不改，一無所悟，終日惟淫戲是樂。朝政之壞不消說了，社會也呈現出一片混亂的現象。這時人民多無以爲生，於是鋌而走險，淪爲盜賊。四方的群雄也紛紛而起，他們或以彌勒佛下世救民疾苦爲口號；或假託是宋朝的後人，把這次革命解釋爲宋朝的復國運動；或指出這次的起義目標是民族的解放。於是天下騷動，終於把元朝推翻，把元順帝逐出北京。

詞人生活在這個時代裏，身受着社會大亂及國破家亡的雙重慘禍，自然是痛苦不堪。看着世事的變幻，他們感到失望，感到悵惘，於是飲酒作樂，自我痲醉；或置身世外，高蹈遠引。所以表現於詞裏的多是淺斟低唱之事或閒適隱逸之趣，只有一小部份是感慨興亡之作。如倪瓚〈柳梢青・贈妓小瓊英〉云：

樓上玉笙吹徹。白露冷、飛瓊珮玦。黛淺含顰，香殘棲夢，子規啼月。　揚州往事荒涼，有多少、愁縈思結。燕語空梁，鷗盟寒渚，畫闌飄雪。

又如顧德輝〈蝶戀花〉云：

春江暖漲桃花水。畫舫珠簾，載酒東風裏。四面青山青似洗。白雲不斷山中起。過眼韶華渾有幾。玉手佳人，笑把琵琶理。枉殺雲臺標外史，斷腸只合江州死。

又如何繼高〈採桑子〉云：

醉歸那忍旋分手，竹屋燈明。石鼎茶聲。坐久聽來酒力輕。　粉箋染就芙蓉滑，小句初成。轉自淒清。寒逼春衫欲二更。

這些都是他們享樂生活的歡樂描寫。另一方面，他們却過着閑適的「幽人」生活，如陶宗儀〈南浦〉云：

如此好溪山，羨雲屏九疊，波影涵素。暖翠隔紅塵，空明裏，著我扁舟容與。高歌鼓枻，鷗邊長是尋盟去。頭白江南，看去了，何況幾番風雨。　畫圖依約天開，蕩清暉，別有越中真趣。孤嘯拓蓬窗，幽情遠、都在酒瓢茶具。水蕻搖，晚月明，一笛潮生浦。欲問漁郎無恙否。回首武陵何許。

又如羅慶〈水調歌頭・遊武夷〉云：

雨晴山潑翠，溪淨水拖藍。閑來共陪杖屨，邂逅已成三。齒齒清泉白石，步步碧桃翠竹，是處輒幽探。行到釣臺下，怪樹蔭空潭。　踏芳洲，尋別館，履巉巖。壺天日月長在，雲氣滿東南。沽得一尊濁酒，喚取山花溪鳥，聽我醉中談。異日再過此，端為解征驂。

又如王行〈虞美人・鄒氏隱居〉云：

白雲紅樹秋山下。一片江南畫。門前流水帶晴沙。更是繞籬寒菊正開花。　如何眼底逢佳處，偏許幽人在。也須來此結茅茨，莫待有人相寄草堂資。

此類作品，在這個時期裏甚多，於此不再多舉了。然而從以上的例子，已經可以看出當時的士人是如何的生活了。大抵元末明初之際，江南最爲動亂，故此江南的豪富士人，如顧仲瑛、倪雲林之輩都盡量享受生活，揮金如土，等到家財散盡，則爲道徒，過着逍遙閑逸的生活，所以他們的作品有享樂的一面，也有閑適的一面。

除了這兩種內容之外，又因爲改朝易代，故總有一點興亡之歎，縱使這些詞人對於蒙元並無多大好感。如倪瓚〈人月圓〉云：

傷心莫問前朝事，重上越王臺。鷓鴣啼處，東風草綠，殘照花開。　悵然孤嘯，青山故國，喬木蒼苔。當時明月，依依素影，何處飛來。

又如陶宗儀〈念奴嬌．九日有感，次友人韻〉云：

黃花白髮，又匆匆佳節，感今懷昔。雨覆雲翻無限態，故國寒烟榛棘。杜老飄零，沈郎瘦損，此意天應識。劃然長嘯，不知身是孤客。　呼酒漫撥清愁，玉奴頻勸，兩臉添春色。眼底生平空四海，倦拂紅塵風幘。戲馬臺荒，龍山人老，往事休追惜。山林無恙，也須容我高展。

元朝始終是自己的朝代，雖然在異族的統治下，遭受種種不平等和不合理的待遇，但一旦滅亡了，又覺得有莫名的感慨。是惋惜嗎？是懷念嗎？抑或是一般的變幻無常之感呢？

第四章 金元詞風之比較

金元兩代的詞，在詞人和作品的數量方面來比較，自然是金不及元；但在質方面來比較，則元又不覺得勝金多少，因爲金、元詞是屬於兩個不同的系統的。金人之詞雄深渾厚，聲宏氣壯，多奇崛偉麗之觀；次之者，亦不失清新俊逸之感。元人之詞婉約深邃，音節柔和，每多秀艷圓融之作；其下者，則流於尖新輕淺。現在試舉一些例子，以概觀金元詞風之不同：

念奴嬌　　金・蔡松年

離騷痛飲，笑人生佳處，能消何物。夷甫當年成底事，空想嵓嵓玉壁。五畝蒼煙，一邱寒碧，歲晚憂風雪。西州扶病，至今悲感前傑。我夢卜築蕭閑，覺來嵓桂，十里幽香發。嵬隗胸中冰與炭，一酌春風都滅。勝日神交，悠然得意，離恨無毫髮。古今同致，永和徒記年月。

臨江仙・自洛陽往孟津道中作　　金・元好問

今古北邙山下路，黃塵老盡英雄。人生長恨水長東。幽懷誰共語，遠目送歸鴻。　蓋世功名將底用，從前錯怨天公。浩歌一曲酒千鍾。男兒行處是，未要論窮通。

這兩首都是金朝的佳作，都能表現出金詞的雄渾勁拔的獨特風格。至於次一點的，亦能清俊可喜，如趙獻之〈鳳棲梧〉：

霜樹重重青嶂小。高棟飛雲，正在霜林杪。九日黃花纔過了。一尊聊慰秋容老。　翠色有無眉淡掃。身在西山，卻愛東山好。流水極天橫晚照。酒闌望斷西河道。

又如許道眞〈行香子〉：

秋入鳴皋。爽氣飄蕭，挂衣冠、初脫塵勞。窗閒巖岫，看盡昏朝。夜山低，晴山近，曉山高。　細數閒來，幾處村醪。醉模糊、信手揮毫。等閒陶寫，問甚風騷。樂因循，能潦倒，也消搖。

此類詞雖與前一類有大小、輕重之別，然兩者俱能代表金詞的作風。

元詞的風格就與金詞不同了，因爲金詞以氣勢勝，而元詞則以情蘊勝。如張翥〈摸魚兒〉：

元夕，吳門姚子章席上，同柯敬仲賦。敬仲以虞學士書〈風入松〉于羅帕作軸，故末語及之。楚芳、吳蘭二妓名。

記蘇臺、舊時風景，西樓燈火如畫。嚴城月色依然好，無復綺羅遊冶。歡意謝。向客裏相逢，還有思陶寫。金尊翠斝。把錦字新聲，紅牙小拍，分付倦司馬。　繁華夢，喚起燕嬌鶯姹。肯敎孤負元夜。楚芳玉潤吳蘭媚，一曲夕陽西下。沉醉罷。君試問、人生誰是無情者。先生歸也。但留意江南，杏花春雨，和淚在羅帕。

又如邵亨貞〈齊天樂·申戌清明雨中感春〉：

離歌一曲江南暮，依稀灞橋回首。立馬東風，送人南浦，認得當年楊柳。梨花過後。悄不見鄰牆，弄梅纖手。綺陌東頭，箇人還似舊時否。　相如近來病久。縱腰圍暗減，猶未全瘦。宿酒昏燈，重門夜雨，寒食清明依舊。新愁漫有。第一是傷心，粉銷紅溜。

待約明朝，問舟官渡口。

如此情味深美，辭藻巧麗的作品，實不多讓南宋名家之作。這就是元詞之勝處。可惜不少作品弊在過於輕浮淺薄，論者以爲元詞不及宋詞，或詞衰於元，或元詞不可學者即由於此。如吳元可之〈采桑子〉就是，詞云：

江南二月春深淺，芳草青時。燕子來遲。剪剪輕寒不滿衣。　清宵欲寐還無寐。顧影顰眉。整帶心思，一樣東風兩樣吹。

又如王行之《如夢令·題雪景便面》亦傷於浮淺，不能耐人尋味。詞云：

滿眼落花飛絮。回首瓊林玉樹。驢背是何人，得了灞橋詩句。歸去。歸去。春到故園深處。

明清人之所以不愛讀元詞者大抵就是這一類。然通過以上幾首詞，我們對於元詞的作風自然有一個比較清楚的認識了。

但是，爲甚麼金元詞的風格會有這樣的差別呢？這是一個非常有趣和值得研究的問題。金元兩代同是異族統治的時代，他們都是從北方南來的民族，照理在這樣的情況下，兩代的詞風都應該趨向豪雄壯邁的一路纔是，可是元詞就偏偏不是如此，而向相反的方向走。不僅這樣，更變本加厲地走上纖弱輕淺的路線。其間必有一定的因素，這是我們要研究和討論的地方。

我相信大概有四個原因：一、地理環境的關係，二、承接系統的不同，三、文化背景的差異，四、新興文學的影響。現在順着次序略爲討論如後：

一、地理環境的關係　建立金朝的女眞族本來世居混同江之東，長白山、鴨綠江之源。他們的居地有山有水。他們的生活是半遊牧、半農耕。他們繁殖與活動的範圍介於東亞汪洋大海與東北純粹草原遊牧民族的中間。因爲天寒產薄，非勞苦筋骨不足以裕生圖存，故此他們自少就養成耐寒忍饑，不怕辛苦和勇悍善戰的精神。《金史》〈兵志〉說：「金之初年，諸部之民無它傜役，壯者皆兵，平居則聽以佃漁射獵習爲勞事。有警則下令部內及遣使詣諸孛菫徵兵，凡步騎之仗糗，皆取備焉。」❶《三朝北盟會編》（卷三）說：「其人則耐寒忍饑，不憚辛苦。食生物，勇悍不畏死。……貴壯賤老。善騎，上下崖壁如飛。濟江不用舟楫，浮馬而渡。精射獵，每見巧獸之蹤，能躡而摧之，得其潛伏之所。」❷《金史》〈兵志〉又說：「金興用兵如神，戰勝攻取，無敵當世，曾未十年，遂定大業。原其成功之速，俗本鷙勁，人多沉雄，兄弟子姪，才皆良將；部落保伍，技皆銳兵。加之地狹產薄，無事苦耕，可給衣食；有事苦戰，可致俘獲；勞其筋骨以耐寒暑，徵發調遣，事同一家。是故將勇而志一，兵精而力齊。」❸由此可見他們的生活和特性了。他們建立金國之後，遂南侵中原，以他們的勇悍與不畏死的精神終於把宋室驅逐到南方去，黃河流域以北的一大片土地便爲他們所佔領，於是大金帝國便和南宋成爲對峙的局勢。

因爲女眞是一個開化較遲的民族，沒有很多傳統習慣的拘束，故此擁有中原之後，就能很快的吸收中原文化，以至差不多全盤漢化。但在另一方面，他們又感到女眞文化有它的好處，所以又不盡棄之，如金世宗就認爲打獵尚武是女眞族立國的精神，可以補充漢文化的不足，所以一生打獵講武，習勞日新，惟恐腐化；對漢臣諫阻遊獵，遇機解說不厭其詳。〈世宗本紀〉大定八年四月便有如此的記載：「馬貴中諫曰：『陛下爲天下主，繫社稷之重，又春秋高，圍獵擊毬，危事也。宜悉罷之。』上曰：『朕以示習武耳。』」❹《金史》卷一百三十一（方伎）〈馬貴中傳〉說得更明白：「大定八年世宗擊毬於常武殿。貴中上疏諫曰：『陛下爲天下主，守宗廟社稷之重，圍獵擊毬，皆危事也。前日皇太子墜馬，可以爲戒，臣願一切罷之。』上曰：『祖宗以武定天下，豈以承平遽忘之邪！皇統嘗罷此事，當時之人，皆以爲非，朕所親見；故示天下以習武爾！』❺從上兩段記載（實只一事）可以知道金人對自己的文化還是有一部份保留的，他們並沒有全盤接受漢人的文化。而且，他們的國土又處在北方，士大夫多產生於幽幷燕趙齊魯之間，得其山川雄深渾厚之氣，習其北方整齊嚴肅之俗，故發爲文章，每能華實並茂，風骨遒上，絕勝江南之柔弱。金詞之所以豪雄邁往，聲宏氣壯者，實得其山川之助。

蒙古人是漠北的一個民族，居地的西南一帶地方，就是我們今日所謂的蒙古高原。這個高原的東方是林木茂盛的興安嶺，西方是由新疆蜿蜒入境的阿爾泰山，北方是綿亙不斷的山脈，南方則爲一望無際的大沙漠。他們的四周都有大自然所形成的屏障，其間的氣候，寒暑皆趨極端，所以蒙古高原多半地區的景色，都是異常荒涼的。不過高原的中部和北部，還有幾條河流流經其間，沿流地區濕潤，水草繁生，不失爲一個良好的天然牧場，是適宜於游牧部落生活的。至於高原的山地中，有些地方是古木參天，溪流清澈，它的景色與荒涼的大戈壁完全相反。那裏山深林密，有熊、鹿、猢、狼等等動物出沒其間，可說是狩獵部落生活的一個好地方。蒙古

❶《金史》，民國二十三年九月，開明書店鑄版，卷四十四，頁九二，總頁五九四四。
❷徐夢華《三朝北盟會編》，卷三，頁二，總頁三二。民國五十一年九月，臺北文海出版社出版。
❸同❶。
❹《金史》卷六〈世宗本紀〉上，頁一九，總頁五八七一。參❶。
❺《金史》，卷一百三十一（方伎）〈馬貴中傳〉，頁二六六，總頁六一一八。參❶。

人住在這個地方裏，生活是非常困難的，刻刻要與自然搏鬬，而且還要與異族作生存鬬爭，所以必須要有一種刻苦耐勞、能精慣戰的特性，否則就會被淘汰。

當南宋之末，女眞漸衰的時候，蒙古人出了一個鐵木眞，他憑着自己的鴻才大略，不獨控制了高原上各民族，而且攻金滅夏，遠征東歐，生平無戰不勝，無攻不克。其後窩闊臺滅金，忽必烈滅宋，又復兩次西征，建立了空前強大的蒙古帝國，成爲歐亞兩洲的霸主。

蒙元建立之後，定都大都（即今日北京），故大都成爲當時最繁盛的都市。據《馬可波羅遊記》說，凡世界各處最稀奇最有價値的東西都來集於此城，尤其是印度的商品，如寶石、珍珠、藥材和香料等。又契丹各省（按指黃河以北各省）和帝國其他各省，凡有値錢的東西都運輸到這裏來。這裏出售的商品數量，也較其他任何地方爲多，金絲織物和各種絲織物亦有極大量的製造。照理來說，當時的詞人應該是集中在大都或大都所處的北方的，至少也應該染上北方人或甚至蒙古人的豪邁氣概，而寫出一些豪放的詞來，但奇怪的是，元代的詞人大部份是集中在江南，而大部份仍然繼續着南宋詞人的婉約作風。江南有水光山色之勝，詞人居處在這樣的環境裏，詞風趨向婉麗含蓄一派是自然的事，但是，他們爲甚麼會集中在江南，而不集中在江北呢？

我相信第一個原因是，江南原是昔日的南宋所在。南宋雖然爲蒙古人所滅，整個中國雖爲蒙古人所統治，但原籍江南或久居江南的漢人（自然包括我們的詞人）都不願意離開他們的鄉土或樂居的土地而到其他陌生的地方去的。除非是爲了生活，他們斷不會離鄉別井。第二個原因是，北方並不是經濟的中心。當蒙古攻金的時候，大肆屠殺，不少城市和土地受到嚴重摧毀，故元初之時，北方是十分殘破荒涼的，很多北方的人民也因爲喪失了他們的家園而南遷。但是當蒙古滅宋之時，屠殺已不若攻金時那麼瘋狂，所以江南一帶仍能保持它的原有面貌。況且，經過南宋百餘年的經營，江南的經濟已相當發達，人民生活也比較容易。元代的詞人能夠好好的生活下去，爲甚麼要到他們不習慣的北方去呢？

這些久居江南的詞人，日夕薰沐在「三秋桂子，十里荷花」的景緻中，生活在「曉風殘月」的環境裏，當然不會受到北方人深裘大馬的作風影響，走上豪放的路子。他們所走的還是婉麗輕靈的路徑。就算他們因爲謀生的關係，飄零到北方去，但是風格旣成，新的環境對他們也沒有多大影響。

二、承接系統的不同　金詞大體上是承接蘇辛的系統，而元詞則繼承姜、張的系統，故金、元兩代的詞風有着顯明的不同。金朝的詞人爲甚麼喜愛蘇、辛詞呢？最基本的原因是，因爲他們兩人的詞風都適合金人的口味，金人可以通過蘇、辛的同一作風表現心裏的情感和思想。蘇、辛的詞風是豪邁的、爽朗的，如胡寅批評蘇軾詞說：「眉山蘇氏，一洗綺羅香澤之態，擺脫綢繆宛轉之度，使人登高望遠，舉首高歌，而逸懷浩氣，超然乎塵垢之外。於是花間爲皂隸，而柳氏爲輿臺矣。」❻胡薇元批評稼軒詞說：「稼軒詞慷慨縱橫，不可一世，才氣俊邁，於倚聲家爲雄豪一派。」❼而金人因爲居處北方，所以他們的性格大都比較粗豪和爽直，在此

❻ 胡寅〈酒邊詞序〉，見《宋六十名家詞》，《酒邊詞》（向子諲著）。《四部備要》本，上海中華書局據汲古閣本校刊。

❼ 胡薇元《歲寒居詞話》，見唐圭璋《詞話叢編》，第十二冊，總頁四〇五五。民國五十六年五月，臺北廣文書局出版。

情況下，蘇、辛的詞自然最適合他們，最容易爲他們所接受了。故此，金朝的詞人大都以蘇、辛爲宗，金朝的詞評家也沒有一個不推崇東坡和稼軒的。金朝的最大詞人元好問就是最推崇和最勉力追效東坡和稼軒的一個。他在〈新軒樂府引〉說：「唐歌詞多宮體，又皆極力爲之。自東坡一出，情性之外，不知有文字，眞有『一洗萬古凡馬空』氣象。雖時作宮體，亦豈可以宮體概之？……自今觀之，東坡聖處，非有意於文字之爲工，不得不然之爲工也。坡以來，山谷、晁無咎、陳去非、辛幼安諸公俱以歌詞取稱，吟詠情性，留連光景，清壯頓挫，能起人妙思，亦有語意拙直，不自緣飾，因病成妍者，皆自坡發之。」[8]由此可見他是如何尊崇東坡和稼軒了。又在〈遺山樂府引〉中說：「歲甲午，予所錄《遺山新樂府》成，客有謂予者云：『子故言宋人詩大概不及唐，而樂府歌詞過之。此論殊然。樂府以來，東坡第一，以後便到辛稼軒，此論亦然。東坡、稼軒即不論，且問遺山得意時，自視秦、晁、賀、晏諸人爲何如？』」[9]在這段話裏，他不過是借別人的口，說出自己的心聲而已。他認爲「樂府以來，東坡第一，以後便到辛稼軒」，這是他推崇蘇、辛的最有力的證據。至於他自己的詞，就完全一意學蘇、辛了。

金朝的詞人，元好問不消說，其他的差不多每一個也受東坡或稼軒或他們二人的影響，尤其以東坡爲甚，其中比較重要的有蔡松年、王寂、趙秉文、完顏璹、段克己、段成己等諸人。現在試舉趙秉文〈大江東去·用東坡先生韻〉一詞以資欣賞：

秋光一片，問蒼蒼桂影，其中何物。一葉扁舟波萬頃，四顧黏天無壁。叩枻長歌，嫦娥欲下，萬里揮冰雪。京塵千丈，可能容此人傑。回首赤壁磯邊，騎鯨人去，幾度山花發。澹澹長空今古夢，只有歸鴻明滅。我欲從公，乘風歸去，散此麒麟髮。三山安在，玉簫吹斷明月。

此詞高曠豪邁，甚得東坡神緒。又如鄧千江的〈望海潮．上蘭州守〉一詞，其豪壯激昂之氣概可謂直追稼軒，故此亦不妨鈔錄出來，以助我們認識金詞：

雲雷天塹，金湯地險，名藩自古皋蘭。營屯繡錯，山形米聚，喉襟百二秦關。鏖戰血猶殷。見陣雲冷落，時有雕盤。靜塞樓頭，曉月依舊玉弓彎。　看看定遠西還。有元戎閫令，上將齋壇。區脫晝空，兜零夕舉，甘泉又報平安。吹笛虎牙閒。且宴陪珠履，歌按雲鬟。未拓興零，醉魂長繞賀蘭山。

金源的最大文學批評家王若虛亦是極推崇東坡的。他說：「陳後山謂子瞻以詩爲詞，大是妄論，而世皆信之。獨茅荊產辨其不然，謂公詞爲古今第一。今翰林趙公亦云此，與人意暗同。蓋詩詞只是一理，不容異觀。自世之末作，習爲纖艷柔脆，以投流俗之好，高人勝士，亦或以是相勝，而日趨於委靡，遂謂其體當然，而不知流弊之至此也。文伯起曰：『先生慮其不幸而溺於彼，故援而止之，特立新意，寓以詩人句法。』是亦不然。公雄文大手，樂府乃其游戲，顧豈與流俗爭勝哉！蓋其天資不凡，辭氣邁往，故落筆皆絕塵耳！」❿若虛之推崇東坡於此可見一斑矣。大抵當時「程學行於南，蘇學行於北」，北方的學術，是蘇學的天下，文人學士以蘇軾爲宗，是那個時代的普遍風氣；加上蘇詞適合他們的趣味，詞人競效東坡是最自然不過的

❽〈新斬樂府引〉，元好問《遺山先生集》，見《九金人集》，民國五十六年八月，成文出版社出版，卷三十六，頁十三，總頁九六九。

❾〈遺山樂府引〉，見《遺山樂府》，《彊村叢書》，第三十二冊，民國十一年，歸安朱氏刊本。

❿王若虛《滹南遺老集》，見《九金人集》，卷三十九，頁五，總頁八三。參❽。

事了。

至於元詞則屬於另外一個系統。它是南宋姜、張、吳、王的婉約派或稱爲騷雅派的延續。朱彝尊說：「詞莫善於姜夔，宗之者張輯、盧祖皋、史達祖、吳文英、蔣捷、王沂孫、張炎、周密、陳允平、張翥、楊基，皆具夔之一體；基之後，得其門者寡矣。」⓫汪森說：「宣和君臣，轉相矜尚，曲調愈多，流派因之亦別。短長互見，言情者或失之俚，使事者或失之伉。鄱陽姜夔出，句琢字鍊，歸於醇雅。於是史達祖、高觀國羽翼之，張輯、吳文英師之於前，趙以夫、蔣捷、周密、陳允衡、王沂孫、張炎、張翥效之於後，譬之於樂，舞箾至於九變，而詞之能事畢矣。」⓬從這兩段說話可以知道很多由宋入元的詞人都是走姜、張一路的，而最重要的就是朱、汪兩人皆指出元代的最大詞人張翥也是屬於這個系統。張翥生於一二八七年，死於一三六八年，享年八十一歲，差不多眼見蒙元一代的始末。以他在詞學上的成就和在詞壇上的聲譽，他的影響自然是不小的了，故與他同時的詞人，如張雨、陸文圭、趙雍、王德璉、宋褧等都無不繼承南宋系統。更須知道，張翥和張雨同是宋末元初大詞人仇遠的弟子，而仇遠的作風與王沂孫、周密等南宋大詞人是十分近似的，而且他們都是常常唱和的。在《樂府補題》裏，他們就有很多唱和的作品，我們姑且舉王沂孫、周密與仇遠的〈齊天樂．賦蟬〉爲例，看看他們在風格上相同的地方。王詞云：

綠陰千樹西窗曉，厭厭晝眠驚起。嫩翼風微，流聲露悄，半翦冰箋誰寄。淒涼倦耳。謾重拂琴絲，怕尋冠珥。夢短宮深，向人猶與訴憔悴。　殘虹收盡過雨，晚來頻斷續，都是秋意。病葉難留，纖柯易老，空憶斜陽身世。山明月碎。甚已絕餘音，尚餘枯蛻。鬢影參差，斷魂青鏡裏。

周詞云：

槐陰忽送清泠怨，依稀乍聞還歇。故苑愁長，危枝調苦，前夢蛻痕枯葉。傷情念別。是幾度斜陽，幾回殘月。轉眼西風，一襟幽恨向誰說。 輕鬟猶記動影，翠奩應怪我，雙鬢如雪。枝冷頻移，葉疏猶抱，空負好秋時節。淒淒切切。漸迤邐黃昏，砌蛩相接。露洗餘悲，暮寒聲更咽。

仇詞云：

夕陽門巷荒城曲，清音早鳴秋樹。薄翦綃衣，涼生鬢影，獨飲天邊風露。朝朝暮暮。奈一度淒吟，一番淒楚。尚有殘聲，驀然飛過別枝去。 齊宮往事謾省，行人猶與說，當時齊女。雨歇空山，月籠古樹，髣髴舊曾聽處。離情正苦。甚懶拂冰絃，倦拈琴譜。滿地紅霜，淺荷尋蛻羽。

他們在詞意方面側重含蓄渾厚，在詞藻方面側重雕琢精工，這些南宋詞的特點通過這一批宋末詞人帶到元詞裏去。看張翥的〈木蘭花慢・次韻陳見心文學孤山問梅〉：

壓西湖千樹，曾幾度，為攜尊。向柳外停橈，苔邊待鶴，酒熟詩溫。瀛洲舊時月色，悵荒涼、惟有數枝存。天上梨花成夢，江南桃葉移根。 如今憔悴客愁村。難返暗香魂。甚歲晚春遲，角寒笛曉，雪暗雲昏。登臨不甚寄目，但青山、隱隱月紛紛。再約與君同醉，從他啄木敲門。

⓫ 朱彝尊《曝書亭集》，《四部叢刊》，上海涵芬樓景印原刊本，卷四十，頁一一。

⓬ 汪森〈詞綜序〉，民國五十五年四月，臺北世界書局出版。

這就是承接南宋姜、張、吳、王系統的證明。張翥之後，便到邵亨貞。亨貞是元末最有成就的詞人，他的詞風依然是走着仇遠、張翥的路子。如〈齊天樂〉云：

甲午七月望後，橫泖客舍驟雨頓涼，秋聲滿樹，小牕暮倚，四無人聲，暝色凝煙，不勝淒黯。闔戶呼鐙著此，以紀旅思。

碧梧庭院秋聲早，愔愔暮天雲影。雨送涼蟬，風欺倦翼，絡緯猶嘅金井。疏牕弄暝。正犀押簾垂，畫屏鐙冷。節序依然，旅懷長是歎流景。　舊家園苑廢久，歲寒松桂在，清事誰領。待月幽軒，尋涼小艦，斷夢有時提省。乘槎路迥。便逸興相牽，倦塗難騁。甚日歸來，傍湖畔二頃。

王半塘〈蟻術詞選・跋〉稱：「復孺（按：亨貞之字）、蘭谷二詞，不在山村、蛻巖、伯雨諸賢之下。」⑬王半塘以邵亨貞配仇遠、張翥和張雨，自然是因爲他們的成就不相上下，但其中亦未嘗不透露出他認爲他們同屬一個派系的消息。

仇遠、張翥、張雨、邵亨貞是南宋詞的繼承，而其他的詞人也多半是循着這條路子走。總之，從大體上講，元代的詞風是很難跳出這個系統的。

三、文化背景的差異

金、元兩代都是異族統治的時代，縱使他們漸漸漢化，但是當時他們兩者對漢族文化的態度是不同的。女眞人不僅喜愛中國文化，而且眞心眞意的想盡量漢化；但是蒙古人就抱有不同的態度，他們並不想漢化，他們在某些程度上用漢制漢法只不過是權宜之計，而不是有心把漢文化全盤搬過來。在如此不同的文化背景之下，文學上之趨勢自然是有所分別了，詞風所走的路向當然亦有所差異。

我們知道漢族的文化以儒家爲主，故說漢族的文化就差不多說儒家的文化。女眞是一個樂意接受儒家文化的一個民族，自海陵之後，金朝便走上這條路子。《大金國志》卷十三說：「國主（海陵）嗜習經史，一閱終身不復忘。見江南衣冠文物朝儀位著而慕之。」⓮《金史》卷一〇五〈張用直傳〉說：「海陵嘗謂用直曰：『朕雖不能博通經史，亦粗有所聞，皆卿平昔輔導之力。太子方就學，宜善道之。朕父子並受卿學，亦儒者之榮也。』」⓯於此可知海陵漢化之情形了。世宗即位後，批評海陵的漢化說：「會寧乃國家興王之地，自海陵遷都永安，女眞人寖忘舊風。……今之燕飲音樂，皆習漢風，蓋以備禮也，非朕心所好。東宮不知女眞風俗，第以朕故，猶尚存之。恐異時一變此風，非長久之計。……」⓰可見女眞人的漢化，在海陵的時代，速度既快，而又相當徹底。世宗雖然批評海陵，但他的漢化並不亞於海陵。史說他研習漢文經典與歷史，所以他常思念《詩經》、《書經》、孔子、孟子及古書中的訓言，以至漢文帝、唐太宗等皇帝的行事；又與宰執大臣共相議論，力圖仿效。如《金史》卷八〈世宗本紀〉大定二十六年十一月云：「上謂宰臣曰：『朕雖年老，聞善不厭。孔子云：「見善如不及，見不善如探湯。」大哉言乎！』右丞張汝弼對曰：『知之非難，行之惟艱。』」⓱又卷六〈世宗本紀〉

⓭ 王半塘〈蟻術詞選·跋〉，《四印齋所刻詞》，第九冊，光緒十四年刊本。

⓮ 宇文懋昭《大金國志》，卷十三，〈海陵煬王〉上，頁二，見清席世臣輯《宋遼金元別史》，第二十三冊，埽葉山房校刊。

⓯ 《金史》，卷一百五，〈張用直傳〉，頁二一七，總頁六〇六九。參❶。

⓰ 《金史》，卷七，〈世宗本紀〉中，頁二〇，總頁五八七二。參❶。

⓱ 《金史》，卷八，〈世宗本紀〉下，頁二四，總頁五八七六。參❶。

大定十一年云：「十一月戊寅，幸東宮，上謂皇太子曰：『吾兒在儲貳之位，朕爲汝措天下，當無復有經營之事。汝惟無忘祖宗純厚之風，以勤修道德爲孝，明信賞罰爲治而已。昔唐太宗謂其子高宗曰：「吾伐高麗不克終，汝可繼之。」如此之事，朕不以遺汝。』……又曰：『唐太宗有道之君，而謂其子高宗曰：「爾於李勣無恩，今以事出之。我死宜即授以僕射，彼必致死力矣。」君人者焉用僞爲！受恩於父，安有忘報於子者乎？朕御臣下惟以誠實耳！』群臣皆稱萬歲。」⓲可見世宗是一個非常漢化的皇帝。但是他又不完全放棄女眞舊俗。如《金史》〈世宗本紀〉說：「（大定）十六年正月丙寅，上與親王、宰執、從官從容論古今興廢事，曰：『經籍之興，其來久矣，垂教後世無不盡善。今之學者旣能誦之，必須行之。然知而不能行者多矣！苟不能行，誦之何益！女眞舊風最爲純直。雖不知書，然其祭天地、敬親戚、尊耆老、接賓客、信朋友、禮義款曲，皆出於自然。其善者與古書所載無異。汝輩當習學之，舊風不可忘也！』」⓳這一段最能表明金世宗對於漢族與女眞族兩大傳統文化擇善而從的態度。依照他的意思，漢文經典中可以垂教後世的，不但應當誦習，尤須身體力行；知而不行，誦習無益。女眞舊有的風俗最爲純直，如祭天地、接賓客、信朋友等，其善者與漢文經典相同，也應當學習遵守，不可遺忘。這裏面含有擇善而從的自覺，文武合一的理想，習勞而向善的人生觀。他的擇善而從，精益求精，是感到美中不足，不是吹毛求疵，漠不相關。雖然如此，他的漢化是相當深的，差不多可以說他對漢族文化是全盤接受的。我們讀《金史》〈世宗本紀〉及有關各志與諸臣列傳，就會有這樣的感覺。自世宗以後，漢化已成定局，女眞的舊有文化便慢慢的被遺忘了。

然而，金朝的漢化對於金朝的詞風又有甚麼關係呢？我們知道，漢族文化的特點是敦厚篤實，忠君愛國。敦厚篤實的另一面就是光明正大，磊磊落落，先公而後私，表現於文學上的自然是一種質樸剛健之風，而不是綺麗柔靡的趣向。北宋的蘇東坡和南宋的辛稼軒、岳飛等最能表現這些特質。至於其他浸淫於儒家文化的詞人而不能如蘇、辛輩者，一方面是由於個人品性的關係，另一方面則未嘗不是由於未能得到儒家文化的要領，而過於溺於感情之緣故。金朝的詞風，走向豪雄健拔一路而不走向婉約柔媚一路，我認為與漢化有關係，雖然很難說到了甚麼程度。忠君愛國是義的表現，「義氣」本來就是凌厲的、剛健的，灌輸到文學裏去，必然產生豪爽勁拔的作風。元好問、段克己、段成己就頗能夠表現這一點。我們讀金源的詞，必會注意到金遺民的作品是最豪健雄壯的，同時忠君愛國的思想也是最濃厚的，這難道其中不是因為儒家文化的影響嗎？

但是，元代的詞風為甚麼又不如金詞的豪健而走向婉約呢？蒙元不是亦同樣漢化嗎？如元世祖不但接受了張德輝、元裕之（元好問入元後的新名字，蘇天爵《國朝名臣事略》（卷十）即徑稱元好問。）諸人送給他的徽號「儒家大宗師」，並且竟公然宣佈，漢地的事情，蒙古人不曉得如何處理，非借用漢地降臣不可。《元史》卷八〈世祖本紀〉說：「（至元）十二年五月，庚辰，詔諭新授參知政事宋降臣高達曰：『昔我國家出征，所獲城邑，即委而去之，未嘗置兵戍守，以此連年征伐不息。夫爭國家者，取其土地人民而已。雖得土地而無民，其誰與居！令欲保守新附城壁，使百姓安業、力農，蒙古人未之知也。爾熟知其事，宜加勉旃！湖南

⑱《金史》，卷六，〈世宗本紀〉上，頁二〇，總頁五八七二。參❶。

⑲《金史》，卷七，〈世宗本紀〉中，頁二一。總頁五八七三。參❶。

州郡皆汝舊部曲，未歸附者何以招懷？生民何以安業？聽汝爲之！』」[20]就這個例子看，元世祖用漢法、漢人治理漢地，是沒有疑問的。但是，我們要知道，這樣的做法，也只以治理漢南漢地的民政爲限。此外，如有關蒙古帝國的軍政、交通、財政，以及地方的武力、金融，甚至宗教信仰，就全然兩樣！這些，漢人是無權過問的。自元世祖統一了蒙古大帝國之後，爲了政治上的需要，就實行兩元政策：以蒙古傳統的原則，管理蒙古本部及成吉思汗以來所建立大帝國的外形；以中原漢唐的原則治理漢南漢地。所以元世祖以漢法漢人治理漢地只不過是他的一種政策而已，並不意味着他的漢化態度的。至於說「世祖度量弘廣，知人善任使，信用儒術，用能以夏變夷，立經陳紀，所以爲一代之制者，規模宏遠矣！」[21]亦不過是片面之辭，未能體察事實的全面。固然世祖曾經任用漢人，如他初用姚樞之時，言聽計從，頗稱優禮，樞亦能爲他多所設計。此外，又任用許衡、王文用、劉秉忠、張文謙、史天澤、朱子貞、董文炳、董文用、賈居貞、楊果、趙良弼、劉肅、李昶、郝經、徐世隆、王鶚、竇默、商挺等人。但等到滅宋而擁有整個中國之後，他就對漢臣日漸疏遠。而且還不止此，更把全國的人民分爲蒙古人、色目人、漢人、南人四個階級，以致漢人（漢人與南人的統稱）居於騾馬的地位。他又把社會上的人分爲十等，九儒十丐，儒生向來在社會上的崇高地位到了這時可謂蕩然無存。倘若這樣都可以說爲眞心的漢化或全面的漢化，就很難使人信服了。

元代的政策根本就不重視漢族文化，對於漢人、南人始終是存着蔑視的心理。昔日金朝諸帝對於漢文，大率精通，如海陵、世宗、章宗都能寫出很好的詩詞，而元代諸帝則大都不習漢文，更遑論精通了。故其所用官吏，不問能識漢文與否，而只注意其種族。至元二十九年，河南福建行省請詔用漢語，詔以蒙古語諭河南，漢語諭福建，是則當日公事來往，亦有舍漢文而不用的。又當日縣尉多係色目人，多不識漢文，且有以承蔭得官，年少而不懂事的，故其所作所爲，往往違背漢人習俗，漠視漢人文化。

凡此種種，皆能使漢族文化的本位文化——儒教有所動搖。中國自先秦以來，社會的一切都靠儒教維繫，現在漢族文化受到空前的摧殘，士人受到前所未有的蔑視，這無形中是破壞了在社會上一向擁有強大維繫力量的儒教。儒教在一般人的眼中已遠不如昔日的有價值了。他們對儒教的信賴已有所動搖，對儒教的拘束已不再理會，儒教的敦厚樸實已不再受到重視，於是一般文人都趨向放縱的、不諱飾的、不蘊藉的描寫，這在戲曲裏表現得最爲全面、最爲透徹。在詞裏亦出現輕淺浮艷的作風，往日的沉鬱深厚已遭受到打擊。雖說元詞的輕淺作風是受到元曲的影響，但當日文人的浮誇風氣纔是根本的原因。蒙元的漠視漢文化的政策使到固有的倫理觀念搖動，文人趨向輕浮，加上西方民族，若波斯等民族的文學影響，元代的文學呈現着一片浮淺是非常自然的、合理的。如我們的詞人王惲、趙孟頫、張雨、舒頔等亦每有輕淺之語，如王惲〈絳桃春〉云：

> 笑分花露出妝奩。香輭金杯瀲。滿著華池潤吾咽。展眉尖。　坡仙釀法真堪羡。却憐密課，蜂兒官府，辛苦為誰甜。

又如張雨〈殿前歡〉云：

> 小吳娃。玉盤仙掌載春霞。後堂絳帳重簾下，誰理琵琶。香山處是家。玉局仙人畫。一

⑳《元史》，卷八，〈世祖本紀〉五，頁二三，總頁六一四九。民國二十三年九月，開明書局鑄版。

㉑《元史》，卷十七，〈世祖本紀〉十四。頁四六，總頁六一七二。參⑳。

刻春無價。老夫醉也，烏帽瓊華。

如此的詞作，已失却了應有的蘊藉渾厚，毫無凝重感，全不耐人尋味了。

當然並不首首如是，人人如是，但淺薄輕浮的作風是普遍上存在的。

四、新興文學的影響　詞到了元代而呈現着淺薄的現象，其中最直接的原因自然是受到曲的影響。曲是元代的新興文學，它的產生原因很多，如詞的衰落、詞調的轉變、詞句的語體化、諸宮調的興起、外來音樂的影響等等。論者認爲詞與曲是有一定分別的。如任中敏《詞曲通義》說：「詞之意隱，曲之意顯。……《詩》中六義，詞得其風與比、興者多，而曲得其賦與雅、頌者多。」㉒又說：「詞靜而曲動；詞歛而曲放；詞縱而曲橫；詞深而曲廣；詞內旋而曲外旋；詞陰柔而曲陽剛；詞以婉約爲主，別體則爲豪放；曲以豪放爲主，別體則爲婉約；詞尚意內言外；曲竟爲言外而意亦外。」㉓綜合而言之，不外是說詞是含蓄的，而曲是率直的。含蓄則自然渾厚、深邃；率直則流於輕薄、浮淺。故讀元曲每每嫌其過於率直，平坦無味。因爲曲盛行於元，整個文壇也受到它的影響，與它最接近的詞當然就受其影響更深了。當時不少詞家，如劉秉忠、張弘範、胡祗遹、劉因、白樸、姚燧、劉敏中、趙孟頫、滕賓、趙雍、虞集、張雨、薩都剌、蒲道源、宋褧、李齊賢、倪瓚、邵亨貞、梁寅、舒頔等都無不寫曲，而且更借詞調來譜曲，或以曲的手法去塡詞，這樣使到當時的詞曲差不多混而爲一，無法劃分清楚。就是因爲這個緣故，詞的含蓄的本質便受到曲的率直的特性所衝激而轉向輕淺一路了。當然輕淺也不一定壞，如能做到清新靈巧則不可說其非，但倘若淪落到纖弱浮艷則一無是處了。詞的本色在於隱約含蓄，託興深微，一唱三歎，能夠如此，才是好詞；要是一以清新靈巧爲宗，則不如直接寫曲好了。現在試舉邵亨貞兩首詞來看看：

〈點絳脣・暮登新安鎭城樓〉

莫倚高樓，太湖西畔青山近。雁邊雲暝。目力隨天盡。　落日平蕪，點點餘烽燼。西風緊。亂沙成陣，故惱雙蓬鬢。

〈凭欄人・題曹雲西贈伎小畫〉

誰寫江南一段秋。妝點錢塘蘇小樓。樓中多少愁。楚山無盡頭。

這兩首都是小令，字數不多，但當我們反覆吟哦之後，就會覺得第一首詞味較濃，愈讀愈覺有味；第二首初讀一遍覺清新可愛，但讀第二遍時則味同嚼蠟矣。這是因爲第一首比第二首較有深度。所以站在詞的立場來批評，第一首是較好的；若從曲的角度去看，則第二首較爲優勝了。可是元詞就每每染上類似第二首的作風，這樣，豈會不流於輕淺呢？

以上我們討論過造成金、元詞風不同的四個原因。但他們是互相緊扣在一起的，並不是說任何單獨的一個原因就可使到金、元詞風有所差別。自然我們說這兩個時代詞風的差別是從普遍上講，至於個人詞風的差別就不在本章討論的範圍了。

㉒ 任中敏《詞曲通義》，一九六四年三月，香港商務印書館出版，頁二五。

㉓ 任中敏《詞曲通義》，頁二九、三〇。參㉒。

第二編　金　詞

第一章　金朝的皇帝詞人

金源一朝，一百二十年，本來不算得太短，可是產生的詞人，至今可考者祇不過四、五十人，這未免是少一點了。其中最主要的原因自然是因爲女眞侵宋的時候，大批文人(包括詞人)隨着宋室南渡，以至女眞統一中原以後，文壇呈現着一片荒涼的景象。倘若不是「借才異代」，金朝初期可以說是沒有文人。這些異代的文人，都是由宋入金的，或是奉使被留，或是失節另仕新朝，或是起義事敗後轉仕於金。到了第二代時，才正式產生金朝的文人。

我把金朝的詞人劃分爲三期(前一編已經談及)，而在每一期裏都選出幾個比較重要的詞人，加以詳細的介紹與討論，如第一期就選出了吳激、蔡松年；第二期選出了王寂、趙可、劉仲尹、黨懷英、王庭筠；第三期選出了趙秉文、完顏璹、李俊民、元好問、段克己、段成己諸人。因爲他們或負有重名，或存詞較多，或影響較大，所以多着一點筆墨是合理的和有意義的，希望通過這個方式，我們可以對每個時期的重要詞人的詞風、詞的內容都能有較具體的認識，不致看過全編之後，依然對金詞得不到要領。

不過，我們未進一步討論金朝詞人之前，首先要談談金朝的幾個皇帝詞人：海陵、金世宗和金章宗，原因並不是他們的成就超過其他詞人，而是因爲他們的身份特別。倘若把他們與一般詞人放在一起是不大適合的。

海陵（公元一一四九—一一六一年在位）

海陵王（原封岐王）完顏亮，因爲他後來被廢帝位，沒有廟號，故史書上通稱他金主。《金史》本紀稱他爲海陵，故我們也稱他爲海陵。海陵是遼王宗幹的第二個兒子。宗幹是太祖阿骨打的太子之一，海陵是太祖的皇孫，其地位與金熙宗完顏亶是同等的。海陵幼年就好讀書，善奕棋，延接儒生，彬彬有禮，談論有成人之器。長成之後，風度端嚴，神情閑逸，外若寬和，內有城府，人莫測其高深。劉祁《歸潛志》云：「金海陵庶人，讀書有文才，爲藩王時，嘗書人扇云：『大柄若在手，清風滿天下。』人知其大志。」❶《詞統》云：「海陵閱柳耆卿《西湖詞》，欣然有慕于『三秋桂子，十里荷花。』遂起投鞭渡江之志。乃密隱畫工于奉使中，寫臨安山水，復貌己之狀，策馬而立于吳山絕頂，題其上云：『萬里車書盡混同，江南豈有別疆封，提兵百萬西湖上，立馬吳山第一峰。』」❷《鶴林玉露》云：「柳耆卿作〈望江潮〉……此詞流播，金主亮聞歌，欣然有慕於『三秋桂子，十里荷花』句，遂起投鞭渡江之志。近時謝處厚詩云：『誰把杭州曲子謳，荷花十里桂三秋，那知卉木無情物，牽動長江萬里愁。』余謂此詞雖牽動長江之愁，然卒爲金主送死之媒，未足恨也。至於荷艷桂香粧點湖山之清麗，使士大夫流連歌舞，嬉遊之樂，遂忘中原，是則深可恨耳！」❸現在姑勿論海陵南征是否慕于「三秋桂子，十里荷花」那麼簡單，但「立馬吳山」的大志實足以造成海陵詞作的豪邁風格。當海陵大舉南侵時，他曾以〈喜遷鶯〉一詞賜御前都統驃騎衞大將軍韓夷耶，詞云：

旌麾初舉。正駃騠力健，嘶風江渚。射虎將軍，落鵰都尉，繡帽錦袍翹楚。怒磔戟髯，爭奮捲地，一聲鼙鼓。笑談頃，指長江齊楚，六師飛渡。　此去。無自墮。金印如斗，獨把功名取。斷鎖機謀，垂鞭方略，人事本無今古。試展臥龍韜韞，果見成功旦莫。問江左，想雲霓望切，玄黃迎路。

這首詞吳梅以爲「豪邁無及」❹。又〈鵲橋仙・待月〉云：

停杯不舉，停歌不發，等候銀蟾出海。不知何處片雲來，做許大、通天障礙。　虬髯撚斷，星眸睜裂，唯恨劍鋒不快。一揮截斷紫雲腰，仔細看、嫦娥體態。

《藝苑雌黃》說：「金主亮，亦能詞，其〈待月・鵲橋仙〉云云，俚而實豪。」❺但此詞實不能祇以「豪」字言之，其蠻氣、霸氣是躍乎「豪」之外的。徐釚許之曰：「出語倔強，眞是咄咄逼人。」❻評得最爲中肯。

---

❶ 劉祁《歸潛志》，卷一，頁一。見《學海類編》，第七冊，總頁四〇七七。民國五十三年，臺北文海出版社出版。

❷ 見張宗橚《詞林紀事》引，卷二十，頁五二七。一九五九年六月，北京中華書局出版。

❸ 羅大經《鶴林玉露》，卷一，頁一。見《叢書集成初編》，商務印書館出版。

❹ 見吳梅《詞學通論》，第八章，頁一一三。一九六四年三月，香港太平書局出版。

❺ 見張宗橚《詞林紀事》引，卷二十，頁五二八。參❷。

❻ 見徐釚《詞苑叢談》，卷三，品藻一，頁七三。民國五十七年七月，臺北廣文書局出版。

云：

但是，海陵的作風又不祇是豪霸一面，亦有和平奇俊一面，如〈昭君怨·雪〉一詞就是，詞

昨日樵村漁浦。今日瓊川銀渚。山色捲簾看，老峰巒。錦帳美人貪睡。不覺天孫剪水。驚問是楊花。是蘆花。

如此的筆調又與前兩首大異其趣。海陵雖是一代暴君，但其在文學上的造詣是不能予以否定的。

金世宗（公元一一六一——一一八九年在位）

金世宗完顏雍，是太祖阿骨打之孫，正隆六年即位於東京，改元大定。海陵被弒後，入燕，在位二十九年，卒年六十七歲。世宗是金代最有爲的君主，在位期間，他把全副精力建設國家，使國家的政制和社會的秩序都上軌道，百姓也能夠安居樂業，過着太平的日子。《金史》〈世宗本紀〉綜論世宗一生的政績說：「世宗之立，雖由勸進，然天命人心之所歸，雖古聖賢之君亦不能辭也。蓋自太祖以來，海內用兵，寧歲無幾。重以海陵無道，賦役繁興，賊盜滿野，兵甲並起，萬姓盻盻，國內騷然，老無留養之丁，幼無顧復之愛，顚危愁困，待盡朝夕。世宗久典外都，明禍亂之故，知吏治之得失，即位五載，而南北講好，與民休息。於是躬節儉，崇孝弟，信賞罰，重農桑，愼守令之選，嚴廉察之責，却任得敬分國之請，拒趙位寵郡縣之獻，孳孳爲治，夜以繼日，可謂得爲君之道矣。當此之時，群臣守職，上下相安，家給人足，倉廩有餘，刑部歲斷死罪或十七人，或二十人，號稱『小堯舜。』」❼堯與舜是我們認爲理想的君主；堯舜的時代也就是公認的理想時代。《金史》稱金世宗是「小堯舜」，也就是說他是近於理想的

君主的意思。

世宗的詞，現存祇有一首，即〈減字木蘭花・賜玄悟玉禪師〉一詞。玆錄之如下：

> 但能了淨，萬法因緣何足問。日月無為。十二時中更勿疑。　常須自在，識取從來無罣礙。佛佛心心。佛若休心也是塵。

這首詞明淨通達，措辭質樸，毫無雕巧言語。至於結句云：「佛佛心心。佛若休心也是塵。」宛如老僧談禪，直指本心，圓融通透。《法苑春秋》謂：「金世宗賜元悟玉禪師長短句云云，師獻和云：『無爲無作，認著無爲還是縛。照用同時，電捲星流已太遲。　非心非佛，喚作非心猶是佛。人境俱空。萬象森羅一境中。』世宗嘗以手心書『非心非佛』四字，示禪師，故及之。」❽他們簡直是說佛偈了。

金章宗（公元一一九〇—一二〇八年在位）

金章宗完顏璟，係金世宗的皇太子完顏允恭之子，亦即皇太孫。世宗崩，即帝位，是爲章宗，改元明昌元年，章宗性好儒學，善屬文，聽朝之暇，便與嬪妃飲宴，朝臣唱和，如《如庵小藁》說：「章宗喜翰墨，聽朝之暇，即與李宸妃登梳粧臺，評品書畫，臨玩景物，得句，輒

---

❼《金史》卷八，〈世宗本紀〉下贊曰，頁二五，總頁五八七七。民國二十三年九月，開明書店鑄版。

❽見張宗橚《詞林紀事》引，卷二十，頁五二五。參❷。

自晝之。李妃亦有《梳粧臺樂府》，不傳于世，亦閨幃中間氣所鍾也。」❾又《金鰲退食筆記》說：「章宗嘗與李妃夜坐，上曰：『二人土上坐。』妃應聲曰：『一月日邊明。』上大悅。」❿他的生活如此浪漫寫意，他的詞自然是綺麗柔媚了，如〈蝶戀花・聚骨扇〉云：

幾股湘江龍骨瘦。巧樣翻騰，疊作湘波皺。金縷小鈿花草鬥。翠條更結同心扣。金殿珠簾閒永晝。一握清風，暫喜懷中透。忽聽傳宣須急奏。輕輕褪入香羅袖。

況周頤曰：「眞字是詞骨，情眞景眞，所作必佳。此詠物兼賦事，寫出廷臣入對時情景。確是詠聚頭扇，確是章宗詠聚骨扇，他題他人挪移不得，所以爲佳。」⓫這樣批評可謂得當之至。又如〈生查子・軟金杯〉云：

風流紫府郎，痛飲烏紗岸。柔軟九迴腸，冷怯玻璃盌。纖纖白玉葱，分破黃金彈。借得洞庭春，飛上桃花面。

香穠綺艷，風流蘊藉，誠爲佳作。章宗之詞，帝王之氣極濃；章宗之詩，也是如此。如《歸潛志》（卷一）所記的一首就是，詩云：「五雲金碧拱朝霞，樓閣崢嶸帝子家，三十六宮簾盡捲，東風無處不楊花。」⓬

這樣一個陶醉於文學沉迷於酒色的皇帝，我們又怎會希望他勵精圖治呢？結果，金朝到了章宗便開始衰落了。

❾ 見張宗橚《詞林紀事》引，卷二十，頁五二六。參❷。

❿ 高士奇《金鰲退食筆記》，卷上，頁一三，見《大陸各省文獻叢刊》，第一集，第八冊。民國五十二年五月，臺北世界書局出版。

⓫ 見徐珂《歷代詞選集評》引，頁二一二。一九五九年五月，香港商務印書館出版。

⓬ 劉祁《歸潛志》。同❶。

第二章　金初兩大詞人

㈠吳　激（公元？——一一四二年）

激，字彥高，自號東山，福建建州人。父拭，宋進士，官終朝奉郎，知蘇州。激，米芾之婿。使金被留，仕爲翰林待制。皇統二年（宋紹興十二年，公元一一四二年），出知深州，到官三日而卒。事跡具《金史》一二五。《中州樂府》存吳詞五首。《直齋書錄》有《吳彥高詞》一卷，久佚。趙萬里從《永樂大典》等書輯得十首，附錄誤混二首，見《校輯宋金元人詞》。《中州集》云：「（彥高）樂府『夜寒茅店不成眠』、『南朝千古傷心事』、『誰挽銀河』等篇，自當爲國朝第一手；而世俗獨取〈春從天上來〉，謂不用他韻；〈風流子〉，取對屬之工，豈眞識之論哉！」❶據此，元好問則認爲彥高之〈訴衷情〉、〈人月圓〉、〈滿庭芳〉是較〈春從天上來〉和〈風流子〉爲優勝的。但是，以彥高所存詞十首來看，就差不多首首都是佳作，豈獨遺山所舉的幾篇呢？其間又以〈人月圓〉、〈春從天上來〉二詞最爲傳誦。〈人月圓・宴北人張侍御家有感〉云：

❶ 元好問《中州集》，卷一，頁十三。一九六二年四月，北京中華書局出版。

南朝千古傷心事，猶唱後庭花。舊時王謝，堂前燕子，飛向誰家。恍然一夢，仙肌勝雪，宮髻堆鴉。江州司馬，青衫淚濕，同是天涯。

據劉祁《歸潛志》的記載，這首詞曾令當時的文壇盟主宇文叔通大爲折服。《志》云：「先翰林嘗談國初宇文太學叔通主文盟時，吳深州彥高視宇文爲後進，宇文止呼爲小吳。因會飲酒間，有一婦人，宋宗室子流落，諸公感歎，皆作樂章一闋。宇文作《念奴嬌》，有『宗室家姬，陳王幼女，曾嫁欽慈族。干戈浩蕩，事隨天地翻覆。』之語。次及彥高，作〈人月圓〉云云，宇文覽之，大驚，自是人乞詞，輒曰：『當詣彥高也。』」❷劉祁評彥高之詞曰：「彥高詞集，篇數雖不多，皆精緻盡善。雖多用前人詩句，其剪截裁綴若天成，眞奇作也。先人嘗云：『詩不宜用前人語，若夫樂章，則剪截古人語亦無害，但要能使用爾。如彥高〈人月圓〉半是古人句，其思致含蓄甚遠，不露圭角，不猶勝於宇文自作者哉！』」❸究竟〈人月圓〉一詞如何剪截古人語呢？計有三處：一是「南朝千古傷心事，猶唱後庭花」是來自唐杜牧的「商女不知亡國恨，隔江猶唱後庭花」；二是「舊時王謝，堂前燕子，飛向誰家。」是變化唐劉禹錫的「舊時王謝堂前燕，飛入尋常百姓家」；三是「江州司馬，青衫淚濕，同是天涯。」是本唐白居易的「同是天涯淪落人，……江州司馬青衫濕。」但却能做到天衣無縫的地步，沒有一點生硬的感覺。此詞並不因爲拼湊前人舊句而減低了它的價值，反而正因爲如此而增加了它的深度和聯想。而且，因爲它點出了悲慘的時代背景，引發起當時一群羈留異國的人臣的痛苦心情，與對家國興亡的惆悵和感觸，它之能感動留金宋臣，贏得當日文壇盟主宇文虛中的高度評價，是理所當然的。

此詞向來爲人所讚賞，如沈謙說：「小令、中調有排蕩之勢者，吳彥高之『南朝千古傷心事』，范希文之『塞下秋來風景異』是也。」❹又如陳廷焯說：「陶九成云：『近世所謂大曲，蘇小小〈蝶戀花〉、蘇東坡〈念奴嬌〉、晏叔原〈鷓鴣天〉、柳耆卿〈雨霖鈴〉、辛稼軒〈摸魚子〉、吳彥高〈春草碧〉、蔡伯堅〈石州慢〉、張子野〈天仙子〉、朱淑眞〈生查子〉、鄧千江〈望海潮〉。』按其中惟稼軒〈摸魚子〉一篇爲古今傑作，叔原〈鷓鴣天〉爲艷體中極致，餘亦泛泛，不知當時何以並重如此。余獨愛彥高〈人月圓・宴張御家有感〉云云，感激豪宕，不落小家數。」❺于此，可見論者對這首詞的推崇了。

又如〈春從天上來・感舊〉云：

海角飄零。嘆漢苑秦宮，墜露飛螢。夢裏天上，金屋銀屏。歌吹競舉青冥。問當時遺譜，有絕藝、鼓瑟湘靈。促哀彈，似林鶯嚦嚦，山溜泠泠。　梨園太平樂府，醉幾度春風，鬢變星星。舞破中原，塵飛滄海，風雪萬里龍庭。寫胡笳幽怨，人憔悴、不似丹青。酒微醒。對一窗涼月，燈火青熒。

悲哀感慨，悽惻蒼涼。黃昇說：「右二曲（指〈人月圓〉與〈春從天上來〉）皆精妙悽婉。」❻

---

❷ 劉祁《歸潛志》，卷八，頁五。見《學海類編》，第七冊，總頁四一二〇。民國五十三年，臺北文海出版社出版。

❸ 同❷。

❹ 沈謙《塡詞雜說》，見《詞話叢編》，第二冊，總頁六三一。民國五十六年五月，臺北廣文書局出版。

❺ 陳廷焯《白雨齋詞話》，卷三，頁一。見《詞話叢編》，第十一冊，總頁三八四七。參❹。

❻ 黃昇《中興以來絕妙詞選》，卷二，頁二〇一。一九六二年三月，香港中華書局出版。

批評得很得當，可是並沒有說出「悽婉」之原因。此詞之作，或以爲是彥高在會寧府遇老姬善鼓瑟者，自言故宋梨園舊籍，有感而賦。彥高回想過去的事情，桑田滄海，感慨萬千，悲哀之餘，寄情筆墨，而濃厚的家國之思無不流露於字裏行間。

吳彥高正如北周庾子山一樣，是被迫身仕異朝的，所以他在詞裏無處不發出哀婉慨歎之聲。〈人月圓〉、〈春從天上來〉二詞不須再說了，其他的亦莫不如是，如〈滿庭芳・寄友人〉云：「……高城。天共遠，山遮望斷，草喚愁生。等五湖煙景，今有誰爭。悽斷湘靈鼓瑟，寫不盡、楚客多情。空惆悵，春閨夢短，斜月曉聞鶯。」又如另一首〈滿庭芳〉云：「……看看是，珠簾暮卷，天際識歸舟。」又前調另一首云：「……應憐我，家山萬里，老作北朝臣。」又如〈木蘭花慢・中秋〉云：「……長安底處高城，人不見，路漫漫。歎舊日心情，如今容鬢，瘦沈愁潘。……歸去江湖一葉，浩然對影垂竿。」又如〈瑞鶴仙・寄友人〉云：「……羈旅餘生飄蕩，地角天涯，故人何許。」彥高是不樂于仕金的，他常常懷念着家鄉國土，希望能夠重返故園，可是「路漫漫」、「山遮望斷」，祇有「老作北朝臣」了！他的心情是多麼沉痛呢！

他的〈風流子・感舊〉就是專爲使金事而寫的，詞云：

書劍憶游梁。當時事，底事不堪傷。念蘭楫嫩漪，向吳南浦，杏花微雨，窺宋東牆。鳳城外，燕隨青步障，絲惹紫游韁。曲水古今，禁烟前後，暮雲樓閣，春草池塘。回首斷人腸。年芳但如霧，鏡髮成霜。獨有蟻尊陶寫，蝶夢悠揚。聽出塞琵琶，風沙淅瀝，寄書鴻雁，煙月微茫。不似海門潮信，能到潯陽。

「寄書鴻雁，潮信潯陽」等語是爲使金事而發的。至於說「回首斷人腸。年芳但如霧，鏡髮成霜。」就直接地寫出他的故國之思了。

《金史》本傳云：「（激）尤精樂府，造語清婉，哀而不傷。」❼最能說出彥高的風格。我們細讀上面幾首詞，自會領悟其中的眞義。陳廷焯說：「金代詞人，自以吳彥高為冠，能感慨中饒伊鬱，不獨組織之工也。同時尚『吳蔡體』，然伯堅非彥高匹。」❽吳激與蔡松年是金初的兩大詞人，而陳廷焯以為「伯堅（松年）非彥高匹」，可見他是如何的盛稱彥高了。然而，說「金代詞人，自以吳彥高為冠」，則有商榷的餘地，若如陳廷焯所言，那麼我們應該置元遺山於何處呢？

(二) 蔡松年（公元一一〇七——一一五九年）

松年，字伯堅。父靖，宋燕山守，陷敵。松年仕金，由行臺尚書省令史累官至尚書右丞相。其鎮陽別業有蕭閒堂，自號蕭閒老人。《金史》卷一二五有傳。《直齋書錄》有《蕭閒集》六卷，久佚。清道光間芙川張蓉鏡影鈔金源舊槧《蕭閒老人明秀集注》（魏道明注）前三卷。後三卷已佚，惟其目尚存。四印齋彙刻，覆張氏小嫏嬛閣影鈔金槧《明秀集注》殘本三卷。光緒三十年海豐吳氏石蓮盦彙刻《九金人集・明秀集注》三卷，覆四印齋本，有吳重熹輯補遺一卷。現存詞共八十餘首❾。

---

❼《金史》，卷一二五，〈吳激傳〉。民國二十三年九月，開明書店鑄版。

❽同❺。

❾《明秀集注》存詞七十二首，即第一卷廣雅上二十首，第二卷廣雅下三十四首，第三卷宵雅上十八首，後吳重熹輯補遺十首，殘篇二。（見石蓮菴彙刻《九金人集・明秀集注》）共計八十二首，殘篇二。

元好問說：「百年以來，樂府推伯堅與吳彥高，號『吳蔡體』。」[10]松年雖與吳激齊名，可是他們的風格是不同的。吳激的風格以沉鬱勝，松年的風格以清拔勝。如〈大江東去・九日作〉云：

倦游老眼，放閑身、管領黃花三日。客子秋高茅舍外，滿眼秋嵐欲滴。澤國清霜，澄江爽氣，染出千林赤。感時懷古，酒前一笑都釋。　千古栗里高情，雄豪割據，戲馬空陳迹。醉裏誰能知許事，俯仰人間今昔。三弄胡床，九層飛觀，喚取穿雲笛。涼蟾有意，為人點破空碧。

這首詞清勁高拔，豪放雄健，足以代表伯堅的詞風。可是，它並不是伯堅的最佳作品；最佳的是另外一首〈大江東去〉。現併錄其序如下：

還都後諸公見追和赤壁詞，用韻者凡六人，亦復重賦。

離騷痛飲，笑人生佳處，能消何物。夷甫當年成底事，空想嵓嵓玉壁。五畝蒼煙，一邱寒碧，歲晚憂風雪。西州扶病，至今悲感前傑。　我夢卜築蕭閑，覺來嵓桂，十里幽香發。嵬隗胸中冰與炭，一酌春風都滅。勝日神交，悠然得意，遺恨無毫髮。古今同致，永和徒記年月。

其後序云：「王夷甫神情高秀，宅心物外，爲天下稱首。言少無宦情，使其雅詠玄虛，不經世務，超然遂終其身，則亦何必減嵇阮輩。而當衰世頹俗，力不可爲之時，不能遠引高蹈，顛危之禍，卒與晉俱，爲千古名士之恨。又嘗讀山陰詩引，考其論古今感慨事物之變，既言脩短隨化，期于共盡，而世殊事異，興懷一致，則死生終始，物理之常，正當乘化歸盡，何足深歎。乃區區列敘一時述作，刋紀歲月，豈逸少之清眞簡裁，亦未盡忘情於此耶！故因作歌併及之。」

（按：此據《中州集》蔡松年少傳）這篇序說出了王夷甫的爲人是小事，最要緊的是通過它可知道松年的「平生自處」（元好問語）。我們把這首詞和它的後序合起來讀，松年的人格與詞格亦可得到一個大概的認識了。

松年本是一個懶散的人，他的宦海生涯是與願相違的，所以他一有機會就遊山玩水，飲酒作樂，故流露於筆端的盡是高潔清曠的意境和秀麗明俊的言語。他的〈雨中花〉小序很徹底的剖白了自己：

僕自幼刻意林壑，不耐俗事，懶慢之僻，殆與性成，每加責勵，而不能自克。志復踈怯，嗜酒好睡。遇乘高履危，動輒有畏。道逢達官稠人，則便欲退縮。其與人交，無賢不肖，往往率情任實，不留機心。自惟至熟，使之久與世接，所謂不有外難，當有內病，故謀為早退閑居之樂。長大以來，遭時多故，一行作吏，從事於簿書鞍馬間，違己交病，不堪其憂。求田問舍，遑遑於四方，殊未見會心處。聞山陽間，魏晉諸賢故居，風氣清和，水竹葱蒨。方今天壤間，蓋第一勝絕之境，有意卜築於斯，雅詠玄虛，不談世事，起其流風遺躅。故自丙辰丁巳以來，三求官河內，經營三徑，遂將終焉。事與願違，俯仰一紀，勞生愈甚，弔影自憐。然而觸於事物，感今懷昔，考其見於賦詠者，實未始一日而忘。……賦樂府長短句，以敘鄙懷。行春勝日，物彩照人，為予擇稚秀者，以〈雨中花〉歌之，使清泉白石，聞我心曲，庶幾他日，不為生客耳。

在這篇小序裏，有幾處是要特別注意的：「刻意林壑」、「嗜酒」、「謀爲早退閑居之樂」、「事與願

❿ 元好問《中州集》，卷一，頁二二一。參❶。

是又們它而，容內部全的《集秀明》括包以可多不差點幾這，」昔懷今感，物事於觸「及」違

互相關係的。我們姑且舉一些例子來證實：

月邊梅，湖底石，入新詩。飄然東晉奇韻，此道賞音稀。我有一峯明秀，尚戀三升春酒，

辜負綠蓑衣。爲寫倦游興，説與水雲知。（〈水調歌頭·送陳詠之歸鎮陽〉）

半嶺雲根，溪光淺、冰輪新浴。誰幻出、故山邱壑，慰予心目。深樾不妨清吹度，野情

自與游魚熟。愛夜泉、徼外兩三聲，琅然曲。人間世，爭蠻觸。萬事付，金荷醁。

老生涯、猶欠謝公絲竹。好在斜川三尺玉，蒼凉白鳥歸喬木。向水邊、明秀倚高峰，平

生足。（〈滿江紅·安樂峇夜酌，有懷恆陽家山〉）

這些都是「刻意林壑」的寫照。此類作品在松年的詞集裏很多，不勝枚舉。至於「嗜酒」的描

寫亦不少，例如：

世間物，唯有酒，可忘憂。（〈水調歌頭〉〔序略〕）

倦游客，一樽酒，便忘憂。（〈水調歌頭·丙辰九日，從獵涿水道中〉）

酒前豪氣，切雲千丈依舊。（〈念奴嬌·送范季霑還雲門〉）

人間俗氣，對君一笑都釋。

（〈念奴嬌〉〈序略〉）

酒樽風味在，借我醉時看。

（〈臨江仙·故人自三韓回，作此寄之〉）

放醉眼，看雲表。淵明千載意，松偃斜川道。誰會得，一樽喚取溪山老。

（〈千秋歲·起晉對菊小酌，有懷溪山酒隱〉）

從這些句子，可想見松年對酒的嗜好了。酒本來就與文人結了不解之緣，遇到「事與願違」的時候，酒就成爲唯一排愁之物了。松年「嗜酒」，一部份是因爲「事與願違」，一部份與「觸於事物，感今懷昔」不無關係，所以詞裏往往流露出不得已之感和慨歎之情。如〈滿江紅〉云：

辛亥三月，春事婉婉，士風熙然，東城雜花間，梨爲最。去家六年，對花無好情悰，然得流坎有命，無不可者。古人謂人生安樂，熟知其他。屢誦此語，良用慨歎。揷花把酒，偶記去年今日事，賦十數長短句遺意，非知心人，亦殆難明此意。以仙呂調〈滿江紅〉歌之，是月十五日，玩世酒狂。

翠埽山光，春江夢、蒲萄綠徧。人換世、歲華良是，此身流轉。雲破春陰花玉立，又逢故國春風面。記去年、曉月挂星河，香凌亂。　年年約，常相見。但無事，身强健。賴孫壚獨有，酒鄉溫粲。老驥天山非我事，一蓑煙雨違人願。識醉歌、悲壯一生心，狂愁阮。

又如〈念奴嬌〉云：

辛亥新正五日，天氣晴暖，偶出，道逢賣燈者，晚至一人家，飲橙酒，以滴蠟黃梅侑樽。醉歸感歎節物，顧念身世，殆無以爲懷，作此自解。

小紅破雪，又一燈香動，春城節物。春事新年獨夢繞，江浦南枝橫月。萬戶糟邱，西山爽氣，差慰人岑寂。六年今古，只應花鳥相識。　老去嚼蠟心情，偶然流坎，豈悲歡人力。莫望家山桑海變，唯有孤雲落日。玉色橙香，宮黃花露，一醉無南北。終焉此世，正爾猶是良策。

世事既「違人願」，家山又如「桑海變」，樣樣都是與心相違的，松年祇好「謀爲早退」，去享受「閑居之樂」了。集中描寫「閑居之樂」的十分豐富，現隨便舉出兩首，以括其餘：

滿庭芳

李虞卿見示樂府長短句，極言共山百泉，水竹奇勝，且爲卜鄰之招，欣然次韻。

森玉筠林，湧金泉眼，際山千丈寒輝。世間清境，冰鑑月來時，我久紛華戰勝，求五畝、鶴骨應肥。青篷底，垂竿照影，都洗向來非。　千畦。收玉粒，糟邱劉阮，風味依稀。卷萬珠甘滑，一吸玻瓈。作箇江村籬落，野梅炯、沙路無泥。金鑾客，懸流勇退，開徑待君歸。

驀山溪·和子文韻

人生寄耳，幾許寒仍暑。東晉舊風流，歎此道、雖存如縷。黃塵堆裏，玉樹照光風，閑命駕，小開樽，林下歌奇語。　蕭閑老計，只有梅千樹。明秀一峰寒，醉時眠、冷雲幽處。君如早退，端可張吾軍，唯莫遣，俗兒知，減卻歡中趣。

讀過上面的例子後，對蔡松年的了解相信更加入深了。

松年除了「離騷痛飲」一類清勁能樹骨的詞外，還有一類較爲艷麗之作，如著名的〈石州慢・高麗使還日作〉就是。詞云：

雲海蓬萊，風霧鬢鬟，不假梳掠。仙衣捲盡雲霓，方見宮腰纖弱。心期得處，世間言語非真，海犀一點通寥廓。無物比情濃，覓無情相博。　離索。曉來一枕餘香，酒病賴花醫卻。灩灩金尊，收拾新愁重酌。片帆雲影，載將無際關山，夢魂應被楊花覺。梅子雨絲絲，滿江南樓閣。

大抵松年出使高麗時，高麗爲了享宴上國使臣，故設有伎樂，此首卽爲伎而作。燕南芝菴先生《唱論》說：「近世所謂大曲：蘇小小〈蝶戀花〉、鄧千江〈望海潮〉、蘇東坡〈念奴嬌〉、辛稼軒〈摸魚子〉、晏叔原〈鷓鴣天〉、柳耆卿〈雨霖鈴〉、吳彥高〈春草碧〉、朱淑眞〈生查子〉、蔡伯堅〈石州慢〉、張子野〈天仙子〉。」⑪可見此詞在當時是多麼爲人傳誦了。元人雜劇，有〈蔡脩閒醉寫石州慢〉一劇，似卽演此事，現在雖已失傳，但這首詞的聲價由此可知矣！又如〈尉遲杯〉云：

紫雲暖。恨翠雛珠樹雙棲晚。小花靜院相逢，的的風流心眼。紅潮照玉盌，午香重、草綠宮羅淡。喜銀屏、小語私分，麝月春心一點。　華年共有好願。何時定，妝鬟暮雨零亂。夢似花飛，人歸月冷，一夜小山新怨。劉郎興、尋常不淺。況不似、桃花春溪遠。覺情隨、曉馬東風，病酒餘香相伴。

---

⑪燕南芝菴先生〈唱論〉。見陶宗儀《輟耕錄》，卷二十七，頁四一二。民國五十二年四月，臺北世界書局出版。

此詞蘊藉風流，情濃意厚，辭藻亦甚清麗可愛。余最愛其「夢似花飛，人歸月冷，一夜小山新怨。」數句，它們不僅做到情景相融的地步，而且給人一種煙水迷離的感覺；又令人聯想起晏幾道的「夢後樓臺高鎖，酒醒簾幕低垂」的句子，兩者都能引起讀者無窮的迷惘與聯想。至於「喜銀屏、小語私分，麝月春心一點。」兩句就雕巧之極了。但是楊升庵對此句子似有不滿，他說：「蔡松年小詞『銀屏小語私分，麝月春心一點。』麝月，茶名。麝言香，月言圓也。或說麝月是眉，畫眉香煤，亦通；但下不得『分』字。」[12]不過，我們亦不能否認這是一首好詞。

此外，松年的〈鷓鴣天〉也是非常有名的，現不妨摘錄在這裏：

其一

解語宮花出畫檐。酒尊風味為花甜。誰憐夢好春如水，可奈香餘月入簾。　春漫漫，酒厭厭。曲終新恨到眉尖。此生願化雙瓊柱，得近春風暖玉纖。

其二

秀樾橫塘十里香。水花晚色靜年芳。臙脂膚瘦薰沉水，翡翠盤高走夜光。　山黛遠，月波長，暮雲秋影蘸瀟湘。醉魂應逐凌波夢，分付西風此夜涼。

清俊明麗，可愛之至。其中「臙脂膚瘦薰沉水，翡翠盤高走夜光。」二句向來爲世人所稱頌，但其「瘦」字亦向來爲世人所不滿，如王若虛說：「蕭閑〈樂善堂賞荷花詞〉云：『胭脂膚瘦薰沉水，翡翠盤高走夜光。』世多稱之。此句誠佳，然蓮體實肥，不宜言瘦，予友彭子升嘗易『膩』字，此似差勝。」[13]況蕙風說：「龍壁山人云：『蓮本清艷，膩得其貌，未得其神也。』

余嘗細審之，此字至難穩稱，尤須與下云『薰沉水』相貫穿。擬易『潤』字、『媚』字、『薄』字，彼勝於此。似乎『薄』字較佳，對下句『高』字亦稱。」⓮據此，則蕙風之眼光實較從之高明一點。

松年的詞風，是多方面的，既豪邁，又婉麗，可謂集豪放派與婉約派的優點於一身，鄭騫先生說：「（松年）詩文俱佳，尤工詞，寓豪放於淸麗，『驛騎於東坡、淮海之間』，與吳激齊名，稱『吳蔡體』。金源一代詞風，二人實啓之。」⓯可算是對松年的最中肯、最適當的評價了。

⓬ 楊愼《詞品》，卷二，頁一。見《詞話叢編》，第二册，總頁四〇六。參❹。

⓭ 王若虛《滹南遺老集》，卷四十，頁七。見《九金人集》，總頁四八八。民國五十六年八月，臺北成文出版社出版。

⓮ 況周頤《蕙風詞話》，續編，卷一，頁一四二。一九六一年八月，香港商務印書館出版。

⓯ 鄭騫《續詞選》，第一編，〈蔡松年小傳〉。民國五十四年十一月，臺北中華文化出版事業委員會出版。

第三章　大定明昌時代的主要詞人

㈠ 王寂（公元一一二七？——一一九三年？）

王寂，字元老，薊州玉田人。天德三年（紹興二十一年，公元一一五一年）進士。大定二十六年八月，河決衞州堤，壞其城，寂以戶部侍郎被命馳傳備禦，而寂視被災之民，不爲拯救，乃專集衆以網魚取官物爲事。民甚怨嫉，上聞而惡之，黜寂爲蔡州防禦使。其後官終中都路轉運使，壽六十七。生平事蹟見《中州集》小傳及《金史》卷二十七〈河渠志〉。有《拙軒集》，久佚。《中州集》錄其詩，而《中州樂府》不收其詞。清代館臣從《永樂大典》裒綴爲六卷。《聚珍叢書》本《拙軒集》六卷，有閩省覆刻，杭州縮刻。石蓮盦《九金人集‧拙軒集》六卷，吳重熹增輯補遺一卷。（光緒二十年信陽刊）《彊村叢書》收聚珍本《拙軒詞》三十五首。

元老之詞，風流蘊藉，清麗纏綿，甚得《花間》之風神。如〈點絳唇‧閨思〉云：

疏雨池塘，一番雨過香成陣。海榴紅褪，燕語低相問。　冰簟紗幮，玉骨涼生潤。沈煙噴。日長人困。枕破斜紅暈。

又如〈菩薩蠻・春閨〉云：

回文錦字殷勤織。歸鴻點破晴空碧。　上盡最高樓。闌干曲曲愁。　黃昏猶竚立。何處砧聲急。强欲醉烏程。醒時月滿庭。

這些都是有意效《花間》之作。元老之小令大都如此，甚爲引人入勝。

但是，他亦能爲豪放之語，因爲他本來就是一個曠達的人，如〈感皇恩・漫興〉云：

天地一浮萍，人生如寄。晝餅功名竟何益。百年渾醉，三萬六千而已。過了一日也、無一日。　韶顏易改，良辰易失。絲竹杯盤但隨意。酴酴賞罷，更向牡丹叢裏。戴花連夜飲、花前睡。

又如〈洞仙歌・自爲壽〉云：

先生老矣，飽閱人間世。磨衲簪纓等游戲。趁餘生强健，好賦歸歟，收拾箇、經卷藥罏活計。　辟寒金翦碎，漉蛆浮香，恰近重陽好天氣。有荊釵舉案，綵服兒嬉，隨分地，且貴人生適意。也不願、堆金數中書，願歲歲今朝，對花沈醉。

元老深感人生之短暫，事物之飄忽虛無，故留連歌舞，對花飲酒，陶陶自樂。可是，在搦筆抒懷之際，又往往流露出一點憤怨，如〈驀山溪・退食感懷〉云：

山城塊坐，空弔朋儕影。摑鼓放衙休，悄無人、日長門靜。折腰五斗，所得不償勞，松暗老，菊都荒，誰為開三徑。　及瓜不代，歸計渾無定。羈客奈愁何，儘消除、詩魔酒聖。兒童蠻語，生怕聞黃楊，爭左角，夢南柯，萬事從今省。

元老之長調，自是東坡一路，其中又以〈大江東去・弔舍弟〉一首最有代表性，豪邁沉鬱，兼而有之，詞云：

長堤千里，過睢陽、隱約江山如故。憶昔斑衣為壽日，伯仲塤篪歌舞。博勝香囊，笑爭瓜葛，膝上王文度。西城南浦，月明扶醉歸路。重來華髮蒼顏，故人應怪我，平生羇旅。仲也風流今已矣，俯仰人間今古。鬭伯層臺，六王雙廟，盡是經行處。感時懷舊，一襟清淚如雨。

然最妙的是，他可用聲調豪雄的詞調去譜上輭性的內容，而寫來又能令人低徊玩味，如〈大江東去·美人〉就是，現在姑且錄出以資欣賞：

破瓜年紀，黛螺垂、雙髻珍珠羅抹。婭姹吳音嬌滴滴，風裏啼鶯聲怯。飛燕精神，驚鴻標致，初按梁州徹。舞裙微褪，汗香融透春雪。少陵詞客多情，當年曾爛賞，湖州風月。自恨尋春來已暮，子滿芳枝空結。湘佩輕抛，韓香偷許，空想凌波韈。章臺楊柳，可堪容易攀折。

這一首與前一首〈弔舍弟〉就大異其趣了。元老的詞就是這麼多面目的。

(二) 趙可（公元一一五四年前後在世）

趙可，字獻之，高平人。貞元二年（一一五四）進士，仕至翰林直學士。風流有文采，文章健捷，詩樂府皆傳於世，有《玉峰散人集》。《中州樂府》錄獻之詞十首，近人周泳先輯得十一首，較《中州樂府》多出一首，見《唐宋金元詞鉤沈》。據劉祁《歸潛志》卷十云，獻之少時赴舉，及御簾，試〈王業艱難賦〉，程文畢，於席屋上戲書小詞云：「趙可可，肚裏文章可可。三場捱了兩場過，只有這番解火。恰如合眼跳黃河，知他是過也不過。試官道王業艱難，好交你和我。」時海陵御文明殿，望見之，使左右趣錄以來，有旨諭考官：「此人中否，當奏之。」已而中選，不然，亦或有異恩。後仕世宗朝，爲翰林修撰。因夜覽太宗〈神射碑〉，反覆數回。明日，會世宗親饗廟，立碑下，召學士院官讀之。適有可在，音吐鴻暢，如宿習然，世宗異之。數日遷待制。及册章宗爲皇太孫，適可當筆，有云：「念天下大器，可不正其本歟；而世嫡皇孫，所謂無以易者。」人皆稱之。後章宗卽位，偶問向者册文誰爲之，左右以可對，卽擢直學士。《金史》卷一二五有傳。

獻之存詞十一首，除了〈席屋上戲書〉爲打油之作外，其他首首俱佳，風格清雋峭拔，高亢不凡，其間最有名的是〈望海潮·發高麗作〉，云：

雲垂餘髮，霞拖廣袂，人間自有飛瓊。三館俊游，百銜高選，翩翩老阮才名。銀漢會雙星。尚相看脈脈，似隔盈盈。醉玉添春，夢雲同夜惜卿卿。 離觴草草同傾。記靈犀舊曲，曉枕餘醒。海外九州，郵亭一別，此生未卜他生。江上數峰青。悵斷雲殘雨，不見高城。二月遼陽芳草，千里路旁情。

劉祁《歸潛志》卷十云：「（獻之）晚年奉使高麗，高麗故事上國使來，館中有侍妓，獻之作〈望海潮〉以贈，爲世所傳。其詞云云，歸而下世，人以爲『此生未卜他生』之讖云。先是，蔡丞相伯堅，亦嘗奉使高麗，爲館妓賦〈石州慢〉云云，二詞至今，人不能優劣。予謂蕭閑之渾厚，玉峰之峭拔，皆可人。然蔡之『仙衣卷盡霓裳，方見宮腰纖弱。』與趙之『惜卿卿』，皆不免爲人疵議之矣。」[1]劉祁以「渾厚」、「峭拔」分別批評伯堅之〈石州慢〉及獻之的〈望海潮〉最爲獨到。惟其風格峭拔，故雖是寫情之作亦不失於綺靡，所謂寫情而不溺於情也。

此外，常常爲人所樂道的還有〈驀山溪〉和〈雨中花慢〉兩首。〈驀山溪·賦崇福荷花，崇福在太原晉溪〉云：

雲房西下，天共滄波遠。走馬記狂遊，正芙蕖、平鋪鏡面。浮空闌檻，招我倒芳尊，看花醉，把花歸，扶路清香滿。　水楓舊曲，應逐歌塵散。時節又新涼，料開徧、橫湖清淺。冰姿好在，莫道總無情，殘月下，曉風前，有恨何人見。

〈雨中花慢・代州南樓〉云：

雲朔南陲，全趙幕府，河山襟帶名藩。有朱樓縹緲，千雉回旋。雲度飛狐絕險，天圍紫塞高寒。弔興亡遺迹，咫尺西陵，烟樹蒼然。　時移事改，極目傷心，不堪獨倚危闌。惟是年年飛雁，霜雪知還。樓上四時長好，人生一世誰閒。故人有酒，一尊高興，不減東山。

前一首勝在清麗，後一首勝在高拔。概而言之，「清拔」是獻之詞的一貫風格。

又，我們讀《玉峰散人詞》自然會注意到它的下片或結句往往給人一種荒寒的感覺，使人引起無窮的唏噓詠歎，如〈浣溪沙〉云：「……落水蕭蕭風似雨，疏櫺皎皎月如霜。此時此夜最淒涼。」又前調云：「……半世清狂無限事，一窗風月可憐宵。燈殘花落夢無聊。」〈好事近〉云：「……倚窗閒看六花飛，風輕止還作。箇裏有詩誰會，滿疏籬寒雀。」〈鷓鴣天〉云：「……歸來想像行雲處，薄雨霏霏洒面涼。」〈鳳棲梧〉云：「……流水極天橫晚照。酒闌望斷西河道。」〈驀山溪〉云：「……殘月下，曉風前，有恨何人見。」〈望海潮〉云：「……

❶ 劉祁《歸潛志》，卷十，頁五。見《筆記小說大觀》，第一冊，總頁一一六〇。民國五十一年八月，臺北新興書局出版。

悵斷雲殘雨，不見高城。二月遼陽芳草，千里路旁情。」這些結句最能耐人尋味。

(三) 劉仲尹（公元一一五七年前後在世）

劉仲尹，字致君，蓋州人，後遷沃州。正隆二年（一一五七）進士。以潞州節度副使，召爲都水監丞卒。致君家世豪侈，而能折節讀書。詩、樂府俱有蘊藉，有《龍山集》。元好問以爲致君之詩詞「參涪翁而得法者也」❷。《中州樂府》錄致君詞十一首。

況蕙風有一段說話批評劉致君說：「元遺山爲劉龍山譔小傳云：『詩、樂府俱有蘊藉，參涪翁而得法者也。』蒙則以謂學涪翁而意境稍變者也。嘗以林木佳勝比之，涪翁信能鬱蒼聳秀，其不甚經意處，亦復老榦枒杈，第無醜枝，斯其所以爲涪翁耳。龍山蒼秀，庶幾近似。設令爲枒杈，必不逮遠甚。或帶煙月而益韻，託雨露而成潤，意境可以稍變，然而烏可等量齊觀也！」❸隨着他又舉出龍山〈鷓鴣天〉二闋與黃庭堅的「黃菊枝頭破曉寒」（〈鷓鴣天〉）比較，看看在風格上有何異同。茲錄出龍山詞二闋如左：

騎鶴峰前第一人。不應着意怨王孫。當時艷態題詩處，好在香痕與淚痕。　調雁柱，引蛾顰。綠窗絃索合箏篆。砌臺歌舞陽春後，明月朱扉幾斷魂。

壁月池南剪木棲，六朝宮袖窄中宜。新聲蹙巧蛾顰黛，纖指移篆雁着絲。　朱戶小，畫簾低。細看輕夢隔涪溪。西風只道悲秋瘦，卻是西風未得知。

在這裏亦不妨錄出山谷的〈鷓鴣天〉，以追踪龍山如何「參涪翁而得法」或「學涪翁而意境稍變」，詞云：

黃菊枝頭破曉寒，人生莫放酒杯乾。風前橫笛斜吹雨，醉裏簪花倒著冠。 身健在，
且加餐，舞裙歌板盡清歡。黃花白髮相牽挽，付與時人冷眼看。

我們細心玩索之後，自會發覺兩人的詞同中而有異。同者，是因爲龍山「參涪翁而得法」；異者，是因爲龍山「學涪翁而意境稍變」。雖不能說青出於藍而勝於藍，但「稍變」自然是勝於因襲的，此所以涪翁有涪翁的詞風，龍山有龍山的詞風也。

蕙風說「龍山蒼秀」，應該是指他近於涪翁的一面而言。但「蒼秀」之外，龍山當然有自己的獨特風格，我認爲龍山的風格以雅麗婉約勝，如另外一首〈鷓鴣天〉（共四首）云：

樓宇沈沈翠幾重。轆轤亭下落梧桐。川光帶晚虹垂雨，樹影涵秋鵲喚風。 人不見，
思何窮。斷腸今古夕陽中。碧雲猶作山頭恨，一片西飛一片東。

另有一些近乎側艷之作，如〈浣溪沙〉云：

貼體宮羅試裌衣。冰藍嬌淺染東池。春風一把瘦腰支。 戲鏤寶鈿呈翡翠，笑拈金剪
下酴醾。最宜京兆畫新眉。

然而亦未嘗無雅淡一點的，如〈攤破浣溪沙〉（應作〈琴調相思引〉）云：

蠶欲眠時日已曛。柔桑葉大綠團雲。羅敷猶小，陌上看行人。 翠實低條梅弄色，輕花
吹壠麥初勻。鳴鳩聲裏，過盡太平村。

《蕙風詞話》云：「（卜）清姒學作小令，未能入格。偶幡帋《中州樂府》，得劉仲尹『柔桑

❷ 元好問《中州集》，卷三，〈劉仲尹小傳〉，頁一〇五。一九六二年四月，北京中華書局出版。

❸ 況周頤《蕙風詞話》，卷三，頁五八，一九六一年八月，香港商務印書館出版。

葉大綠團雲』句，謂余曰：『只一「大」字，寫出桑之精神，有它字以易之否？』斯語其庶幾乎。略知用字之法。」❹姑勿論「大」字之巧，從整體來看，這首詞誠是佳作。除了〈鷓鴣天〉四首外，所存詞中相信以這一首爲最好。

(四) 黨懷英（公元一一三四—一二一一年）

黨懷英，字世傑，宋太尉進之十一代孫。父純睦，自馮翊來，以從仕郎爲泰安軍錄事參軍，卒官。妻子不能歸，遂爲奉符人。世傑儀觀秀整，如神仙然。少穎悟，日授千餘言，師亳社劉嵒老。濟南辛幼安，其同舍生也。嘗試東府取解魁，是後應舉不得意，遂脫略世務，放浪山水間，詩酒自娛，簞瓢屢空，晏如也。金世宗大定十年，擢進士甲科，調成陽軍事判官，汝陰令，入爲史館編修，應奉翰林學士，出爲泰定軍節度使，官至翰林學士承旨。大安三年九月，年七十八，終於家。生平事蹟見《中州集》小傳及《金史》卷一二五。

《中州樂府》錄其詞五首，相信世傑存詞亦只此而已。世傑爲當時文壇領袖，其詞風可能產生之影響是可以想見的，故此我們不能說他存詞量少，就不把他視爲這個時代的重要作家。趙秉文《滏水集》卷十一〈翰林學士承旨文獻黨公碑〉云：「……本朝百餘年間，以文章見稱者，皇統間宇文公，大定間無可蔡公，明昌間則黨公。於時趙黃山、王黃華俱以詩翰名世，至論得古人之正脈者，尤以公爲稱首。……其文章字畫蓋天性；儒道釋諸子百家之說，乃至圖緯篆籀之學，無不淹貫。文似歐陽公，不爲尖新奇險之語；詩似陶謝，奄有魏晉；篆籀入神，李陽冰之後一人而已。嘗謂唐人韓蔡不通字學，八分自篆籀中來，故公書上軋鍾蔡，其下不論也。

小楷如虞褚，亦當爲中朝第一。畫法以魯公爲正，柳誠懸以下不論也。古人名一藝，公獨兼之，可謂全矣。」❺於此可見世傑的聲望及當時人對他的尊崇了。

況周頤說：「辛、黨二家，並有骨幹。辛凝勁，黨疏秀。」❻以「疏秀」二字去形容黨懷英的詞是十分得當的。茲摘錄一些例子以證之，如〈青玉案〉：

紅紗綠蒻春風餅。趁梅驛、來雲嶺。紫桂巖空瓊竇冷。佳人卻恨，等閒分破，縹緲雙鸞影。　一甌月露心魂醒。更送清歌助清興。痛飲休辭今夕永。與君洗盡，滿襟煩暑，別作高寒境。

這首詞寫得幽麗清艷，結句更「以鬆秀之筆，達清勁之氣」❼，這正是詞家之精詣。又如〈月上海棠・用前人韻〉：

傲霜枝嫋團珠蕾。冷香霏、煙雨晚秋意。蕭散繞東籬，尚彷彿、見山清氣。西風外，夢到斜川栗里。　斷霞魚尾明秋水。帶三兩、飛鴻點煙際。疏林颯秋聲，似知人、倦游無味。家何處，落日西山紫翠。

清幽雅逸，疏淡有致，甚得「清空」之旨。況蕙風說：「〈月上海棠・用前人韻〉後段云云，

---

❹ 同❸。

❺ 趙秉文《滏水集》，卷十一，頁十七，〈翰林學士承旨文獻黨公碑〉。見《九金人集》，第一冊，總頁二一一。民國五十六年八月，臺北成文出版社出版。

❻ 況周頤《蕙風詞話》，卷三，頁六〇。參❸。

❼ 同❻。

融情景中，旨淡而遠，迂倪畫筆，庶幾似之。」❽眞是到家之論！又如〈鷓鴣天〉云：

雲步凌波小鳳鉤。年年星漢踏春秋。只緣巧極稀相見，底用人間乞巧樓。　天外事，兩悠悠。不應也作可憐愁。開簾放入窺窗月，且盡新涼睡美休。

況蕙風甚爲讚賞這首詞的用字，說：「〈鷓鴣天〉云：『開簾放入窺窗月，且盡新涼睡美休。』瀟灑疏俊極矣。尤妙在上句『窺窗』二字。窺窗之月，先已有情，用此二字，便曲折而意多。意之曲折，由字裏生出，不同矯揉鉤致，不墮尖纖之失。」❾言之甚是。

懷英之詞，大抵以清麗疎秀勝，又如〈感皇恩〉云：「盈盈別淚，散作半空疏雨。離魂都付與，秋將去。」亦不失其一貫的作風。

(五) 王庭筠（公元一一五一—一二〇二年）

王庭筠，字子端，熊岳人。大定十六年進士，累官翰林修撰。卒於官，年五十二。子端文采風流，照映一時，詩文俱有師法，高出時輩之右，字畫學米元章，其得意處頗能似之，墨竹殆天機所到，文湖州以下不論也。平生愛天平黃華山水，居相下十年，自號黃華山主。曾爲〈遊黃華山〉絕句云：「挂鏡臺西挂玉龍，半山飛雪舞天風。寒雲直上三千尺，人道高歡避暑宮。」知其愛黃華山之深矣。子端儀觀秀偉，善談笑，外若簡貴，人初不敢與接，既見，和氣溢於顏間，殷勤慰藉，如恐不及；少有可取，極口稱道，他日雖百負不恨也。從游者如韓溫甫、路元亨、張進卿、李公度，其薦引者如趙秉文、馮璧、李純甫，皆一時名士，世以知人許之。事蹟具《金史》卷一二六。有集四十卷，《中州集》存其詩二十八首，《中州樂府》錄其詞十二首。《遼海叢書》金毓黻輯本《黃華集》七卷附錄一卷，其第三卷載詞十三首。

子端之詞，清疎秀逸，似得黃華山靈秀之氣。如〈鳳棲梧〉云：

> 衰柳疏疏苔滿地。十二闌干，故國三千里。南去北來人老矣。短亭依舊殘陽裏。紫蟹黃柑真解事。似倩西風，勸我歸歟未。王粲登臨寥落際。雁飛不斷天連水。

此詞造語清逸，意境荒寒，悽惻哀怨，流露於筆底，所謂語淡態濃也。又如〈訴衷情〉云：

> 夜涼清露滴梧桐。庭樹又西風。薰籠舊香猶在，曉帳煖芙蓉。雲淡薄，月朦朧。小簾櫳。江湖殘夢。半在南樓，畫角聲中。

這又寫得清冷幽艷了。

況夔生最欣賞他的〈謁金門〉，謂：「金源人詞伉爽清疎，自成格調。唯王黃華小令，間涉幽峭之筆，緜邈之音。〈謁金門〉後段云：『瘦雪一痕墻角。青子已妝殘萼。不道枝頭無可落。東風猶作惡。』歇拍二句，似乎說盡『東風猶作惡』。就花與風之各一面言之，仍猶各有不盡之意。『瘦雪』字新。」❿現把全詞錄出，以窺其全貌：

> 雙喜鵲。幾報歸期渾錯。儘做舊愁都忘卻。新愁何處着。瘦雪一痕牆角。青子已妝殘萼。不道枝頭無可落。東風猶作惡。

子端存詞中，最疎逸的無過於〈清平樂·賦杏花〉了，詞云：

---

❽ 同❻。
❾ 同❻。
❿ 況周頤《蕙風詞話》，卷三，頁六一。參❸。

今年春早。到處花開了。只有此枝春恰到，月底輕顰淺笑。　風流全似梅花。承當疏影橫斜。夢想雙溪南北，竹籬茅舍人家。

第四章 金末六大詞人

(一) 趙秉文（公元一一五九—一二三二年）

趙秉文，字周臣，滏陽人。自號閑閑。大定二十五年（一一八五）進士，官至禮部尚書，兼侍讀，同修國史，知集賢院。開興正月，京師戒嚴，時公已老，日以時事爲憂，雖食息頃不能忘，每聞一事可便民，一士可擢用，大則拜章，小則爲當路者言，殷勤鄭重，不能自已，竟用是得疾薨，年七十四。自幼至老，未嘗一日廢書不觀。著《易叢說》十卷，《中庸說》一卷，《揚子發微》一卷，《太玄箋贊》六卷，《文中子類說》一卷，《南華略釋》一卷，《列子補注》一卷，《刪集論語孟子解》各一十卷，《資暇錄》一十五卷，所著文章《滏水集》者三十卷。生平事跡具《金史》卷一百十本傳。秉文爲當時文士領袖，道德文章爲世所重。元好問謂：「……及翰林蔡公正甫出，於大學大丞相之世業，接見宇文濟陽吳深州之風流，唐宋文派乃得正傳，然後諸儒得而和之。蓋自宋以後百年，遼以來三百年，若黨承旨世傑，王內翰子端、周三司德卿、楊禮部之美、王延州從之、李右司之純、雷御史希顏，不可謂之豪傑之士，若夫不溺於時俗，不汨於利祿，慨然以道德仁義性命禍福之學自任，沈潛乎六經，從容乎百家，幼而壯，壯而老，怡然渙然，之死而後已者，惟我閑閑公一人。」❶元好問爲趙秉文之得意學生，他的說話自然是出於衷誠的欽佩了。又謂：「大概公之文出於義理之學，故長於辨析，極所欲言而止，不以繩墨自拘。七言長詩，筆勢縱放，不拘一律，律詩壯麗，小詩精絕，多以近體爲之。至五言則沈鬱頓挫似阮嗣宗，眞淳古淡似陶淵明，以它文較之或不近也。字畫則有魏晉以來風調，而草書尤驚絕，殆天機所到，非學能至……公至誠樂易，與人交不立崖岸，主盟吾道將四十年，未嘗以大名自居，仕五朝，官六卿，自奉如寒士，而不知富貴爲何物。」❷於此，又可知其成就及其在文壇上之地位矣！《中州樂府》存其詞六首，近人周泳先《唐宋金元詞鈎沈》輯其詞九首，名《滏水詞》。

閑閑之詞，高曠飄逸，豪邁疏放，神似東坡，如〈大江東去．用東坡先生韻〉云：

> 秋光一片，問蒼蒼桂影，其中何物。一葉扁舟波萬頃，四顧黏天無壁。叩枻長歌，嫦娥欲下，萬里揮冰雪。京塵千丈，可能容此人傑。回首赤壁磯邊，騎鯨人去，幾度山花發。澹澹長空今古夢，只有歸鴻明滅。我欲從公，乘風歸去，散此麒麟髮。三山安在，玉簫吹斷明月。

元好問〈題閑閑書赤壁賦後〉云：「夏口之戰，古今喜稱道之，東坡〈赤壁詞〉殆戲以周郎自況也。詞纔百許字，而江山人物無復餘蘊，宜其爲樂府絕唱。閑閑公乃以仙語追和之，非特詞氣放逸，去翰墨畦逕，其字畫亦無媿也。」❸徐釚《詞苑叢談》卷四云：「趙閑閑……善書法，有詞藻，嘗見擘窠書自作〈和東坡赤壁詞〉，雄壯震動，有渴驥怒猊之勢，元好問爲之題跋，而詞亦壯偉不羈，視『大江東去』，信在伯仲間，可謂詞翰兩絕者。」❹閑閑詞能有此豪偉放逸之風格，大抵與其本人品性氣質有密切關係，如《歸潛志》說他「性疏曠，無機鑿，……在朝循循無異言，家居未嘗有聲色之娛。」❺唯其有此磊落之性格，然後始有豪逸之詞風。又如〈缺月挂疏桐・擬東坡作〉云：

烏鵲不多驚，貼貼風枝靜。珠貝橫空冷不收，半溼秋河影。　缺月墮幽窗，推枕驚深省。落葉蕭蕭聽雨聲，簾外霜華冷。

這首詞清疏飄逸，亦是閑閑公「疏曠」性格的表現。至於其著名的〈水調歌頭〉一詞，則無論從任何角度去看，都是一首很出色很有代表性的作品，詞云：

四明有狂客，呼我謫仙人。俗緣千刼不盡，回首落紅塵。我欲騎鯨歸去，只恐神仙官府，嫌我醉時真。笑拍群仙手，幾度夢中身。　倚長松，聊拂石，坐看雲。忽然黑霓落手，醉舞紫毫春。寄語滄浪水，曾識閑閑居士，好為濯冠巾，卻返天台去，華髮散麒麟。

其詞跋云：「昔擬栩仙人王雲鶴贈予詩云：『寄與閑閑傲浪仙，枉隨詩酒墮凡緣，黃塵遮斷來

---

❶元好問《遺山先生集》，卷十七，頁一，〈閑閑公墓銘〉，見《九金人集》，第二冊，總頁八一四。民國五十六年八月，臺北成文出版社出版。

❷元好問《遺山先生集》，卷十七，頁四、五，〈閑閑公墓銘〉。見《九金人集》，第二冊，總頁八一五、八一六。參❶。

❸元好問《遺山先生集》，卷四十，頁十二，〈題閑閑書赤壁賦後〉。見《九金人集》，第三冊，總頁九九七。參❶。

❹徐釚《詞苑叢談》，卷四，頁四，總頁九一。民國五十七年七月，臺北廣文書局出版。

❺劉祁《歸潛志》，卷一，頁四。見《學海類編》，第七冊，總頁四〇七八。民國五十三年，臺北文海出版社出版。

時路，不到蓬山五百年。』其後玉龜山人云：『子前身赤城子也。』予因以詩記之云：『玉龜山下古仙眞，許我天台一化身，擬折玉蓮騎白鶴，他年滄海看揚塵。』吾友趙禮部庭玉說，丹陽子謂予再世蘇子美也。赤城子則吾豈敢，若子美則庶幾焉。尙愧辭翰微不及耳。因作此以寄意焉。」據此則閑閑之崇尙及其自負可見矣。

此外，閑閑又有一類高古簡淡之作，如〈青杏兒〉就是，詞云：

風雨替花愁。風雨罷，花也應休。勸君莫惜花前醉，今年花謝，明年花謝，白了人頭。

乘興兩三甌。揀溪山好處追遊。但教有酒身無事，有花也好，無花也好，選甚春秋。

遺山謂其「五言眞淳古淡似陶淵明」，此類之詞，似乎亦是從淵明之詩而來。況周頤說此詞「無復筆墨痕迹可尋。」❻實甚有道理。又如〈漁歌子‧倣張志和西塞〉云：

一葉黃飛一葉舟。半竿落日半江秋。青草渡，白蘋洲，歸路月明山上頭。

也是此類風格的一首很好作品。

(二) 完顏璹（公元一一七二－一二三二年）

完顏璹，字子瑜，一字仲實，世宗之孫，越王永功之長子。哀宗正大初封密國公。所居有樗軒，自號樗軒老人，爲宗室中最能詩愛畫者。少日學詩于朱巨觀，學書于任君謨，遂有出藍之譽，文筆亦委曲能道所欲言。朝臣自趙秉文、楊雲翼、雷淵而下，皆推重之。資雅重，薄於世味，好賢樂善，寒士有不能及者。明昌以來，諸王法禁嚴，諸公子皆不得與外間交通，故子瑜得窮日力於書，以講誦吟詠爲樂，時時潛與士大夫唱酬，然不敢影露。越王薨後，稍得出游，文士輩亦時至其門。家所藏書畫數十軸，皆世間罕見者。客至，貧不能具酒肴，設蔬飯與之共食，焚香煑茗，盡出藏書商略之，談大定明昌以來故事，或終日不聽客去。風流蘊藉，有承平時王孫故態，使人樂之而不厭。平生詩文甚多，自刻其詩三百篇，樂府一百首，號《如庵小稾》。圍城中以疾薨，時年六十一。《金史》卷八十五有傳。《中州樂府》錄其詞七首，周泳先《唐宋金元詞鉤沈》輯得九首，子瑜存詞，似盡於此矣。

況周頤說：「密國公詞，《中州樂府》箸錄七首。姜、史、辛、劉兩派，兼而有之。」❼讀子瑜之詞，自會發覺況氏之言並非虛語。如〈春草碧〉云：

幾番風雨西城陌。不見海棠紅、梨花白。底事勝賞悤悤，正自天付、酒腸窄。更笑老東君、人間客。賴有玉管新翻，羅襟醉墨。望中倚闌人，如曾識。舊夢回首何堪，故苑春光又陳迹。落盡後庭花，春草碧。

詞中之「底事勝賞悤悤，正自天付、酒腸窄。更笑老東君，人間客。」則近辛、劉一路；而「舊夢回首何堪，故苑春光又陳迹。落盡後庭花，春草碧。」卻近姜、史一路了。子瑜能夠把兩派不同的風格巧妙的揉合起來，不能不說是由於他在詞學上的高深造詣。但是，我們並不能將他每一首詞都加以如此分解，否則便「拆碎下來，不成片段」。祇要我們仔細玩索，便會領悟到其中兩種不同的成份。現在我們來看看最有名的〈青玉案〉，詞云：

凍雲封卻駞岡路。有誰訪、溪梅去。夢裏疏香風似度。覺來惟見，一窗涼月，瘦影無尋

❻ 況周頤《蕙風詞話》，卷三，頁六二。一九六一年八月，香港商務印書館出版。

❼ 況周頤《蕙風詞話》，卷三，頁五七。參❻。

明朝畫筆江天暮。定向漁蓑得奇句。試問簾前深幾許。兒童笑道，黃昏時候，猶是廉纖雨。

此詞俊秀之至，況周頤就最欣賞「夢裏疏香風似度。覺來惟見，一窗涼月，瘦影無尋處。」幾句，說它「幽秀可誦」❽。此外，如〈臨江仙〉也是一首佳作，茲錄出如下：

倦客更遭塵事冗，故尋閑地婆娑。一尊芳酒一聲歌。盧郎心未老，潘令鬢先皤。　醉向繁臺臺上問，滿川細柳新荷。薰風樓閣夕陽多。倚闌凝思久，漁笛起煙波。

雖淡淡著筆，言外卻有無限感愴，尤其是結尾的「薰風樓閣夕陽多。倚闌凝思久，漁笛起煙波。」數句，更引起讀者無窮的回味與歎息。

子瑜之詞每多愁苦之語，大概是因爲他生不逢辰吧。但愁是要自己去解的，故詞中又往往流露出自我排愁的思想。其愁苦之語者，如：

夢到鳳凰臺上，山圍故國周遭。（〈朝中措〉）

又如：

一篇梁父高吟。看谷變陵遷古又今。便離騷經了，靈光賦就，行歌白雪，愈少知音。（〈沁園春〉）

其自我排愁之語者，如：

過寺談些般若，逢花倒箇葫蘆。少時伶俐老來愚。萬事安於所遇。（〈西江月〉）

又如：

試問先生，如何卽是，布袖長垂不上襟。撚髯笑，一杯有味，萬事無心。（〈沁園春〉）

然而在存詞九首之中，我還是比較喜歡〈朝中措〉一首，詞云：

襄陽古道灞陵橋，詩與與秋高。千古風流人物，一時多少雄豪。　霜清玉塞，雲飛隴首，風落江皐。夢到鳳凰臺上，山圍故國周遭。

這首詞沉鬱高曠，兼而有之，在豪放之中，見其沉痛之懷。徐釚謂「識者聞而悲之」❾，自當實言。

㈢ 李俊民（公元一一七六—一二三四年以後）

李俊民，字用章，澤州人。得河南程氏傳授之學。金承安中舉進士第一，應奉翰林文字。未幾，棄官不仕，以所學教授鄉里，從之者甚盛，至有不遠千里而來者。金源南遷，隱於嵩山，得荆隱士傳皇極數學。後徙懷州，俄復隱於西山。元世祖以安車召之，延訪無虛日，遽乞還山，卒，賜謚莊靖先生。事跡具《元史》卷一五八本傳。有《莊靖集》十卷，第七卷載詞。澤州守嘗爲刋行，明正德間郡人重梓。石蓮盦《九金人集》覆正德刋本。（光緒十六年開封刋）《彊村叢書》覆汪漁亭藏鈔本《莊靖先生集》，收詞六十八首。據存目，尙闕後半三十二首。《四庫提要》謂其「所作詩類多幽憂激烈之音，繫念宗邦，寄懷深遠，不徒以淸新奇崛爲工。文格冲澹和平，具有高致，亦復似其爲人。」❿這段話雖說莊靖的詩與文，但亦可以借用

---

❽ 同❼。

❾ 徐釚《詞苑叢談》，卷八，頁二。總頁一九九。參❹。

❿ 《四庫全書總目》，第六册，卷一百六十六，頁七。總頁三二七一。民國五十三年十月，臺北藝文印書館出版。

來說他的詞。幽憂激烈，清新奇崛之作如〈摸魚兒・送姪謙甫出山〉：

這光景能銷幾度。大都數十寒暑。結廬人在山深處，萬壑千巖風雨。朝復暮。甚不管、堂堂背我青春去。高情自許。似野鶴孤雲，江鷗遠水，此興有誰阻。功名事，休歎儒冠多誤。韓顛彭蹶無數。一溪隔斷桃源路。只有人家雞黍。歌且舞。更不住、醉中時出煙霞語。暫來樵斧。貪看兩爭棋，人間不道，俯仰成今古。

冲澹和平之作品如〈謁金門・戴梅〉：

花譜內。莫作等閑看待。鬬草吳王無可對。有他面子在。　好在一枝竹外。影也教人堪愛。未免世間兒女態。折來頭上戴。

不過第一類詞比第二類爲多。正如李瀚〈莊靖先生遺集序〉說：「(莊靖)人性質而好學，其氣豪勁，故發爲文章者，往往奇雋雄邁，獨能與天下爭衡。」[11]又如葉贄〈重刊莊靖先生遺集序〉說：「澤州莊靖李用章先生，早歲得程氏傳授之學於名儒，後又得邵氏皇極之數於隱士，萃伊洛之精華，大乾坤之眼目，搜羅群籍，貫穿六經，故其發而爲文章也，若岱宗之雲，飛騰活動，不崇朝遍雨天下，非飄空不雨浮雲也。流而爲詩賦也，若黃河之水，千里一曲，折九曲奔赴滄溟，非集坎無源行潦也。」[12]莊靖之詞所以能夠豪邁奔放，高曠飄逸者全是由於他的性格和學問所致。現觀《莊靖詞集》十其七八都是這一類作品，其他冲澹和平之作者亦不失其清秀之氣。

莊靖是個隱逸之士，詞的內容自然趨向消極頹喪一面，或飲酒賦詩，或登山臨水，或寫世事的無常，或詠名利的虛幻，慷慨勞騷之語往往流露於其間，如〈瑞鶴仙〉云：

緜緜仙種李。有大道家風，逍遙活許。長庚見苗裔。問如何謫在，落花浮世。麴生風味。

為喚回、席上和氣。被誰人說破，黃粱夢裏，一場富貴。何濟。不如歸去。樂取閒身，登山臨水。眾人皆醉。笑獨醒、澤畔憔悴，但從今管甚，雲翻雨覆，暫教心上無事。且一杯盡後一杯，滿百千歲。

又如〈滿江紅〉云：

名利場中，愁過了、幾多昏曉。試看取、江鷗遠水，野麋豐草。世事浮雲翻覆盡，此生造物安排了。但芒鞋竹杖任蹉跎，狂吟笑。　尊有酒，同誰倒。花滿徑，無人掃。念紅塵來往，倦如飛鳥。懶後天教閒處著，坐閒人比年時少。向太行山下覓菟裘，吾將老。

這兩首都是很有代表性的作品。

其中富於逸興豪情者則以〈婆羅門引・重陽與元帥竇子溫暨衆友東坡賞菊卽席賦〉爲最，現錄出如後：

浮空霽色，江涵秋影雁初飛。相逢共繞東籬。點檢尊前見在，人似曉星稀。對滿山紅樹，葉葉堪題。　大家露頂，任短髮、被風吹。只恐黃花人貌，不似年時。杯添野水，更何用、頻頻望白衣。沈醉後，攜手方歸。

此詞並無勞騷語，純是閒逸生活的描寫。但在另一方面，莊靖也有悽惻哀傷之作，如〈感皇恩・出京門有感〉就是，詞云：

---

⑪ 李瀚〈莊靖先生遺集序〉。見《九金人集》，第二冊，總頁五一四。參❶。

⑫ 葉贇〈重刊莊靖先生遺集序〉。見《九金人集》。第二冊，總頁五一五。參❶。

忍淚出門來，楊花如雪。惆悵天涯又離別。碧雲西畔，舉目亂山重疊。據鞍歸去，也情悽切。一日三秋，寸腸千結。敢向青天問明月。算應無恨，安用暫圓還缺。願人長似，月圓時節。

這一首則與以上所舉的在風格上大有差別了。

此外，不能不提的是他的〈謁金門〉詠梅十二篇，它們可說是道盡了人對梅花的深厚情感。這十二篇的題目是〈寄梅〉、〈探梅〉、〈賦梅〉、〈歎梅〉、〈慰梅〉、〈賞梅〉、〈畫梅〉、〈戴梅〉、〈別梅〉、〈望梅〉、〈憶梅〉、〈夢梅〉。況周頤說：「金李用章《莊靖先生樂府》〈謁金門〉序云：『西齋得梅數枝，色香可愛，一日為澤倅崔仲明竊去，感歎不已，因賦此調十二章，以寫悵望之懷。』直書竊梅人之官位姓字，此序奇絕亦韻絕。其十二章之目曰：……細審一一，卻無言外寄託，只是為梅花作，抑何纏綿鄭重乃爾。其〈寄梅〉歇拍云：『為問花間能賦客。如何心似鐵。』亦悱惻，亦蘊藉，直使竊梅人無辭自解免。」⑬現在姑且舉〈探梅〉一首來欣賞：

誰便道。昨夜雪中開了。次第不將消息報。探芳人草草。　宜在嫩寒清曉。與比孤山更好。籬落逢花須醉倒。惜花人易老。

四 元好問（公元一一九〇—一二五七年）

元好問，字裕之，號遺山，太原秀容人。七歲能詩，太原王湯臣稱為神童。年十一，從其叔父官於冀州，學士路宣叔賞其俊爽，教之為文。年十四，其叔父為陵川令，改從郝晉卿學，不事舉業，淹貫經傳百家，六年而業成。下太行，渡大河，爲〈箕山〉、〈琴臺〉等詩，禮部趙秉文見之，以爲少陵以來，無此作也。以書招之，於是名震京師，目爲元才子。登興定五年（郝經〈遺山墓銘〉作三年）進士第，官至行尚書省左司員外郞。金亡不仕。好問爲一代宗匠，四方碑版銘志，盡趨其門。晚年尤以著作自任，以金源氏有天下，典章法度，幾及漢唐，國亡史作，己所當任。時金國實錄，在順天張萬戶家，乃言於張，願爲撰述。旣而爲樂夔所沮而止。好問曰：「不可令一代之跡，泯而不傳。」乃搆亭於家，著述其上，因名曰野史。爲《中州集》百餘卷⑭，又爲《金源君臣言行錄》，往來四方，采摭遺逸，有所得，輒以寸紙細字，親爲記錄，於是雜錄近世事至百餘萬言，書未就而卒，年六十八。元時纂修《金史》，多本其所著云。平生著作甚富，除《中州集》十卷附《中州樂府》一卷及已佚的《金源君臣言行錄》（未完稿）外，還有現存的《遺山集》四十卷附錄一卷、《遺山先生新樂府》五卷拾遺一卷、《續夷堅志》四卷、《唐詩鼓吹》十卷；已佚的《壬辰雜編》三卷、《杜詩學》一卷、《東坡詩雅》二卷、《東坡樂府集選》、《錦機集》一卷、《詩文自警》十卷、《南冠錄》、《千秋錄》、《故物譜》、《帝王鏡略》、《元氏驗集方》一卷、《如積釋瑣細艸》等⑮。存詞二一九首。《金史》卷一二六有傳。

---

⑬ 況周頤《蕙風詞話續編》，卷一，頁一四〇。參❻。

⑭ 此據郝經〈遺山先生墓銘〉，見《遺山文集》附錄。現存《中州集》只有十卷附《中州樂府》一卷。

⑮ 此目據陳學霖〈元遺山著述考〉。原文「已佚之著述」一項中，附《續古今考》五卷，然既云杜撰，故不錄出。見《香港大學中文學會年刊》。一九六〇年十一月，香港大學中文學會出版。

元好問爲金源一代最偉大的文學家，其在文壇上的崇高地位及其在文學上的巨大成就是沒有人能夠否認的。徐世隆謂：「竊嘗評金百年以來得文派之正而主盟一時者，大定明昌則承旨黨公，貞祐正大則禮部趙公，北渡則遺山先生一人而已。自中州斵喪，文氣奄奄幾絕，起衰救壞，時望在遺山。遺山雖無位柄，亦自知天之所以畀付者爲不輕，故力以斯文爲己任，周流乎齊、魯、燕、趙、晉、魏之間，幾三十年。其迹益窮，其文益富，其聲名益大以肆，且性樂易，好獎進後學，春風和氣，隱然眉睫間，未嘗以行輩自尊，故所在士子，從之如市，然號爲泛愛。至於品題人物，商訂古今，則絲毫不少貸，必歸之公是而後已，是以學者知所指歸。作爲詩文，皆有法度可觀，文體粹然爲之一變。大較遺山詩祖李杜，律切精深，而有豪放邁往之氣；文宗韓歐，正大明達，而無奇纖晦澀之語；樂府則清雄頓挫，閑婉瀏亮，體製最備，又能用俗爲雅，變故作新，得前輩不傳之妙，東坡、稼軒而下不論也。」⑯我們姑且不談遺山之詩文，只談他的樂府。正如徐世隆說，遺山的樂府「清雄頓挫，閑婉瀏亮」，可謂集豪放、婉約兩派之大成。遺山生平最仰慕東坡、稼軒，李宗準說他「自視似羞比秦、晁、晏諸人，而直欲追配於東坡、稼軒之作。」⑰他的〈自題樂府引〉說：「歲甲午，予所錄《遺山新樂府》成，客有謂予者云：『子故言宋人詩大概不及唐，而樂府歌詞過之。此論殊然。樂府以來，東坡第一，以後便到辛稼軒。此論亦然。東坡、稼軒即不論，且問遺山得意時，自視秦、晁、賀、晏諸人爲何如？』予大笑，拊客背云：『那知許事，且噉蛤蜊。』客亦笑而去。」⑱於此，可見他是如何仰慕蘇、辛，又是如何看不起秦、晁、賀、晏諸人了。但是張炎說：「元遺山極稱稼軒詞，及觀遺山詞，深於用事，精於鍊句，有風流蘊藉處不減周秦。」⑲這又似乎與遺山之說互有矛盾。但我認爲遺山之所以看不起秦、晁、賀、晏諸人正是因爲他能夠輕易達到他們的境地，其間並不意味着他根本不作婉約之詞；在另一方面，他之所以羨慕東坡、稼軒是因爲欲要追上他們非盡一番努力不可。所以遺山一方面有東坡、稼軒風格的作品，同時亦有秦、晁、賀、晏風格的作品。集中〈水調歌頭〉、〈木蘭花慢〉、〈水龍吟〉、〈沁園春〉、〈滿江紅〉、〈江城子〉、〈臨江仙〉多首，皆掃空凡響，逼近蘇辛；其〈蝶戀花〉、〈南鄉子〉、〈鷓鴣天〉、〈浪淘沙〉、〈太常引〉、〈清平樂〉、〈浣溪沙〉多首，又婉麗雋永，不讓周秦。現每類錄出一首，以資比較：

木蘭花慢・游三臺

渺漳流東下，流不盡，古今情。記海上三山，雲中雙闕，當日南城。黃星。幾年飛去，澹春陰、平野草青青。冰井猶殘石甃，露槃已失金莖。風流千古短歌行。慷慨缺壺聲。想釃酒臨江，賦詩鞍馬，詞氣縱橫。飄零。舊家王粲，似南飛、烏鵲月三更。笑殺西園賦客，壯懷無復平生。

清平樂

---

⑯ 徐世隆〈遺山先生集序〉。見《九金人集》，第二冊，總頁六八〇。參❶。

⑰ 李宗準〈遺山樂府跋〉。見《彊村叢書》本《遺山樂府》。民國十一年，歸安朱氏刊本。

⑱ 遺山〈自題樂府引〉，見《彊村叢書》本《遺山樂府》。參⑰。

⑲ 張炎《詞源》，卷下，頁一〇。見《詞話叢編》，第一冊，總頁二一九。民國五十六年五月，臺北廣文書局出版。

離腸宛轉。瘦覺妝痕淺。飛去飛來雙語燕。消息知郎近遠。　樓前小雨珊珊。海棠簾幕輕寒。杜宇一聲春去，樹頭無數青山。

這兩首詞無論在聲調上、用字上、意境上都有顯著的差別，它們正代表着遺山兩種不同的詞風。

遺山不僅兼備豪放、婉約之長，而且能夠在一首詞裏做到剛柔相濟，達到「剛健含婀娜」（蘇軾〈和子由論書〉語）的境界，如下面所舉的〈鷓鴣天〉就是，詞云：

玉立芙蓉鏡裏看。鉛紅無地著邊鸞。半衾幽夢香初散，滿紙春心墨未乾。　深院落，曲闌干。舊愁新恨𡮢衣寬。幾時忘得分攜處，黃葉疏雲渭水寒。

「黃葉疏雲渭水寒」，是多麼開濶的氣象，而「滿紙春心墨未乾」，又是多麼溫柔的感情。可是當詞人巧妙地將這兩個意象放在一起的時候，我們並不感到它們之間的矛盾，而只感到和諧。

此外，又有一類淡逸之作和一類比較質樸之作，前者如〈人月圓·卜居外家東園〉，詞云：

重岡已隔紅塵斷，村落更年豐。移居要就，窗中遠岫，舍後長松。　十年種木，一年種穀，都付兒童。老夫惟有，醒來明月，醉後清風。

後者如〈清平樂·嘲兒子阿寧〉，詞云：

嬌鶯婭姹。解說三生話。試看青衫騎竹馬。若箇張萱許畫。　西家撞透煙樓。東家談笑封侯。莫道元郎小小，明年部曲黃牛。

這些雖然不是遺山的重要作品，但是若要給遺山的詞風作一個立體的介紹，是不能不提的；況且它們實在寫得清新可愛。徐世隆說遺山「樂府則清雄頓挫，閑婉瀏亮，體製最備；又能用俗爲雅，變故作新，得前輩不傳之妙，東坡、稼軒而下不論也」。我們看了上面所舉的數個例子，自然覺得這段說話並不是虛言了。

遺山之詞，體製固然完備，內容也很多樣。興亡之歎、身世之感、懷古傷今、把酒賦詩、朋友濶別、兒女之情、寫景詠物……都無不納入他的吟詠範圍。現在試舉些例子來看看：

木蘭花慢

賦〈招魂〉〈九辯〉，一尊酒，與誰同。對零落棲遲，興亡離合，此意何窮。悤悤。百年世事，意功名、多在黑頭公。喬木蕭蕭故國，孤鴻澹澹長空。門前花柳又春風。醉眼眩青紅。問造物何心，村簫社鼓，奔走兒童。天東。故人好在，莫生平、豪氣減元龍。夢到琅邪臺上，依然湖海沈雄。

大抵遺山處於興亡之際，所作輒多故國之思，飄零之感，加上幽幷之氣，故流露於筆端的就成爲一種慷慨激越、沉摯蒼涼的格調了。這一類作品甚多，除上舉一首外，〈石州慢·赴召史館，與德新丈別於岳祠西新店，明日以此寄之〉也是一個例子，詞云：

擊筑行歌，鞍馬賦詩，年少豪舉。從渠里社浮沉，枉笑人間兒女。生平王粲，而今顦顇登樓，江山信美非吾土。天地一飛鴻，渺翩翩何許。 羇旅。山中父老相逢，應念此行良苦。幾許虛名，誤卻東家雞黍。漫漫長路，蕭蕭兩鬢黃塵，騎驢漫與行人語，詩句欲成時，滿西山風雨。

「生平王粲，而今顦顇登樓，江山信美非吾土。」數句強烈地寫出了他的懷鄉之情，飄零之感。江山雖美，但可惜不是自己的鄉土呢！悲絕。

水調歌頭·氾水故城登眺

牛羊散平楚，落日漢家營。龍拏虎擲何處，野蔓胃荒城。遙想朱旗回指，萬里風雲奔走，慘澹五年兵。天地入鞭箠，毛髮懍威靈。　一千年，成皋路，幾人經。長河浩浩東注，不盡古今情。誰謂麻池小豎，偶解東門長嘯，取次論韓彭。慷慨一尊酒，胸次若為平。

遺山登故城眺望，見落日荒城，蕭條冷落，遂興起一片懷古傷今之思，想到過去的「萬里風雲奔走，慘澹五年兵」，念到「長河浩浩東注，不盡古今情」，百感交集，感慨萬千，其豐富的感情眞是溢出字面。

飲酒賦詩，是文人的常事，遺山自然不會例外，茲舉一首賦飲酒之詞如後，從中可見其豪邁的胸襟與放逸的情懷：

水調歌頭·緱山夜飲

石壇洗秋露，喬木擁蒼煙。緱山七月笙鶴，曾此上賓天。為問雲間嵩少，老眼無窮今古，夜樂幾人傳。宇宙一丘土，城郭又千年。　一襟風，一片月，酒尊前。王喬為汝轟飲，留看醉時顚。杳杳白雲青嶂，蕩蕩銀河碧落，長袖得回旋。舉手謝浮世，我是飲中仙。

遺山是當時的名士，結交的朋友自然甚多，其中詩人詞客又佔了很大的比重。他們或談論詩文，或遊山玩水，或高歌痛飲，唱酬爲樂，但爲了生活，迫於離鄉別井，彼此分離，實難避免，故遺山每多送別、寄贈之作，現舉一首作爲例子：

臨江仙

西山同欽叔送溪南詩老辛敬之歸女几，兼簡劉景玄。敬之留別詞，併錄於此：「誰識虎頭峯下客，少時有意功名。清朝無路到公卿。蕭蕭茅屋下，白髮老書生。　邂逅對牀逢二妙，揮毫落紙堪驚。他年聯袂上蓬瀛。春風蓮燭影，莫問此時情。」

自笑此身無定在，風蓬易轉孤根。羨君歸意滿離尊。眼中茅屋興，稚子已迎門。　回首對牀燈火處，萬山深裏孤村。故人天末賦《招魂》。新詩憑寄取，憔悴不須論。

這更從別人之飄零，想到自己的身世了。觸景生情，自嗟自怨，是文人的慣事。

愛情向來是文學最普遍的題材，對於軟性的文學形式——詞來說，更是重要了。遺山是一個豪婉兼備的詞人，所以他處理愛情的題材時也有他的一套手法，我們可以通過它窺見遺山對愛情的態度。首先我們來看看下面這篇著名的〈摸魚兒〉：

問蓮根、有絲多少，蓮心知為誰苦。雙花脈脈嬌相向，只是舊家兒女。天已許，甚不教、白頭生死鴛鴦浦。夕陽無語。算謝客煙中，湘妃江上，未是斷腸處。　香奩夢，好在靈芝瑞露。人間俯仰今古。海枯石爛情緣在，幽恨不埋黃土。相思樹。流年度、無端又被西風誤。蘭舟少住。恨載酒重來，紅衣半落，狼藉臥風雨。

這篇詞的小序簡略地記載了這個悲劇的本事：「泰和中，大名民家小兒女，有以私情不如意赴水者，官為蹤迹之，無見也。其後踏藕者得二屍水中，衣服仍可驗，其事乃白。是歲，此陂荷花開無不並蒂者。……」遺山對於這個愛情悲劇的詠歎，說明了他對這一對以生命來捍衛婚姻自由的癡情男女賦予深刻的同情和哀悼。類似這樣的作品，我們還可以舉出〈江梅引〉所寫的

「西州士人家女阿金」和「同郡某郎」互相愛悅，卻因爲男的「從兄官陝右，女家不能待，乃許他姓」，以致阿金抑鬱而死的悲劇。再如〈江城子．觀別〉一篇，可見出他對那雙他並不認識的男女的離別場面，產生了多麼熾熱的激情，他寫着：

旗亭誰唱渭城詩。酒盈卮。兩相思。萬古垂楊，都是折殘枝。舊見青山青似染，緣底事，澹無姿。　情緣不到木腸兒。鬢成絲。更須辭。只恨芙蓉，秋露洗胭脂。為問世間離別淚，何日是，滴休時。

從這些作品看來，元遺山對於受壓抑的純潔的愛情，是從不吝惜自己的筆墨去加以歌頌的。願意而且善於歌頌普通人民眞摯純潔的愛情，不把作品中的愛情描寫局限在個人的私生活範圍之內，正是元遺山在這類題材上所表現的特色。

另一篇同樣著名的〈摸魚兒〉也有力地證明了這點。小序說：「乙丑歲赴試并州，道逢捕雁者云：『今旦獲一雁，殺之矣。其脫網者悲鳴不能去，竟自投於地面而死。』予因買得之，葬之汾水之上，累石爲識，號曰雁丘。時同行者多爲賦詩，予亦有〈雁丘詞〉，舊所作無宮商，今改定之。」詞云：

恨人間、情是何物，直敎生死相許。天南地北雙飛客，老翅幾回寒暑。歡樂趣。離別苦。是中更有癡兒女。君應有語。渺萬里層雲，千山暮景，隻影為誰去。　橫汾路，寂寞當年簫鼓。荒煙依舊平楚。招魂楚些何嗟及，山鬼自啼風雨。天也妒。未信與、鶯兒燕子俱黃土。千秋萬古。為留待騷人，狂歌痛飲，來訪雁丘處。

對於並蒂的荷花、殉情的孤雁，這樣的鄭重，寫得如此纏綿，顯然只有具有了深厚的思想感情的基礎才能做到。而且，從〈雁丘詞〉在多少年以後還加以改定看來，元好問這種優美的思想感情又是歷久不衰，甚至於是「老而彌篤」的。這兩篇〈摸魚兒〉從南宋以來，就贏得很高的評價，如張炎說：「遺山詞，深於用事，精於鍊句，有風流蘊藉處不減周秦。如〈雙蓮〉〈雁丘〉等作，妙在描寫情態，立意高遠。」⑳許昂霄說：「遺山二闋，綿至之思，一往而深，讀之令人低徊欲絕，同時諸公和章皆不能及。前云『天也妒』，此云『天已許』，眞所謂『天若有情天亦老』矣。」㉑的確，這兩首作品是值得大力推許的。

遺山的寫景詠物詞也不遜於他的敘事詞。寫景詞中最值得我們注意的是他對於北方雄偉的山川景色的描寫。遺山意氣飛揚，心胸開闊，他的富於積極進取的精神，很自然地會攝取雄偉博大的圖景作爲自己描寫的對象，而且通過他那精湛的藝術手段，表現出來的就更爲壯偉奇麗了。在他的詞集中，如〈水調歌頭・與李長源游龍門〉、前調〈賦德新王丈玉溪〉、前調〈賦三門津〉、〈水龍吟・同德秀游盤谷〉都是這方面很優秀的作品。現舉〈水調歌頭・賦三門津〉爲例：

黃河九天上，人鬼瞰重關。長風怒捲高浪，飛灑日光寒。峻似呂梁千仞，壯似錢塘八月，直下洗塵寰。萬象入橫潰，依舊一峰閑。　仰危巢，雙鵠過，杳難攀。人間此險何用，萬古秘神姦。不用然犀下照，未必佽飛強射，有力障狂瀾。喚取騎鯨客，撾鼓過銀山。

上片的描繪和比喻，固然使我們有驚心動魄之感，而更值得我們重視的，是詞人在下片中所體現的思想。他發出了「人間此險何用」的疑問，而終以「喚取騎鯨客，撾鼓過銀山」的希望來

---

⑳ 同⑲。

㉑ 許昂霄《詞綜偶評》，頁二一。見《詞話叢編》，第五冊，總頁一六一三。參⑲。

結束全篇。那就是說，他並沒有被大自然這種奇險的陵谷、狂暴的河流所嚇倒，而是想「障狂瀾」或「過銀山」，即控制它或跨越它。正是在這些地方，表現了詞人浩蕩開朗的精神面貌。

至於他的詠物詞亦甚覺標緻，如〈江城子・賦芍藥揚州紅〉：

司花著意厭春魁。綠雲堆，擁香來。冉冉紅鸞，十步一徘徊。花到揚州佳麗種，金作屋，玉為階。門前腰鼓揭春雷。倚妝臺，儘人催。鶯語丁寧，空繞百千回。不道惜花人欲去，看直待，幾時開。

名義上是詠芍藥揚州紅，但實際上是描寫春天欣欣向榮的景象，其中又透露出一片繁華的氣息。又如〈鷓鴣天・詠蓮〉：

瘦綠愁紅倚暮煙。露華涼冷洗嬋娟。含情脈脈知誰怨，顧影依依定自憐。 風送雨，水連天。凌波無夢夜如年，何時北渚亭邊月，狼藉秋香拂畫船。

遺山把蓮花人格化，把它寫成一個含情脈脈的怨婦，亦物亦人，正如霧裏看花，隱約可見。上片運用鋪排的手法，寫出了蓮的精神面貌；下片則以景托情，以情入景，達到情景交融的地步。遺山能夠以很經濟的手法創造出一個雋永的意境。

在這裏應該一提的是遺山的「效體」。集中有效花間體、學閑閑公體、效朱希真體、效東坡體等等，其中有些形神迫似，但有些就不大成功。如〈江城子・效花間體詠海棠〉一首就甚得花間的神緒，茲抄錄如左：

蜀禽啼血染冰蕤。趁花期。占芳菲。翠袖盈盈，凝笑弄晴暉。比盡世間誰似得，飛燕瘦，玉環肥。一番風雨未應稀。怨春遲。怕春歸。恨不高張，紅錦百重圍。多載酒來連夜看，嫌化作，彩雲飛。

但是〈促拍醜奴兒・學閑閑公禮〉就不甚似了，詞云：

朝鏡惜蹉跎。一年年、來日無多。無情六合乾坤裏，顛鸞倒鳳，撐霆裂月，直被消磨。
世事飽經過，算都輸、暢飲高歌。天公不禁人間酒，良辰美景，賞心樂事，不醉如何。

閑閑公所賦附

風雨替花愁。風雨罷、花也應休。勸君莫惜花前醉，今年花謝，明年花謝，白了人頭。
乘興兩三甌。揀溪山，好處追游。但教有酒身無事，有花也好，無花也好，選甚春秋。

在兩者比對之下，我們會發覺遺山之作刀斧痕較深，而閑閑之作則似信手拈來，毫不費力。況蕙風說：「……遺山誠閑閑高足，第觀此詞，微特難期出藍，幾於未信入室，蓋天人之趣判然。閑閑之作，無復筆墨痕迹可尋矣。」㉒信然。

陳廷焯曰：「金詞於彥高外，不得不推遺山。遺山詞刻意爭奇求勝，亦有可觀。然縱橫超逸既不能爲蘇、辛，騷雅清虛復不能爲姜、史，於此道可稱別調，非正聲也。」㉓彥高是否高出于遺山還有待商榷，但以遺山「縱橫超逸既不能爲蘇、辛、騷雅清虛復不能爲姜、史」，說他是「別調」而「非正聲」就是過於偏見了。遺山的成功處在乎把「縱橫超逸」與「騷雅清虛」一爐共冶，形成一種「剛健含婀娜」的嶄新面目，而並不是單純的追求「縱橫超逸」或「騷雅

㉒ 況周頤《蕙風詞話》，卷三，頁六二。參❻。

㉓ 陳廷焯《白雨齋詞話》，卷三，頁一。見《詞話叢編》第十一冊，總頁三八四八。參⓳。

清虛」。而實際上所謂「別調」、「正聲」又如何去定一個標準呢？還是況周頤最了解、最認識遺山，他對遺山的批評也最爲平正，最爲中肯，我們且引他的一段話作爲結尾，他說：

元遺山以絲竹中年，遭遇國變，崔立采望，勒授要職，非其意指。卒以抗節不仕，顦顇南冠二十餘稔。神州陸沈之痛，銅駝荊棘之傷，往往寄託於詞。〈鷓鴣天〉三十七闋，泰半晚年手筆。其〈賦隆德故宮〉及〈宮體〉八首、〈薄命妾〉辭諸作，蕃艷其外，醇至其內，極往復低徊、掩抑零亂之至。而其苦衷之萬不得已，大都流露於不自知。此等詞宋名家如辛稼軒固嘗有之，而猶不能若是其多也。遺山之詞，亦渾雅，亦博大。有骨幹，有氣象。以比坡公，得其厚矣，而雄不逮焉者。豪而後能雄，遺山所處不能豪，尤不忍豪。牟端明〈金縷曲〉云：「撲面胡塵渾未掃，強歡謳、還肯軒昂否？」知此，可與論遺山矣。設遺山雖坎坷，猶得與坡公同，則其詞之所造，容或尚不止此。其〈水調歌頭•賦三門津〉「黃河九天上」云云，何嘗不崎崛排奡。坡公之所不可及者，尤能於此等處不露筋骨耳。〈水調歌頭〉當是遺山少作。晚歲鼎鑊餘生，棲遲薔落，興會何能飆舉。知人論世，以謂遺山卽金之坡公，何遽有愧色耶？充類言之：坡公不過逐臣，遺山則遺臣孤臣也。其〈賦隆德故宮〉云：「人閒更有傷心處，奈得劉伶醉後何？」〈宮體〉八首，其二云：「春風殢殺官橋柳，吹盡香緜不放休。」……〈薄命妾〉辭云：「桃花一簇開無主，儘著風吹雨打休。」其它如〈無題〉云：「墓頭不要征西字，元是中原一布衣。」……又〈與欽叔京甫市飲〉云：「醒來門外三竿日，臥聽春泥過馬蹄。」句各有指，知者可意會而得。其詞纏綿而婉曲，若有難言之隱，而又不得已於言，可以悲其志而原其心矣[24]。

(五) 段克己（公元一一九六—一二五四年）

段克己，字復之，號遯庵，河東人。世居絳之稷山。幼時與成己並以才名，禮部尚書趙秉文目之曰「二妙」，大書「雙飛」二字名其里，與元遺山數以詩贈遺。金末以進士貢。值金季亂亡，與成己避地龍門山中廿餘年而卒，人稱遯庵先生。著作早已散佚，元泰定（公元一三二四—一三二七）間，其孫段輔搜輯克己暨其弟成己遺文合刻之曰《二妙集》。其第七卷爲《遯庵樂府》，凡詞六十七首；第八卷爲《菊軒樂府》，凡詞六十三首；多兄弟師生酬唱。《彊村叢書》有《遯庵》、《菊軒樂府》各一卷。清孫德謙撰有《金稷山段氏二妙年譜》。

克己所處的時代是金末元初的大混亂時期。這是一個民族矛盾極度尖銳，戰禍連綿，人民飽受苦難的時期。尤其是當時北方人民所遭受的災難，更特別深重。他對當時戰爭的破壞，亡國的慘痛，都有着親切的感受，故發出了蒼涼沉鬱的喟嘆，或成爲慷慨激昂的歌聲。他唱着：

塞馬南來，五陵草樹無顏色。雲氣黯、鼓鼙聲震，天穿地裂。百二山河俱失險，將軍束手無籌策。漸煙塵、飛度九重城，蒙金闕。　長戈裊，飛鳥絕。原厭肉，川流血。嘆人生此際，動成長別。回首玉津春色早，雕欄猶掛當時明月。更西來、流永遶城根，空嗚咽。

（〈滿江紅・過汴梁故宮城〉）

復之經過汴梁故宮城，想起蒙古人攻打汴京的慘痛情形，「鼓鼙聲震，天穿地裂。百二山河俱

㉔ 況周頤《蕙風詞話》，卷三，頁六五。參❻。

失險，將軍束手無籌策」，致令到京城失守，人民變爲異物。事實雖已成爲過去，但撫今追昔之情仍是不能自禁的。他感到「人生此際，動成長別」，遂產生了一片哀傷之情，連遶城的流水也好像在哭泣了。

他又唱着：

塵滿貂裘，依舊是、新豐羈客。還感慨、中年多病，惟堪眠食。方寸玉階無地借，詩書勳業休重憶。況而今、雙鬢已成絲，非疇昔。　興廢事，吾能說。今古恨，空填臆。向南風望斷，五絃消息。眯眼黃塵無處避，洗天風雨來何日。待酒酣、慷慨語平生，無人識。

在這首詞（〈滿江紅〉）裏他更吐露出心頭之恨。「興廢事，吾能說。今古恨，空填臆。」是多麼憤激之語呢！復之眼見兩朝興廢，至今還覺歷歷在目，今古之恨仍盤在胸臆，但是時光如逝水，人們已漸漸忘懷了興廢之事，就算酒酣耳熱的時候，講出平生之事，也無人曉得了。此詞慷慨激昂，沉鬱豪邁，悲壯之至。

但是時移世易，發勞騷也是無補於事的。金朝已經成爲過去，在敵人的統治下，學者文人或屈節仕異朝，或明哲保身，退隱泉林。兩者之中，任擇其一。復之遂選擇了第二條路，故在他的詞中有不少是描寫隱居之樂和閑適之趣的作品。它們一方面寫出了他的閑逸心境，但在另一方面也透露出他內心的愁苦與抑鬱。事非得已，不強自陶醉也得乎！試看他的〈滿江紅・重九日，山居感興〉：

五柳成陰，三徑晚、宦游無味。還自歎、迎門笑語，久須童稚。歸去來兮尊中酒，素琴解寫無絃趣。醉時眠、推手遣君歸，吾休矣。　富與貴，非吾事，貧與賤，寧吾累。

步東籬遐想，昔人高致。霜菊盈叢還可採，南山依舊橫空翠。但悠然、一點會心時，君須記。

又看他的〈滿庭芳〉：

山居偶成，每與文翰二三子論文把酒，歌以侑觴，亦足以自樂也。

歸去來兮，吾家何在，結茆水際林邊。自無人到，門設不須關。蠻觸政爭蝸角，榮枯事、不到尊前。應堪嘆，清溪流水，東去幾時還。此身何處著，從教容與，木雁之間。筭躬耕隴畝，在我無難。便把鉏頭為枕，眠芳草、醉夢長安。煙波客，新來有約，要買釣魚竿。

〈滿江紅〉說：「歸去來兮尊中酒，素琴解寫無絃趣。」又說：「步東籬遐想，昔人高致。霜菊盈叢還可采，南山依舊橫空翠。」〈滿庭芳〉又說：「歸去來兮」，這顯是以陶淵明自況。陶淵明的歸隱是迫不得已，復之的歸隱也同樣是迫不得已呢！至於說：「富與貴，非吾事。貧與賤，寧吾累。」只不過是勞騷語而已；「蠻觸政爭蝸角，榮枯事，不到尊前。」就更明顯的表現出他未能忘情世俗了。以下的一首〈鷓鴣天〉最能寫出他當時的無可奈何的心境：

當日元龍氣最豪。而今塵土墊冠髦。紛紛落絮隨風舞，泛泛輕鷗亂水漂。拚一醉，便千朝。文章休說僕奴騷。春來春去容顏改，輸我花前把碧醪。

總之，復之的心情是複雜的、矛盾的。他的隱居並不能把自己完全的平靜下來。細讀上面的幾首詞自然會得到其中消息。

從以上的例子中我們感覺到復之的詞有豪放與疏逸兩類。兩者雖微有不同，但實際上是互相關係的。豪放之詞，每多雄壯之語、高曠之語；疏逸之詞，每多幽雅之語、平淡之語。詞風由豪放而變爲疏逸，正代表着詞人的情緒由激昂而變爲和平。復之親受戰爭的禍害，亡國之慘痛，他的心情是激憤的、悲痛的，故感懷身世，慷慨悲歌，發出了高曠豪邁的呼聲；但事既不可爲，悲痛發憤又有何用呢？在迫不得已的情況下惟有壓抑着自己的情緒，勉強平靜下來，於是詞風就變得平淡了。而且因爲隱居的關係，清幽雅逸之作就自然增加，這做成復之後期的詞風趨向疏逸的最重要因原。現在再舉出一些例子來欣賞：

水調歌頭

癸卯八月十七日，逆旅平陽，夜聞笛聲，有感而作。

亂雲低薄暮，微雨洗清秋。涼蟾乍飛破鏡，倒影入南樓。水面金波灩灩，簾外玉繩低轉，河漢截天流。桂子墮無跡，爽氣襲征裘。廣寒宮，在何處，可神遊。一聲羌管誰弄，吹徹古梁州。月自於人無意，人被月明催老，今古共悠悠。壯志久寥落，不寐數更籌。

這首詞高曠飄逸，豪邁疎放，氣味直迫東坡之「明月幾時有」，堪稱爲復之的佳作。其蕭疎淡逸之作，如〈浣溪沙・壽菊軒弟〉：

白髮相看老弟兄，閑身無辱亦無榮。兒孫已可代躬耕。欲了文章千載事，不須談笑話功名。青山高臥待昇平。

沖淡和平，正如陶詩一般。又如〈點絳唇・暮秋晨起書所見〉：

愛酒淵明，無錢羞對黃花語。一盃誰舉。寂寞空歸去。屋上青山，山上行雲度。悠然處。是中真趣。欲寫還無句。

復之更坦率地以淵明自比了！復之後期的詞走上疎逸的路子我很疑心是受了陶詩的影響所致。

此外，復之又有一些清麗雋永的作品，如〈漁家傲・送春六曲〉就是最好的例子。它們都寫得清新俊麗，逸趣橫生，又能檃括前人句語，達到渾然無跡的地步，堪稱佳作，這是復之的又一作風。茲錄出兩首如下：

其　三

春去春來誰作主。怨他昨夜江頭雨。把酒問春春不語。頭懶舉。亂紅飛過秋千去。
芳草澹煙江上路。鷓鴣聲裏斜陽暮。風外榆錢無意緒。空自舞。如何買得青春住。

其　五

詩句一春渾漫與。紛紛紅紫俱塵土。樓外垂楊千萬縷。風蕩絮。欄杆倚遍空無語。
畢竟春歸何處所。樹頭樹底無尋處。惟有閑愁將不去。依舊住。伴人直到黃昏雨。

最後，我們要特地指出的是下面的一首〈滿江紅〉，因爲況周頤給它很高的評價。詞云：

雨後荒園，群卉盡、律殘無射。疏籬下、此花能保，英英鮮質。盈把足娛陶令意，夕飡誰似三閭潔。到而今、狼藉委蒼苔，無人惜。　堂上客，須空白。都無語，懷疇昔。恨因循過了，重陽佳節。颯颯涼風吹汝急，汝身孤特應難立。漫臨風、三嗅遶芳叢，歌還泣。

況氏說：「段復之〈滿江紅・序〉云：『遯庵主人植菊階下，秋雨既盛，草萊蕪沒，殆不可見。江空歲晚，霜餘草腐，而吾菊始發數花，生意悽然，似訴余以不遇，感而賦之。因李生湛然歸，寄菊軒弟。』詞後段云云，節韻已下，情深一往，不辨是花是人，讀之令人增孔懷之重。」[25]我認爲此詞全是比喻，以花比人：以獨立在霜餘草腐中的菊花來比喻身在亂世的詞人。不僅後段「不辨是花是人」，前段亦「不辨是花是人」，花即是人，人亦即是花也。

㈥段成己（公元一一九九—一二七九年）

段成己，字誠之，號菊軒，克己弟。金哀宗正大進士，授宜陽主簿。克己歿後，自龍門山徙居晉寧北郭，閉門讀書四十餘年。元世祖曾詔即其家起爲平陽路儒學提舉，不赴。至元十六年（一二七九）卒，年八十。其著作傳至今者除《二妙集》所收古律詩、樂府及《河汾諸老詩集》中〈蘇氏承顏堂〉以下九首（未收入《二妙集》）外，另有〈河中府重修廟學碑〉等文七篇，見《九金人集》中《二妙集》逸文。存詞六十三首。

誠之之詞與復之同一風格，都是悲歌慷慨，沉痛蒼涼的格調，不過，誠之哀傷之情更爲濃烈，試看這一首〈滿江紅〉：

張丈信夫林亭小酌，感事懷人，敬用遯庵兄韻。

光景催人，還又是、西風吹袂。青鏡裏、滿簪華髮，不堪憔悴。一月幾逢開口笑，十年滴盡傷時淚。倩一尊、相對說清愁，花前醉。 初未識，名為累。今始覺，身如寄。把閑情換了，平生豪氣。致主安民非我事，求田問舍真良計。看野雲、出岫卻飛回，元無意。

又看另外一首：

偶覩春事闌珊，謹用遯庵〈登鸛雀樓〉韻，以寫所懷。

點檢花枝，風雨外、雪堆瓊矗。春去也、朱絲絃斷，鸞膠難續。眼底光陰容可惜，舊游回首尋無迹。對青山、一餉倚枯藤，灘聲急。　人已老，身猶客。家在邇，歸猶隔。縱語音如舊，形容非昔。芳草緜緜隨意綠，平波渺渺傷心碧。到愁來、惟覺酒杯寬，人間窄。

復之還偶然有幾句激昂憤恨的句子，誠之就差不多全是感慨哀傷之語。大抵誠之較復之更多愁善感，更富於情感吧。

正唯誠之容易觸目傷心，故他厭惡塵世，蔑棄功名，寧願退隱泉林，過着竹籬茅舍的生活，如〈江城子〉云：

季春五日，有感而作，歌以自適也。

百年光景霎時間。鏡中看。鬢成斑。歷遍人間，萬事不如閑。斷送餘生消底物，蘭可佩，菊堪餐。　功名場上稅征鞍。退時難。處時安。生怕紅塵，一點汚儒冠。便恁歸來嗟已晚，那更待，買青山。

又如〈行香子・書舍偶成〉云：

自嘆勞生。枉了經營。到而今、一事無成。不如聞早，覓個歸程。向渭川漁，東市卜，富春耕。　眼底浮榮。身外虛名。儘輸他、時輩崢嶸。得偷閑處，且適閑情。有坐忘篇，傳燈錄，洗心經。

㉕ 況周頤《蕙風詞話》，卷三，頁六四。參❻。

這些作品都寫出他的恬淡思想。

誠之正如一般詞人一樣，遇到愁緒滿懷的時候，就每每借酒排愁，故詞中頗多提及飲酒的句子，如云：「百年光景無多子，請向尊前聽解愁。」（〈鷓鴣天・重九日用遯庵兄韻〉）又云：「身外事，付悠悠。牛山何必涕空流。不如且進杯中物，一酌能消萬古愁。」（〈鷓鴣天〉）又云：「幽懷畢竟憑誰寫，笑口何妨對酒開。」（〈鷓鴣天〉）又云：「四海干戈猶未定，此身底處安藏。醉中聞說有眞鄉。便從今日數，三萬六千場。」（〈臨江仙・李山人壽〉）又云：「春光幾許。不用忙歸去。呼取麴生來，把閑愁一時分付。大都是醉，三萬六千場。遇有酒，且高歌，留取青春住。」（〈驀山溪・衞生襲之壽〉）但，愁到底又可否能排去呢？

酒雖然不能把愁根本地消解，但卻能把胸襟廣濶。因此賦詩塡詞的時候飲一點酒，確能有助於意境的提昇。誠之之詞能有超逸高曠的風格似乎與飲酒有密切的關係，試看下面的兩首〈鷓鴣天〉：

再遊青陽峽，奉和遯庵兄韻。

行徹南溪到北溪。山回轉馬合長圍。花如有舊迎人笑，雲自無心出岫飛。　揮醉墨，帶煙霏。婆娑醉舞拂青絲。昔時心賞今猶在，但恐風流異昔時。

上巳日，會飲衞襲之家園。

千古蘭亭氣象豪。當時座上盡英髦。林藏修竹依山靜，花逐流觴信水漂。　悲往事，樂今朝。雖無絲竹有風騷。回頭一笑還塵跡，莫厭尊前醉濁醪。

它們都充滿了豪情逸興，而它們都莫不與酒有關。酒與文人，酒與文學作品，是很難分開的。文人、文學作品與酒就差不多成爲三位一體。

但是，菊軒詞也不盡是如此疏放豪逸的，騷雅精美一點的也有不少，如〈江城子〉云：

> 階前流水玉鳴渠。愛吾廬。愜幽居。屋上青山，山鳥喜相呼。少日功名空自許，今老矣，欲何如。　閑來活計未全疏。月邊漁。雨邊鋤。花底風來，吹亂讀殘書。誰喚九原摩詰起，憑畫作，倦遊圖。

又另一首云：

> 東園牡丹盛開，二三子邀余飲花下，酒酣即席賦之。
>
> 水南名品幾時栽。映池臺。待誰開。應為詩人，著意巧安排。調護正須宮樣錦，遮麗日，障飛埃。　曉風吹綻瑞雲堆。怨春回。要詩催。醉墨淋漓，隨手灑瓊瑰。歸去不妨簪一朶，人也道，看花來。

前首的「月邊漁，雨邊鋤。花底風來，吹亂讀殘書。」及後首的「歸去不妨簪一朶，人也道，看花來。」騷雅俊逸，令人想望其風采㉖。又如〈月上海棠〉云：

> 老來還我扶犁手。想豪氣十分已無九。都把濟時心，分付與一時英秀。還自笑，潦倒猶堪殢酒。　從前枉被虛名負。何似尊前聖賢友。纖手斫金虀，一嚼不妨時嗅。頹然醉，臥印蒼苔半袖。

全首來看，並不覺得如何精巧，但細心研究就覺其巧妙所在。其結尾「頹然醉，臥印蒼苔半袖。」

㉖ 況周頤語。見《蕙風詞話》，卷三，頁六五。參❻。

一句，不獨它的本身爲精巧難得的句子，在整首詞中也有它的特殊位置。它的作用是點鐵成金，倘若沒有如此一句作結，整首詞就大爲遜色了。況周頤說它「於疏處運追琢」㉗最爲卓見。

如果我們要具體而微的去認識誠之之詞，我認爲〈臨江仙・田間閑步偶成〉是最好的例子，詞云：

管領韶華成老醜，有情爭似無情。芒鞋竹杖葛衣輕。悠悠身外事，寂寂水邊行。　眼底光陰猶是夢，何須身後虛名。仰天一笑絕冠纓。東風歸路穩，十里暮山青。

通過這首詞我們可以窺見誠之的豪放疏逸的詞風，又可以見出他的淡薄名利的思想。「仰天一笑絕冠纓」，超邁之至，亦沉痛之至！

㉗同㉖。

第三編　元詞

第一章　南宋遺民中的重要詞人

雖然說詞衰於元，但元代的詞人與金朝比較起來，卻多出了好幾倍，除道、釋、婦女、外國華化詞人不計算在內，就有一百八十餘人，其中如仇遠，劉秉忠、白樸、王惲、張埜、張翥、邵亨貞諸人都是很出色的一流作家，與金的吳激、蔡松年、王寂、王庭筠、李俊民、元好問、段克己、段成己等人先後輝映，在詞史上都佔着一個比較重要的地位。元詞人的數量這麼多自然是由於詞運還未衰竭，它到了元代仍然是繼續下去，縱使並無新的發展；而且南宋的遺民就是元詞的生力軍，他們在初期佔着一個很重要的位置。如果我們不把他們算入元詞的範圍，元代的詞人便會減少了六、七十人，這樣元詞人的數量便會大大的削減了。但是這些時跨兩代（由宋入元）的南宋遺民詞人非常衆多，本章所收錄的以第一編第二章「金元詞的分期」所舉出的標準爲限，只有這樣才可以避免把張炎、周密、劉辰翁等一般視爲宋人的南宋遺民納入我們的範圍，至於如王沂孫等一小部份詞人，雖然仕元，但習慣上都把他們當爲宋人，我們就不便把他們收入了。現在討論這過渡時期的幾個重要詞人。

(一)王奕（公元一二九三年前後在世）

王奕，字敬伯，江西玉山人，與謝枋得相善。至元三十年（公元一二九三年）前，曾特補玉山教諭，有集十二卷，久佚。明嘉靖壬寅，其鄉人陳中州爲刊《玉斗山人集》三卷。《四庫提要》（卷一六六）謂其詩稍失之粗，然磊落有氣，勝宋季江湖一派。其〈寄周月湖〉絕句有「起觀疆宇皆周土，只有西山尚屬商」句，尚以宋之遺民自居，則其出爲學官，當在至元二十六（一二八九）年之後，然其〈祭文宣王文〉稱：「天混圖書，氣通南北，九域甫一，可輿可舟，祖庭覲丁，歌稱幸際，天地還清，寧於新朝，無所怨尤。」〈祭曾子文〉稱：「某等律以忠孝，實爲罪人，願保髮膚，以遂終慕。」亦未敢高自位置，視首鼠兩端，業已偷生隳節，而猶思倔強自異者，尚有異別。《彊村叢書》覆刊金氏文瑞樓鈔本，收王詞二十七首，《全宋詞》則據《彊村叢書》本刊印。

敬伯之詞，多寫景詠物，敘事懷古之作。在這些詞裏他往往流露出山河故國之思，今古興亡之感，如〈木蘭花慢・和趙蓮澳金陵懷古〉云：

翠微亭上醉，搔短髮、舞繽紛。問六朝五姓，王姬帝冑，今有誰存。何似烏衣故壘，尚年年、生長兒孫。今古興亡無據，好將往史俱焚。　招魂。何處覓東山，箏淚落清樽。悵石城暗浪，秦淮舊月，東去西奔。休說清談誤國，有清談，還有斯文。遙睇新亭一笑，漫漫天際江痕。

又如〈唐多令・登淮安倚天樓〉云：

直上倚天樓。懷哉古楚州。黃河水、依舊東流。千古興亡多少事，分付與、白頭鷗。祖逖與留侯。二公今在不。眉尖上、莫帶星愁。笑拍危闌歌短闋，翁醉矣，且歸休。

這類詞不過是通過懷古去寫出亡國之思罷了。吊古傷今，情見乎辭。然而世事變幻，有若浮雲，俯仰之間，已成陳跡，哀傷感歎、無可奈何之餘，惟有任其自然，強自開解而已，如〈沁園春．和趙蓮澳提舉遺懷〉云：

耳目肺腸，不由我乎，更由乎誰。也不必君平，不消詹尹，不疑何卜，不卜何疑。三徑歸來，一時有見，豈為黃初與義熙。天下事，但行其可，自合乎宜。大哉用易乘時。縱烏喙那能食子皮。歎失若塞翁，失為得本，贏如劉毅，贏乃輸基。大點小癡，有餘不足，誰必彭殤早與遲。眼前物，縱銅山金屋，一瞑全非。

以如此消極的思想去安頓哀痛之感情，眞是不得已。

通覽敬伯之作，大抵以豪放一類爲主，故有〈酹江月．和辛稼軒金陵賞心亭〉、〈南鄉子．和辛稼軒多景樓〉、〈水調歌頭．和陸放翁多景樓〉等刻意模仿辛稼軒、陸放翁之豪邁飄逸的作品，現在舉〈水調歌頭〉一首爲例，詞云：

迢迢嶓冢水，直瀉到東州。不揀秦淮吳楚，明月一家樓。何代非卿非相，底事柴桑老子，偏恁不推劉。半體鹿皮服，千古晉貔貅。過東魯，登北固，感春秋。抵掌嫣然一笑，莫枉少陵愁。說甚蕭鍋曹石，古矣蘇吟米畫，墨白滿盤收。對水注杯酒，為我向東流。

又如〈八聲甘州．題維揚摘星樓〉都是這類很好的作品，茲摘出如後：

問蒼天、蒼天闃無言，浩歌摘星樓。這茫茫禹跡，南來第一，是古揚州。當日雙龍未渡，風月一家秋。中分胡越後，橫斷江流。□百年間春夢，笑槐柯蟻穴，多少王侯。謾平山堂裏，棋局幾邊籌。是誰教、海乾仙去，天地付浮漚。書生老，對瓊花一笑，白髮蒼洲。

至於較爲婉約一點的作品，應該以〈摸魚兒〉爲代表，詞云：

肯堂欲惠書不果，借蕭彥和梅花韻見意

問梅花、幾人邀詠，平生見外騷楚。相思一夜羅浮遠，姑射仙姿何處，情未吐。□□□、雄蜂雌蝶空相遇。歲年孰與。歎皓首相看，冰心獨抱，謾作廣平賦。黃昏暮。半點酸辛誰訴。壽陽眉恨妖嫵。南來北使無明眼，細認杏花真譜。私自語。道消息、孤根還有春風主。啓明未舉。聽畫角吹殘，馬頭搖夢，人已山陽路。

此詞甚有蘊味，在《玉斗山人詞》中是不可多得的作品。

然而，綜的來說，敬伯之詞，在豪放方面，則無蘇、辛之高曠縱橫；在婉約方面，則無周、吳之耐人尋味，自然是不能夠與仇遠、張翥諸人相提並論的。但是在南宋遺民裏，他乃不失爲一名佼佼者。

(二) 彭元遜（公元一二六一年前後在世）

彭元遜，字巽吾，廬陵（今江西吉安）人，景定二年（公元一二六一）解試。劉辰翁《須溪詞》內屢有唱和之詞。《元草堂詩餘》收其詞二十首，周泳先《唐宋金元詞鈎沈》收二十二首，唐圭璋《全宋詞》收二十首。

巽吾是由宋入元的詞人，故所作多故國之思，飄零之感，其中最能表達他的心情的，無疑是

〈子夜歌・和尚友〉與〈六醜・楊花〉了。〈子夜歌・和尚友〉云：

視春衫、篋中半在，浥浥酒痕花露。恨桃李、如風過盡，夢裏故人成霧。臨潁美人，秦川公子，晚共何人語。對人家、花草池臺，回首故園咫尺，未成歸去。　昨宵聽、危絃急管，酒醒不知何處。飄泊情多，衰遲感易，無限堪憐許。似尊前眼底，紅顏消幾寒暑。年少風流，未諳春事，追與東風賦。待他年、君老巴山，共君聽雨。

又〈六醜・楊花〉云：

似東風老大，那復有、當時風氣。有情不收，江山身是寄。浩蕩何世。但憶臨官道，暫來不住，便出門千里。癡心指望回風墜。扇底相逢，釵頭微綴。他家萬條千縷，解遮亭障驛，不隔江水。　瓜洲曾艤，等行人歲歲。日下長秋。城烏夜起。帳廬好在春睡。共飛歸湖上，草青無地。愔愔雨、春心如膩。欲待化、豐樂樓前，青門都廢。何人念、流落無幾。點點摶作，雪綿鬆潤，為君裛淚。

這兩首詞都表現出眞摯的感情，寫出國破家亡之痛和身世飄零之悲，沉鬱深厚，甚爲耐人玩味。尤其是第二首，題目是「楊花」，但却是借楊花去反映自己的悽涼身世。表面上似乎是隔了一層，實際是深了一層。詞人詠物，往往實是說人，大多數是說自己，他們所以要借物說人，是希望做到不辨是物是人的迷離境界，這樣纔能引人入勝，令人不斷回味。

巽吾也愛寫情詞，而造詣也很高，如〈憶舊遊〉一首就是很好的例子，詞云：

記新樓試酒，上客回車，初識能歌。幾許憐才意，覺援琴意動，授簡情多。青鸞晝下縹緲，煙霧隔輕羅。還自有人猜，素巾承汗，微影雙蛾。　西陂千樹雪，欲絕世乘風，下照滄波。怪倚春憔悴，扁舟月上，草草相過。少年翰墨相誤，幽恨愧星河。誰為語伶玄，秋風併冷雙燕窠。

情深意厚，委婉纏緜，實是佳製。

然而，於二十首（或二十二首）詞中，最有代表性的是〈解珮環・尋梅不見〉一首，茲錄於此：

江空不渡，恨蘼蕪杜若，零落無數。遠道荒寒，婉娩流年，望望美人遲暮。風煙雨雪陰晴晚，更何須，春風千樹。盡孤城、落木蕭蕭，日夜江聲流去。日晏山深聞笛，恐他年流落，與子同賦。事闊心違，交淡媒勞，蔓草沾衣多露。汀洲窈窕餘醒寐，遺珮浮沈澧浦。有白鷗淡月，微波寄語，逍遙容與。

此詞韻味深美，雋永無窮，幽秀之作也。陳廷焯稱之，曰：「元人彭元遜〈解佩環・尋梅不見〉云云，憂深思遠，於兩宋外又闢一徑，而本原正見相合，出自元人手筆，尤爲難得。」❶可謂知人之言。

元遜之詞，警句甚多，如〈臨江仙〉云：「自結牀頭麈尾，角巾坐枕孤松。片雲承日過山東。起聽荷葉雨，行受芷花風。」又如〈蝶戀花〉云：「無復卷簾知客意，楊花更欲因風起。」又如〈隔浦蓮近〉云：「夜寒晴早人起。見柳知新翠。撼樹試花意。兩蜂狂救墮蕊。」語爽朗而意深遠，在元詞中是十分難得的句子。

(三) 趙　文（公元一二三八—？年）

趙文，字儀可，一字惟恭，號青山，廬陵（今江西吉安）人。生於嘉熙二年（公元一二三八）。宋景定、咸淳間入學爲上舍生。元破臨安後，入閩與謝翶、王炎午同佐文天祥幕。汀州破，遁歸故里。入元後爲東湖書院山長，選授南雄文學。程鉅夫爲作墓誌，劉將孫作墓表，載其行履頗詳。所著《青山類稿》三十一卷，久佚，清館臣從《永樂大典》輯訂《青山集》八卷。《彊村叢書》收其詞二十四首，趙萬里《校輯宋金元人詞》收三十一首，《全宋詞》亦收三十一首。

青山在滄桑以後，獨不能深自晦匿，以遲暮餘年，重餐元祿，出處之際，實不能無愧於諸人，然其文章則時有《哀江南賦》之餘音。如〈鶯啼序・有感〉一首就最能寫出他當時的心境，詞云：

> 秋風又吹華髮，怪流光暗度。最可恨、木落山空，故國芳草何處。看前古、興亡墮淚，誰知歷歷今如古。聽吳兒唱徹，庭花又翻新譜。腸斷江南，庾信最苦，有何人共賦。天又遠，雲海茫茫，鱗鴻似夢無據。怨東風、不如人意，珠履散、寶釵何許。想故人、月下沈吟，此時誰訴。　吾生已矣，如此江山，又何懷故宇。不恨賦歸遲，歸計大誤。當時只合雲龍，飄飄平楚。　男兒死耳，嚶嚶昵昵，丁寧賣履分香事，又何如、化作胥潮去，東君豈是無能，成敗歸來，手種瓜圃。　膏殘夜久，月落山寒，相對耿無語。恨前此、燕丹計早，荊慶才疏，易水衣冠，總成塵土。鬬雞走狗，呼盧蹴鞠，平生把臂江湖舊，約何時、共話連牀雨。王孫招不歸來，自采黃花，醉扶山路。

❶ 陳廷焯《白雨齋詞話》，卷七，頁八。見《詞話叢編》，第十一冊，總頁三九八一。民國五十六年五月，臺北廣文書局出版。

「腸斷江南，庾信最苦，有何人共賦。」是青山最刻骨露情的說話。這首詞以坦率的筆調，寫出故國興亡之內心情緒，並無牽強堆砌之毛病。集中之〈鶯啼序〉共有三首，其他兩首是〈春晚〉、〈壽胡存齋〉，但都沒有如此自然和動人，這當然是言之有物所致了。

青山之詞，感情最為濃厚、最為眞摯，而且造語清麗流暢，毫無晦澀之弊，所以容易打動讀者的心弦，現在舉下列幾首作為例證：

綺寮怨・題寫韻軒

絳闕珠宮何處，碧梧雙鳳吟。為底事、一落人間，輕題破、隱韻天音。當時點雲滴雨，忽忽處，誤墨沾素襟。算人間、最苦多情，爭知道、天上情更深。世事似晴又陰。
羅襦甲帳，回頭一夢難尋。虎嘯嶔嶔，護遺迹、尚如今。斜陽落花流水，吹紫宇、滄成林。霜空月明，天風響、環佩飛翠禽。

瑞鶴仙・劉氏園西湖柳

綠楊深似雨。西湖上、舊日晴絲恨縷。風流似張緒。羨春風依舊，年年眉嫵。宮腰楚楚。倚畫闌、曾鬬妙舞。想而今似我，零落天涯，卻悔相妒。　痛絕長秋去後，楊白花飛，舊腔誰譜。年光暗度。淒涼事，不堪訴。記菩提寺路，段家橋水，何時重到夢處。況柔條老去，爭奈繫春不住。

八聲甘州

和孔瞻懷信國公，因念亦周弟。

是去年、春草又淒淒，塵生縷金衣。悵朱顏為土，白楊堪柱，燕子誰依。謾說漫漫六合，無地著相思。遼鶴歸來後，城亦全非。　更有延平一劍，向風雷半夜，何處尋伊。怪天天何物，堪作玉彈棋。到年年、無腸堪斷，向清明，獨自掩荊扉。何況又、禽聲杜宇，花事酴醾。

讀了這三首詞之後，自然會覺得上面所說的是事實了。青山就是善於以淺易的文字去表達他的深婉的情意。這類作品實是青山詩餘中上乘之作。

此外，閑適和穠麗的作品亦寫得相當佳妙。茲各舉一首如下以資欣賞。閑適之作者，如〈石州慢〉，詞云：

京浙塵埃，閩嶠風霜，不覺催老。封侯事付兒曹，懶把菱花頻照。明光賦筆，那知白首山中，年年管領閒花草。叩角夜漫漫，問何時能曉。　堪笑。空有傳世千篇，正似病呻飢嘯。欲傲王侯，早被王侯相傲。蓋棺事定，卽今老子猶龍，榮枯得喪渾難料。無酒不須愁，問黃花知道。

這雖是閑適的描寫，但却可見出其中迫不得已的矛盾心情，意境是頗深的。

穠麗之作者如〈花犯・賀後溪劉再娶〉，詞云：

繡簾深，劉郎一笑，風流勝前度。戟香門戶。還別有祥雲，簷外飛舞。洞底燭下應低語。晨妝須帶曙。待獻了、堂前羅襪，雙雙交祝付。　從前蒨桃與楊枝，如今便、合遜梅花為主。行樂處。西溪上、柳汀花嶼。封侯事、看人漫苦。誰能向、黃河風雪路。且對取、錦屏金幕，雙蛾新樣嫵。

但是，集中最佳的作品應是《疏影》一詞，現把它錄出如下：

道士朱復古善彈琴，爲余言：「琴須帶拙聲。若太巧，即與箏阮無異。」余賞其言，爲賦。

寒泉濺雪，有環佩隱隱，飛度霜月。易水風寒，壯士悲歌，關山萬里離別。楊花浩蕩晴空轉，又化作、雲鴻霜鶻。耿石壕，夜久無言寂歷，如聞幽咽。　雲谷山人老矣，江空又歲晚，相對愁絕。玉立長身，自是胎仙，舞我黃庭三疊。人間只慣丁當字，妙處在、一聲清拙。待明朝、試拂菱花，老我一簪華髮。

此詞清勁渾厚，有白石之風韻，應爲壓卷之作。

四　劉壎　（公元一二四〇—一三一九年）

劉壎，字起潛，號水雲村人，南豐人，年三十七而宋亡，後十餘年，薦署昭郡學正。所著《隱居通議》，尚多傳本；又有《水雲村稿》，裔孫凝輯編，原目二十卷，而所存止十五卷，自十六卷以下有錄無書，然此五卷所載皆靑詞祝文，無關體要之作，其存佚無足爲輕重，《四庫》所收本即此十五卷本，《彊村叢書》收其詞三十首，名曰《水雲村詩餘》，《全宋詞》所收與《彊村叢書》同。

起潛身經喪亂，故多悽愴之音，如〈長相思·客中，景定壬戌秋〉云：

霧隔平林，風欺敗褐，十分秋滿黃華。荒庭人靜，聲慘寒蛩，驚回羇思如麻。庾信多愁，有中宵清夢，迢遞還家。楚水繞天涯。黯銷魂、幾度棲鴉。對綠橘黃橙，故園在念，悵望歸路猶賒。此情吟不盡，被西風、吹入胡笳。目極黃雲，飛渡處、臨流自嗟。又斜陽，征鴻影斷，夜來空信燈花。

又如〈買陂塘・兵後過舊游〉云：

倚樓西、西風驚鬢，吹回塵思蕭瑟。碧桃花下驂鸞夢，十載雨沈雲隔。空自憶。漫紅蠟香殘，難寫舊悽惻。煙村水國。欲閒卻琴心，蠹殘篋面，老盡看花客。河橋側。曾試雕鞍玉勒。如今已忘南北。人間縱有垂楊在，欲挽一絲無力。君莫拍。渾不似、年時愛聽酒邊笛。湘簾巷陌。但斜照斷煙，淡螢衰草，零落舊春色。

這些詞甚為清幽冷雋，委婉纏緜，讀之，令人感慨萬千，低徊不已。起潛詞之最大特色是「清冷」，故此每每產生一種荒寒感。又如〈菩薩蠻・和詹天游〉云：

故園青草依然綠。故宮廢址空喬木。狐兎穴巖城。悠悠萬感生。 胡笳吹漢月。北語南人說。紅紫鬧東風。湖山一夢中。

前段寫出國破家亡後的蕭條景象，後段寫出詞人的內心感慨，大有「國破山河在，城春草木深」和「自胡馬窺江去後，廢池喬木，猶厭言兵。」之感。「胡笳吹漢月，北語南人說。」二句是篇中之警語，把當時的悽涼情況和詞人之悲痛感慨表露無遺。怪不得況周頤很欣賞它了。況氏說：「劉起潛〈菩薩蠻・和詹天游〉云云，僅四十許字，而麥秀、黍離之感、流溢行間。所謂滿心而發，頗似包舉一長調於小令中，與天游〈齊天樂・贈童甕天兵後歸杭〉闋，各極慷慨低徊之致」❷。

說到起潛之小令，除〈菩薩蠻・和詹天游〉一首外，可談的仍多，大概皆以清麗雋永勝，

❷ 況周頤《蕙風詞話》，卷三，頁七六。一九六一年八月，香港商務印書館出版。

如〈柳梢青・哀二歌者，鄧元實同賦〉云：

青鳥西沈，彩鸞北去，月冷河橋。夢事荒涼，垂楊暗老，幾度魂銷。雲邊音信迢迢。把楚些、憑誰為招。萬疊清愁，西風橫笛，吹落寒潮。

此詞清冷荒寒，正是起潛的一貫風格。然而也有一些溫柔旖旎，不減飛卿、端己者，如下面的〈謁金門〉就是，詞云：

眉月小。紅燭畫樓歌繞。唱到劉郎頻笑道，古詞今恰好。　深夜銀屏香裊。明日雕鞍塵杳。一餉春風容易曉。三生思不了。

不過這類詞，在集中是絕少見的。其小序云：「臨汝有歌者稍慧。咸淳中，嘗與吟朋夜醉其樓。對予唱〈賀新郎〉詞，至『劉郎正是當年少。更那堪、天教賦與，許多才調』之句，笑謂余曰：『古曲名今曰恰好使得。』予因以此意作小詞題壁，明日遂行。後二年再訪之，壁間醉墨尚存，而人已他適矣。然舊詞多有見之者，姑錄於此。」這說明了此詞的本事。文學是內容決定形式的，內容既然是寫偎紅倚翠的生活，表現於形式的自然是走向溫柔旖旎一路了。而事實上，起潛也不是一個山林之士，他坦白地說：「莫笑劉郎老，老劉郎平生，不是山林懷抱。」（〈賀新郎・答趙清遠見寄韻〉）他寫出如此旖旎的作品也不是偶然的事。正因爲他「不是山林懷抱」，他的詞纔能夠情意深厚，委婉纏緜。但在另一方面，他却能以清幽冷雋出之，這樣纔不會陷入綺艷柔媚的地步。

(五) 詹　玉（公元一二八五年前後在世）

詹玉，字可大，號天游，古郢（今湖北省）人。《元草堂詩餘》收其詞九首，四印齋本《天游詞》二十四首。《全宋詞》收十三首，存目詞十四首。《全宋詞》於天游詞後跋云：「詹玉詞集，今有四印齋所刻《宋元三十一家詞》本《天游詞》，共收詞二十二首（按：實爲二十四首），王鵬運又補一首，其中誤入之詞頗多，有彭元遜八首，曹通甫一首，滕賓三首，謝醉庵一首。王鵬運所補一首乃石孝友作。《天游詞》既不可據，今另輯。」❸《全宋詞》爲最後出之書，較可信，故以下所引，皆以此爲據。

天游之詞，絕大多數是艷詞，然情深意婉，字句精工，當爲艷詞之上乘作品，不可與一味冶艷而毫無蘊藉之作同日而語。其中最爲人樂道的有〈霓裳中序第一〉、〈三姝媚〉、〈齊天樂〉和〈浣溪沙〉幾首，它們不僅艷麗可喜，而且亦相當渾厚。〈霓裳中序第一〉云：

至元間，監醮長春宮，偶見羽士丈室古鏡，狀似秋葉，背有金刻「宣和玉寶」四字，有感因賦。

一規古蟾魄。嘗過宣和幾春色。知那箇、柳鬆花怯。曾磋玉團香，塗黑抹月。龍章鳳刻。是如何、兒女消得。便孤了、翠鸞何限，人更在天北。　磨滅。古今離別。幸相從、薊門仙客。蕭然林下秋葉。對雲淡星疏，眉青影白。佳人已傾國。贏得癡銅舊畫。興亡事，道人知否，見了也華髮。

天游借詠宣和古鏡，說出他的興亡之感。雖是輕輕的着筆，但已感傷無限了。天游雖喜寫艷詞，然絕不是沒有家國之感、身世之悲的。試再看〈三姝媚〉：

❸ 唐圭璋編《全宋詞》，第五冊，頁三三五一。一九六五年六月，北京中華書局出版。

古衞舟。人謂此舟曾載錢塘宮人。

一篷兒別苦。是誰家、花天月地兒女。紫曲藏嬌，慣錦窠金翠，玉傲鍾呂。綺席傳宣，笑聲裏、龍樓三鼓。歌扇題詩，舞袖籠香，幾曾塵土。因甚留春不住。怎知道人間，匆匆今古。金屋銀屏，被西風吹換，蓼汀蘋渚。如此江山，應悔却、西湖歌舞。載取斷雲何處。江南煙雨。

「如此江山，應悔却、西湖歌舞。」很顯明的點出他的故國之思。大抵這類詞應是入元以後之作了。又如〈齊天樂·贈童甕天兵後歸杭〉云：

相逢喚醒金華夢，吳塵暗斑吟髮。倚擔評花，認旗沽酒，歷歷行歌奇跡。吹香弄碧。又坡柳風情，逋梅月色。畫鼓紅船，滿湖春水斷橋客。當時何限怪侶，甚花天月地，人被雲隔。却載蒼煙，更招白鷺，一醉修江又別。今回記得。再折柳穿魚，賞花催雪。如此湖山，忍教人更說。

結尾二句充滿山河之感，家國之情，誰說天游純是寫艷詞呢？但楊升庵就持有不同的意見，他說：「詹天游以艷詞得名，見諸小說。其〈送童甕天兵後歸杭·齊天樂〉云云，此伯顏破杭州之後也。觀其詞全無黍離之感，桑梓之悲，而止以游樂言，宋末之習，上下如此，其亡不亦宜乎！」❹後來丁紹儀、況周頤就反駁楊升庵。丁氏說：「詹天游〈送童甕天兵後歸杭·齊天樂〉云云，《詞品》譏其絕無黍離之感，桑梓之悲，而止以游樂爲言，眞是無目人語。篇中第一句卽寓滄桑之慨。前闋『倚擔認旗』、『吹香弄碧』追喟時事，隱然言表；後闋『花天月地，人被雲隔』似指賈似道一輩言；至後結二語更明明點破矣。昔蔡君笛椽與余論南宋之亡，謂不亡於強敵，而亡於稗政，於時公田會子，鹽酒酤榷，紛紛整飭，爲富強計，不知財聚於上，民困於下，元氣已剝削殆盡，有元乃得而乘之。今論詹詞，益慨念當日朝臣，漫不知省，而一二見幾之士，如蔣竹山、吳夢窗輩又復沉淪草澤，無所於告，遂一一寓之於詞，其杳渺恍惚處，具有微意存焉。」❺況氏說：「元詹天游〈送童甕天兵歸杭・齊天樂〉云云，升菴《詞品》謂：『此伯顏破杭州之後，其詞絕無黍離之感，桑梓之悲，止以游樂爲言。宋季士習，一至於此。』升菴斯言，微特論世少疏，卽論詞亦殊未允。當元世祖威稜震疊，文字之獄，在所不免，第載籍弗詳耳。……當時顧忌甚深，……天游詞歇拍云：『如此湖山，忍教人更說。』看似平淡，卻含有無限悲涼。以此二句結束全詞，可知『弄碧吹香』，無非傷心慘目，游樂云乎哉？曲終奏雅，吾謂天游猶爲敢言。升庵高明通脫，其於昔賢言中之意，不耐沈思體會，遠爾肆口譏評，是亦文人相輕，充類至義之盡矣。天游它詞，如〈滿江紅・詠牡丹〉云：『何須怪、年華都謝，更爲誰容。銜盡吳花成鹿苑，人間不恨雨和風。便一枝流落到人家，清淚紅。』（按：此詞《全宋詞》不收）〈一萼紅〉云：『閑著江湖儘寬，誰肯漁蓑。』忠憤至情，流溢行間句裏。〈三姝媚〉云：『如此江山，應悔卻、西湖歌舞。』則尤慨乎言之。升庵涉獵群籍，大都一目十行，或並天游〈齊天樂〉詞未嘗看到歇拍，它詞無論已。其言烏足爲定評也。」❻眞是駁斥得痛快淋漓，升庵復生，亦當折服！

〈浣溪沙〉亦是很傳誦的一首，在這裏不妨舉錄出來，詞云：

---

❹ 楊愼《詞品》，卷五，頁一二。見《詞話叢編》，第二冊，總頁五一一。參❶。

❺ 丁紹儀《聽秋聲館詞話》，卷九，頁六。見《詞話叢編》，第八冊，總頁二六九二。參❶。

❻ 況周頤《蕙風詞話》，卷三，頁七〇。參❷。

淡淡青山兩點春。嬌羞一點口兒櫻。一梭兒玉一綰雲。

白藕香中見西子，玉梅花下遇昭君。不曾真箇也銷魂。

詞雖冶艷，但亦可愛。「不曾眞個也銷魂」，可謂言之盡矣。

其中〈桂枝香・丙子送李倅東歸〉一詞，是比較豪放一點的，可說是天游詞的別調。現錄出如下：

沇雲別浦。又何苦扁舟，青衫塵土。客裏相逢，灑灑舌端飛雨。只今便把如伊呂。是當年、漁翁樵父。少知音者，蒼煙吾社，白鷗吾侶。是如此英雄辛苦。知從前、幾個適齊去魯，一劍西風，大海魚龍掀舞。自來多被清淡誤。把劉琨、埋沒千古。扣舷一笑，夕陽西下，大江東去。

但是也豪放不出甚麼來，這自然是由於氣質不近所致了。

(六) 姚雲文（公元一二六八年前後在世）

姚雲文，字聖瑞，高安人。咸淳四年（公元一二六八年）進士，官興縣尉。入元，授承直郎，撫建兩路儒學提舉，有《江村遺稿》，今不傳。《翰墨大全》又稱爲「姚若川」，《天下同文》稱「姚雲」。《元草堂詩餘》原收其詞八首，後厲鶚增一首，共九首，《全宋詞》所收與《草堂》同。

聖瑞之詞，流露出無限哀愁，無限憤慨，極爲沉痛蒼涼，所謂「亡國之音哀以思」也。最能夠表現出他的遺民心情的，當然是〈摸魚兒・艮岳〉一首了。詞云：

渺人間、蓬瀛何許，一朝飛入梁苑。輞川梯洞層瑰出，帶取鬼愁龍怨。窮遊宴。談笑裏，金風吹折桃花扇。翠華天遠。悵莎沼黏螢，錦屏煙合，草露泣蒼鮮。東華夢，好在牙檣瑚輦。畫圖歷歷曾見。落紅萬點孤臣淚，斜日牛羊春晚。摩雙眼。看塵世，鼇宮又報鯨波淺。吟鞘拍斷。便乞與媧皇，化成精衛，填不盡遺恨。

這首詞可謂哀傷悽楚之極。「落紅萬點孤臣淚，斜日牛羊春晚。」更是悲痛欲絕了。身處於國破家亡、山河破碎之後，回想往日之大好時光，宛如夢幻一般，再看看自己的悽涼身世，怎能不悲從中來呢？陳廷焯說：「《元草堂詩餘》載江村姚雲文〈艮嶽〉詞云云（〈摸魚兒〉），慨當以慷，亦陳經國之亞匹也。」❼吳梅說：「其〈摸魚兒・賦艮岳〉云云，蒼涼沉鬱，蘇辛後勁也。」❽批評得非常中肯。

在聖瑞的存詞中，一般來說，都帶着蒼涼慷慨的調子，正所謂「鬼愁龍怨」（〈摸魚兒〉語）也。例如〈玲瓏玉・半閒堂賦春雪〉云：「休嗟空花無據，便眞箇、瓊雕玉琢，總是虛飄。虛飄。且沉醉，趁樓頭、零片未消。」〈木蘭花慢・清明後賞牡丹〉云：「三十六宮春在，人間風雨無情。」〈洞仙歌〉云：「聽鶯簧宛轉，似羽疑宮，歌未斷，落落舊愁都醒。」又云：「問楊柳梢頭幾分青，消不得，朝來雨寒一陣。」〈齊天樂〉云：「繁華閱人無數。問舊日平原，君還知否。」這些句子都只是在聖瑞的環境中纔能夠寫出來的。至於〈紫萸香慢〉就通首是感慨悲涼的說話了。茲錄全詞如後：

❼ 同❶。

❽ 吳梅《遼金元文學史》，第二章，第三節，頁一一三。《國學小叢書》本，商務印書館出版。

> 近重陽、偏多風雨，絕憐此日暄明。問秋香濃未，待攜客、出西城。正自羈懷多感，怕荒臺高處，更不勝情。向尊前、又憶漉酒插花人，只座上、已無老兵。淒情。淺醉還醒。愁不肯、與詩平，記長楸走馬，雕弓搾柳，前事休評。紫萸一枝傳賜，夢誰到、漢家陵。儘烏紗、便隨風去，要天知道，華髮如此星星。歌罷涕零。

聖瑞在這首詞裏，因時近重陽而想起自己的飄零身世，又想起從前的「長楸走馬，雕弓搾柳」的寫意生活，撫今追昔，遂不覺老淚縱橫了。此詞眞情流露，悽惋動人，除〈摸魚兒〉外算它爲最好。

聖瑞可以爲慷慨之詞，亦可以爲婉麗之作，如〈蝶戀花〉、〈如夢令〉就是。試舉〈蝶戀花〉作爲例子：

> 春到海棠花幾信。堠館餘寒，欲雨征衣潤。燕認杏梁棲未穩。牡丹忽報清明近。　恨入青山連曉鏡。香雪柔酥，應被春消盡。繡閣深深人半醒。燭花貼在金釵影。

溫香艷麗，幾不信是同出於寫着「落紅萬點孤臣淚」的作者之手！

據說〈玲瓏玉〉、〈紫萸香慢〉是聖瑞之自度曲，由此可知他是個精通音律的人，也難怪他的作品如此動人了。

(七) 黎廷瑞（公元？—一二九八年）

黎廷瑞，字祥仲，鄱陽人。咸淳七年（公元一二七一年）進士，官肇慶府司法參軍。入元隱居不仕，卒於大德二年（公元一二九八年）。有《芳洲集》三卷，詞附。《彊村叢書》覆鄱陽五家集本，收詞三十二首；《全宋詞》亦收三十二首。

廷瑞之長調和小令都寫得很好，但是風格却有不同。長調爽朗豪健似蘇、辛，小令清新婉麗似歐、晏。現在先談他的長調。廷瑞爲亡國之臣，胸中自然盤鬱着無限感慨，於觸景傷懷之際，流露於筆端的無非是悲憤哀婉之詞，好在他的胸襟豪邁，纔不致陷入「溺於情」的境地，而能夠以放逸出之，如〈水龍吟・金陵雪後西望〉云：

> 不知玄武湖中，一瓢春水何人借。裁冰翦雨，等閒占斷，桃花春社。古阜花城，玉龍盤虎，夕陽圖畫。是東風吹就，明朝吹散，又還是、東風也。　回首當時光景，渺秦淮、綠波東下。滔滔江水，依依山色，悠悠物化。壁月瓊花，世間消得，幾多朝夜。笑烏衣、不管春寒，只管說、興亡話。

又如〈賀新郎・落星寺〉云：

> 帆影斜陽裏。與蘆花、分風飛過，落星遺此。瓦老苔荒鐘鼓陋，斑剝殘碑無幾。想此處、閱人多矣。天上白榆猶落去，況人間、一瞬浮花蕊。問五老，笑而已。　仙翁當日曾揮麈。拍闌干、浩歌音響，振魚龍耳。九十餘年無人問，遺韻半江煙水。慨宇宙、風濤如許。安得六丁移此石，去橫身、作箇中流砥，長唱罷，冥鴻起。

它們都寫得豪邁放逸，甚得蘇、辛的遺意。不過，正如一般遺民一樣，廷瑞的心情始終是很愁苦的，試看以下的句子就更清楚了。如〈大江東去・題項羽廟〉云：「古廟頹垣，斜陽老樹，遺恨鴉聲裏。興亡休問，高陵秋草空翠。」〈青玉案・汎大江〉云：「一片古愁縈不斷。平沙矮樹，溪煙荒岸。落日西風雁。」〈酹江月・題永平監前劉氏小樓〉云：「欹枕方牀，凭闌往古，世界浮萍耳。」又前調〈呈譚龍山〉云：「走電飛虹，驚濤觸石，舉目乾坤窄。」心情既然是這般惡劣，所以常常以酒精去麻醉自己，如〈一翦梅・菊酒〉就有這樣的描寫，詞云：

小小黃花爾許愁。楚事悠悠。晉事悠悠。荒蕪三徑渺中洲。開幾番秋。落幾番秋。

不是孤芳萬古留。餐亦堪羞。釆亦堪羞。離騷賦罷酒新篘。醒也風流。醉也風流。

但是愁畢竟是不能消的，「對酒強推愁去。酒醒來，愁還如故。」（〈水龍吟・九日登城〉）是廷瑞最切身的經驗了。

至於廷瑞的小令，清幽雅麗，流暢自然，甚得小令之要旨。雖短短的數十字，然蘊藉雋永，其味無窮，讀之，縱有絲絲傷感，亦覺無限抒情、無限快意。如〈浪淘沙・惜別〉云：

別易見時難。萬水千山。參商煙樹暮雲間。料想鳳凰城裏夢，夜夜歸鞍。　楊柳小樓間。倚遍闌干。東風翦翦雨珊珊。落盡桃花無可落，只管春寒。

又如〈清平樂・舒州〉云：

秋懷騷屑。臥聽蕭蕭葉。四壁寒蛩吟不歇。舊恨新愁都說。　疏疏雨打棲鴉。月痕猶在窗紗。一夜西風能緊，明朝瘦也黃花。

這些都是很可愛的作品。其中〈唐多令〉一首就比較放逸高曠一點，現在把它抄錄出來，看看廷瑞的小令的另一面目，詞云：

乙未中秋後二日，同范見心、李思宣飲百花洲上，待月魯公亭。呼月碉禪師不應，放棹東湖，夜色皎然。見心用龍洲〈少年游〉韻賦詞，因次韻。

回棹百花洲。迢迢碧玉流。聽笛聲、何處高樓。如此江山無此客，雖有酒、奈河秋。

呼月出雲頭。問渠能飲不。笑人間、元自無愁。可惜月翁呼不出，呼得出、載同游。

(八) 仇　遠（公元一二四七—？年）

仇遠，字仁近，一曰仁父，錢塘人，因居餘杭溪上之仇山，故自號曰山村民，學者稱山村先生。宋咸淳中以詩名，與白珽湛淵並稱，人謂之「仇白」。一時遊其門者若張雨、張翥皆有名當時。宋亡落魄江湖間，至元中部使者強以學職起之為溧陽州學教授，以杭州知事致仕。晚年謝事，優游湖山以終。他所與唱和者：周密、趙孟頫、吾邱衍、鮮于樞、方回、黃溍、馬臻皆一時名士，故其詩格高雅，往往頡頏古人，無宋末麤獷之習。嘗自謂近體主于唐，古體主于《選》。又謂近世習唐詩者，以不用事為第一格，少陵無一字無來處，衆人固不識也。若不用事之說，正以文不讀書之過耳。其言頗中江湖四靈二派之病。今觀所作，不愧所言。釋妙聲謂其詩沖遠幽茂，而靜退閒適之趣，溢于言外。釋宏道贈詩云：「吾愛山詩叟，詩工字亦工，波瀾唐句法，瀟灑晉賢風。」僧守道贈詩云：「朝野真遺老，山村有逸民，書傳東晉法，詩接晚唐人。」（二詩見《山村遺集》附錄）張翥〈最高樓・為山村仇先生壽〉云：「方寸地，七十四年春。世事幾浮雲，躬行齋內蒲團穩。耆英社裏酒杯頻。日追遊，時嘯詠，任天真。　喜女嫁男婚今已畢。便束帛安車那肯出。無一事、挂閒身。西湖鷗鷺長為侶，北山猿鶴莫移文。願年年，湯餅會，樂情親。」於此可見仇遠之風度及其隱逸之趣矣。有《金淵集》，止傳《大典》輯本六卷；又有《山村遺集》，亦輯本。其詞二卷，名《無絃琴譜》。《彊村叢書》據遂雅堂舊鈔本付梓，共詞一百一十九首。《全宋詞》多收〈齊天樂・詠蟬〉一首（原見《樂府補題》），共一百二十首。事跡見《新元史》卷二三七文苑上〈吾邱衍傳〉。

仇遠爲咸淳遺老，雖仕元，實迫不得已，故在詞中每每流露出悲歎感慨之音，如著名的〈齊天樂・詠蟬〉就是，詞云：

夕陽門巷荒城曲，清音早鳴秋樹。薄翦綃衣，涼生鬢影，獨飲天邊風露。朝朝暮暮。奈一度淒吟，一番淒楚。尚有殘聲，驀然飛過別枝去。　齊宮往事謾省，行人猶與說，當時齊女。雨歇空山，月籠古柳，彷彿舊曾聽處。離情正苦。甚懶拂冰箋，倦拈琴譜。滿地霜紅，淺莎尋蛻羽。

仁近以寒蟬自比，蟬的殘聲正如自己的悲吟一樣。篇中云：「朝朝暮暮。奈一度淒吟，一番淒楚。尚有殘聲，驀然飛過別枝去。」殘蟬尾聲，眞是淒楚之極了。又如〈憶舊遊〉云：

憶寒烟古驛，淡月孤舟，無限江山。落葉牽離思，到秋來，夜夜夢入長安。故人翦燭清話，風雨半窗寒。甚宦海漂流，客氈寂寞，忍說閒關。　征衫。賦歸去，喜故里西湖，不厭重看。莫待青春晚。趁鶯花未老，覓醉尋歡。故園更有松竹，富貴不如閒。却指顧斜陽，長歌李白行路難。

在這首詞裏他隱約的說出他的故國之思和歸隱的念頭，因爲他根本就無興趣於仕宦，何況要屈節仕外人，故此他又往往以庾信自比，他說：「怎忘得江南，風流庾信空白頭。」(〈憶舊遊〉)又說：「有誰知得，庾信閒愁，陶令閒情。」(〈慶春宮〉)他又對南宋存着無限的懷念，他說：「奈心在江南，人在江北。」(〈解連環〉)又說：「望江南，草色卻連天，人江北。」(〈滿江紅〉)這些都是很顯明的例子。不過很多時頗難明確的看出仇遠的故國之思和山河之感，而只能夠隱隱約約的聽到他的哀鳴而已，因爲他的詞實在太婉曲了。

仇遠詞的最大特色就是「深婉」——「深邃婉曲」。他大凡製作一首詞，都盡量的放進他心中的整個意念，而這個意念所引起的意境又是他千捶百煉出來的，所以非常精深婉厚。我們讀他的詞，只覺愈讀愈有味，多讀一遍，就能多領略一點，它的深度就好像無底的深淵一樣。〈齊天樂・詠蟬〉一首不消說了，再拿一些例子來看看，如〈摸魚兒・柳絮〉云：

惱晴空、日長無力，風吹不盡愁緒。馬頭零亂流光轉，栗栗巧黏紅樹。閒意度。似特地、隨他燕子穿簾去。徘徊不語。謾彷彿眉尖，留連眼底，芳草正如霧。　冥濛處。獨凭闌干凝竚。翠蛾今在何許。隔花簫鼓春城暮。腸斷小窗微雨。休更舞。　明日看、池萍始信低飛誤。長橋短浦。悵不似危紅，蒼苔點徧，猶澀馬蹄駐。

又如〈木蘭花慢〉云：

泥涼閒倚竹，奈冉冉、碧雲何。愛水檻空明，風疏畫扇，雪透香羅。　惺鬆未成楚夢，看玲瓏、清影罩平坡。便有一庭秋意，碎蛩聲亂寒莎。　銀河。不起纖波。天似水，月明多。算江南再有，賀方回在，空費吟哦。年年自圓自缺，恨紫簫，聲斷玉人歌。謾對雙鴛素被，翠屏十二嵯峨。

這類詞就算讀一百遍也不會厭的。但是仇遠亦會寫一些意氣高曠，一如東坡風格的作品，如〈八犯玉交枝・招寶山觀月上〉就是最好的例子。現錄之如後：

滄島雲連，綠瀛秋入，暮景欲沈洲嶼。無浪無風天地白，聽得潮生人語。擎空孤柱。翠倚高閣憑虛，中流蒼碧迷煙霧。惟見廣寒門外，青無重數。　遙想貝闕珠宮，瓊林玉樹。不知還是何處。倩誰問、凌波輕步。謾凝睇、乘鸞秦女。想庭曲、霓裳正舞。莫須長笛吹愁去。怕喚起魚龍，三更噴作前山雨。

這與〈齊天樂〉諸作比較起來，又是另一番作風。於此，又可見出仇遠寫景的高度手法。

此外，在仇遠詞集中，有很多是清麗雋永的作品，又有一些是雅淡的、荒寒冷漠的和艷麗的。仇遠可以說是各體皆備，各體皆精。在這裏，我們姑且舉出一些例子來。清麗雋永之作如〈南鄉子〉：

急雨漲潮頭。越樹吳城勢拍浮。海鶴一聲蒼竹裂，扁舟。輕載行雲壓水流。　獨倚最高樓，回首屏山疊疊秋。江上數峰人不見，沙鷗。曾識西風獨客愁。

又如〈蝶戀花〉：

深院蕭蕭梧葉雨。知道秋來，不見秋來處。雲壓小橋人不渡。黃蘆苦竹愁如霧。　四壁秋聲誰更賦。人只留春，不解留秋住。秋又欲歸天又暮。斜陽紅影隨鴉去。

雅淡之作如〈秋蕊香〉：

三徑歸來秋早。門外金鋪誰掃。東籬不種閒花草。惱亂西風未了。　霜華侵鬢淵明老。南北曉。啼紅怨綠鬆鬆少。自采落英黃小。

荒寒冷漠之作如〈夜行船〉：

十二闌干和露倚。銀潢淡、玉蟾如洗。萬籟無聲，纖雲不染，目斷楚天千里。　自把黃花閒數蕊，空招隱、湘君山鬼。古劍埋光，孤燈倒影，咄咄樹猶如此。

艷麗之作如〈瑣窗寒〉：

小袖啼紅，殘茸唾碧，深愁如織。閒愁不斷，冉冉舞絲千尺。倚脩筠、袖籠淺寒，望人在水西雲北。想綠楊影裏，蘭舟輕艤，赤闌橋側。　遊劇歸來，恨汗溼酥融，步慳襪窄。蘭情蕙盼，付與棲鸞消息。奈無情、風雨故愁，帳鐙閃閃春寂寂。夢相思、一枕巫山，更畫樓吹笛。

讀了以上所舉的例子後，我們對仇遠的認識自然是較爲全面了。仇遠所走的是南宋姜、張一路，他在宋末元初的過渡時期裏佔着一個非常重要的位置，他把姜、張的詞風傳給元代的大詞人張雨和張翥，所以我們可以說他是元詞最偉大的一個開山祖。他在詞史上的地位是不遜於張玉田、王碧山和周草窗諸人的。

(九) 劉將孫（公元一二五七—？年）

劉將孫，字尚友，廬陵人，辰翁之子。寶祐五年（一二五七年）生。濡染家學，頗習父風，故當日有「小須」之目。嘗爲延平教官，臨汀書院山長。事蹟見《新元史》卷二三七〈劉辰翁傳〉。著《養吾齋集》四十卷，久佚，清館臣從《大典》輯爲三十二卷，有詞二十首。《彊村叢書》覆印《大典》集本，況夔笙跋又添《元草堂詩餘》劉將孫〈憶舊遊〉一闋，共計二十一首，《全宋詞》所收與此同。

將孫之詞，多悽惻傷感，不忘故國之所致也。現舉錄〈摸魚兒・己卯元夕〉及前調〈甲申客路聞鵑〉兩首爲例。前首云：

只匆匆、一番元夕，無燈更愁風雨。人間天上無歸夢，惟有春來春去。愁不語。漫淚溼香綃，□草人何許。百年勝處。還更有琉璃，春棚月架，萬眼蝶羅否。　風流事，孤負後來兒女。可憐薄命三五。千金無買吳歈處，更說龍飛鳳舞。今又古。便賸有才情，無分登樓賦。春醪獨撫，也難覓阿瞞，肯容狂客，醉裏試歌舞。

後首云：

雨蕭蕭、春寒欲暮。杜鵑聲轉□□。東風與汝何恩怨，强管人間去住。行且去。漫憔悴十年，愁得身成樹。青青故宇。看浩蕩靈修，徘徊落日，不樂復何故。曾聽處。少日京華行路。青燈夢斷無語。風林颯颯雞聲亂，搖落壯心如土。今又古。任啼到天明，清血流紅雨。人生幾許。且贏得劉郎，看花眼慣，懶復賦前度。

按己卯爲宋帝昺祥興二年（公元一二七九年），是年宋亡；甲申爲元世祖至元二十一年（公元一二八四年），上距宋亡五年。這兩首詞充份的表現出一個亡國之民的悲哀愁苦。況周頤說：「尚友兩詞（按：卽上引兩首〈摸魚兒〉），竝情文慨慷，骨榦近蒼。〈聞鵑〉闋有『少日』、『曾聽』、『搖落壯心』之句，蓋雖須溪之子，而身丁國變，已屆中年，抗志自高，得力庭訓，詩餘二十一闋，無隻字涉宦蹟。」❾這是說得非常對的。

不獨這兩首詞充滿了亡國之音，其他的詞也往往如此，如〈踏莎行・閒游〉云：「血染紅牋，淚題錦句。西湖豈憶相思苦。只應幽夢解重來，夢中不識從何去。」〈八聲甘州・九日登高〉云：「宇宙此山此日，今夕幾人同。舉世誰不醉，獨屬陶公。」又〈送春〉云：「春還是、多情多恨，便不教、綠滿洛陽宮。只消得、無情風雨，斷送怱怱。」〈江城梅花引・登高〉云：「悲年冉冉江滾滾。騎臺平，蔣陵冷。天高年晚，山河險，煙霧冥濛。一幅烏紗，閒著傲西風。古往今來只如此，便潦倒，渺乾坤，醉眼中。」〈水調歌頭・敗荷〉云：「搖落從此始，感慨不能閒。」尚友之痛苦心情可以想見了。

我最愛的還是他的〈憶舊遊・前題分得論字〉一首，詞云：

正落花時節，憔悴東風，綠滿愁痕。悄客夢驚呼伴侶，斷鴻有約，回泊歸雲。江空共道惆悵，夜雨隔篷聞。儘世外縱橫，人間恩怨，細酌重論。嘆他鄉異縣，渺舊雨新知，歷落情真。忽忽那忍別，料當君思我，我亦思君。人生自非麋鹿，無計久同群。此去重銷魂，黃昏細雨人閉門。

哀婉悽愴，一往情深，可謂道盡離別之苦。況周頤認爲「《養吾詩餘》撫時感事，淒艷在骨」⑩，似乎這是一個很好的例子吧。

還有一點，我們不可以不提的是尚友的檃括力。他能夠把前人的文章，無論是詩或賦，全篇的消化掉，然後再以詞的形式重新的寫出來而做到渾化無痕的地步，如〈滿江紅〉檃括李賀的〈金銅仙人辭漢歌〉，〈沁園春〉（兩首）檃括蘇東坡的〈前後赤壁賦〉就是，現只舉〈滿江紅〉爲例，詞云：

千里酸風，茂陵客、咸陽古道。宮門夜、馬嘶無迹，東關雲曉。牽上魏車將漢月，憶君清淚知多少。悵土花、三十六宮牆，秋風嫋。　浥露蘭，啼痕繞。畫闌桂，雕香早。便天還知道，和天也老。獨出攜盤誰送客，劉郎陵上煙迷草。悄渭城、已遠月荒涼，波聲小。

其小序云：「五日風雨，蕭然獨坐，偶檢康與之伯可《順庵詞》，見其中檃括〈金銅仙人辭漢歌〉，自謂縛虎手，殊不佳。因改此調，雖不能如賀方回諸作，然稍覺平妥。長日無所用心，非欲求加昔人也。」現在把李賀之詩抄錄出來，以資比較：

茂陵劉郎秋風客，夜聞馬嘶曉無跡。畫欄桂樹懸秋香，三十六宮土花碧。魏官牽車指千

---

⑨ 況周頤〈養吾齋詩餘跋〉。見《彊村叢書》本《養吾齋詩餘》。民國十一年，歸安朱氏刊本。

⑩ 況周頤《蕙風詞話》，卷三，頁七〇。參❷。

里，東關酸風射眸子。空將漢月出宮門，憶君清淚如鉛水。衰蘭送客咸陽道，天若有情天亦老。攜盤獨出月荒涼，渭城已遠波聲小。

互相比較之下，我們不能不佩服尚友之高度隱括力了。

第二章　元初的詞壇巨擘

(一) 劉秉忠（公元一二一六——一二七四年）

劉秉忠，初名侃，字仲晦，拜官後更名秉忠，自號藏春散人，邢州人。年十三爲質子於帥府，十七爲節度府令史。未幾棄去，隱武安山中。久之，天寧虛照禪師遣徒招致爲僧，名子聰。後遊雲中。元世祖在潛邸，海雲禪師被召，過雲中，聞其博學多材藝，邀與俱行。既入見，應對稱旨，遂留侍左右。至元初，拜光祿大夫，位太保，參預中書省事。凡建國號，及規模制作，皆所草定。卒年五十九。贈太傅，封趙國公，諡文貞。成宗時，加贈太師，諡文正。仁宗時，追封常山王。秉忠自幼好學，至老不衰，於書無所不讀，尤邃於《易》及邵氏《經世書》。至於天文、地理、律歷、三式、六壬、遁甲之屬，無不精通，論天下事如指諸掌。雖位極人臣，而齋居蔬食，終日澹然，不異平昔。每以吟咏自適，其詩蕭散閑淡，類其爲人。有《藏春集》十卷。存詩詞六卷，佚雜文四卷。事跡具《元史》卷一五七，《新元史》卷一五七。四印齋彙刻《宋元三十一家詞》，從雲自在堪鈔本（底本爲正德刊）錄副，又從《元草堂詩餘》補輯二首，共八十首。

王鵬運跋《藏春樂府》云：「往與碧瀣翁論詞，謂雄廓而不失之傖楚，醞藉而不流於側媚，周旋於法度之中，而聲情識力常若有餘於法度之外，庶爲塡詞當行，目論者庶不薄塡詞爲小道。藏春詞境，雅與之合。」❶據此，藏春詞實可分爲雄廓而不失之傖楚和醞藉而不流於側媚兩種風格。現在舉出一些例子加以說明：

木蘭花慢

既天生萬物，自隨分，有安排。看鶯鸞雲霄，驊騮道路，斥鷃蒿萊。東君更相料理，著春風、吹處百花開。戰馬頻投北望，賓鴻又自南來。紫垣星月隔塵埃。千載拆中台。歎麟出非時，鳳歸何日，草滿金臺。江山閱人多矣，計古來、英物總沉埋。鏡裏不堪看鬢，尊前且好開懷。

此詞豪放沉鬱，含渾深厚，是「雄廓而不失之傖楚」一類的很好例子。但是如下面的〈小重山〉就是「醞藉而不流於側媚」一類的風格了。詞云：

雲去風來雨乍晴。斷煙分遠樹，夕陽明。夕陽無處雁斜橫。山重疊，山外更人行。千古短長亭。別離渾是苦，柰西征。欲憑雙鯉寄幽情。東流水，幾日到襄城。

不過，這樣把藏春詞分爲兩種不同作風實在不必，我們可以概括地說，藏春之詞，豪放飄逸，清新雋永，如下列幾首就可以作爲有力的證明。

臨江仙

滿路紅塵飛不去，春風弄我華顛。故園桃李酒尊前。賞心逢美景，此事古難全。若智若癡人總笑，夕陽空裊吟鞭。馬頭山色翠相連。不知山下客，何日是歸年。

望月婆羅門引

年來嬾看，古今文字紙千張。酒中悟得天常。閑殺堦前好月，不肯照西廂。任昏昏一醉，石枕籐牀。名途利場。物與我，兩相望。目斷霜天鴻雁，沙漠牛羊。一庭秋草，敎粉蝶黃蜂自任忙。花老也、尚有餘香。

小重山

詩酒休驚誤一生。黃塵南北路，幾功名。枝頭烏鵲夢頻驚。西州月，夜夜照人明。枕上數寒更。西風殘漏滴、兩三聲。客中新感故園情。音書斷，天曉雁孤鳴。

這類詞風，自然是東坡一派的餘緒。宋室南渡以後，程學行於南，蘇學行於北。學術思想上如此，文學上也是如此。劉秉忠是地道的北方人，世居邢台，家庭血統，學問淵源，都是從北宋傳下來的，所以他的詞也多半是北宋遺風，甚少南宋的氣息。

秉忠雖是個出家人，但卻是個陽釋陰儒的儒僧，他的生活方式雖然是佛教式的，他的思想學術則完全是儒家者流。故他的所作所爲，都表現出一個儒者的行徑。如《元史》本傳說他從元世祖征雲南、伐宋，常勸世祖少殺人，所全活者甚衆。又說凡建國號、頒章服、舉朝儀、給

❶ 王鵬運〈藏春樂府·跋〉。見《四印齋所刻詞》，第十六冊，《藏春樂府》，頁十八。光緒十四年（一八八八）刊本。

俸祿、定官制，皆爲他所草定。這些都是一個以治國平天下爲己任的儒者所做的事情，所以在他的詞裏常有憂民濟世的思想，如〈臨江仙〉云：

堂上簫韶人不奏，鳳凰何處飛鳴。黃塵擾擾馬縱橫。誰能知樂毅，志不在齊城。　後輩謾搜前輩錯，到頭義重功輕。海隅四面盡蒼生。東風吹綠草，布穀勸春耕。

他希望海隅四面，年年都可以看到「東風吹綠草，布穀勸春耕。」的景象。但他所生的時代，黑暗而恐怖，實在不是理想的時代，所以有「堂上簫韶人不奏，鳳凰何處飛鳴」的慨歎。

他有積極的一面，但也有消極的一面。他的消極性使到他的詞變得悽惋蒼涼。例如〈臨江仙〉云：

同是天涯流落客，君還先到襄城。雲南關險夢猶驚。記曾明月底，高枕遠江聲。　年去年來人漸老，不堪苦事功名。傾開懷抱酒多情。幾時同一醉，揮手謝公卿。

這大概是因爲當時的政治社會太過黑暗混亂吧！秉忠雖然有心利民濟物，但是在當時的情況下，成就却遠不如理想，這自然使到他的悲天憫人的仁心很不快樂的了。因爲這樣，所以產生歸隱的念頭。

秉忠本來就是一個胸襟蕭散，逸興滿懷的文人，加上他無心於功名利祿（他的出仕實出於利民濟物之心），故此在詞裏常常表現出一個散人的襟懷，如下面的幾首就是：

江城子

平生行止嬾編排。住蒿萊。走塵埃。社燕秋鴻，年去復年來。看盡好花春睡穩，紅與紫，任他開。　紫微天上列三台。問英才。幾沈埋。滄海遺珠，當著在鸞臺。與世浮沉惟酒可，如有酒，且開懷。

清平樂

漁舟橫渡。雲淡西山暮。岸草汀花誰作主。狼籍一江秋雨。　隨身蒻笠簑衣。斜風細雨休歸。自任飛來飛去。伴他鷗鷺忘機。

桃花曲

一川芳景，一壺春酒，一襟幽緒。今朝好春色，又無風無雨。　水滿清溪花滿樹。有閑鷗、伴人來去。行雲望逾遠，更青山無數。

這些作品，清淡雅逸，蕭散沖遠，正是一個散人的應有風格。

本來一個出家人應該是六根清淨的，可是秉忠卻對他少年時的一段戀愛有着很深的懷念。鄭騫教授以爲他的〈木蘭花慢〉就談這段事情。現錄出如後：

笑平生活計，渺浮海，一虛舟。任紫塞風沙，烏蠻瘴霧，即處林丘。天地幾番朝暮，問夕陽、無語水東流。白首王家年少，夢魂正繞揚州。　鳳城歌舞酒家樓。肯管世間愁？奈麋鹿疏情，煙霞痼疾，難與同遊。桃花為春憔悴，念劉郎、雙鬢也成秋。舊事十年夜雨，不堪重到心頭。

鄭教授說：「一樹桃花，十年夜雨，所謂『舊事』，到底是怎麼回事，祇有問和尚自己了。因此我神經過敏的想，他的出家，除去逃避世事之外，也許還有旁的緣故吧？這雖祇是我妄測高深，總怪子聰大師，藏春不秘，一部藏春詩詞，始終不及兒女之情，卻在此處露了馬腳。」

❷我相信鄭教授的猜測大有可能是對的，因爲按照此詞來看，秉忠少年時有過一段戀愛是十分有可能的。

(二) 白樸 （公元一二二六——一三〇七年）

白樸，字仁甫，後改字太素，號蘭谷，眞定人。父華，字文擧，號寓齋，金樞密院判。仁甫爲寓齋仲子，於元遺山爲通家姪。當仁甫七歲時，正遭壬辰（金哀宗天興元年，公元一二三二年）之難，文擧因事遠適，明年春，京城變，遺山遂攜仁甫北渡，自是不茹葷血。人問其故，曰：「俟見吾親則如初。」嘗罹疫，遺山晝夜抱持，凡六日，竟於臂上得汗而愈，視之如同親子弟。數年，文擧北歸，以詩謝遺山云：「顧我眞成喪家犬，賴君曾護落巢兒。」後父子卜居滹陽，以律賦爲專門之學。而仁甫有文譽，爲後進翹楚。遺山每過之，必問爲學次第。嘗贈之詩曰：「元白通家舊，諸郎獨汝賢。」仁甫學問博覽，然自幼經喪亂，倉皇失母，便有滿目山川之歎。金亡後，更鬱鬱不樂，以故放浪形骸，期於適意。中統初，史天澤將以所業薦之於朝，再三遜謝。至元一統後，徙家金陵，從諸遺老放情山水間，日以詩酒優遊，用示雅志。詩詞篇翰，在在有之。後以子貴，贈嘉議大夫，掌禮儀院太卿。有《天籟集》上下兩卷，見《四印齋所刻詞》及《九金人集》。王博文、孫大雅、朱彝尊三人爲之序。

仁甫之詞，評價甚高。如王博文說：「讀之數過，辭語遒麗，情寄高遠，音節協和，輕重穩愜，凡當歌對酒，感事興懷，皆自肺腑流出。余因以《天籟》名之。噫！遺山之後，樂府名家者何人？殘膏賸馥，化爲神奇，亦於太素集中見之矣。然則繼遺山者，不屬太素而奚屬哉！」

❸朱彝尊說：「蘭谷詞源出蘇、辛，而絕無叫囂之氣，自是名家。元人擅此者少，當與張蛻菴稱雙美，可與知音道也。」❹王鵬運說：「仁甫詞洵如《提要》所云，清雋婉逸，調適均諧，足與張玉田相匹。」❺他們以仁甫去匹配金源第一大詞人元好問，元代第一大詞人張翥，及宋末的一大詞人張炎，可見他們是如何的推崇他了。

實際上，白樸之詞風甚受元遺山的影響，其高曠清勁沉鬱低徊處，幾與遺山相同，說他繼遺山之後實為最有見地。這一方面自然是因為直接受教於遺山，但另一方面亦未嘗不是環境使然。他們都曾遭遇到亡國的慘痛，故每多黍離之悲，故國之感，發而為文，自然悲歌慷慨，悽惻哀傷了。在《天籟集》裏，白樸往往借著懷古去寫出他的故國之思，山河之感，慷慨悲痛，不能自已。如〈奪錦標〉：

霜水明秋，霞天送晚，畫出江南江北。滿目山園故國，三閣餘香，六朝陳迹。有庭花遺譜，口哀音、令人嗟惜。想當時、天子無愁，自古佳人難得。　惆悵龍沈宮井，石上啼痕，猶點胭脂紅溼。去去天荒地老，流水無情，落花狼籍。恨青溪猶在，渺重城、煙波空碧。對西風、誰與招魂，夢裏行雲消息。

其序云：「……庚辰卜居建康，暇日訪古，采陳後主張貴妃事，以成素志。按後主既脫景陽井

❷鄭騫《從詩到曲》〈劉秉忠的藏春樂府〉，頁一六〇。民國五十年七月，臺北科學出版社出版。

❸王博文〈天籟集·序〉，見《九金人集》，總頁一二七一。民國五十六年八月，臺北成文出版社出版。

❹見《天籟集》，卷下，頁二十一。《四印齋所刻詞》，第八冊。參❶。

❺王鵬運〈天籟集·跋〉。見《四印齋所刻詞》，第八冊。參❶。

之厄，隋元帥府長史高潁竟就戮麗華於青溪，後人哀之，其地立小祠，祠中塑二女郎，次則孔貴嬪也。今遺構荒涼，廟貌亦不存矣。感歎之餘，作樂府〈青溪怨〉。」又如〈水調歌頭·感南唐故宮，就檃括後主詞〉：

南郊舊壇在，北渡昔人空。殘陽澹澹無語，零落故王宮。前日雕闌玉砌，今日遺臺老樹，尚想霸圖雄。誰謂埋金地，都屬賣柴翁。　慨悲歌，懷故國，又東風。不堪往事多少，回首夢魂同。借問春花秋月，幾換朱顏綠鬢，荏苒歲華終。莫上小樓上，愁滿月明中。

這些作品自然不是單純爲懷古而作，其中寓有很深的寄託是十分顯明的。它們表面上是吊古，內裏實在是傷今。

白樸不僅如此，他更直接的寫出他的眷懷故國之情，如下面的一首〈水調歌頭〉就是，詞云：

北風下庭綠，客鬢入霜華。回首北望鄉國，雙淚落清笳。天地悠悠逆旅，歲月匆匆過客，吾也豈匏瓜。四海有知己，何地不為家。　五溪魚，千里菜，九江茶。從他造物留住，辦作老生涯。不願酒中有聖，但願心頭無事，高枕臥煙霞。晚節憶吹帽，籬菊漸開花。

也許是因爲他不能忘情故國吧，所以明哲保身，拒絕仕元，在〈沁園春〉一詞裏最能表明他的思想：

監察師巨源將辟予爲政，因讀〈嵇康與山濤書〉，有契於心者，就譜此詞以謝。

自古賢能，壯歲飛騰，老來退閒。念一身九患，天教寂寞，百年孤憤，日就衰殘。麋鹿難馴，金鑣縱好，志在長林豐草間。唐虞世，也曾聞巢許，遁跡箕山。　越人無用殷冠，怕機事纏頭不耐煩。對詩書滿架，子孫可教，琴樽一室，親舊相歡。況屬清時，得延殘喘，魚鳥溪山任往還。還知否，有絕交書在，細與君看。

白樸遭亡國之痛，常常鬱鬱不樂，所以放浪形骸，對酒當歌，在他的詞裏就表現出一種豪放邁往的氣概來，如〈念奴嬌・題鎮江多景樓，用坡仙韻〉：

江山信美，快平生、一覽南州風物。落日金焦，浮紺宇，鐵甕猶殘城壁。雲擁潮來，水隨天去，幾點沙鷗雪。消磨不盡，古今天寶人傑。　遙望石塚巉然，參軍此葬，萬劫誰能發。桑梓龍荒，驚歎後、幾度生靈埋滅。往事休論，酒杯纔近，照見星星髮。一聲長嘯，海門飛上明月。

又如〈滿江紅・用前韻留別巴陵諸公，時至元十四年冬〉：

行遍江南，算只有、青山留客。親友間、中年哀樂，幾回離別。棋罷不知人換世，兵餘猶見川留血。歎昔時、歌舞岳陽樓，繁華歇。　寒日短，愁雲結。幽故壘，空殘月。聽閣閣談笑，果誰雄傑。破枕纔移孤館雨，扁舟又泛長江雪。要煙花、三月到揚州，逢人說。

此類作品，豪放沉鬱，高曠健拔，自然是蘇、辛一路。不過，我想遺山的直接影響也有很大的關係。

除了剛健一類作品外，白樸還有清雋婉逸之作，這在他的詞集裏佔著相當大的篇幅。現在我們姑且舉些例子來看看，如〈水龍吟〉：

遺山先生有〈醉鄉〉一詞。僕飲量素慳，不知其趣。獨閒居嗜睡有味，因爲賦此。

醉鄉千古人行，看來直到亡何地。如何物外，華胥境界，昇平夢寐。鶯馭翩翩，蝶魂栩栩，俯觀群蟻。恨周公不見，莊生一去，誰真解、黑甜味。　聞道希夷高臥，占三峰、華山重翠。尋常羨殺，清風嶺上，白雲堆裏。不負平生，算來惟有，日高春睡。有林間剝啄，忘機幽鳥，喚先生起。

又如〈永遇樂〉：

至元辛卯春二月三日，同李景安提舉游杭州西湖。

一片西湖，四時煙景，誰暇遊遍。紅袖津樓，青旗柳市，幾處簾爭捲。六橋相望，蘭橈不斷，十里水晶宮殿。夕陽下、笙歌人散，唱徹採菱新怨。　金明老眼，華胥春夢，腸斷故都池苑。和靖祠前，蘇公堤上，漫把梅花撚。青衫儘耐，濛濛雨溼，更著小蠻鍼綫。覺平生、扁舟歸與，此中不淺。

如此清婉的作品，眞可追配玉田，西畝仲舉了。況周頤評〈永遇樂•同李景安游西湖〉云：『青衫儘付，濛濛雨溼，更著小蠻鍼綫。』用坡公〈青玉案〉句：『春衫猶是，小蠻鍼綫，曾溼西湖雨。』而太素語特傷心。其言外之意，雖形骸可土木，何有於小蠻鍼綫之青衫。以坡公之『瓊樓玉宇，高處不勝寒』比之，猶死別之與生離也。」❻其情之深可見矣。

《天籟集》雖以慢詞優勝，亦以慢詞爲多，但其中的小令也有很好的作品，例如〈西江月•漁父〉：

世故重重厄網，生涯小小漁船。白鷗波底五湖天。別是秋光一片。　竹葉醅浮綠釅。桃花浪漬紅鮮。醉鄉日月武陵邊。管甚陵遷谷變。

又如〈清平樂〉（題闕）：

朱顏漸老。白髮添多少。桃李春風渾過了。留得桑榆殘照。　江南地迥無塵。老天一片閒雲。戀殺青山不去，青山未必留人。

它們都寫得清麗雋永，含蓄而有別致。

白樸之詞，可謂兼豪放、婉約而有之，實爲元初的一大名家。可是王國維就甚看不起他的詞，王氏在《人間詞話》說：「白仁甫《秋夜梧桐雨》劇，沈雄悲壯，爲元曲冠冕。然所作《天籟詞》，粗淺之甚，不足爲稼軒奴隸。豈創者易工，而因者難巧歟？抑人各有能有不能也？讀者觀歐秦之詩遠不如詞，足透此中消息。」❼我們看了上面所引的詞後，一定對王國維的說法不以爲然了。況且，王氏只指出了白樸豪放的一面，對他清婉的作品一字不提，實在是無識。實際上白詞在清婉一類的成就亦不遜於他在豪放一類的成就的。

㈢ 王惲（公元一二二八——一三〇四年）

王惲，字仲謀，號秋澗，衞州汲縣人。幼年見稱于元遺山。明敏正大，材器英邁，操行純古，博有經濟器業。與人交，樂易直諒，不能詭隨，與時俯仰。常曰：「士當行其所學，明義達道，一以至誠。將之窮達得失，有不在己者。」仕中統大德間。歷官國史編修監察御史，出判平陽路，遷燕南河北按察副使，福建按察使，授翰林學士。大德五年求退，得請歸，八年卒，

❻ 況周頤《蕙風詞話》，卷三，頁七五。一九六一年八月，香港商務印書館出版。

❼ 王國維《人間詞話》，卷上，頁八。見《詞話叢編》，第十二冊，總頁四二五七。民國五十六年五月，臺北廣文書局出版。

年七十有八。贈翰林學士承旨資善大夫，追封太原郡公，謚文定。秋澗在省院則有經綸黼黻之才，任臺察則有彈擊平反之譽。作爲文章，不蹈襲前人，要自肺腹中流出。平居談話，無異於人。及操觚染翰，經旨之義理，史傳之鋪陳，子集之英華，古今體制，間見疊出，雄深雅健，辭古而意不晦，以自得有用爲主。綰持文柄，獨步一時。字畫遒婉，以魯公爲正。所書卷帖，爲世珍玩。樂教掖後進，又善因材致篤，故藉之多顯達者。自少至老，未嘗一日不學，易簀方停筆。事跡具《元史》卷一六七。有《秋澗大全文集》一百卷，自卷七十四至七十七爲樂府，共二百八十三首。陶湘《景宋金元明本詞》四十種及朱祖謀《彊村叢書》俱有《秋澗樂府》。

秋澗本爲金人，雖仕元，猶對金朝存有很深的懷念，所以在他的詞裏多透露一點興亡之思，故國之感，其中最爲哀怨的無疑是〈春從天上來〉了。茲錄於此：

羅綺深宮。記紫袖雙垂，當日昭容。錦封香重，彤管春融。帝座一點雲紅。正臺門事簡，更捷奏、清晝相同。聽鈞天，侍瀛池內宴，長樂歌鐘。　回頭五雲雙闕，恍天上繁華，玉殿珠櫳。白髮歸來，昆明灰冷，十年一夢無踪。寫杜娘哀怨，和淚把、彈與孤鴻。澹長空。看五陵何似，無樹秋風。

此詞沉鬱低徊，哀怨無限。王惲在小序裏對這首詞的本事有很詳細的叙述：「承御韓氏者，祖母之姝也。姿淑婉，善書。年十一選入宮。既笄爲承御。事金宣宗天興二帝，歷十有九年。正大末以放出宮。明年壬辰，鑾輅東巡，又明年國亡於蔡，韓遂適石抹子昭，相與流寓許昌者餘十年。大元至元三年，弟澍爲汲令，自許迎致淇上者累月。一日酒間，談及宮掖故事，感念疇昔，如隔一世而夢鈞天也，不覺泣下，予亦爲之欷歔也。今將南歸，贄兒子醜於許，既老且貧，靡所休息，而抱秋娘長歸金陵之感，乃爲賦此，庶幾攄寫哀怨，洗亡國之愁顏也。且使好事者倚其聲而歌之，不必覩遺臺而興嗟，遇故都而動黍離之歎也。歲丙寅秋九月重陽後二日，翰林修撰王惲引。」讀了這篇序後，我們就更能進一步的領略詞中的意思了。又如〈平湖樂〉：

采菱人語隔秋煙。波靜如橫練。入手風光莫流轉。共留蓮。　畫船一笑春風面。江山信美，終非吾土，問何日是歸年。

在這首詞裏王惲更直接的說：「江山信美，終非吾土，問何日是歸年」了！他雖然身居要職，但是屈節仕人總是不快於心的，況且他的先世又曾仕金，而他自己又對金朝念念不忘呢！王惲對於虛名浮利根本就無甚好感，所以常起退隱泉林之思，如〈木蘭花慢〉就流露出這樣的思想：

憲陵臺畔客，笑幾度，送人行。對一道青山，兩行官柳，去住人情。蒼生望初不繫，問此身、何用絆虛名。官味真成畫餅，隱居卻伴侯鯖。　十年慚愧草堂靈。自分苦飄零。甚一片閒雲，幾回歸夢，野釣林耕。浮沉待從里社，覺倘來、軒冕總堪驚。寄謝竹林舊友，且休筆削寒盟。

最後他畢竟如願以償了。

秋澗的詞以雄渾典重、沉鬱深厚勝，如〈水調歌頭〉、〈水龍吟〉、〈木蘭花慢〉等多首都是很好的例子。現舉數首如下以爲例證：

水調歌頭・送王子初之太原

將軍報書切，高臥起螭蟠。悲歡離合常事，知己古為難。憶昔草廬人去，鬱鬱風雲英氣，千載到君還。歌吹展江底，長鋏不須彈。　路漫漫，天渺渺，興翩翩。西風鴻鵠，一舉橫絕碧雲端。自笑鶺鴒孤影，落日野煙原上，沙晚不勝寒。後夜一相憶，明月滿江干。

水龍吟・登邯鄲叢臺

春風趙國臺荒，月明幾照苕華夢。縱亡橫破，西山留在，翠鬟煙擁。劍履三千，平原池館，誰家耕壠。甚千年事往，野花雙塔，依然是，騷人詠。　還憶張陳繼起，信侯王、本來無種。乾坤萬里，中原自古，幾多麟鳳。一寸囊錐，初無銛穎，也沾時用。對殘釭影澹，黃粱飯了，聽征車動。

木蘭花慢・望郝奉使墓

灑西風老淚，又馬上，望郎山。對紅露秋香，芙蓉城闕，依舊雄藩。碧雲故人何在，憶扶搖、九萬看鵬摶。賦就鳳凰樓晚，星沉鸚鵡洲寒。　一丘宿草鎖蒼煙。零落復何言。似燕許才名，風雲際會，自古天慳。皇皇使華南下，愛丹衷、擬締兩朝歡。恨煞奸回秋壑，月明愁滿江干。

以上數詞可謂盡琢句使事行氣鍊響之能事。這類作品，在《秋澗樂府》裏佔著相當重要的位置。倘若王惲沒有如此出色的作品，他是無法成爲元代一流詞人的。

王惲厚重的詞我們已經談過了，清逸一點的也應該一提，因爲其中可愛的也實在不少。如〈平湖樂〉：

安仁雙鬢已驚秋。更甚眉頭皺。一笑相逢且開口。玉為舟。新詞淡似鵝黃酒。醉歸扶路，竹西歌吹，人道似揚州。

又如〈鷓鴣引．贈馭說高秀英〉：

短短羅袿淡淡妝。拂開紅袖便當場。掩翻歌扇珠成串，吹落談霏玉有香。　由漢魏，到隋唐。誰教若輩管興亡。百年總是逢場戲，拍板門鎚未易當。

又如〈後庭花破子．晚眺臨武堂〉：

綠樹連遠洲。青山壓樹頭。落日高城望，煙霏翠滿樓。木蘭舟。彼汾一曲，春風佳可游。

這些清麗雅逸的小詞實在替《秋澗樂府》生色不少。它們在四卷樂府之中差不多佔去了兩卷，要是我們把它們輕輕的放過，不是很可惜很不公平嗎？

最後，不能不提的是王惲的詠物詞。它們都像南宋詞一樣，婉麗細緻，耐人玩索，如〈水龍吟．賦秋日紅梨花〉：

纖苞淡貯幽香，玲瓏軒鎖秋陽麗。仙根借暖，定應不待，荆王翠被。瀟灑輕盈，玉容渾是，金莖露氣。甚西風宛勝，東闌暮雨，空點綴，真妃淚。　誰遣司花妙手，又一番、爭奇呈異。使君高臥，竹亭閒寂，故來相慰。燕几螺屏，一枝披拂，繡簾風細。約洗妝快瀉，玉絣芳酒，枕秋蟾醉。

詠物詞在《秋澗樂府》裏雖然數量不多，但它們的造詣是相當高的。這是我們不能不提的原因。

㈣張弘範（公元一二三八——一二八〇年）

張弘範，字仲疇，易州定興人。汝南忠武王柔之第九子。中統初，授行軍總管，至元元年，進順天路管民總管。二年，移守大名，尋授益都淄萊等路行軍萬戶。攻宋襄陽，拔之。元兵渡江南侵，弘範爲前鋒，直至建康。以功改亳州萬戶，後賜名拔都。宋降，師還。授鎮國上將軍江東道宣慰使。宋張世傑立廣王昺於海上，弘範爲蒙古漢軍都元帥，督兵往攻之，執宋丞相文天祥於五坡嶺，破張世傑、陸秀夫於崖山，因以亡宋。勒石紀功而還。未幾瘴癘疾作，端坐而卒，年四十三。封淮陽王，謚獻武。弘範善馬槊，頗能爲歌詩，幼嘗學於郝經。天資甚高，雖觀書大略，率意吐辭，往往踔厲奇偉。《元史》卷一五七有傳。有《淮陽集》一卷，附錄詩餘一卷。《四印齋所刻詞》載《淮陽樂府》三十一首。

淮陽志大才雄，有一夫當關、萬夫莫敵之勇，故其詞豪雄壯大，直追稼軒。如〈木蘭花慢・征南〉：

混魚龍人海，快一夕，起鯤鵬。駕萬里長風，高掀北海，直入南溟。生平許身報國，等人間生死一毫輕。落日旌旗萬馬，秋風鼓角連營。　炎方灰冷已如冰。餘燼濬孤星。愛銅柱新功，玉關奇節，特請高纓。胸中凜然冰雪，任蠻煙瘴霧不須驚。整頓乾坤事了，歸來虎拜龍庭。

又如〈滿江紅・襄陽寄順天友人〉：

奔驛南來，擁貔貅、且趍江右。良自愧、劣才微渺，聖恩洪厚。萬里長江今我有，百年堅壁非他守。看虎牙、飛上萬山頭，誅群醜。　風雨夢，鄉關友。南北事，君知否。寄一緘梅信，小春時候。夜靜戟門嚴鼓角，日明蓮幕閑詩酒。怕故人、相憶問歸期，平蠻後。

這些詞豪放縱橫，氣象磅礴，眞不愧爲將帥之詞，倘無弘範之胸襟才略與官職，是斷不能有如此作品的。

弘範不獨能寫豪壯詞，亦能寫婉約詞。最有代表性的是〈臨江仙〉：

千古武陵溪上路，桃花流水潺潺。可憐仙契剩濃歡。黃鸝驚夢破，青鳥喚春還。　回首舊遊渾不見，蒼煙一片荒山。玉人何處倚闌干。紫簫明月底，翠袖暮天寒。

委婉纏綿，含蓄渾厚，造詞亦頗清麗可喜，《古今詞話》謂其風調不減晏小山。又如〈點降唇〉：

獨上高樓，恨隨春草連天去。亂山無數。隔斷巫陽路。　信斷梅花，惆悵人何處。愁無語。野鴉煙樹。一點斜陽暮。

清婉雋永，頗有北宋風味。

穠艷之作亦佳妙，茲錄〈南鄉子・贈歌妓〉一首爲例：

淺淺漢宮妝。扇底春風玉有香。特地向人歌一曲，非常。縱使無情也斷腸。　寶髻繡霓裳。雲雨巫山窈窕娘。好著千金攜得去，何妨。絲竹東山醉玉觴。

最值得注意的是，淮陽往往以小令描寫壯偉的內容，而所構成的意象又相當闊大。如〈鷓鴣天・圍襄陽〉：

鐵甲珊珊渡漢江。南蠻猶自不歸降。東西勢列千層厚，南北軍屯百萬長。　弓扣月，劍磨霜。征鞍遙日下襄陽。鬼門今日功勞了，好去臨江醉一場。

又如〈喜春來〉：

金妝寶劍藏龍口。玉帶紅絨掛虎頭。旌旗影裏驟驊騮。得志秋。喧滿鳳凰樓。

這兩首都寫得甚爲豪邁，甚有氣度。《草木子》對〈喜春來〉的本事有頗詳細的記載，云：「伯顏丞相與張九元帥（按：即張弘範）席上各作一〈喜春來〉詞。伯顏云：『金魚玉帶羅襴扣。阜蓋朱旛列五侯。山河判在俺筆尖頭。得意秋。分破帝王憂。』張九詞云云。帥才相量，各言其志。」❽怪不得如此豪氣迫人了。

總的來說，淮陽之詞應以豪邁雄壯一類爲主，雖然婉約清麗一類也實在寫得不錯。

(五) 姚燧（公元一二三九——一三一四年）

姚燧字端甫，號牧庵，洛陽人，姚樞從子。少孤，隨樞學於蘇門。及長，以所作就正於許衡，衡賞其辭。至元間，提舉陝西四川中興等路學校，除陝西漢中道提刑按察司副使，調山南北道，入爲翰林直學士，遷大司農丞。元貞元年，以翰林學士與侍讀高道凝總裁《世祖實錄》。大德五年，出爲江東廉訪使，移病太平。九年，拜江西行省參知政事。至大元年，入爲太子賓客，進承旨學士，尋拜太子少傅。明年授榮祿大夫翰林學士承旨知制誥兼修國史，四年得告歸。延祐元年卒，年七十六。謚曰文。所著有《牧庵集》五十卷，現存三十六卷。詩餘載三十五六兩卷，凡四十七首。《元史》本傳（卷一七四）稱其文「閎肆該洽，豪而不宕，剛而不厲，春容盛大，有西漢風。宋末弊習，爲之一變。」濟南張養浩序其集曰：「公才驅氣駕，縱橫開闔，紀律惟意，其大略如古勁將率市人戰，彼雖素不我習，一號令之，則鼓行六合，所向風從，無敵不北。雖路絕海嶽，亦莫不迎銳而開，猶度平衍；視彼選兵而陣，擇地而途，纔一再敵，輒衰焉，且老者相萬矣。……尤能約要于繁，出奇于腐，江海駛而蛟龍拏，風霆薄而元氣溢。」❾清黃宗羲〈明文案．序〉亦云：「某嘗標其中十人爲甲案，然較之唐之韓、柳，宋之歐、蘇，金之遺山，元之牧庵、道園，尚有所未逮。蓋以一章一體論之，則有明未嘗無韓、柳、歐、蘇、遺山、牧庵、道園之文，若成就以名一家，則如韓、柳、歐，蘇、遺山、牧庵、道園之家，有明固未嘗有一人也。」❿于此燧之文品可概見矣。《彊村叢書》收《牧庵詞》二卷，又從《程雪樓集》補輯一首，共四十八首。

牧庵之詞，正如其文一樣，以豪放爲主。如〈水調歌頭・岳陽寄定庵王萬戶〉：

茲游太奇絕，我亦壯君侯。春風殷地悲歗，笳鼓萬貔貅。平昔心胸吞著，八九江南雲夢，今上岳陽樓。尊酒浣塵土，山雨戰青油。竟陵客，又挾病，入西州。惟余與汝湍水，東決則東流。遙想凝香畫戟，談笑兜鍪盡息，莫賦大刀頭。麟閣看他日，居右有人不。

又如另一首〈水調歌頭・守歲〉：

六十一年似，窗隙白駒馳。人家守歲癡計，明日怕容辭。萬事纔堪一笑，何必朱顏年少，誰不侮吾衰。只看屠酥酒，先酌襁中兒。無以為，閒檃括，謫仙詩。人生日日渾醉，百歲以為期。三萬六千場耳，一日杯傾三百，巧曆算能推。試問自今去，餘有幾何卮。

如此豪邁疎放蒼老勁拔的作風，比之東坡、稼軒亦未遑多讓。

然而，牧庵也不是一味寫這類豪健的詞，他亦可寫出一些婉約柔媚的作品來，如〈綠頭鴨・贈辛尙書琵琶妾何氏〉就是，詞云：

❽ 葉子奇《草木子》，卷四上〈談藪篇〉，頁七三。一九五九年五月，北京中華書局出版。

❾ 張養浩〈牧庵集・序〉。見《牧庵集》，第一冊。武英殿聚珍版。

❿ 黃宗羲〈明文案・序上〉。見《梨洲遺著彙刊》，第五冊，《南雷文約》，卷四，頁一。民國四年三月，上海時中書局出版。

錦堂深，獸鑪香噴沈煙。紫檀槽、金泥花面。美人斜抱當筵。輕羅綬、素肌瑩玉，近鸞翅、雲鬟梳蟬。玉筍輕拋，魚文細撥，鳳凰飛上四條絃。碎牙板、煩襟消盡，秋風滿庭軒。今宵月，依稀向人，欲鬭嬋娟。　變新聲、能翻舊曲，眼前風物淒然。路漫漫、漢妃出塞，夜悄悄、商婦移船。馬上愁思，江邊怨感，分明都向曲中傳。困無才、勸人金琖，須要倒垂蓮。揞沈醉，紅塵惝怳，一夢游仙。

又如〈摸魚子．賦玉簪錄呈趙太初兼與時中茂異〉：

更休尋、玉山瑤草，蓬萊知在何處。司花嫌被春風妒。留待九秋清露。還解語。試問著當時，月夜乘鸞女。何年遺汝。甚不怕高寒，青冥萬里，鬟鬢亂風霧。　人間世、無物有香如許。靈均遺恨千古。芙容杜若何堪佩，顦顇行吟沅浦。空自苦。悄教得楊雄，不信離騷賦。雲窗月戶。恨白髮詩翁，年來多病，不識醉鄉路。

這兩首詞婉細工麗，與上兩首的風格完全兩樣。吳梅認爲牧庵之「慢詞近姜張」⑫，似乎是指這一類而言。

至於牧庵的小令，頗爲清雋婉麗，有歐、晏之風，如〈虞美人．牧庵即事爲李元素作〉：

竹風吹落疏疏雨。紈扇收殘暑。小軒驀地細香來。莫是鄰家早有木犀開。　玉環穿耳誰家女。自獻歌金縷。新聲和徹紫檀槽，袖出烏絲纔說要揮毫。

又如〈清平樂〉：

菲菲香雪。更照溶溶月。管被司花嫌太潔。故遣啼鵑濺血。　方舒笑臉迎丹。雨聲深院珊珊。有底春愁未訴，向人紅淚闌干。

牧庵雖以文鳴，然讀了上舉數首詞後，實可把他置在詞家之列。況周頤說：「姚牧庵文章郢匠，餘事塡詞。〈菩薩蠻・中秋夜雨〉云：『素娥會把詩人調。衰顏不值圓蟾照。』此題作者夥矣，『衰顏』句未經人道。〈浪淘沙・余年七十，洪山僧相過，言別公十餘年，面頰益紅潤，賦此曉之〉云：『桃花初也笑春風。及到離披將謝日，顏色逾紅。』桃花將謝更紅，經此詞道破，思之信然。體物工細乃爾。」⑫可見況氏對牧庵詞是十分欣賞的。

㈥劉敏中（公元一二四三——一三一八年）

劉敏中，字端甫，濟南章邱人。幼卓異不凡，鄉先生杜仁傑愛其文，亟稱之。至元中，拜監察御史，劾桑哥奸邪不報，遂辭職歸。既而起爲御史臺都事，出爲燕南肅政廉訪副使，入爲國子司業，遷翰林直學士兼國子祭酒。大德間，宣撫遼東山北，除東平路總管，擢陝西行臺治書侍御史，召爲集賢學士，商議中書省事。武宗立，授太子贊善，拜河南行省參知政事，政治書侍御史，出爲淮西肅政廉訪使，轉山東宣慰使，召爲翰林學士承旨，以疾還鄉里。延祐五年卒，年七十六。贈光祿大夫柱國，追封齊國公，謚文簡。敏中平生身不懷幣，口不論錢；義不苟進，進必有所匡救；援據今古，雍容不迫。每以時事爲憂，或鬱而不伸，則戚形于色，中夜歎息，至淚濕枕席。《元史》卷一七八有傳。著《中庵集》二十五卷，淸館臣以爲已佚，從《大典》輯成二十卷。近人趙萬里見估人售聊城楊氏書，中有元刻《中庵集》二十五卷。《四

---

⑪ 吳梅《遼金元文學史》，第三章，第三節，頁一二七。《國學小叢書》本，商務印書館出版。

⑫ 況周頤《蕙風詞話》，卷三，頁七七。參❻。

庫提要》謂：「其詩文率平正通達，無鉤章棘句之習，在元人中亦元明善、馬祖常之亞。本傳稱其文理明辭備，韓性原序亦謂其不藻繢而華，不琢鏤而工，戶樞門鍵庭旅，陛列進乎古人之作，固不誣也。」⑬。《彊村叢書》《中庵詩餘》收《大典》本三十二首，補遺一首。趙萬里《校輯宋金元人詞》據元刻集本卷廿四、廿五，收詞一百四十四首，據《雪樓集》補一首，據文津閣本（即《大典》本）《中庵集》補四首，共得一百四十九首。

中庵詞的最大特點是豪放曠逸，超拔洒脫，一以東坡爲宗。如〈念奴嬌·自述呈知己，時有小言〉：

烏飛兎走，嘆勞生、浮世匆匆如此。眼底風塵今古夢，到了誰非誰是。擊短扶長，曲邀橫結，為問都能幾。悠悠長嘯，謾嗟真箇男子。　數載黃卷青燈，種蘭植蕙，頗遂平生喜。冷笑紛紛兒女語，都付春風馬耳。美景良辰，親朋密友，有酒何妨醉。高歌一曲，二三知己知彼。

此詞頗能寫出他的洒脫放浪之胸襟及顯示出他的豪逸超拔之詞風。又如〈水龍吟〉（序略）：

乾坤遺此方臺，賦詩名字從吾起。十分高處，更宜着箇，含暉亭子。無數青山，一時為我，飛來窗裏。渺浮天玉雪，江流忽轉，風雨在、寒藤底。　嘗試登臨其上，把閒愁、古今都洗。長空澹澹，無言目送，飛鴻千里。看取明年，四圍松菊，一番桃李。放籃輿杖屨，醒來醉往，自今朝始。

其高曠飄逸之處，實不亞於東坡。又如〈六州歌頭〉：

暢純甫余與姚牧庵郢城會飲，唱和樂章〈六州歌頭〉往返凡數首，余次其韻二篇，答純甫。

江城會飲，東壁照奎星。肝膽露，乾坤秘，盡披零。勢分庭。筆下風雷發，何為爾，聊相慰，供一笑，悠悠者，總流萍。虎擲龍跳幾遇，依然對、高壘深扃。覷殷盤科斗，不說換鵞經。老眼塵醒，認聲形。　中州月旦，千載後，猶灑落，有歆寧。人不見，搔首立，望餘馨。海邊亭。寂寞鍾期遠，高山曲，幾人聽。何必要，椿與菌，校年齡。萬事元無定在，此心得到處仙靈。愛爛遊南北，快馬接飛舲。萬里丹青。

豪放邁往，意氣縱橫，聲情詞情俱達到很高的成就。

中庵詞的另一個特色是文辭平易暢達，不肯作艱險晦澀語，而且有時還採用近乎散文、口語的字眼，如〈沁園春・題戶部郎完顏正甫舒嘯圖，仍用盧疎齋韻〉：

華屋高軒，富貴之心，人皆有之。甚伯倫挈榼，惟知殢酒，酷然踏雪，只解吟詩。一見令人，利名都忘，更有高情元紫芝。還知否，蓋道分彼此，事有參差。　看君綠髮雄姿。況千載風雲正遇時。便登高舒嘯，如今太早，揚眉吐氣，過此還遲。愧我衰殘，終然無補，久矣寒灰枯樹枝。雲山夢，被畫圖喚起，情見乎辭。

這種作風自然是受蘇、辛一派的影響了。唯其文辭趨向平易一路，故其作品容易爲人領略，感人也愈加深切。

詠物之詞，亦頗爲清新暢麗，不像南宋詞那麼含蓄婉約，如〈水龍吟・同張大經御史賦牡丹〉：

春風一尺紅雲，粉蕤金粟重重起。天香國色，宜教占斷，人間富貴。最喜風流，妝臺夘酒，欲醒還醉。算年年歲歲，花開依舊，問當日、人何似。　休說花開花謝，怕傷它、

⑬《四庫全書總目》，卷一六七，頁十五。第六冊，總頁三三〇九。民國五十三年十月，臺北藝文印書館出版。

老來情味。依稀病眼，故應猶識，舊家姚魏。無語相看，一杯獨酌，幽懷如水。料多情、笑我蒼顏白髮，向風塵低。

這樣沒有寄託的詠物詞雖不耐人玩味，但終不失爲中庵詞的平易風格的例子。

中庵的長調，從上引的例子，可以看出是以「豪」爲其一貫作風的，然而他的小令卻以「逸」爲本色。如〈破陣子・野亭遣興〉：

老眼偏宜大字，白頭好映烏紗。詩不求奇聊遣興，酒但成醺也勝茶。出家元在家。
野水傍邊種竹，草亭有下栽花。拙婦善供無米粥，稚子能描枯樹槎。無涯還有涯。

又如〈鷓鴣天・秋日〉：

竹瘦桐枯菊又開。遠山合抱水縈回。幾行銀篆蝸行過，一朶梨花蝶舞來。 秋意思，悶情懷。懶將閒事强支排。倚欄目送歸鴻盡，萬事晴空入酒杯。

這些小詞清疏淡逸，又別有一番風韻。

此外，又有一些較爲清麗婉柔的小令，如〈蝶戀花・又次前韻〉：

簾底青燈簾外雨。酒醒更闌，寂寞情何許。腸斷南園回首處。月明花影閒朱戶。 聽徹樓頭三疊鼓。題遍雲牋，總是傷心句。咫尺巫山無路去。浪憑青鳥丁寧語。

又如〈感皇恩・立秋後一日有感〉：

雲月淡幽窗，黃昏細雨。窗外梧桐共人語。秋來情味，便覺今宵如許。斷腸楊柳苑，芙容浦。 青鬢易消，朱顏難駐。行樂光陰水東注。山林朝市，兩地笑人返袂。傷心都付與，潘郎句。

不過，此類作品在《中庵樂府》裏所佔的篇幅並不多。

我們大體上可以這麼說：中庵的詞以「豪逸」勝，長調見其豪情，小令見其逸興，至於清婉之作，只不過是一些點綴而已。

(七) 劉　因（公元一二四九——一二九三年）

劉因，字夢吉，保定容城人。將生之夕，其父夢神人以馬載一兒至其家，故名之曰駰，字夢驥。後改名因，字夢吉。因天資絕人，三歲識書，六歲能詩。長而深究周、程、張、邵、朱、呂之學。杜門深居，不爲苟合，不妄交接，公卿使者過之，多遜避不與相見，人或以爲傲，弗恤也。愛諸葛孔明「靜以修身」之語，表所居曰靜修。嘗遊郎山雷溪間，號雷溪眞隱，又號樵庵。至元十九年，徵拜右贊善大夫，以母疾辭歸。二十八年，召爲集賢學士，以疾固辭。越二年卒，年四十五。延祐中，贈翰林學士，追封容城郡公，謚文靖。事跡具《元史》卷一七一。著有《四書徵要》、《易繫辭說》，及自選詩五卷號《丁亥集》，餘文則盡焚之。卒後，門人裒其軼稿，有《樵菴詞集》一卷，及遺文等合成三十卷，至正九年牒各路儒學刊傳，即《四庫總目》所據本。今傳至順庚午刊《靜修文集》二十二卷（較牒刊時前二十年），樂府編第十五卷，凡三十二首。陶氏涉園景印至順庚午本第十五卷樂府三十二首。四印齋彙刻本題作《樵菴詞》，從知聖道齋舊鈔本錄刊。原詞三十二首，較至順本多〈西江月·贈趙提學〉一首而少〈喜遷鶯〉一首。卷末據《歷代詩餘》另增補遺二首，況周頤跋謂「疑非劉詞，氣格不逮遠甚」。《彊村叢書》本據元刊《靜修文集》收《樵菴詞》二十二首，又據元刊《靜修遺詩》收《樵菴樂府》十一首，共得三十三首，即至順本與四印齋本之合併數。

劉因之詩、文、詞俱有相當之造詣，在蒙元一代可稱爲一大作家。《四庫提要》謂：「其文遒健排奡，迥在許衡之上，而醇正乃不減於衡。張綸《林泉隨筆》曰：『劉夢吉之詩，古選不減陶柳；其歌行律詩，直溯盛唐，無一字作今人語。其爲文章，動循法度，春容有餘味。……』其詩風格高邁，而比興深微，闖然升作者之堂，講學諸儒未有能及之者。王士禎作《古詩選》，於詩家流別，品錄頗嚴，而七言詩中獨錄其歌行爲一家，可云豪傑之士，非門戶所能限制者矣。」⑭至於其詞，則在元初的詞人中最爲突出，況周頤曰：「余徧閱元人詞，最服膺劉文靖，以謂元之蘇文忠可也。」⑮況氏爲極深於詞學的詞人，而其推重劉詞如此。

劉因以其洒脫曠朗之情懷寫出高潔飄逸、清疏淡宕的作品，正如詩中之陶淵明，曲中之馬東籬。而且，又能寓豪放於和平，故別具一種風格。況周頤說他「眞摯語見性情，和平語見學養」⑯，可謂確論。如〈風中柳·飲山亭留宿〉：

> 我本漁樵，不是白駒空谷。對西山、悠然自足。北窗疏竹。南窗叢菊。愛村居、數間茅屋。　風煙草屩，滿意一川平綠。問前溪、今朝酒熟。幽禽歌曲。清泉琴筑。欲歸來、故人留宿。

高逸超脫，全無一點煙火氣。楊升庵評之曰：「每獨行吟歌之，不惟有隱士出塵之想，兼如仙客御風之遊矣。」⑰又如〈人月圓〉：

> 自從謝病修花史，天意不容閑。今年新授，平章風月，檢校雲山。　門前報道，麴生來謁，子墨相看。先生正爾，天張翠蓋，山擁雲鬟。

其高潔雅逸之胸襟，於此表露無遺。其〈清平樂〉云：「松下幽人心自遠。」這是對他自己的一個很忠實的描寫。正唯劉因有一個「逸」懷，纔能產生如此高逸的作品。讀了上面的兩首詞後，對劉因的自我素描實在覺得非常適當。

劉因又有一些略帶豪氣的作品，然而出之以和平語，故沒有一點縱橫姿態。如〈菩薩蠻〉：

元龍未減當年氣。呼山臥向高樓底。今日到山村。青山故意昏。　商歌聊一振。千里浮雲靜。老子氣猶豪。山靈未可驕。

又如〈人月圓〉：

茫茫大塊洪爐裏，何物不寒灰。古今多少，荒煙廢壘，老樹遺臺。　太山如礪，黃河如帶，等是塵埃。不須更嘆，花開花落，春去春來。

它們都表現出劉因的豪逸洒脫的氣度來。又如〈念奴嬌．憶仲良〉：

中原形勢，壯東南、夢裏譙城秋色。萬水千山收拾就，一片空梁落月。煙雨松楸，風塵淚眼，滴盡青青血。平生不信，人間更有離別。　舊約把臂燕南，乘槎天上，曾對河山說。前日後期今日近，悵望轉添愁絕。雙闕紅雲，三江白浪，應負肝腸鐵。舊游新恨，一生都付長鋏。

這首詞沉鬱低徊，哀傷感慨，與前幾首比較起來似乎有點差別，然細讀之，就會覺得並未失其

⑭《四庫全書總目》，卷一六六，頁四十七。第六冊，總頁三二九一。參⑬。
⑮況周頤《蕙風詞話》，卷三，頁七三。參❻。
⑯況周頤〈樵菴詞．跋〉。見《四印齋所刻詞》，第十六冊，《樵菴詞》，頁八。光緒十四年（一八八八）刊本。
⑰楊慎《詞品》，卷二，頁二。見《詞話叢編》，第二冊，總頁四二八。參❼。

豪逸的一貫風格。況夔生說「眞摯語見性情」，於此可得到一個很具體的例證。

劉熙載說：「蘇、辛詞似魏元成之嫵媚，劉靜修詞似邵康節之風流，倘泛泛然以橫放瘦澹名之，過矣。」⑱又說：「東坡謂陶淵明臞而實腴，質而實綺，余謂元劉靜修之詞亦然。」⑲亦說得頗有道理。現在再舉一些例子來看看：

清平樂・飮山亭留宿

山翁醉也。欲返黃茅舍。醉裏忽聞留我者。說道群花未謝。　脫巾就掛松龕。覺來酒思方酣。欲借白雲為墨，淋漓灑遍晴嵐。

木蘭花

未開常探花開未。又恐開時風雨至。花開風雨不相妨，說甚不來花下醉。　百年枉作千年計。今日不知明日事。春風欲勸座中人，一片落紅當眼墜。

這些例子都可以證明劉氏之言是相當正確的。

況蕙風就最愛靜修之〈菩薩蠻・王丈利夫壽〉。玆錄出如後：

吾鄉先友今誰健。西鄰王老時相見。每見憶先公。音容在眼中。　今朝故人子。為壽無多事。惟願歲長豐。年年社酒同。

此詞語淡態濃，情感眞摯，怪不得況氏大爲讚嘆，曰：「此余尤爲心折者也。」⑳

況蕙風對靜修詞有一段很精闢的批評，我們不妨拿它來作結，他說：「文靖以性情樸厚勝。……寓騷雅於冲夷，足穠郁於平淡，讀之如飮醇醪，如鑑古錦。涵詠而䌷索之，於性靈懷抱，胥有裨益。……王半塘云：『《樵庵詞》樸厚深醇中有眞趣洋溢，是性情語，無道學氣。』㉑。

(八) 程鉅夫（公元一二四九——一三一八年）

程鉅夫，初名文海，以字行，建昌人。嘗以郢州白雪樓名所寓，故世以是稱之。少與吳澄同學。宋亡後，從季父飛卿入元，遂留宿衞。世祖試以筆札，改授應奉翰林文字，尋進翰林修撰，屢遷集賢直學士兼秘書少監。至元二十年加翰林集賢學士同領會同館事。二十四年詔以爲參知政事，鉅夫固辭，又命爲御史中丞臺。遂仍爲集賢直學士，拜侍御史行御史臺事，奉詔求賢於江南。薦趙孟頫等二十餘人，皆擢用。三十年，出爲閩海道肅政廉訪使。成宗大德間，遷江南湖北道肅政廉訪使，召拜翰林學士商議中書省事，拜山南江北道肅政廉訪使，復留爲翰林學士。武宗立，修《成宗實錄》。拜山南江北道肅政廉訪使，浙東海右道肅政廉訪使，留爲翰林學士承旨。仁宗皇慶元年，修《武宗實錄》。二年，詔爲偕平章政事。三月以病乞骸骨歸田里，不允，命尚醫給藥物，官其子大本郊祀署令以便侍養。鉅夫請益堅，特授光祿大夫賜上尊。命廷臣以下餞于齊化門外，給驛南還。延祐五年卒，年七十。泰定二年，贈大司徒柱國，追

---

⑱ 劉熙載《藝概》，卷四，頁五。民國五十三年三月，臺北廣文書局出版。

⑲ 同⑱。

⑳ 同⑮。

㉑ 《蕙風詞話》，卷三，頁七三——七五。參❻。

封楚國公，謚文憲。《元史》卷一七二有傳。鉅夫宏才博學，被遇四朝，忠信鯁直，爲時名臣。文章亦春容大雅，有北宋館閣餘風。其詩亦磊落俊偉，具有氣格，近體稍膚廓，當由不耐研思之故。古詩落落自將，七言尤多遒警，當其合作，不減元祐諸人。所著各自爲部，其子大本合輯爲四十五卷，門人揭傒斯校正之。至正間，其曾孫溍併編爲三十卷。第三十卷載樂府五十五首，附同人唱和數首。陶湘續輯《景刊宋金元明本詞》四十種及江標《宋元名家詞》俱有收錄。

雪樓樂府五十餘首大部份是祝壽之詞，但寫來甚爲典雅清麗，不落俗套，如著名的〈摸魚兒．壽燕五峰右丞〉：

記江梅、向來輕別，相逢今又平楚。東風小試南枝暖，早已千林煙雨。春幾許。向五老仙家，移下瓊瑤樹。溪橋驛路。更月曉隄沙，霜清野水，疏影自容與。平生事，幾度含章殿宇。隔花么鳳能語。苔枝天矯蒼龍瘦，誰把冰鬚細數。千萬縷。簇一點芳心，待與和羹去。移宮換羽。且度曲傳觴，主人花下，今日慶初度。

此詞通首寫梅花，彷彿是詠梅之作。據《詞苑》所記，因爲五峰生日在梅花時，故通首皆影借梅花故事。倘若我們不看詞題，不知此本事，一定把它當爲詠梅詞了。而且文辭又這麼雅麗，正是詠物詞的作風。又如〈臨江仙．以鴛鴦梅一盆壽程靜山平章〉：

千歲蒼虬成玉樹。江南江北孤芳。平生何處最聞香。五更江上路，幾度月中霜。　休笑梅兄今老大，年年青子雙雙。風流消得喚鴛鴦。和羹真箇也，莫忘水雲鄉。

又如〈清平樂．壽王楚山〉：

楚山清曉。借問春多少。松菊深深香縹緲，萱朶蘭芽交照。丹霞洞口紅泉。從來慣醉飛仙。不是稱觴獨後，後天長似先天。

這些雖爲賀壽之詞，但極爲清新幽雅，絕不似一般俗作。有元一代，相信雪樓爲最愛寫和最善寫壽詞的了。

至於其他詞作，豪放、婉約兼而有之，眞不愧爲元初的一大作家。其豪放之作如〈摸魚兒・次韻盧疏齋憲使題歲寒亭〉：

問疏齋、湘中朱鳳，何如江上鸚鵡。波寒木落人千里，客裏與誰同住。茅屋趣。吾自愛吾亭，更愛參天樹。勞君為賦。渺雪雁南飛，雲濤東下，歲晏欲何處。　疏齋老，意氣經文緯武。平生握手相許。江南江北尋芳路，共看碧雲來去。黃鵠舉。記我度秦淮，君正臨清句。歌聲緩與。怕徑行能醒，庭花起舞，驚散夜來雨。

由這一首詞，可見雪樓實爲一個洒脫超拔、滿懷山林之趣的文人，並不是一個只懂得享受高官厚祿的俗物。又如〈漁家傲・次韻謝郭西埜僉事〉：

出世自憐居佛後。眼前萬境真何有。曲調最新情卻舊。重湖右。林宗一笑同携手。　西埜有雲初出岫。浮空肯學纖絺縐。須信此中無雨久。君識否。老夫只羨無官守。

這裏更明顯直截的說出了他的超脫襟懷。

婉約之作如〈點絳唇・送王藎臣〉：

綠鬢青雲，王郎故是乘驄侶。阿龍風度。想在烏衣住。　帶得春來，又共春歸去。江頭路，美人何處。官柳吹風絮。

以平淡淺易的文字寫出深厚眞摯的情感，意味甚爲雋永。又如〈埽花游・寄贈西埜赴臺都事〉：

別離況味，歎自古難禁，最關情處。暮簾卷雨。念征衣乍拂，故人良苦。見說麻姑，也怕方平節斧。正凝竚。又報道待回，天上官府。誰與傳尺素。想玉簡頻催，彩雲難駐。中臺獨步。便金門逝邇，近連沙路。野鶴江樓，為囑仙翁記取。耿無語。倚山亭、黯然平楚。

熱情流露，悽婉動人。這又與豪放的作品截然不同了。

(九) 張之翰（公元？——一二九六年）

張之翰，字周卿，晚號西巖老人，邯鄲人。《元史》無傳，惟《松江府志》有載。至元末（公元一二九四年），自翰林侍講學士知松江府事。有古循吏風。時民苦荒，租額以十萬計。之翰力除其弊，得以蠲除。作〈檢荒詩〉，人民爲刻于石，以志不忘。又嘗著〈鏡中燈〉詩，膾炙人口，時呼爲「張鏡燈」。陶宗儀《輟耕錄》云：「張之翰……自題桃符云：『雲間太守過三載，天下元貞第二年。』是歲卒，亦讖也。」[22]元貞二年爲公元一二九六年。之翰之詩清新宕逸，有蘇軾、黃庭堅之遺；文亦頗具唐宋舊格。生平著述甚富，《松江府志》載其《西巖集》三十卷。清館臣從《大典》輯爲二十卷，其第十一、十二卷載詞六十五首。趙萬里《校輯宋金元人詞》，校補《大典》集本，又從《大典》增輯四首，共得六十九首，內有和魏初詞。

西巖之詞，清新爽朗，豪放飄逸。其〈唐多令〉云：「筆硯淡生涯。胸中氣自華。」其〈金縷曲・送德昌〉云：「待發揮、我輩清新句」。前調〈中秋夜不寐，枕上作以自遣〉云：「便臨風、誤卻清新句」。可見西巖豪放飄逸之情藏于胸中，清新高潔之詞現於筆底。現舉數首爲例：

木蘭花慢・同濟南府學諸公泛大明湖

喚扁舟載酒，直轉過、水門東。正十里平湖，煙光淡淡，雨氣濛濛。迴頭二三名老，望衣冠、如在畫圖中。但得城頭晚翠，何須席上春紅。　清樽旋拆白泥封。呼作白頭翁。要與汝忘情，高歌一曲，痛飲千鍾。夕陽醉歸扶路，儘從渠、拍手笑兒童。官事無窮未了，人生適意難逢。

酹江月・賦濟南風景，和東坡韻

南山北濟，算難盡、十二全齊風物。平地華峰天一柱，鵲倚巖巖青壁。金線橫波，真珠出水，趵突噴寒雪。無窮瀟灑，品題宜有才傑。　遙憶工部來時，謫仙遊處，興自雲間發。翠琰高名千古在，不逐兵塵磨滅。細嚼遺篇，高歌雅句，風動蕭蕭髮。英靈何許，畫船獨醉明月。

這些清新豪逸之作，不消說，是有意學東坡、稼軒的，在〈金縷曲・送可與，即用其韻〉一首就暗示他對蘇、辛兩人的仰慕了，詞云：

樂府寧無路。彼區區、斜門枉逕，少人知處。從得君詞驚且訝，醉裏坡仙曾遇。是夢裏、稼翁教汝。玉尺金刀俱在手，把天機雲錦裁成句。纔落紙，便傳去。　筆頭不用空豪怒。也何須、梨花縞月，海棠紅雨。一曲離歌悲壯處，不覺人間三鼓。有幽壑、潛蛟起

㉒ 陶宗儀《輟耕錄》。卷二十七，頁四二一，「桃符讖」條。民國五十二年四月，臺北世界書局出版。

舞。休道此情天不管，怕餘音嫋嫋無人許。風送入，渡江檣。

篇中云：「醉裏坡仙曾遇。是夢裏、稼翁教汝。」雖是恭維他人的說話，實可當爲西巖自己的寫照。

西巖的小令與慢詞同一作風，不過因爲調體的關係，所以較之慢詞更爲清逸疏宕，精美可愛。如〈唐多令・懷高沙〉：

往事水東流。槐根春夢休。被長淮、隔斷中州。三十六湖湖上住，卻又過、一年秋。

佳處總堪遊。同盟只數鷗。把功名、且付扁舟。天上故人知己者，休笑我、太遲留。

又如〈蝶戀花〉：

往歲相從今幾許。今歲逢君，愈見真誠處。除卻交情無別語。匆匆忍上歸舟去。　醉裏猶歌長短句。醒後軒窗，歷歷餘音度。銷盡爐熏三兩炷。片帆風送寒江暮。

其詠物之作，亦以清幽雅麗勝，玆舉二闋如後：

江城子・瓶梅

隔簾風動玉娉婷。見來曾。眼偏明。手揀芳枝，自插古銅瓶。六載烏臺飢欲倒，猶為汝，未忘情。　幽姿芳意正盈盈。可憐生。欲卿卿。更取青松為友竹為朋。今夜黃昏新月底，還卻怕，太孤清。

太常引・紅梅

幽香拍塞滿比鄰。問開到、幾層春。謝絕蝶蜂群。衹么鳳、和渠意親。　醉紅肌骨，艷紅粧，未能有許時新。也待不搖唇。忍孤負、風流玉人。

無疑地，西巖詞之好處在乎「清新豪逸」，可是有時頗覺得沉厚不足，缺乏了一種凝重感。

(十) 張埜（公元一三一八年前後在世）

張埜，字埜夫，邯鄲人。有《古山樂府》三卷，與盧摯、元明善俱有和韻，題年最後者爲延祐戊午（即延祐五年，公元一三一八年）。侯文燦刊《十名家詞》本，有《粟香室叢書》覆刻本。江標輯思賢書局刊《宋元名家詞》十五種本，《古山樂府》一卷。《彊村叢書》據知聖道齋藏明汲古未刻本，分二卷，載詞六十四首。明吳訥輯《百家詞》本《古山樂府》二卷，有民國二十九年上海排印。

李長翁〈古山樂府·序〉云：「……公所著樂章，湛然如秋空之不雲，燁然如春華之照谷，淒然如猿啼玉澗，昂然如鶴唳青霄，砉然如庖丁鼓刀，翩然如公孫舞劍，千變萬態，意高語妙，眞可與蘇、辛二公齊驅竝駕；然其詞林根柢，實得於西巖先生之嫡傳，集五采色絲，成一家機軸，持此黼黻皇猷，彌縫袞繡，豈但游戲翰墨而已哉！」㉓這段說話最重要的是指出張埜的詞風是走蘇、辛一路。今觀古山之作，意境高曠，造語俊拔，與蘇、辛十分類似。如〈奪錦標·七夕〉：

涼月橫舟，銀橫浸練，萬里秋容如拭。冉冉鸞驂鶴馭，橋倚高寒，鵲飛空碧。問歡情幾

㉓ 見《彊村叢書》本《古山樂府》。民國十一年，歸安朱氏刊本。

許，早收拾、新愁重織。恨人間、會少離多，萬古千秋今夕。　　誰念文園病客。夜色沈沈，獨抱一天岑寂。忍記穿鍼亭樹，金鴨香寒，玉徽塵積。凭新涼半枕，又依稀、行雲消息。聽窗前、淚雨瀟瀟，夢裏檐聲猶滴。

又如〈賀新郎．淮上中秋〉：

晚蝀收殘雨。喜晴空、冰輪飛上，月明三五。前歲錢塘江上看，去歲京華容與。今歲又、秋風淮浦。料得常娥應笑我，笑星星、鬢影今如許。空浪走，竟何補。　　此生此夜還知否。問幾人、浪蒼抖擻，衣裾塵土。獨倚篷窗誰共飲，萬象不分賓主。恍疑在、玉霄高處。擊碎珊瑚歌未徹，見洪濤、千丈魚龍舞。舟一葉，任掀舉。

這些作品都是以高曠俊拔勝。集中更有不少豪邁放逸的篇什，如〈水龍吟．爲何相壽〉、前調〈游錢塘西山〉、前調「一年好景君須記」，前調〈和馬西麓韻〉、前調〈登滕王閣〉、前調〈出郭〉、前調〈酹辛稼軒墓，在分水嶺下〉、〈滿江紅．盧溝橋〉、〈念奴嬌．登石頭城清涼寺翠微亭〉、〈沁園春．止酒效稼軒體〉、〈賀新郎〉「九日西城路」……等都是。它們都深深的染上了蘇、辛的作風，現在姑且舉〈念奴嬌．登石頭城清涼寺翠微亭〉一詞來看看：

翠微秋晚，試閑登絕頂，徘徊凝竚。一片清涼兜率界，幾度風雷貔虎。鍾阜盤空，石城瞰水，形勢相吞吐。江山依舊，故宮遺迹何處。　　遙想霸略雄圖，蟻封蝸角，畢竟無人悟。六代興亡都是夢，一樣金陵懷古。宮井朱闌，庭花玉樹，偏費騷人句。此情誰會，艣聲搖月東去。

不過，雖然這類作品佔了集中很大的篇幅，但是並不是藝術性最高之作。最能代表《古山樂府》的應該是〈水龍吟．詠游絲〉、前調〈皇慶癸丑重九，登南高峰，寄柳湯佐同知〉、〈石州慢〉、〈念奴嬌・賦白蓮用仲殊韻〉一類含蓄更深，詞境更厚的篇章。〈水龍吟・詠游絲〉云：

落花天氣初晴，隨風幾縷來何處。飄飄冉冉，悠悠颺颺，欲留還去。雪繭新抽，青蟲暗墜，檐蛛輕度。看垂虹百尺，縈迴不下，似欲繫，春光住。憑仗何人收取。付天孫、雲綃機杼。浮蹤浪跡，忍教長伴，章臺飛絮。惹起閒愁，織成離恨，萬端千緒。望天涯盡日，柔情不斷，又閒庭暮。

〈石州慢〉云：

紅雨西園，香雪東風，還又春暮。當時雙槳悠悠，送客綠波南浦。陽關一闋，至今隱隱餘音，眼前渾是分攜處。此恨有誰知，倚闌干無語。凝竚。天涯幾許。離情化作，暮雲千縷。過盡征鴻，依舊歸期無據。京塵染袂。故人應念飄零，豈知翻被功名誤。無處著羈愁，滿春城煙雨。

這兩闋詞，委婉渾厚，幽麗雋永，的是佳作。與上引幾首比較起來，在作風上不無差別。除這兩種不同風格外，古山更有閑適恬淡之作，如〈沁園春・和人韻〉就是。詞云：

世路崎嶇，世事紛更，年來飽諳。歎都城十載，霜侵老鬢，江湖萬里，塵滿征衫。應物才疏，謀身計拙，桂玉生涯豈久堪。乾忙甚，向是非叢裏，不要窮探。　禪機己悟三三，又何用、天庭似老蠶。羨養生有道，將從子隱，於時無補，祇益吾慚。歸去來兮，與君同醉，醉後扶持有小男。平生樂，在山前山後，溪北溪南。

這大概是古山晚年歸隱之作了。李長翁謂古山之詞「千變萬化」，讀了這些不同風格的作品後，自要信其言之不謬了。

我們讀古山之詞又注意到一點，就是在高健的筆調裏往往帶有無限的傷感，他的胸中似藏着大不得已之情，但是又不想盡量的傾瀉出來，故時時露出抑鬱之態。古山爲了要排解自己，愁中尋樂，唯有一醉了之，所以篇中每多描寫飲酒之語，如〈水龍吟．戊戌中秋，同西麓經歷、祐之提舉諸公，飲於太清道院〉云：「且今朝拚取，陶陶醉了，又陶陶醉。」前調〈暇日過田學士村居，乃父爲司徒〉云：「琥珀酩濃，玻璨琖大，醉扶歸路。」前調〈飲劉氏野春亭用前韻〉云：「儻劉郎不厭，醒時來訪，醉時歸去。」前調〈出郭〉云：「閒時哦句，醉時歌曲，醒時垂釣。」〈念奴嬌．和金直卿冬日述懷〉云：「美酒千鍾，清歌一曲，未用傷飄泊。……非俗非仙，半醒半醉，只恐人猜卻。」這些都是無可奈何的消極態度的寫照。

(十一) 趙孟頫（公元一二五四——一三二二年）

趙孟頫，字子昂，號松雪道人。湖州人。宋秦王德芳之後。宋末爲眞州司戶參軍，宋亡家居，益自才於學。至元二十四年（一二八七），以程鉅夫薦，授兵部郎中，遷集賢學士，出同知濟南路總管府事，歷江浙等處儒學提舉。延祐中，累擢翰林學士承旨，榮祿大夫。六年得請南歸，至治二年卒，年六十九。追封魏國公，謚文敏。事跡詳楊載所撰〈趙文敏公行狀〉及《元史》卷一七二。孟頫性持重，未嘗妄言笑，與人交，不立崖岸，明白坦夸，始終如一，有過輒面加質責，雖氣色沮喪，不少衰止；然直而不許，故罕有怨者。被遇五朝，官登一品，名滿天下，而未始有自矜之色，待故交無異布衣。所著有《尚書注》、《琴原》、《樂原》各一篇，得律呂不傳之妙。又有《松雪齋集》十卷，附外集一卷，並子雍編類。孟頫詩文清邃奇逸，讀之使人有飄飄出塵之想。篆籀八分隸眞行草書，無不冠絕古今，遂以書名天下，畫水山木石竹花人馬尤精緻。楊載稱孟頫之才名頗爲書畫所掩，人知其書畫而不知其文章，知其文章而不知其經濟之學。仁宗嘗謂侍臣曰：「文學之士，世所難得，如唐李太白、宋蘇子瞻，姓名彰彰，然常在人耳目；今朕有趙子昂，與古人何異？」㉔又嘗與左右論公，人所不及者數事：帝王苗裔一也，狀貌昳麗二也，博學多聞知三也，操履純正四也，文詞高古五也，書畫絕倫六也，旁通佛老之旨，造詣玄微七也。其愛重孟頫如此。文集第十卷末載樂府二十一首，江標《宋元名家詞》錄二十八首，周泳先《唐宋金元詞鉤沈》補遺二首。

孟頫之詞清雅迢逸，幽淡自然，最富神韻，如〈後庭花〉：

清溪一葉舟。芙蓉兩岸秋。採菱誰家女，歌聲起暮鷗。　亂雲愁。滿頭風雨，戴荷葉，歸去休。

又如〈漁父〉：

渺渺烟波一葉舟。西風落木五湖秋。盟鷗鷺，傲王侯。管甚鱸魚不上鉤。

然而，往往於詞中流露出一點憂鬱哀傷的情緒，欲說還休，其故國之思，身世之感是隱約可見的。例如以下的幾首就是：

虞美人・浙江舟中作

㉔ 楊載〈趙文敏公行狀〉，見《松雪齋全集》，第六冊，刊本。

潮生潮落何時了。斷送行人老。消沈萬古意無窮，盡在長空、澹澹鳥飛中。　海門幾點青山小。望極煙波渺。何當駕我以長風。便欲乘桴、浮到日華東。

蝶戀花

儂是江南游冶子。烏帽清鞋，行樂東風裏。落盡楊花春滿地。萋萋芳草愁千里。　扶上蘭舟人欲醉。日暮遙山，相映雙蛾翠。萬頃湖光歌扇底。一聲催下相思淚。

木蘭花慢・和李簣房韻

愛青山繞縣，更山下、水縈迴。有二老風流，故家喬木，舊日亭臺。梅花亂零春雪，喜相逢、置酒藉蒼苔。拚卻眼迷朱碧，慚無筆瀉瓊瑰。　徘徊。俯仰興懷。塵世事，本無涯。偶乘興來游，臨流一笑，洗盡征埃。歸來算未幾日，又青回、柳葉燕重來。但願朱顏長在，任他花落花開。

以上諸作，哀婉感愴，情見乎辭。邵亨貞謂：「公以承平王孫，而嬰世變，離黍之悲，有不能忘情者，故深得騷人意度。」[25]說得甚有見地。

孟頫寫物詠懷，每每觸景生情，感慨萬千，如描寫山峰的十二首〈巫山一段雲〉就是最明顯的例子。這十幾首寫景之作，詞意荒寒淒冷，寄託遙深，幾乎每一首都帶有傷感的調子。錄兩闋如後：

巫山一段雲・淨壇峰

疊嶂千層碧，長江一帶青。瑶壇霞冷月朧明。攲枕不勝情。　雲過船窗曉，星移宿霧晴。古今離恨撥難平。惆悵峽猿聲。

前調〈望泉峰〉

曉色飄紅葉，平沙枕碧流。泉聲雲影弄新秋。觸處是離愁。　臉淚橫波漫，眉攢片月收。佳人欲笑卒難休。半整玉搔頭。

「觸處是離愁」一語不獨是〈望泉峰〉一詞的中心思想，同時是貫穿著整組詞的。

子昂既然不滿現實，而且到了晚年的時候更懊悔自己的失節，如《四庫提要》云：「孟頫以宋朝皇族，改節事元，故不諧於物論，觀其〈和姚子敬韻〉詩，有『同學故人今已稀，重嗟出處寸心違』句，是晚年亦不免於自悔。」㉖所以在他的詞裏對歸隱的生活有痛快淋漓的描寫。如〈木蘭花慢·和桂山慶新居韻〉：

愛風流二陸，會共住、屋三間。算京洛緇塵，平原車騎，爭似身閒。一區未輸揚子，更友于、室邇足清歡。庭下新松楚楚，籬邊細菊斑斑。　白髮相對且團圞。杯酒借朱顏。任醉後長歌，笑時開口，樂最人寰。功名十年一夢。記風裘雪帽度桑乾。幸喜歸來健在，放懷綠水青山。

史稱孟頫於仁宗延祐六年（公元一三一九年）得請南歸，此詞應該是寫於延祐六年之後了。孟頫之胸襟，清高拔俗，故寫出來的詞亦雅逸可喜。人如是，其詞亦如是。

㉕ 邵亨貞《蟻術詞選》，卷二，頁一，〈追和趙文敏公舊作十首·序〉，見《四印齋所刻詞》，第九冊，參❶。

㉖ 《四庫全書總目》，卷一六六，頁三十六。第六冊，總頁三二八五。參⓭。

第三章　元代中葉的詞苑精英

(一) 曹伯啓（公元一二五五——一三三三年）

曹伯啓，字士開，濟寧碭山人。生於宋理宗寶祐三年，卒於元惠宗元統元年，年七十九。弱冠從東平許謙游，篤於問學。至元中，歷仕爲蘭溪主簿。累遷常州路推官，又遷河南省都事。擢拜西臺御史，改都事。延祐元年，陞內臺都士，遷刑部侍郎，出爲眞定路總管。延祐五年，遷司農丞，奉旨至江浙。尋拜南臺治書侍御史。英宗立，召拜山北廉訪使，俄拜集賢學士，御史臺御史。泰定初引年北歸，優游鄉社。碭人賢之，表所居爲曹公里。卒，謚文貞。伯啓性莊肅，奉身清約，治尚寬簡，民甚安之。在中臺所獎掖名士尤多。事跡詳《元史》卷一七六。《四庫全書總目》謂：「伯啓生於宋末元初，而家世江北，不染江湖末派，亦不沿豫章餘波。所作乃多近元祐格。惟五言古詩，頗嫌冗沓，其餘皆春容嫻雅，渢渢乎和平之音，雖不能與虞、楊、范、揭角立爭雄，而直抒胸臆，自諧宮徵，要亦不失爲中原雅調矣。」❶歐陽玄曰：「公

---

❶《四庫全書總目》，卷一六六，頁六十三，第六冊，總頁三二九九。民國五十三年十月，臺北藝文印書館出版。

初受學東原李文正公。李公文擅當世，其氣象溫醇，格律嚴妥，意不求工，辭理自暢，故自其外者觀之，不見其雕鏤之勞，纂組之巧；試刺其中，汪洋澹泊，舒徐演漾，蓋有未易窺其涯者。文貞爲詩，誠得文正爲文之妙者也。……其思致斂贍，襟韻朗夷，臨文抒志，造次天成，漫不存藁，今其所哀，殆十之二三歟。」❷其詩之受人重視，於此可見。有《曹文貞詩集》十卷，一名《漢泉漫稿》，子復亨類集，國子生胡益編錄。第十卷樂府三十五首，有汲古閣景橅元刻，陶湘《續輯景刊宋金元明本詞》以景刊，《彊村叢書》覆善本書室藏舊鈔本。

伯啓之詞雖不及其詩之著，然亦不失爲元詞之一大作手。其佳作具東坡之高曠爽朗，稼軒之豪邁奔放，如〈水龍吟·用楊修甫學士登岳陽樓韻〉：

岳陽西望荊州，倚樓曾為思劉表。國亡家破，當時豪俊，魚沈雁渺。王霸紛更，乾坤搖蕩，廢興難曉。記觀山縱酒，巡檐索句，宿官舫，篷窗小。不畏黑風白浪，伴一點、殘燈斜照。棹歌明發，天光無際，得舒晴眺。萬里馳驅，千年陳迹，數聲悲嘯。試閒中想像，興來陶寫，付時人笑。

又如〈酹江月·次王君陽李斂之過龍門韻〉：

洪崖中斷，似蜃樓幻出、層檐疊脊。欲問真源凌絕頂，安得乘風羽翮。勢利相忘，驅馳不憚，面背皆京國。源泉混混，恍如夾右碣石。遙想巢父襟懷，東溟煙霧裏，片帆如席。逸氣崢嶸今老矣，惆悵劍門千尺。細草平沙，敝裘羸馬，長路無人識。家山回首，不應猶作行客。

如此格調的作品，成爲《漢泉樂府》的總風格。只要我們通讀一遍，就可以知道。

從伯啓的詞來看，似乎他對於仕宦並無多大興趣，所以時有思歸之意。但是又無法擺脫這個「拘束微官」（〈水龍吟・用史葯房韻〉），歸隱山林，故令到他愁苦不堪。他的〈水調歌頭・次復初韻〉就很能表現出這種情緒。詞云：

> 山林隱君子，無意仕王侯。天戈一日南指，多少賈胡留。不效熊舒龜息，卻羨蠅頭蝸角，我亦滯南州。十載厭奔走，贏得雪飛頭。　苦思歸，歸未得，恨悠悠。身世何物，野渡一横舟。用舍隨時無定，得失於人有命，誰解曲如鉤。兀坐閱今昔，風露一天秋。

不但想棄官歸隱，簡直對於一切世事也不在乎了。又如〈滿江紅・次元復初韻〉云：「世事從來如意少，宦情已比當年薄。」〈水調歌頭・崔子由韻〉云：「觸目世塗險，舉步強顏多。」又云：「誓從今，陶穎事，罷研磨，丈夫功名談笑，一曲飯牛歌。」〈水調歌頭・和盧仲敬太守〉云：「儘自轟轟烈烈，到底休休莫莫，……」這些都是消極思想的表現。

後來終於得到歸隱的機會了，他的心情是如何的輕快呢！試看〈水龍吟・再和修甫學士〉下闋：「自念當時行役，顧菱花、不堪頻照。江山如故，中原在眼，幾番危眺。浩浩洪流，茫茫塵世，儘堪吟嘯。但優游老景，浮沉里閈，任邦人笑。」他只要優游自得就滿足了，別人怎樣譏笑是無關痛癢的。

伯啓的長調寫得好自不待言，小令也寫得相當清雅蘊藉，縱使格調不及長調這麼高超。茲錄出兩闋以作欣賞：

---

❷ 見《漢泉漫稿》，序，頁三。涵芬樓秘笈本，第一至十集，第七十八冊。

鷓鴣天・寄翟德温

六度他鄉指月牙。旅懷無日不思家。歸來漫讀蘇秦傳，愁比他鄉日更加。　貧活計，拙生涯。幾人曾愛屋頭鴉。一襟朱墨纔經濟，土銼重親兩部蛙。

糖多令・釋懷寄友人

衰境日悤悤。浮生一夢中。笑愁懷、萬古皆同。越水燕山南北道，來不盡，去無窮。萍水偶相逢。晴天接遠鴻。似人間、馬耳秋風。山立揚休成底用，聞健在，好歸農。

(二) 蒲道源（公元一二六〇——一三三六年）

蒲道源，字得之，號順齋，眉州青神人。生於元世祖中統元年，卒於元惠宗至元二年，年七十七。幼強記過人，究心濂洛之學，嘗爲郡學正，罷歸。晚以遺逸徵入翰林，改國子博士，歲餘引去。起提舉陝西儒學，不就，優游林泉，病，弗御醫藥，飲酒賦詩而逝。《新元史》卷二三八有傳。道源生平，恬於仕宦，大抵閒居之日爲多，故其子機裒輯遺文，題曰《閒居叢稾》，凡詩、賦八卷，雜文、樂府十八卷。詩文俱平實顯易，不尙華藻。黃溍爲之序，謂：「國家統壹，宇內治化，休明士俗，醕美一時，鴻生碩儒，爲文皆雄深渾厚，而無靡麗之習。承平滋久，流風未墜，皇慶、延祐間，公入通朝籍，以性理之學，施於臺閣之文，而其文益以粹，譬如良金美玉，不俟鍛鍊琱琢，而光輝發越，自有不可掩者矣。」❸其文之眞樸如此。存詞不多，

《彊村叢書》據善本書室藏鈔《順齋閒居叢稿》本，收詞二十八首。近人周泳先《唐宋金元詞鈎沈》據《閒居叢稿》卷九補遺六首。

道源無心仕祿，雅愛泉林，他的詞就很明顯的流露出這種思想，如〈點絳脣〉：

深味遺編，無心祿仕求升斗。學慚師授，朱墨聊餬口。　自笑疏頑，詎敢儕英秀。寧低首。五株門柳。閒袖春風手。

又如〈臨江仙〉：

俗務相仍何日了，紛紛百緒千頭。空教縈繞似遭囚。情知鷗與鷺，亦解替人羞。　春曉拂衣隨父老，扶攜尋壑經丘。本無肥馬衣輕裘。閒身元自在，不問幾宜休。

也許是因爲他有一個林壑的胸懷吧，所以他的詞風都趨向豪放一面，茲舉〈酹江月・次李壽卿侍西軒先生九日賞菊〉與〈水調歌頭・次權待制韻〉兩首爲例：

暮秋天氣，似堪悲、還有一般堪悅。憔悴黃花風露底，香韻自能招客。手當紅牙，觴飛急羽，且為酬佳節。龍山依舊，不知誰是豪傑。　我愛隱士風流，就開三徑，欲往無能得。萬事會須論一醉，非我非人非物。座上狂歌，尊前起舞，待向醒時說。傲霜枝在，莫教空甚寒色。

（〈酹江月〉）

燕城過長夏，鄉思若為禁。故園松竹瀟灑，久矣負幽尋。賴有仙壇詩伯，同寓玉堂清署，想顧意殊深。餘暇儘談笑，煩暑自消沉。　繞長廊，臨靜砌，稱閒心。颼颼樹杪風至，

❸ 黃溍《金華黃先生文集》，卷十八，頁五，〈順齋文集・序〉，《四部叢刊》本。

流水入衣襟。尚愧無窮汗簡，也預諸公奮筆，投跡是非林。何日了官事，倒佩脫冠簪。（〈水調歌頭〉）

豪邁疎放，灑脫超逸，直抒胸臆，不事雕琢，讀之，使人塵襟盡洗，煩惱都忘。不過總是很難放逸到底的，有時亦會露出點點哀愁，如〈鷓鴣天·和客中重九〉就是。茲錄出如後：

冷落寒芳一徑幽。無詩無酒若為酬。一生幾得花前醉，兩鬢難禁客裏秋。思往事，淚盈眸。共嗟日月去如流。短歌謾寄鄉鄰友，寫入新戕字字愁。

這首詞的作風就與上兩首不同，它是比較哀婉淒涼的。這是道源的另一種風格。然而，於集中並不多見。

三 周權（公元一二九五年前後在世）

周權，字衡之，號此山，處州人，磊落負雋才，嘗游京師以詩贄翰林學士袁桷。桷深重之，薦爲館職，弗就。然詩名日起，唱和日多，是時文章耆宿如趙孟頫、虞集、揭傒斯、陳旅、歐陽玄、馬祖常輩，無不與之酬答。趙孟頫嘗寫「此山」二字爲額以贈。《新元史》卷二三八有傳。有《周此山先生集》。袁桷、歐陽玄、陳旅、揭傒斯等各爲之序。袁桷謂：「栝蒼周君衡之，磊落湖海士也。東書來京師，以是編見贄，意度簡遠，議論雄深，法蘇黃之準繩，達騷選之旨趣，歷覽名勝，長歌壯吟，亦皆寫其平生胸中之耿鬱，至於詞中筆尤爲雅健，讀之亹亹忘味，誠有起予者，乃知山川英秀之氣，何地無奇才，感歎之餘，曰書此以贅其卷首……」❹歐陽玄謂：「余愛無險勁之辭，而有深長之味；無輕靡之習，而有春容之風……」❺陳旅謂：「今考其詩，簡澹和平，無鬱憤放傲之色，非有德者，能如是乎！……」❻又謂：「此山詩不但簡澹和平，而語多奇雋……」❼揭傒斯謂：「及讀三家所爲序及其詩，益恨不及見其集與其人。然以三家所稱，雖不及見，而其人之賢，其集之可傳可見矣。夫詩道之在天下，其正如日月星辰山川草木鳥獸，其變如風雲雷電龍騰虎擲，豈難知哉！在盡其常通其變而已。惜不得與君衡共論之……」❽時人對此山之詩格與人格可謂推崇備致。至於此山之詞，向來甚少人論及，然實際上佳製頗多，應視爲此時期之一大家。存詞不甚豐富，《彊村叢書》覆元刊集本，收詞三十四首。陶湘續輯彙刻景印元刊《此山先生詩集》第十卷，收詞三十四首。

此山襟懷疏放拔俗，故詞多清曠豪邁，如〈滿江紅〉：

獨酌新豐，任疏放、從人不識。還祇是、舊時把酒，秋風狂客。顛倒天吳歸短褐，風濤

---

❹ 袁桷〈周此山先生集·序〉，見《周此山先生集》，序頁二，《擇是居叢書》六種（據元至正評點本），第九冊。

❺ 歐陽玄〈周此山先生集·序〉，見《周此山先生集》，序頁五。參❹。

❻ 陳旅〈周此山先生集·序〉，見《周此山先生集》，序頁八。參❹。

❼ 陳旅〈周此山先生集〉（二），見《周此山先生集》，序頁九。參❹。

❽ 揭傒斯〈周此山先生集·跋〉，見《周此山先生集》，跋頁二，《擇是居叢書》六種（據元至正評點本），第十二冊。

歲月頭將白。笑平生、儘有氣如虹，難教屈。也不學，悲彈鋏。也不作，譚捫蝨。共梅花心事，歲寒冰雪。眼底山川徒歷徧。胸中史記無雄筆。合歸來、依舊飯吾牛，歌明月。

詞序云：「別毗陵二十載，一日北歸，艤舟訪舊，落落如晨星，闤闠之人，無識面者，戲調此詞以自述。」一般人遇到這種荒涼冷落的景象，定必哀感橫生，悽愴慨歎，可是此山卻以疏放的態度處之，這未嘗不是由於他的放逸胸襟所致。又如〈念奴嬌・姑蘇臺懷古〉：

飛臺千尺。直雄跨層雲，東南勝絕。當日傾城人似玉，曾醉臺中春色。錦幄塵飛，玉簫聲斷，麋鹿來宮闕。荒涼千古，朱蘭猶自明月。送目獨倚西風，問興亡往事，飛鴻天末。且對一尊浮大白，分甚為吳為越。物換星移，歎朱門、多少繁華消歇。漁舟歌斷，夕陽煙水空闊。

此詞弔古傷懷，感慨萬千。但是並沒有失掉了他的飄逸清曠的作風。上片結句云：「荒涼千古，朱蘭猶自明月。」下片結句云：「漁舟歌斷，夕陽煙水空闊。」都寫出了一個濶大空靈的境界，使人的心靈視覺得到無限的伸展。

此山又有一些疏逸的作品，如〈水調歌頭〉：

亭小可容膝，真似寄鷦枝。客來休訝迫窄，老子只隨宜。鳧鶴短長莫問，鵬鷃逍遙自適，何暇論成虧。萬事一尊酒，齊物物難齊。種株梅，移箇竹，鑿些池。添他無限風月，儘可著吾詩。世上黃鷄白日，門外紅塵野馬，役役付兒癡。起舞一揮手，天外片雲飛。

這首詞疏雅淡逸，染有很濃厚的老莊思想，此正是此山的閑適心境的反映。結語最爲清勁飄逸。又如〈青杏兒〉：

兩鬢點霜花。漢南柳、心事蹉跎。幼輿只合居巖谷，繩牀近竹，柴門臨水，任我婆娑。詩老日相過。愛蒼苔、折屐新蹉。生涯點檢無多子，東籬種菊，南山種豆，醉後高歌。

筆調疏放，意境高雅，充份的表露出此山的放逸襟懷。

此山既有如此胸襟，所以流出筆底的無不浮現一片清靈之氣，就算如最易流於晦澀質實的詠物詞也是一樣。如〈百字謠·再用韻〉（詠海棠）：

粗桃俗李，漫眼底紛紛，等閒開落。得似花仙誇艷質，暖透胭脂猶薄。梅不同時，芳心難聘，空妒肌如玉。自然佳麗，不須歸薦華屋。　最好一抹彩雲，輕盈飛不去，漫空高簇。霽日濃薰渾欲醉，照映風光眩爍。徧倚闌干，狎渠清賞，聊為憐幽獨。簪花醉也，夜深猶索芳醁。

清幽雅麗，十分耐人玩賞。

此外，如〈清華樂·懷古〉亦是一首非常好的作品，茲錄出如後：

殘山賸水，陌上多塵土。此地當時分漢楚。俯仰幾番今古。　暮雲野樹蒼茫。秋風荒草沙場。極目寒鴉歸外，數家籬落斜陽。

淒冷荒寒，筆帶秋聲，它的句法結構與詞中意境令人想起馬致遠之〈天淨沙·秋思〉。此詞可謂集中小令之代表作。

(四) 吳　存（公元一三一四年前後在世）

吳存，字仲退，鄱陽人。饒魯私淑弟子，與黎廷瑞有唱和。部使者爭勸以仕，不答。延祐元年，強起爲本路學正，不及代而歸。又調寧國教授，未久，引年，尋卒。嘗語門人劉耳曰：「學非樂，不足言學。樂在心，心誠則樂，不然不樂。故一言一動，不可不誠。」所著有《程朱傳義折衷》、《月灣集》。《宋元學案》卷八三「雙峰學案」有傳。《彊村叢書》載《樂庵詩餘》，收詞三十首。

吳存雖是一個學者，但他的樂府卻有相當造詣，無怪《詞綜》（卷三十八續補人）選錄其作品七首之多。他的詞風清曠飄越，慷慨激昂，甚似東坡。如〈摸魚兒·揚州〉：

笑風流、少年杜牧，如今雙鬢成雪。來尋荳蔻梢頭夢，二十四橋明月。人事別。把故國興亡，欲問無人說。淮雲萬疊。但雨外疏鐘，煙中斷角，到曉共嗚咽。　燕城外，幾樹西風落葉。銷磨多少豪傑。平山堂上朝中措，千載妙音幾絕。歌一闋。怪水部、梅花怪我心如鐵。才情未竭。待跨鶴來，纏腰半解，一奏玉笙徹。

又如〈木蘭花慢·清明夜與芳洲話舊〉：

又清明寒食，淡孤館，鬱無憀。正杜宇催春，桐花送冷，門巷蕭條。芳洲老仙來下，槩黃冠、翠氅佩瓊瑤。兩客清談未了，三更風雨瀟瀟。　青雲妙士早相招。同泛浙江潮。看眼閱青徐，氣橫燕趙，天路逍遙。明年此時何處，定軟紅道上玉驄驕。萬里江南歸夢，青燈還憶今宵。

這兩首詞甚能代表仲退的一貫風格。

讀仲退之詞，最令人觸目的是其中描寫倦客思歸的句子，因爲它們是寫得那麼眞摯，那麼哀婉，令人讀了不禁唏噓慨歎。現在姑且舉錄一些較爲特出的以資欣賞：

回首故鄉千里，山一髮，暮江碧。（〈霜天曉角·峨眉亭次韻〉）

東風綠蕪千里，怕登樓、歸思渺天涯。……欲逐夢魂歸去，客窗一夜鳴蛙。（〈木蘭花慢·春興〉）

風景付渠啼鴂，客情還我煙莎。（〈朝中措·春歸〉）

這些句子不僅情感豐富，而且甚有意境，雋永非常。

此外，集中又有一部份比較婉麗的作品，如〈點絳脣·春夢〉、〈浣溪沙·春閨送別〉、〈水龍吟·落梅〉就是。茲錄〈浣溪沙·春閨送別〉以見一斑：

花滿離筵酒滿瓶。摘花未語淚先零。杯行教醉莫教醒。今夜酴醾連理枕。明朝柳絮短長亭。一般杜宇兩般聽。

感情哀婉，詞句纏綿，雖寥寥幾句，已把送別時的情景表露無遺。結拍更爲餘味無窮，一唱三歎。

(五) 虞集（公元一二七二——一三四八年）

虞集，字伯生，號道園，蜀人，宋丞相允文五世孫。隨父僑寓臨川之崇仁。生於元世祖至元九年，卒於惠宗至正八年，年七十七。幼受業於家庭，出則以契家子從吳澄遊。大德初，薦授大都路儒學教授。歷國子助教博士，累官秘書少監，翰林直學士，兼國子祭酒。天曆中，除奎章閣侍書學士，命纂修《經世大典》。一時大典册，多爲集草。每承顧問，必委曲盡言，隨事諷諫。卒贈江西行中書省參知政事，封仁壽郡公。謚文靖。早歲與弟槃同闢書舍爲二室，左室書陶淵明詩於壁，題曰陶庵；右室書邵堯夫詩，題曰邵庵，故世稱邵庵先生。事跡具《元史》卷一八一。集平生爲文，多至萬篇。有《道園學古錄》五十卷、《道園遺稾》六卷。《道園樂府》無專集，《學古錄》中在朝稿載詞七首，歸田稿載詞六首，遺稿中載詞四首，又附《鳴鶴餘音》十三首，乃道園和馮尊師作。至正二十四年，金天瑞併編錄馮詞二十首，附《遺稿》後。《彊村叢書》從《學古錄》及《遺稿》輯詞十七首（吳昌綬跋稱十八首）、《鳴鶴餘音》十三首，即道園詞共三十首。末附馮尊師《鳴鶴餘音》二十首。馮乃道教全眞教中丘長春一派，〈無俗念〉一調，即長春派爲〈念奴嬌〉另立之別名。陶湘涉園續彙刻本，收詞四首，《鳴鶴餘音》十三首。吳虞輯《蜀十五家詞》本《道園樂府》一卷。

虞集爲元代之一大文豪，詩、文俱有崇高之地位。陶宗儀《輟耕錄》云：「國朝之詩，稱虞、趙、楊、范、揭……嘗有問於虞先生曰：『仲弘詩如何？』先生曰：『仲弘詩如百戰健兒。』『德機詩如何？』曰：『德機詩如唐臨晉帖。』『曼碩詩如何？』曰：『曼碩詩如美女簪花。』『先生詩如何？』笑曰：『虞集乃漢廷老吏。』蓋先生未免自負，公論以爲然。」❾翁方綱《石洲詩話》云：「道園兼有六朝人醞藉，而全於含味不露中出之。所以其境高不可及。」又曰：「伯生七律清深，自王荊公以後，無其匹敵。」又曰：「伯生七古，高妙深渾，所不待言。至其五古，於含蓄中吐藻韻，乃王龍標、杜牧之以後所未見也。」❿其詩之造詣可知。又《四庫全書總目》云：「文章至南宋之末，道學一派，侈談心性；江湖一派，矯話山林，庸沓猥瑣，古法蕩然，理極數窮，無往不復。有元一代，作者雲興，大德、延祐以還，尤爲極盛，而詞壇宿老，要必以集爲大宗。……其陶鑄群材，不減廬陵之在北宋。明人夸誕，動云元無文者，其殆未之詳檢乎！」⑪其在文壇地位之崇高又可見矣。

至於道園之詞，李調元謂其「一洗鉛華」⑫，陳廷焯謂其「詞筆頗健」⑬，張德瀛謂其「幽倩」⑭，實可稱爲元代之一大作手。他的佳作頗多，如〈蘇武慢〉、〈風入松〉、〈南鄉一翦梅〉、〈一翦梅〉等都是藝術性很高的作品。〈蘇武慢〉共十二首，茲舉一首爲例：

> 放櫂滄浪，落霞殘照，聊倚岸迴山轉。乘雁雙鳧，斷蘆漂葦，身在畫圖秋晚。雨送灘聲，風搖燭影，深夜尚披吟卷。算離情、何必天涯，咫尺路遙人遠。　空自笑、洛下書生，襄陽耆舊，夢底幾時曾見。老矣浮丘，賦詩明月，千仞碧天長劍。雪霽瓊樓，春生瑤席，容我故山高讌。待雞鳴、日出羅浮，飛渡海波清淺。

高曠健拔，甚似東坡。伯生謂馮尊師之〈蘇武慢〉二十篇「高潔雄暢」、「聞者有凌雲之思，無復流連光景者」（集中《鳴鶴餘音》序語），實際上，伯生自己的〈蘇武慢〉十二首同樣如

---

⑨ 陶宗儀《輟耕錄》，卷四，頁七〇。民國五十二年四月，臺北世界書局出版。

⑩ 翁方綱《石洲詩話》，卷五，頁八三，見《叢書集成初編》，第二五九七冊。

⑪ 《四庫全書總目》，卷一六七，頁二十四。第六冊，總頁三三一三。參❶。

⑫ 李調元《雨村詞話》，卷四，頁一，見《詞話叢編》，第四冊，總頁一四六五。民國五十六年五月，臺北廣文書局出版。

⑬ 陳廷焯《白雨齋詞話》，卷三，頁二，見《詞話叢編》，第十一冊，總頁三八四九。參⑫。

⑭ 張德瀛《詞徵》，卷六，頁一。見《詞話叢編》，第十二冊，總頁四一八五。參⑫。

是。倘若將兩者作一比較，馮詞之香火氣較重，伯生詞則無此弊端，這就是方外詞人與文士詞人之分別。雖然伯生詞正如馮詞一樣每每染上一點仙家氣，但是伯生詞之清曠飄逸，就不是馮詞所能達到的。

〈風入松〉一詞就更有名氣了。詞云：

畫堂紅袖倚清酣。華髮不勝簪。幾回晚直金鑾殿，東風軟、花裏停驂。書詔許傳宮燭，香羅初剪朝衫。御溝冰泮水挼藍。飛燕又呢喃。重重簾幕寒猶在，憑誰寄、銀字泥緘。為報先生歸也，杏花春雨江南。

此詞清婉深秀，渾厚之至。陶宗儀《輟耕錄》卷十四云：「吾鄉柯敬仲先生（九思），際遇文宗，起家如奎章閣鑑書博士，以避言路居吳下。時虞邵菴先生在館閣，賦〈風入松〉長短句寄博士云云，詞翰兼美，一時爭相傳刻，而此曲遂徧滿海內矣。」⑮瞿佑《歸田詩話》云：「虞邵菴在翰林有詩云：『屏風圍坐鬢毿毿，銀燭燒殘照暮酣，京國多年情盡改，忽聽春雨憶江南。』又作〈風入松〉詞云云，蓋即詩意也。但繁簡不同爾。曾見機坊，以詞織成帕，爲時所重如此。張仲舉詞云：『但留意江南，杏花春雨，和淚在羅帕。』即指此也。」⑯可見這首詞在當時是多麼傳誦了。

伯生另有一首〈風入松·爲莆田壽〉云：

頻年清夜肯相過。春碧捲紅螺。畫檐幾度徘徊月，梁園迥，無復鳴珂。門外雪深三尺，窗中翠淺雙蛾。舊家丹荔錦交柯。新玉紫峰駞。長安日近天涯遠，行雲夢、不到江波。欲度新詞為壽，先生待教誰歌。

這首雖然不及前首那麼爲人傳誦，但含蘊而有別致，亦不失爲一首佳作。正如況周頤說：「此詞意境較沈淡，便不如前詞（按：即〈寄柯敬重〉一詞）悅人口耳，奈何！」⑰

此外，如〈南鄉一翦梅．招熊少府〉和〈一翦梅．春別〉（按：此詞不見於《道園樂府》，周泳先《唐宋金元詞鈎沈》從《花草粹編》卷七輯出）都是十分出色的作品，現錄出如後：

南鄉一翦梅．招熊少府

南阜小亭臺。薄有山花取次開。寄話多情熊少府，晴也須來。雨也須來。　隨意且銜杯。莫惜春衣坐綠苔。若待明朝風雨過，人在天涯，春在天涯。

一翦梅．春別

荳蔻梢頭春色闌。風滿前山。雨滿前山。杜鵑啼血五更殘。花不禁寒。人不禁寒。
離合悲歡事幾般。離有悲歡。合有悲歡。別時容易見時難。怕唱陽關。莫唱陽關。

這兩首詞清麗流暢，餘味無窮。它們的好處在乎以平易的文字寫出深邃的情感，尤其是結尾三句，最能打動讀者的心弦，給予讀者無窮的遠思。

又《輟耕錄》載伯生〈折桂令〉一首，雖不是詩餘而是散曲，但是其技巧之精細實無異於詞，故不妨鈔錄於此：

---

⑮ 陶宗儀《輟耕錄》，卷十四，頁二〇九。參❾。

⑯ 瞿佑《歸田詩話》，下卷，頁一，「翰院憶江南」條。《知不足齋叢書》本，三集，第二十一冊。

⑰ 況周頤《蕙風詞話》，卷三，頁八三。一九六一年八月，香港商務印書館出版。

鸞輿三顧茅廬。漢祚難扶。日莫桑榆。深渡南瀘。長驅西蜀。力拒東吳。美乎周瑜妙術。悲夫關羽云殂。天數盈虛。造物乘除。問汝何如。早賦歸歟。

《輟耕錄》記此詞之本事云：「虞邵菴先生（集）在翰苑時，宴散散學士家，歌兒郭氏順時秀者，唱今樂府，其〈折桂令〉起句云：『博山銅細裊香風』，一句而兩韻，名曰短柱，極不易作。先生愛其新奇，席上偶談蜀漢事，因命紙筆，亦賦一曲曰：（見上引）……蓋兩字一韻，比之一句兩韻爲尤難。先生之學問該博，雖一時娛戲，亦過人遠矣。〈折桂令〉一名〈廣寒秋〉，一名〈天香第一枝〉、一名〈蟾宮引〉。今中州之韻，入聲似平聲，又可作去聲，所以『蜀』、『術』等字皆與『魚』、『虞』相近。」⑱由此可以知道虞集是如何的精於音律了。

其〈賀新郎·序〉云：「五月中，以小疾家居，陳衆仲助教言〈乳燕飛華屋〉調最宜時，連度數曲，病其詞妙則聲劣，律穩者語卑。適有友人期家人到官所而不至，賦此。」伯生之深於詞學如此，無怪機坊織其「杏花春雨江南」之句以爲帕了。

㈥ 洪希文 （公元一二八二——一三六六年）

洪希文，字汝質，興化莆田人。生於元世祖至元十九年，卒於惠宗至正二十六年，年八十五。嘗官郡庠訓導。其父巖虎，咸淳丁卯（一二六七）鄉貢，宋末嘗爲教諭。會兵亂，父子同居萬山中，飯疏飲水，相倡和，無慍色。巖虎有詩集名《軒渠集》，故希文集名《續軒渠集》。其詩激岩淋漓，爲閩人之冠。《新元史》卷二三七有傳。《彊村叢書》據善本書室藏鈔集本收詞十三首，〈如夢令〉下注云：「此下原鈔缺葉。」趙萬里《校輯宋金元人詞》本收詞三十三首。趙跋云：「此足本《去華山人詞》，據傅氏校舊鈔本《續軒渠集》卷九內錄出。」三十三首正符合《四庫全書總目》所注明之數。

希文之詞，幽雅清逸，山林氣味甚濃。如〈臨江仙・暑劇，移酒就溪流盥漱，因少憩松陰〉：

欲借明光（漢王商事）無問處，野懷雅趣林丘。不妨枕漱事遲留。千巖如競秀，萬壑欲爭流。　月觀風亭隨處好，頓令熱惱全收。一觴一詠足清游。世情看白髮，心事付沙鷗。

又如〈滿江紅・幽居〉：

築室雲屏，連翠巘、斷崖如臼。任紅塵飛到，借風如帚。談笑從容無俗客，山花風竹皆吾友。傲姬公事業竟明農，終田畝。　閒又卻，經綸手。緊閉了，謀謨口。看高車公相，寒途僕走。是有命馬那幸致，萬鍾於我大何有。但卿車我笠勾相忘，須回首。

這些詞作都能表現出去華山人之閑適心境與優游生活。

集中甚少應酬之作，多數是描寫自然風物和隱居生活的作品，如〈阮郎歸・焙茶〉、〈海棠春・剖瓜〉、〈浣溪沙・試茶〉、〈清平樂・風車〉、〈鵲橋仙・水碓〉、〈桃源憶故人・砭頑〉、〈青門引・棊〉、〈品令・試茶〉、〈鷓鴣天・漁父〉、〈如夢令・櫻桃〉、〈踏莎行・雪中山茶〉、〈浣溪沙・雪夜病起〉、〈倦尋芳・春詞〉、〈念奴嬌・冬月〉、〈酹江月・酒邊〉、〈洞仙歌・早梅〉、〈蝶戀花・蠟梅〉、〈水調歌頭・雪梅〉……二十多首都是。現在試舉一些例子來看看：

---

⑱ 陶宗儀《輟耕錄》，卷四，頁七十三。參⑨。

浣溪沙・試茶

獨坐書齋日正中。平生三昧試茶功。起看水火自爭雄。勢挾怒濤翻急雪，韻勝甘露透香風。晚涼月色照孤松。

鷓鴣天・漁夫

萬頃玻璃浩蕩浮。桃花小岸蓼花洲。春風秋月等閒度，雨笠煙蓑得自由。移桂棹，下綸鈎，功名利祿不須求。得魚換了茅柴吃，船放長江自在流。

洞仙歌・早梅

野亭驛路，盡是尋幽客。水曲山隈浩無極。見松荒菊老，歲晏江空，搖落盡、幾點南枝消息。天寒雲淡，月弄黃昏色。綽約真仙藐姑射。占得百花頭上，積雪層冰，捱不去，只恁地皚皚白。問廣平心事竟何如，縱鐵石肝腸，也難賦得。

此類詞，疎淡幽雅，絕無雕琢堆砌之病，正是「野懷雅趣」（〈臨江仙〉語）的表現。但，去華山人的心境並不是常常都是這麼平靜的，間中亦會發點勞騷，如〈酹江月・酒邊云〉：「……烈士壯心猶在，唾壺敲碎，此恨何時足。太息舊交風雨散，大半已歸鬼錄。對酒淒涼，欲□誰訴，喚起蒼虬玉。搥床大叫，爲予更剪明燭。」調子就由幽淡變爲激昂了。

集中亦有一些較爲艷麗的作品，如〈倦尋芳・春詞〉就是。茲錄出如後：

臥鴨爐邊，翔鴛屏底，正斷腸處。烟草風花，妝點春愁無數。貪睡海棠酣暈臉，欹眠楊柳狂飛絮。倚東風，子規叫月，亂鶯啼樹。儘遊賞杏花臥酒，握月擔風，誰訴離緒。鏡裏朱顏，還被青春領去。簌簌紅飛愁萬點，絲絲綠織愁千縷。這光陰，那堪幾番風雨。

詞意雖然近於哀婉，詞藻近於幽麗，但是含蓄並不太深，感情還是顯而易見的。

(七) 許有壬（公元一二八七——一三六四年）

許有壬，字可用，湯陰人。生於元世祖至元二十四年，卒於惠宗至正二十四年，年七十八。幼穎悟，讀書一目五行。延祐二年（一三一五），登進士第。至正中，累官集賢大學士，改樞密副使，拜中書左丞兼太子左諭德致仕。有壬歷事七朝，垂五十年，遇國家大事，無不盡言，皆一根至理，而曲盡人情。當權臣恣睢之時，稍忤意，輒誅竄隨之，有壬絕不爲巧避。計事有不便，明辨力諍，不知有死生利害，時人稱之。有壬善筆札，工辭章，其文雄渾閎肆，饜切事理，不爲空言。爲元代館閣鉅手。事跡具《元史》卷一八二。有《至正集》一百卷。有壬既卒，稿即淪佚，惟明楊士奇家傳其副本，清宣統間聊城鄒氏石印乾隆本，止八十一卷，與《千頃堂書目》，及《四庫全書總目》著錄相同。又有《圭塘小稿》十三卷，乃有壬手訂；其弟有孚重加編次時，增輯《別集》二卷。《彊村叢書》收《至正集》本詞四卷，凡一百三十首。又收《別集》本詞十六首，附有孚詞六首。（《四庫》作二十三首）

有壬之詞，大概可分爲高曠豪逸一類，閑適雅淡一類。前一類的作品如〈沁園春·寄題詹事丞張希孟綽然亭，用王繼學參議韻〉：

俯仰乾坤，傲睨羲皇，優游快哉。看平湖秋碧，淨隨天去，亂峰煙翠，飛入窗來。鴻鵠翺翔，雲霄寥廓，斥鷃蓬蒿莫見猜。門常閉，怕等閒踏破，滿院蒼苔。　人間暮省朝臺。奈烏兔堂堂挽不回。愛小軒月落，夢驚風竹，空江歲晚，詩到寒梅。兩鬢清霜，一襟豪氣，舉世相知獨此杯。京華客，問九衢何處，堪避風埃。

又如〈滿江紅・次湯碧山清溪〉：

木落霜清，水底見、金陵城郭。都莫問、南朝興廢，人生哀樂。載酒時時尋伴侶，倚闌處處皆樓閣。對溪雲、試放醉時狂，渾如昨。　沙洲外，輕鷗落。風帘下，扁舟泊。更寒波搖漾，綠蓑青箬。為向九原江總道，繁華何似今涼薄。怕素衣、京洛染緇塵，從新濯。

這些作品豪放飄逸，表現出有壬的超脫襟懷。然而，在豪逸之中却隱藏着一點抑鬱感慨，所以意境既高曠亦沉鬱。今觀圭塘樂府大都如是，就算如奔放到極點的作品都不會流於叫囂的地步。此類篇章甚多，如〈水調歌頭・即席贈河南廉使高辛甫〉、〈沁園春・送鄉人高子翔次來韻〉、前調〈次希孟韻〉、前調〈壽同館虎賁百夫長鄧仁甫〉、前調〈飛吟亭和白玉蟾韻〉、前調〈次張孟功韻〉、前調〈臨清舟即席次韓伯高見贈韻〉、〈木蘭花慢・和陳彥章暮春即事韻〉、〈摸魚子・中都餞荀平叔都事赴大都〉、前調〈登洞庭湖連天樓，和劉光遠韻〉、〈水龍吟・過黃河〉、〈念奴嬌・中都送韓巖夫歸大都〉、〈賀新郎・登滕王閣，用稼軒韻〉、前調〈次呂叔泰南城懷古〉……等幾十首都是以豪放取勝的作品。茲再舉一首為例：

水龍吟・過黃河

濁波浩浩東傾，今來古往無終極。經天亘地，滔滔流出，崑崙東北。神浪狂飆，奔騰觸裂，轟雷沃日。看中原形勝，千年王氣，雄壯勢、隆今昔。　鼓枻茫茫萬里，棹歌聲、響凝空碧。壯游汗漫，山川綿邈，飄飄吟迹。我欲乘槎，直窮銀漢，問津深入。喚君平一笑，誰誇漢客，取支機石。

本來這首詞就專描寫過黃河時所見的波濤洶湧的景象，可謂寫得有聲有色，令到讀者如置身其間，但是有壬却不單止作表面上的描寫，更加上了他的感想：「看中原形勝，千年王氣，雄壯勢，隆今昔。」這雖然說不上感慨遼深，但至少詞意深了一層，給人多一點趣味。

現在要談到有壬的閑適雅淡的作品了。最有代表性的自然是閒居期間與其弟有孚、子楨及客馬熙唱和的〈摸魚子〉、〈太常引〉和〈漁家傲〉十八首。它們可以說寫盡了有壬的閒居生活與此時的思想。他的〈摸魚子．序〉云：「明初（按：即馬熙）賦〈摸魚子〉壽予，旣次其韻，而可行塘成，和之成什，衰病技癢，亦足爲十首。」其一云：

買陂塘旋栽楊柳，歸來此是先務。他鄉故里都休校，舊雨不如今雨。鴻在渚。笑爾尚南飛，吾已安孤嶼。黃花解語。道人老宜秋，身安耐酒，此正有真趣。　鑾坡路。大手深慚燕許。超騰又悖鍾呂。但求閒澹如元亮，卻恨詩多奇句。傾綠醑。底須按、樂天池上霓裳譜。休論往古。有三日重陽，約君同醉，老子築西圃。

詞中浮現出一片閑逸愉快的心情，好像「久在樊籠裏，復得返自然」一般的快樂。篇中謂「他鄉故里都休校，舊雨不如今雨。」又謂：「黃花解語。道人老宜秋，身安耐酒，此正有眞趣。」又謂：「但求閒澹如元亮，卻恨詩多奇句。」都是這種心境的表達。又如〈太常引．圭塘四首〉其三云：

四堤楊柳接松筠。香破水芝新。羅襪不生塵。笑畫裏、凌波未真。　紅雲飄渺，清風蕭颯，半醉岸烏巾。不是葛天民。也做得、江湖散人。

又如〈漁家傲・歌圭塘四時四首〉其一云：

冰盡泉香雲縹緲。韶華隱隱浮林杪。酒在葫蘆魚在沼。清晝悄。好音時復來黃鳥。管領風光心未老。衰顏卻怕清波照。有酒可斟魚可釣。能事了。東風一曲漁家傲。

這又是多麼閑適生活的描寫！

大體上說，有壬的小令都趨向清雅淡逸的作風，這是與他的長調不同的地方。

(八) 張 翥（公元一二八七——一三六八年）

張翥，字仲舉，晉寧人。生於元世祖至元二十四年，卒於惠宗至正二十八年，年八十二。少時負其才雋，豪放不羈，好蹴踘，喜音樂，不以家業屑其意。其父以為憂。翥乃閉門謝客，讀書晝夜不暫輟。嘗受業於李存，傳陸九淵之說。又從仇遠學詩詞，盡得其音律之奧。於是翥遂以詩文知名一時，學者及門甚衆。至元初用隱逸薦，召為國子助教，分教上都。尋退居淮東，會修宋、遼、金三史，起翰林國史院編修官，累遷翰林學士承旨致仕，加河南行省平章政事，給俸終身。事跡具《元史》卷一八六。翥不僅長於詞，且長於詩。其詩清圓穩貼，格調頗高，近體長短句極為當時所推，然其古體亦伉爽可誦。文不如詩，而每以文自負。史稱仲舉僅傳律詩樂府三卷，而洪武刊本作《蛻庵詩集》四卷，《四部叢刊續編》景此，有洪武十年釋宗泐序。朱竹垞所藏為明初釋大杼（《千頃堂書目》作「大訢」）手鈔五卷本。大杼與翥為方外交，翥卒無嗣，大杼取其遺稿別為選錄，《四庫》本據此。又振綺堂有鈔本《詩集》五卷，《蛻巖詞》

二卷。清厲樊榭則於金繪貞家鈔得《蛻巖詞》二卷。《知不足齋叢書》《蛻巖詞》上下二卷，有雍正元年厲樊榭跋。《叢書集成初編》覆此。《彊村叢書》覆《知不足齋》本，以傳鈔汪季青、金繪卣兩本校勘，撰校記附後，共詞一百三十五首。

蛻巖爲元代最有成就的詞人，當時已負盛名，後人更認爲他是姜、張一派之嫡傳，故在詞史上是相當有地位的。汪森〈詞綜．序〉說：「鄱陽姜夔出，句琢字鍊，歸於醇雅。於是史達祖、高觀國羽翼之，張輯、吳文英師之於前，趙以夫、蔣捷、周密、陳允衡、王沂孫、張炎、張翥效之於後。譬之於樂，舞箾至於九變，而詞之能事畢矣。」⑲汪森認爲蛻巖是姜張一派之殿軍，詞到了蛻巖就發揮盡致了。陳廷焯說：「元詞日就衰靡，愈趨愈下，張仲舉規撫南宋，爲一代正聲。」又說：「仲舉詞樹骨甚高，寓意亦遠，元詞之不亡者，賴有仲舉耳。」⑳又說：「詞至張仲舉，後數百年來邈無嗣響南宋者。」㉑又說：「余擬輯《古今二十九家詞選》（附四十二家）：元代一家（附二家）張仲舉（附彭元遜，附金之元遺山）……」㉒張德瀛說：「《蛻巖詞》……直接宋人步武，於元之一代，誠足以度越諸子，可謂海之明珠，鳥之鳳凰矣。」㉓這些都說明了蛻巖在詞史上的崇高地位。

---

⑲ 見朱彝尊《詞綜》，民國五十五年四月，臺北世界書局出版。

⑳ 以上陳廷焯之言，見《白雨齋詞話》，卷三，頁一。《詞話叢編》，第十一冊，總頁三八四八。參⑫。

㉑ 《白雨齋詞話》，卷七，頁五，見《詞話叢編》，第十一冊，總頁三九七五。參⑫。

㉒ 《白雨齋詞話》，卷八，頁五。見《詞話叢編》，第十一冊，總頁三九九七。參⑫。

㉓ 張德瀛《詞徵》，卷六，頁一。見《詞話叢編》，第十二冊，總頁四一八六。參⑫。

今觀蛻巖之詞，雖不及姜、張之清空騷雅，然工緻細密，實得姜、張一派薪傳。可惜「欲求一篇如梅溪、碧山之沈厚則不可得」㉔。實際上，蛻巖也非專學一家，他是想吸取了南宋各大詞人的優點而一爐共冶，但是沒有他們的創格才氣，所以始終遜他們一籌。然而，足以繼承他們的，又非蛻巖不可。

現在姑且拋開蛻巖與姜、張輩在成就上的比較不談，只着眼在蛻巖詞的本身。

蛻巖佳製甚多，如〈瑞龍吟・癸丑歲冬，訪游弘道樂安山中，席賓米仁則用清眞詞韻賦別，和以見情〉、〈多麗・西湖汎舟夕歸，施成大席上，以晚山青爲起句，各賦一詞〉、〈摸魚兒・送黃任伯歸豐城，時任伯放其妾還家故及〉、前調〈春日西湖泛舟〉、前調〈王季景湖亭，蓮花中雙頭一枝，邀予同賞，而爲人折去。季景悃然，請賦〉、前調〈題熊伯宣藏梅花卷子〉、前調〈元夕，吳門姚子章席上，同柯敬仲賦。敬仲以虞學士書風入松于羅帕作軸，故末句及之。楚芳吳蘭二妓名〉、〈疎影・王元章墨梅圖〉、〈解連環・留別臨川諸友〉、〈綺羅香・雨中舟次洹上〉、〈喜遷鶯・瓊花〉、〈水龍吟・廣陵送客，次鄭蘭玉賦蓼花韻〉、前調〈蠟梅〉、〈摘紅英・春雨惜花〉、〈齊天樂・臨川夜飲湓陽李輔之寓所〉、〈木蘭花慢・次韻陳見心文學孤山問梅〉、〈眞珠簾・壽韓伯清提舉，時在平江〉、〈東風第一枝・憶梅〉、〈陌上花・使歸閩浙，歲暮有懷〉、〈定風波・西江客舍酒後聞梅花吹香滿窗醒而賦此〉、〈八聲甘州・秋日西湖泛舟，午後遇雨〉、〈滿江紅・錢舜舉桃花折枝〉、〈風入松・廣陵元夜，病中有感〉、〈踏莎行・江上送客〉、〈露華・玉簪〉、〈謁金門・寒食臨川平塘道中〉、〈唐多令〉、〈六州歌頭・尋梅〉等都是。這二十多首作品大致上已可代表一部《蛻巖詞》了。在這裏我們無須把它們逐首錄出加以討論，只要從他們之中選出幾首更爲傑出的介紹一下就夠了。

最爲人傳誦的自然是〈多麗・西湖汎舟夕歸，施成大席上，以晚山青爲起句，各賦一詞〉。茲錄其詞如後：

晚山青。一川雲樹冥冥。正參差、煙凝紫翠，斜陽畫出南屏。館娃歸、吳臺遊鹿，銅仙去、漢苑飛螢。懷古情多，憑高望極，且將尊酒慰飄零。自湖上、愛梅仙遠，鶴夢幾時醒。空留得、六橋疏柳，孤嶼危亭。待蘇隄、歌聲散盡，更須攜妓西泠。藕花深、雨涼翡翠，菰蒲軟、風弄蜻蜓。澄碧生秋，鬧紅駐景，採菱新唱最堪聽。□一片、水天無際，漁火兩三星。多情月、為人留照，未過前汀。

這首詞之所以這麼有名氣，不僅是因爲它的辭藻雅麗，意境空靈，更因爲它的用韻嚴密，較兩宋人更細。〈多麗〉一調，終以此爲正格。此詞之寫景語，至爲高妙；寫情之語，只不過作爲融化景語的工具，居於次要的位置。它一開始就是寫景，中間插入了一些情語，後段却全是寫景，把西湖的晚景，描寫得淋漓盡致，形容曲盡。世人認爲它是〈多麗〉一調的代表作，是十分有道理的。

再來看看專寫情的一首〈摸魚兒〉：

王季境湖亭，蓮花中雙頭一枝，邀予同賞，而爲人折去。季境悵然，請賦。

問西湖、舊家兒女，香魂還又連理。多情欲賦雙蕖怨，鬧卻滿奩秋意。嬌旖旎，愛照影、紅妝一樣新梳洗。王孫正擬。喚翠袖輕歌，玉箏低按，涼夜為花醉。鴛鴦浦，淒斷凌波夢裏。空憐心苦絲脆。吳娃小艇應偷採，一道綠萍猶碎。君試記。還怕是、西風吹

㉔同⑳。

作行雲起。闌干謾倚。便載酒重來，尋芳已晚，餘恨渺煙水。

蘊藉纏綿，雋永無窮。雖嫌有小題大做之感，但以詞論詞，實不失爲一首佳作。況周頤就十分讚賞它，說：「《蛻巖詞》〈摸魚兒·王季境湖亭，蓮花中雙頭一枝，邀予同賞，而爲人折去。季境悵然，請賦〉云：『吳娃小艇應偷采，一道綠萍猶碎。』……是眞實情景，寓於忘言之頃，至靜之中。非胸中無一點塵，未易領會得到。蛻翁筆能達出，新而不纖，雖淺語，卻有深致。倚聲家於小處規撫古人，此等句即金鍼之度矣。」㉕可見這首詞在鍊字造境上是如何的精妙了。

蛻巖的長調精深婉麗，已見如上，至於他的小令亦甚富情趣，茲錄二闋如後：

摘紅英·春雨惜花

鶯聲寂。鳩聲急。柳煙一片梨雲溼。驚人困。教人恨。待到平明，海棠應盡。　青無力。紅無迹。殘香賸粉那禁得。天難準。晴難穩。晚風又起，倚闌爭忍。

謁金門·寒食臨川平塘道中

溪水漫。岸口小橋衝斷。沽酒人家門巷短。柳陰旗一半。　細雨鳴鳩相喚。曲港落花流滿。兩兩睡紅鸂鶒暖。惱人春不管。

這些小詞清麗流暢，爽朗自然，較之長調無論在造語創意上都有顯著的差別。

蛻巖誠是以婉約爲宗，但間中也有三幾篇較爲豪健的作品，如〈滿江紅·次韻耶律舜中樟亭觀潮〉就是。詞云：

望入西泠，乍一線、濤頭湧白。疑海上、鼇翻山動，鵬搏風積。銀漢迢遙槎有信，秋光浩蕩雲無迹。快醉揮、吟筆倒瓊瑰，馮夷宅。沙草遠，迷煙磧。雲樹老，敧宮壁。歎潮生潮落，幾時休息。事往空遺亡國恨，鳥飛不盡吳天碧。正銷凝、何處夕陽樓，人橫笛。

清曠豪放，類似蘇、辛。劉熙載謂：「張仲舉詞大抵導源白石，時或以稼軒濟之。」㉖蛻巖導源白石自不待言，但以這首詞來看，謂「以稼軒濟之」亦未嘗無理。又如《綺羅香・雨中舟次洹上》一詞，章法就是從稼軒的《賀新郎》變化出來的。它先寫四時之雨，而以「水閣雲窗，總是慣曾聽處。」二語總束；接以「曾信有、客裏關河，又怎禁、夜深風雨。」二語跌醒；接以「一聲聲、滴在疏篷，做成情味苦。」二語煞足。如此奇絕的章法，只有深於稼軒詞纔可做到。況且，白石有一少部份作品也類似稼軒的作風，蛻巖學白石而間中帶有稼軒的氣味是很自然的事。

不過，《蛻巖詞》還是以白石、玉田、夢窗、碧山、梅溪爲近，在字句、意境的錬鍛上都迫似他們。只要我們稍爲翻閱一下詞集，就可以知道。如上述〈綺羅香・雨中舟次洹上〉云：「水閣雲窗，總是慣曾聽處。曾信有、客裏關河，又怎禁、夜深風雨。一聲聲、滴在疏篷，做成情味苦。」就絕似白石；〈水龍吟・廣陵送客次鄭蘭玉賦蓼花韻〉云：「船窗雨後，數枝低入，香零粉碎。」就絕似玉田；〈露華・玉簪〉云：「琢就瑤笄，光映鬢雲斜矗。」就絕似夢窗；〈定風波・西江客舍酒後聞梅花吹香滿窗醒而賦此〉云：「一樹瑤花可憐影。低映。怕明

㉕ 況周頤《蕙風詞話》，卷三，頁八四。參⑰。
㉖ 劉熙載《詞概》，頁五，見《詞話叢編》，第十一冊，總頁三七七八。參⑫。

月照見，青禽相並。」就絕似碧山；〈多麗‧西湖汎舟〉云：「藕花深、雨涼翡翠，菰蒲軟、風弄蜻蜓。」就絕似梅溪。這些佳詞麗句在《蛻巖詞》裏俯拾即是，舉不勝舉；而事實上，整部《蛻巖詞》就是南宋姜、張諸大家的混合；不過，它的融鑄力量那麼高強，有時很難指出那些句子是從某家蛻變而來，或那些字眼近似某家而已。

㈨ 趙雍（公元一二八九——？年）

趙雍，字仲穆，吳興人，孟頫仲子，生於元世祖至元二十六年，卒年不詳，以書畫知名。官至集賢待制，同知湖州路總管府事。至正中，清寧殿成，勅畫史圖其壁，雍以朱玉名聞，遣使召之。（見《新元史》卷二四二〈方技・朱玉傳〉）《草木子》卷四云：「趙仲穆者，子昂學士之子，宋秀王之後也。能作蘭木竹石。有道士張伯雨題其墨蘭詩曰：『滋蘭九畹空多種，何似墨池三兩花，近日國香零落盡，王孫芳草徧天涯。』仲穆見而愧之，遂不作蘭。」㉗有《趙仲穆遺稿》一卷，後有文徵明跋。蓋從延祐六年（一三一九）仲穆書寄其姊丈王國器墨蹟鈔出，清乾隆七年（一七四二）援鶉居士付梓，凡詩十八首詞十七首。《知不足齋叢書》《趙待制遺稿》，附王國器詞二首。《叢書集成初編》覆此。《彊村叢書》收《知不足齋》本詞十七首，但無王詞。清汪曰楨輯《宋元十家詞》有《趙待制詞》一卷。

趙待制之詞，艷詞特多。纏綿婉約，艷麗柔媚是他的一貫作風，與其父趙孟頫是截然不同的。集中如〈玉耳墜金環〉、〈攤破浣溪沙〉、〈浣溪沙〉、〈憶秦娥〉、〈人月圓〉、〈燭影搖紅〉、〈木蘭花慢〉等篇都是很有代表性的作品。現在姑且舉出一部份作品爲例子：

玉耳墜金環

乳燕交飛，曉鶯輕囀花深處。畫堂簾幕捲東風，晴雪飄香絮。猶記當時院宇。悄寒輕、梨花暮雨。繡衾同夢，鴛枕雙欹，綠窗低語。　春已闌珊，落紅飄滿西園路。强拈針線解春愁，只是無情緒。無奈年華暗度。黛眉顰、愁腸萬縷。章臺人遠，芳草和煙，萋萋南浦。

木蘭花慢

恨悤悤賦別，回首望，一長嗟。記執手臨流，遲遲去馬，浩浩平沙。此際黯然腸斷，柰一痕、明月兩天涯。南去孤舟漸遠，今宵宿向誰家。　別來旬日未曾過，如隔幾年華。縱極目層崖，故人何處，淚落蒹葭。聚散古今難必，且乘風、高詠木蘭花。但願朱顏長好，不愁水遠山遐。

人月圓

人生能幾渾如夢，夢裏柰愁何。別時猶記，眸盈秋水，淚溼春羅。　綠楊臺榭，梨花院宇，重想經過。水遙山遠，魚沈雁杳，分外情多。

這些作品雖然甚爲抒情，但總覺得女兒情多，風雲氣少。而且，有時其情感之濃郁程度竟達到

㉗ 葉子奇《草木子》，卷四上，頁七二。一九五九年五月，北京中華書局出版。

化不開的地步。這很容易使人陷入情感的深淵，而無法自拔。所以多讀這類詞是會令人氣短的。

趙雍詞之勝處在於情深意濃，但弊處亦在此。因爲他過於側重情的描寫，所以格調每每卑下。

許初跋趙仲穆自書樂府卷子云：「……所書凡三十五首，而艷詞特多，或偶興爾，間如『少恨凭闌干』（即指〈江城子〉「仙肌香潤玉生寒」一首）、〈水調歌頭〉二闋，幷古詩二篇，思歸一律，頗以孤忠自許，紛華是薄，而興亡骨肉之感，默寓其中。意其父子之仕，當時亦容有不得已者，良可悲已……」㉘所言甚是。茲錄〈水調歌頭〉一闋如後：

春色去何急，春去尙微寒。滿地落花芳草，漸覺綠陰圓。馬足車塵情味，暑往寒來歲月，擾擾十餘年。贏得朱顏老，孤負好林泉。寶裝鞍，金作鐙，玉爲鞭。須臾得志，紛華滿眼縱相謾。功名自來無意，富貴浮雲何濟，於我亦徒然。萬事付一笑，莫放酒杯乾。

此外，還有一首〈江城子〉亦頗能道出他的「孤忠自許」的情懷，詞云：

五陵衣馬恣輕肥。競新奇。亦何爲。混處賢愚，誰與辨雄雌。任爾剌天何足道，終不肯、羨雄飛。燕山花落暮春時。杜鵑啼。勸誰歸？耿耿孤忠，惟有此心知。天賦我才還有用，應不至，負心期。

這兩首在《趙待制詞》中可算是最健勁豪放之作了。如此作品纔見出一點大丈夫的本色來！

(十) 宋 褧（公元一二九二——一三四四年）

宋褧，字顯夫，大都人，宋本之弟。生於元世祖至元二十九年，卒於惠宗至正四年，年五十三。博覽群籍，與兄本齊名，人稱「大宋小宋」。泰定元年（一三二四），舉進士第。累官翰林直學士，兼經筵講官。卒謚文清。事跡附《元史》卷一八二〈宋本傳〉後。有《燕石集》十五卷，歐陽玄、蘇天爵、許有壬、呂思誠、危素等五人爲序。歐陽玄序稱其詩「務去陳言，燕人凌雲不羈之氣，慷慨赴節之音，一轉而爲清新秀偉。」蘇天爵序稱其詩「清新飄逸，間出奇古若盧仝、李賀。」危素序則稱其「精深幽麗，而長於諷諭。」㉙《彊村叢書》覆梁氏藏《燕石集本》，載詞四十首。

顯夫之詞，精工婉麗，情韻纏綿，有南宋人之作風。茲錄其最有名之〈穆護砂·燭泪〉如後：

底事蘭心苦。便淒然、泣下如雨。倚金臺獨立，搵香無主。斷腸封家如妒。亂撲簌驪珠愁有許。向午夜、銅盤傾注。便不似、紅冰綴頰，也溼透、仙人煙樹。羅綺筵前，海棠花下，淫淫常怕鳳脂枯。比洛陽年少，江州司馬，多少定誰如。照破別離心緒。學人生、有情酸楚。想洞房佳會，而今寥落，誰能暗收玉筯。算只有金釵曾巧補。輕溼了、粉痕如故。愁思減、舞腰纖細，清血盡、媚臉膚腴。又恐嬌羞，絳紗籠卻，綠窗伴我檢詩書。更休教、鄰壁偷窺，幽蘭啼曉露。

此詞可謂詠燭淚之絕唱。起句云：「底事蘭心苦。便淒然、泣下如雨。」已渲染出悲傷之氣氛，

㉘ 見《趙待制遺稿》，頁十。《知不足齋叢書》本，二十三集，第一百八十三冊。

㉙ 以上三序轉引《四庫全書總目》，卷一六七，頁四十五。第六冊，總頁三三二四。參❶。

以後愈轉愈深，哀傷亦愈來愈濃。作者由燭淚而聯想起很多悲傷的經歷，如別離、寥落……等等不快意的事情，詞意一步一步推進，一層深過一層，連綿不斷，甚爲耐人玩索。

又如〈木蘭花慢・題蛾眉亭〉一篇亦與此詞作風無異，同樣以婉麗取勝。詞云：

喚山靈一問，螺子黛、是誰供。畫婉孌雙蛾，蟬聯八字，雨澹煙濃。澄江嬋娟玉鏡，儘朝朝暮暮照嬌容。只為古今陳迹，幾同愁損渠儂。　千年翠黶漫情鍾。慘綠帶雲封。憶賞月天仙，然犀老將，此恨難窮。持杯與、山為壽，便展開、脩翠恣疏慵。要似絳仙媚嫵，更須嵐靄空濛。

顯夫的長調的作風大都是這個樣子，較爲豪放一點的不是沒有，但篇數不多，而且在造詣上也不甚高妙，所以不能代表顯夫的詞風。不過爲了多些了解《燕石樂府》，我們不妨舉出一首作爲例子以括其餘：

摸魚子

至元六年二月望日，登安陸白雲樓，樓今爲分憲公廨。城中有楚大夫宋玉故宅與池，其井名琉璃井，有蘭臺故基。

屹危闌、郢都西北，滔滔漢水南去。蘭臺陳迹何從訪，廢宅芳池凝竚。愁絕處。空只有、琉璃甃井蛙聲聚。千年遺緒。邈白雪宮商，雄風襟量，恍惚可神遇。　英靈在，應念諸孫莽鹵，斯文徼福如許。蕙有蘭藉椒漿奠，屈景幽魂同赴。驚節序。卻邂逅春深，不識悲秋苦。撫今懷古。漫醉墨淋漓，狂歌悽惋，和者應無數。

小令佳作甚多，茲錄二闋如後：

菩薩蠻・丹陽道中

西風落日舟陽道。竹岡松阪相環抱。何處最多情。練湖秋水明。　驛城那憚遠。佳句初開卷。寒雁任相呼。羇愁一點無。

虞美人・福州北還雨中觀梅

十年久共梅花別。乍見殊佳絕。臘前風景雨中天。翠竹青松，恰似映清妍。　繁枝開徧香成陣。觸目忘離恨。玉人誰使似冰肌。酒罷歌闌，一晌又相思。

〈菩薩蠻〉一首勝在超逸，〈虞美人〉一首勝在清麗。顯夫的小令，佳者往往不離這兩種風格。若如〈浣溪沙・崑山州城西小寺晚憩〉一詞卻可謂超逸、清麗兼而有之了，茲錄出於此以爲殿後：

落日吳江駐畫橈，招提佳處暫逍遙。海風吹面酒全銷。　曲沼芙蓉秋的的，小山叢桂晚蕭蕭。幾時容我夜吹簫。

第四章　元末的主要詞人

(一) 沈禧（公元一三四一年前後在世）

沈禧，字廷錫，吳興人。生卒年及生平均不詳，約元惠宗至正前後在世。工詞善曲，有《竹窗詞》一卷（錢大昕《補元史藝文志》有載），後附散曲八套；亦單行，名曰《竹窗樂府》。《彊村叢書》據知聖道齋藏明鈔南詞本收詞五十五首。

從詞來看，沈禧是一個胸襟灑脫的詞人，如〈菩薩蠻〉云：「峨冠博帶青藜杖。行行獨步青溪上。時抱一張琴，雲間覓賞音。　煙霞深處好。泉石甘終老。我亦斯人徒，俱當來與居。」又如〈浣溪沙〉云：「著罷南華一卷書。放情□水自如如。卻將仁義等蘧廬。　千駟萬鍾無足貴，簞瓢藜藿有贏餘。氣吞八極隘堪輿。」這兩首詞甚能道出他的超脫心境與閑適生活。其他如〈阮郎歸・山市樵歌〉、〈清平樂・題漁父圖〉、〈風入松・子猷訪戴〉、前調〈詠畫景〉、前調「一溪新水綠漣漪」、前調「溪山如洗雨纔乾」、前調〈題城西草屋〉、前調〈題石壇道士焚香〉、前調〈漁隱〉、〈滿江紅・詠全溪清隱〉、〈八聲甘州・詠施以和溪南小隱〉等篇都表現他的高逸的人格。其實，除了〈踢莎行・香奩八詠〉幾首外，差不多全部都帶點逸氣，使我們如面對一個神仙中人。

竹窗之詞，清幽疏逸，蕭散有致。如〈風入松・詠畫景〉：

竹冠藜杖葛裁襟。華髮半盈簪。塵緣一點無縈絆，閒邊趣、不管浮沈。姓字不聞人耳，夢魂長繞山林。相隨惟有一牀琴，得趣最幽深。溪橋野徑忘危險，任迢遙、為覓知音。一曲高山流水，利名都不關心。

又如〈滿江紅・詠全溪清隱〉：

揀好溪山，容我住、有幽禽調曲。縛數椽、低低茅舍，也勝華屋。鎮日柴門無俗客，一渠流水鏗金玉。任苔痕、草色帶朝煙，侵階綠。籬邊種，陶潛菊。窗前植，王猷竹。樂有餘、坦率頻忘榮辱。吾愛吾廬真得趣，男婚女嫁情緣足。總明朝、風雨及陰晴，眠初熟。

筆調疏淡，逸趣橫生，如讀陶潛之詩，東籬之曲。

就算詠物詞也脫不離這種風格。如〈鷓鴣天・水仙詞〉：

邂逅江妃澤畔逢。何年謫降蕊珠宮。輕綃翦袂羅裁韈，秋水為神玉作容。清淺處，月明中，凌波微步欲飄空。三生已斷身前夢，一味全真林下風。

晶瑩潔淨，一塵不染，清麗之作也。其〈風入松・題驛亭圖〉云：「麗詞一曲按新聲。調格總高清。」正是竹窗詞風的最好寫照。

竹窗詞的另一種作風是婉麗穠艷。最有代表性的是〈踏莎行・追次雲間王德璉韻，爲施以和作香匳八詠〉一組詞，茲舉其詠〈繡牀凝思〉爲例：

雜組香絨，錯綜紋理。倚牀脈脈如春醉。沈吟暗想玉京人，雕鞍何處鳴珂里。無限離愁，誰知就裏。滔滔比似西江水。無情日夜向東流，一緘好寄相思淚。

婉柔蘊藉，一往情深，可謂竹窗的別調。

綜的來說，竹窗詞的優點在乎清逸，讀之令人塵襟頓爽。缺點在乎不夠渾厚，難耐人玩味。

(二) 謝應芳（約公元一二九六——約一三九二年）

謝應芳，字子蘭，武進人。約生於元成宗元貞二年，卒於明太祖洪武二十五年，年九十七。自幼篤志好學，潛心性理，以道義名節自勵。元至正初，隱白鶴溪上，搆小室曰龜巢，因以自號。郡辟教鄉校。有舉爲三衢書院山長者，不就。及天下兵起，避地吳中，亂定始歸，年已逾七十。徙居芳茂一室，蕭然晏如。有司徵修郡志，強起赴之，年益高，學行益劭，達官縉紳過郡者，必訪於其廬，應芳布衣韋帶與之抗禮。議論必關世教切民，隱而導善之志不衰。詩文雅麗蘊藉，而所自得者以理學爲深。事跡具《明史》卷二八二。《四庫全書總目》著錄《龜巢集》十七卷，詩餘載第十二卷。又有《龜巢摘稿》三卷，洪武十二年刊本。道光丙午謝蘭生本作二十卷，云據季滄葦鈔選本，附補遺一卷。《彊村叢書・龜巢詞》一卷，補遺一卷，共五十八首，據善本書室藏鈔《龜巢集》本入梓。近人周泳先《唐宋金元詞鈎沈》從《龜巢集》卷十二輯得〈滿庭芳〉三首，案曰：「右三首原題作〈滿庭芳〉三闋，而與〈滿庭芳〉律不合，《彊邨叢書》刪之當因此。疑是自度曲，借〈滿庭芳〉調名以爲壽詞者」❶。

應芳是一個愛好閑居的人，他說：「看古來行路難行，眞箇是閒居好。」（〈水龍吟・題

---

❶ 周泳先《唐宋金元詞鈎沈》，頁一六二。民國二十六年七月，上海商務印書館出版。

曹德祥水居〉）大概應芳飽歷風霜之後，覺得道之難行，而深深感悟到閒居的好處，所以作出這樣的一個論調。又說：「往古來今，何人不道閒居好。忙多閒少，應被青山笑。」（〈點絳脣・和林韻〉）他實在覺得閒居是無上的好事了！

應芳既然如此熱愛閑居，故他的詞無不描寫閑居的生活與閑適的心境。也因爲這樣，所以在作風上都趨向和平雅淡、平易近人的路子。字雕句琢，刻意求工，並不是《龜巢詞》的作風。描寫閑居生活的作品如下面的〈沁園春〉：

屋東老梅一株，鄰家有竹百餘箇，相近雪窗，撫玩復自和此曲。

竹與梅花，偃蹇冰霜，堪稱二難。我依梅傍竹，借人茅舍，吟風弄月，坐箇蒲團。梅樣精神，竹般標致，遮莫清臞未是寒。柴門外，好一湖春水，似拍銀盤。　昔人恨橘多酸。我只笑青松也拜官。每醉時低唱，滄浪一曲，閒時高臥，紅日三竿。兒輩前來，老夫說與，梅要新詩竹問安。餘無事，只粗茶淡飯儘有餘歡。

又如〈南鄉子・過王景逸溪居〉：

四野接平蕪。一曲清溪似畫圖。燕子日長溪館靜，菰蒲。風灑軒窗暑氣無。　林叟話樵蘇。相送東橋日已晡。啼鳥不知人禁酒，葫蘆。教我提來那處沽。

又如〈一翦梅〉：

東風吹醒老梅枝。南也芳菲。北也芳菲。月明半夜五更時。笛也爭吹。角也爭吹。

青松澗底獨離奇。寒也誰知。暖也誰知。老夫聊為一歔欷。梅也題詩。松也題詩。

這些詞篇鉤勒出應芳的閑居生活。他的生活是那麼優閑自適，又是那麼清淡孤寞！隱居的人有他的快樂，亦有他的苦悶。「吟風弄月」是他的快樂，可是「寒也誰知。暖也誰知」便是他的苦悶了。閑來無方，苦悶無告的時候，他只好欷歔歎息，「梅也題詩。松也題詩」而已。

但到底他仍然是認爲閑居好的。所以他的心境是灑脫的、暢快的。下面的一首〈水調歌頭〉就能表現這一點：

牙齒豁來久，老氣尚橫秋。買得歸耕黃犢，兒輩幸無愁。相近六龍城下，只在三家村裏，結屋小如舟。倚樹覽山色，且免賦登樓。　看官爵，都不似，醉鄉侯。里翁閑話，便同學士坐瀛洲。寄語東吳朋友，乘興能來滈浦，艤棹聽漁謳。無酒不須慮，解我破貂裘。

篇中說：「看官爵，都不似，醉鄉侯。」又說：「無酒不須慮，解我破貂裘。」甚能寫出他的超逸襟懷和甘於隱居的心志。詞序云：「洪武九年秋，余卜居千墩，嘗作〈水調歌〉，今也人事乖違，欲還故土，故復和前韻，以述其情，並以留別吳下諸友。時十三年六月初也。」此詞之寫作動機如此。又如〈沁園春・壬寅歲旦，枕上述懷〉：

四海煙塵，一棹風波，經行路難。幸兒孫滿眼，布帆無恙，夫妻白首，青鏡猶團。笠澤西頭，碧山東畔，又與梅花共歲寒。新年好，有茅柴村酒，薺菜春盤。　旁人莫笑儒酸。已爛熟思之不要官。任伏波强健，驅馳鞍馬，磻溪遭遇，棄擲漁竿。　霜滿朝鞍，雷鳴衙鼓，何似農家睡得安。閑亭裏，喚山童把餞，野老交歡。

其安貧樂道、恬淡自適的心境於此又可見一斑矣！

然而在《龜巢詞》裏間中也透露一些亂離時代的慨歎與山河之感，如〈摸魚子・早春作〉和〈水調歌頭・中秋言懷〉就是。茲錄二闋於後：

摸魚子・早春作

看東風、柳搖金縷。精神頓美如許。獨憐老我雙蓬鬢，無復少年張緒。桃葉渡。任山水清妍，可柰非吾土。借人茅屋，但有客相過，清茶淡話，閒與論今古。傷心處。客去臥聽鼙鼓。看花渾在煙霧。姑蘇臺榭笙歌散，麋鹿又如前度。誰慿誤。教無限蒼生，命墮顛崖苦。蒹葭洲渚。賴有箇扁舟，三竿釣竹，相伴閒鷗鷺。

水調歌頌・中秋言懷

戰骨縞如雪，月色慘中秋。照我三千白髮，都是亂離愁。猶喜淞江西畔，張緒門前楊柳，堪繫釣魚舟。有酒適清興，何用上南樓。擐金甲，馳鐵馬，任封侯。青鞋布襪，且將吾道付滄洲。老桂吹香未了，明月明年重看，此曲為誰謳。長揖二三子，煩為覓菟裘。

詞中所謂「任山水清妍，可柰非吾土」(〈摸魚子〉)，「誰慿誤。教無限蒼生，命墮顛崖苦。」(前調)，又謂「戰骨縞如雪，月色慘中秋。照我三千白髮，都是亂離愁。」(〈水調歌頭〉)、「且將吾道付滄洲」(前調)，都是悲痛感慨的呼聲。它們說明了應芳並不是一個與世隔絕的隱士，相反地指出他還是個與現實社會互通氣息的文人。不過因爲他的積極性不夠強，所以始終以閒居爲最上乘的辦法。此所以詞中必帶有放逸的句子。也許他認爲這是唯一解脫的方法吧。

又如〈賀聖朝・馬公振見訪，以詞留別，喜而和之〉：

吳淞舊雨相鄰住。喜復來今雨。那時因遇。十年艱險，劍頭炊黍。如今相見，衰顏醉酒，似經霜紅樹。湖山佳處，登高望遠，徧題詩去。

「如今相見，衰顏醉酒，似經霜紅樹。」寫出衰老亂離之感，含蓄蘊藉，不作露骨的描寫，再三讀之，實令人魂消欲絕。

應芳雖然盡量寫閒居的快樂，但間中亦會不自禁的暴露其內心的隱秘，亂世的感慨；而情感是如此的真摯，文字又是如此的平易，所以感人的程度是十分深切的。

(三) 倪瓚（公元一三〇一——一三七四年）

倪瓚，字元鎮，號雲林，又號風月主人、滄浪漫士、淨名庵主，無錫人。生於元成宗大德五年，卒於明太祖洪武七年，年七十四。自幼讀書，過目不忘。及長，博極群書，愛作詩，不事雕琢，尤以畫名家，善山水，初師董源，晚年一變古法，以天眞幽淡爲宗。家雄於貲，四方名士，日至其門，與虞集、張雨、楊維楨、謝應芳、韓奕等互相唱酬。所居有閣曰清閟，幽迥絕塵，藏書數千卷，皆手自勘定，古鼎法書名琴奇畫，陳列左右；四時卉木縈繞其外，高木修篁，蔚然深秀。爲人有潔癖，盥濯不離手。平居所用手帕、汗衫、衣襪、裹腳，俱以蘭烏香薰之。善操琴，精音律，《錄鬼簿續編》謂其所作樂府〈送行．水仙子〉二篇膾炙人口。至正初，忽散貲給親故，扁舟往來震澤三泖間。自稱懶瓚，亦稱倪迂。興至，捉筆寫烟林小景及竹枝，偶流於市，好事者爭貿之，雖千金不靳。張士誠累欲鈎致之，逃漁舟以免。明太祖平吳，瓚已老，黃冠野服，混迹編氓以終。事跡具《明史》卷二九八。萬曆中，八世孫彙刻其所著爲《清閟閣遺稿》十五卷，後有毛晉刊《十元人集》本行世。先是，天順四年（一四六〇）荊溪蹇曦編刻《雲林詩集》六卷，末附小詞，秀水沈氏藏有此本。明潘是仁刊、乾隆四年（一七三九）刊，皆詩集六卷。清康熙中曹培廉編刊《清閟閣集》十二卷，其外紀二卷備列瓚之始末，《四庫全書》本據此。清光緒間盛氏刊《常州先哲遺書清閟閣全集》十二卷。江標輯刊《宋元名家詞》十五種，《雲林詞》一卷。《四部叢刊初編》景印天順本，樂府二十六首。

倪瓚人品絕高，博學多能，世人多稱之，如曹培廉云：「先生清風介節，……詩格樸雅，一洗穠麗。」❷錢溥云：「東吳當元季割據之時，智者獻其謀，勇者効其力，學者售其能，惟恐其或後，而有甘抱清貞絕俗之態，卒闕其用，全其身，而不失其所守者，非篤於自信不能也。錫山倪雲林先生是焉……耽玩之際，猶覺清風灑然，使人爲之興起……予謂其清新典雅，迥無一點塵俗氣，固已類其爲人，然置之陶、韋、岑、劉間，又孰古而孰今也邪！」❸王穉登序云：「倪先生當勝國之季，潔身棲遯，孤標特立，照映巖谷，可謂皭然不汚，抗迹霞外者矣。……今世最重先生畫，次重其詩，又次乃重其人，是人以詩掩，詩以畫掩，世所最重者，特先生末技耳。先生詩風調閒逸，材情秀朗，若秋河曳天，春霞染岫，望若可採，就若可餐，而終不可求之於聲色景象之間。……於是先生之詩，家披戶覽。想像其人，若登雲林，窺清閟，彷彿見其寒松幽壑之姿也。」❹高攀龍云：「吾鄉有倪雲林先生，問嘗誦其詩，想見其人，如在雲霄之表，願爲執鞭而不可得。……先生嘗曰：『吾所謂畫，逸筆耳！聊以自娛，不求形似。』吾於先生之詩亦云。……夫舉世混濁，清士乃見，當勝國之季，天下浸淫已極，先生生其間，如清風澄露，滌濯寰宇，以開盛代清明之治。」❺陳繼儒云：「（瓚）能畫如董、巨，詩如陶、韋、王、孟，不帶一點縱橫習氣乎！余讀先生之集，所謂其文約，其辭微，其志潔，其行廉，其稱文小而其指極大，獨先生足以當之。」❻周南老云：「處士之詩，不求工而自理致，冲淡蕭散，尤負氣節……神情朗朗，如秋月之瑩；意氣靄靄，如春陽之和；刮磨豪習，未嘗有紈綺子弟態；談辯絕人，亹亹不倦；好客之名，聞於四方；名傳碩師，方外大老，咸知愛重。……雅趣吟興，每發揮於縑素間，蒼勁妍潤，尤得清致。」❼張端云：「雲林……清姿玉立，冲淡淳雅，得之天然。多讀書，禮樂制度，靡不究索。所作詩畫，自成一家，瀟灑穎脫，若非出於人爲者。」❽從上引幾段說話，可見人們是如何推崇他了。

雲林生於國家興亡交替之際，感觸多端，搦筆抒懷之時，每每在不知不覺之中發出一點憤怨，如〈折桂令・擬張鳴善〉云：「到如今，世事難說。天地間，不見一箇英雄，不見一箇豪傑。」但是，事已成爲定局，憤恨怨歎是不會帶來補救的，所以毅然擺脫了一切世務，投入大自然。他這種超脫放逸的思想在詞裏表示得很清楚，如〈鵲橋仙〉云：「富豪休恃。英雄休使。一旦繁華如洗。」又如〈如夢令〉云：「削跡松陵華寓，藏密白雲深處。造物已安排，萬事何須先慮。歸去。歸去。海鶴山猿同住。」但，實際上，他是否眞的能夠忘懷世俗呢？自然不是，他的詞還常常流露出身世之感，家國之思，哀婉悽惻，往往不能自己。如著名的〈人月圓〉：

---

❷ 曹培廉〈清閟閣全集・小引〉，見《清閟閣全集》，曹培廉校刊本，城書室藏板。

❸ 錢溥〈清閟閣全集・序〉，見《清閟閣全集》，頁一。參❷。

❹ 王穉登〈清閟閣全集・序〉，見《清閟閣全集》，頁二。參❷。

❺ 高攀龍〈清閟閣全集・序〉，見《清閟閣全集》，頁七、八。參❷。

❻ 陳繼儒〈清閟閣全集・序〉，見《清閟閣全集》，頁九。參❷。

❼ 周南老〈元處士雲林先生墓誌銘〉，見《清閟閣全集》，卷十一，頁八、九。參❷。

❽ 張端〈雲林倪先生墓表〉，見《清閟閣全集》，卷十一，頁十。參❷。

傷心莫問前朝事，重上越王臺。鷓鴣啼處，東風草綠，殘照花開。悵然孤嘯，青山故國，喬木蒼苔。當時明月，依依素影，何處飛來。

沉鬱悲壯，哀婉悽傷，即南宋詞人爲之，亦無以過也。倪瓚在這首詞裏，深切的寫出他的故國之思。其中的「悵然孤嘯，青山故國，喬木蒼苔。當時明月，依依素影，何處飛來。」與李後主〈浪淘沙〉云：「晚涼天淨月華開。想得玉樓瑤殿影，空照秦淮。」同是不堪回首。又如另一首〈人月圓〉：

驚回一枕當年夢，漁唱起南津。畫屏雲嶂，池塘春草，無限消魂。舊家應在，梧桐覆井，楊柳藏門。閒身空老，孤篷聽雨，燈火江村。

清虛悽冷，無限消魂。雖不着力寫愁，而愁自生，讀之，如口含橄欖，愈嚼愈有味。以景托情，以情入景，淡淡寫來，已覺滿紙愁緒，感慨萬千。又如〈江城子·感舊〉：

窗前翠影溼芭蕉。雨蕭蕭。思無聊。夢入故園，山水碧迢迢。依舊當年行樂地，香徑杳，綠苔饒。沈香火底坐吹簫。憶妖嬈。想風標。同步芙蓉，花畔赤闌橋。漁唱一聲驚夢覺，無覓處，不堪招。

這首詞由眼前的悽寂寫到過去的歡愉，再由過去的歡愉返回來復寫現在的悽寂，其間感今懷昔之情無不充塞於句裏行間。造語亦頗爲灑脫絕俗，清麗可喜。

其他諸作，如〈清平樂·在荊溪作〉、〈柳梢青·贈妓小瓊英〉、〈鷓鴣天〉、〈南鄉子·東林橋雨篷夢歸〉、〈江城子〉「滿城風雨近重陽」、〈小桃紅〉「陸莊風景久蕭條」、前調「五湖煙水未歸身」都帶有絲絲感慨。不過，雲林能以超脫出之，故此不致陷入傷情的地步。茲舉兩首爲例：

柳梢青・贈妓小瓊英

樓上玉笙吹徹。白露冷、飛瓊珮玦。黛淺含顰，香殘棲夢，子規啼月。　揚州往事荒涼，有多少、愁縈思結。燕語空梁，鷗盟寒渚，畫闌飄雪。

小桃紅

五湖煙水未歸身。天地雙蓬鬢。白酒新芻會鄰近。主酬賓。　百年世事興亡運。青山數家，漁舟一葉，聊且避風塵。

清麗雅逸，蘊藉雋永。至於〈凭闌人・贈吳國良〉一詞更可謂清雅婉約，不食人間煙火了。詞云：

客有吳郎吹洞簫。明月沈江春霧曉。湘靈不可招。水雲中環珮搖。

倪瓚不獨能夠寫雅逸的詞篇，亦能寫婉麗的詞篇，如〈水仙子〉（三首）就是，其中〈因觀花間集作〉一首，風格極似《花間》。現錄出如後：

香腮玉膩鬢蟬輕。翡翠釵梁碧燕橫。新粧懶步紅芳徑。小重山空畫屏。　綉簾風緩春醒。煙草粘飛絮。蛛絲罥落英。無限傷情。

如此寫法雖不是倪瓚的一貫作風，但亦不失為佳作，讀倪瓚的詞是不應該忽略它們的。

(四) 梁寅（公元一三〇三——一三八九年）

梁寅，字孟敬，新喻人。生於元成宗大德七年，卒於明太祖洪武二十二年，年八十七（此據姜亮夫《歷代名人年里碑傳總表》。《明史》作八十二歲）。世業農，家貧，自力於學，淹貫五經百氏。累舉不第，辟集慶路儒學訓導。天下兵起，隱居教授。明太祖徵名儒修禮樂，寅年六十餘，就徵在禮局中，討論精審，諸儒皆推服。書成授官，以老病辭歸。結廬石門山，四方士多從學，稱爲梁五經，又稱石門先生。事跡具《明史》卷二八二。有《石門集》七卷。明新喻令暨用刊本，及清乾隆刊本並作十卷，大致與七卷本不甚相遠。又有金氏刊本；有拜經樓舊抄本作十五卷。《彊村叢書》據唐鷦菴鈔本入梓，共詞三十三首。

梁寅之詞，多寫閑居之樂及自然之趣，恬淡幽逸，清麗脫俗，其中絕無憤怨激昂之語，感慨語亦少，有者不外如「畫棟朱簾歌舞地，風景已非前度。」（〈金縷曲．泊南浦〉）一類的句子，然亦不多見。

描寫閑居之樂的，最顯明是〈玉蝴蝶．閒居〉一詞：

天付林塘幽趣，千章雲木，三徑風篁。雖道老來知足，也有難忘。旋移梅、要教當戶，一新插柳、須使依牆。更論量。水田種秫，闢圃栽桑。 荒涼。貧家有誰能顧，獨憐巢燕，肯戀茅堂。客到衡門，且留煮茗對焚香。看如今、蒼顏白髮，又怎稱、紫綬金章。太癡狂。人嘲我拙，我笑人忙。

在這裏，石門寫出他的閑適生活，痛快淋漓。篇中云：「人嘲我拙，我笑人忙。」可謂最曠達、最灑脫的說話。其他諸篇亦每每暗示這種思想，雖然並沒有這篇那麼直接。他大都通過對自然的讚美，對自然的喜悅表示出來。

在《石門詞》裏，自然的一切景物，都是他所吟咏的對象。他見到桃花盛開，群鹿游戲要吟咏一番；遇到午夜下雨、冬天降雪、江上風浪、舟中見月亦要吟咏一番。就算最不爲人注意的一般景象，如春夜、夏景、孟夏、苦熱、冬景……等等他都不會輕輕放過，盡其筆墨的能事去描繪一番。所以集中就給這樣的篇章佔去了大半：〈南歌子・或以山蒲萄爲獻，其味與家園者無異〉、〈憶秦娥・爲南溪廖氏題古梅〉、〈魚游春水・避亂還家見桃花盛開〉、〈謝池春・花朝〉、〈緱山月・雨夕〉、〈人月圓・春夜〉、〈燕歸慢・上己雨〉、〈雨霖鈴・夏景〉、〈金菊對芙蓉・秋思〉、〈采桑子・孟夏〉、〈天仙子・苦熱〉、〈浣溪沙・冬景〉、〈洞仙歌・舍後山中見群鹿〉、〈珍珠簾・丙午冬雪〉、〈踏莎行・江上阻風〉、〈虞美人・舟中〉、〈謁金門・舟中對月〉、前調〈采石花朝〉、〈臨江仙・舟中〉、〈菩薩蠻・湖口〉、〈金縷曲・泊南浦〉等。這些篇章都是以自然景物爲對象或至少以自然景物爲背景的。現在姑且舉些例子來證實：

洞仙歌・舍後山中見群鹿

孤峰碧峭，長雲中瑤草。群鹿甡甡怪希有。想嵩陽少室，曾伴松喬。知踏徧，白石蒼苔多少。

逸人塵外趣，翳鳳驂鸞，夢上瀛洲歷蓬島。驀見此山中、便對煙霞，喜共約、長為儕友。為借問、仙翁在何方，願同往從之，徧窺巖岫。

清幽雅逸，靈秀之氣，迫人眉睫。所謂「逸人塵外趣」正是這首詞的縮影，亦是梁寅的心境與生活的最徹底的寫照。又如〈踏莎行・江上阻風〉：

疊浪堆瓊。橫煙織素。停橈避險灣頭住。汀洲連水水連雲，何曾迷却歸人路。

今夕聊淹，明朝須去。休愁休怨休瞋怒。還家正屬好風光，啼鶯無數花千樹。

這首詞以景起，以景結，中間只插入少許情語，大部份的篇幅都是用來描寫自然景物。上片盡量渲染天氣之惡劣，但同時亦寫出作者的倔強性格：「汀洲連水水連雲，何曾迷却歸人路。」故此最後生出「還家正屬好風光，啼鶯無數花千樹。」的快樂景象。這給與我們「山重水複疑無路，柳暗花明又一村」的感覺。唯其上片是如此的灰暗，始能襯托起下片的鮮明，而關鍵則在乎作者的倔強性格的呈露。又如〈浣溪沙・冬景〉：

錦樹分明上苑花。晴光宜日又宜霞。碧煙橫處有人家。綠似鴨頭松下水，白於魚腹柳邊沙。一溪雲影雁飛斜。

這純粹是自然景物的描寫。通首是景語，毫無情感的成份在內，雖然覺得輕淺一點，但是也覺清麗爽朗，琅琅上口。

梁寅對自然景物也許太過敏感了，所以每多感觸。如〈金菊對芙蓉・秋思〉就是一個很好的例子：

玉刻奇峰，藍拖秀水，秋光渾似耶溪。渺蒼煙十里，白鳥孤飛。恨無越女芙蓉艷，蘭舟小、桂棹輕移。西風殘照，樵人漁子，結伴尤宜。　無奈物理難齊。歎魚鰕苦瘦，雁鶩多肥。望茫茫江海，今更何之。溪頭緣樹親曾種，耐寒暑、應笑人衰。青山千仞，白雲萬頃，須理荷衣。

「春女思，秋士悲」差不多已成爲一個定規，梁寅見到秋天的景物，而發出「無奈物理難齊。歎魚鰕苦瘦，雁鶩多肥。望茫茫江海，今更何之。」的慨歎是很自然的事。

但，爲甚麼梁寅會寫出如此多自然景物的作品來呢？不消說，當然是由於他對自然有無窮的喜悅與嚮往。這從他的思家之詞就可以得到個中消息。如〈謁金門・采石花朝〉云：「心已到家身尙未。客中聊復爾。」又如〈臨江仙・舟中〉云：「還家今有日，那得更思家。」其還家的盼望可謂達到了狂熱的程度，所以得償所願之後，就大大的歌頌閒居之樂和大自然的事事物物了。梁寅的本質就是一個「逸人」，當他能夠與大自然互相契合的時候，所產生出來的作品當然是以幽逸爲宗了。

(五) 舒頔（公元一三〇四——一三七七年）

舒頔，字道原，績溪人。生於元成宗大德八年，卒於明太祖洪武十年，年七十四。年十五、六與同郡程文講明經史之學。至元三年（一三三七），辟爲貴池教諭，徙丹徒。至正十年（一三五〇），轉台州路儒學正，以道梗不赴，歸隱山中。明興，屢召不出，名所居曰貞素齋，學者稱貞素先生。事跡具《新元史》二三八。史稱其詩盤鬱蒼古，不染纖巧織紝之習，書法尤樸拙，識者以爲得漢隸法。有《古淡稿》、《華陽集》，皆不傳。明嘉靖中，其曾孫旭等輯爲《貞素齋集》八卷，績溪知縣趙春刊之。又有道光刊本。《彊村叢書》覆善本書室藏鈔《華陽貞素集》本，收詞二十二首。

貞素身居亂世，感慨橫生，故每多憂生念亂之作，如〈滿江紅〉：

天也多情，巧幻出、天河寒水。多態度、悠悠颺颺，輕黏窗紙。萬里豈無祥瑞應，四方已在飢寒裏，把溪山、好處縱模糊，須臾耳。江海闊，風塵起。狐毛狡，鷹鸇恥。假蠻夷威柄，侵漁而已。諸老忠良皆柱石，九重仁聖眞天子。待明朝、晴霽看青山，清如洗。

其對生民之同情及望治之心於此可見矣！其序云：「時雪快晴，苗民攻宣，未克，往來郡邑間，擾攘尤甚。憲府移司於徽，視而不問。歎時事之靡寧，哀生民之塗炭，因賦此曲，兼柬邑令郭文盾。」詞中實無不表現出深切哀歎之情。又如〈水龍吟〉：

輕雲閣雨還晴，蒼黃又負端陽節。去年今日，大郭深處，寸腸千結。好事無多，良辰難再，猶傳遺孽。看連城澒洞，大家愁惱，這光景、何時歇。因想金陵佳麗，鬧秦淮、龍舟稱絕。牙檣錦纜，翠冠珠髻，畫闌羅列。回首丘墟，滿襟塵土，向人空說。且停杯，容我離騷細讀，弔羅江月。

其序云：「端午日，寓苧干作，時四方洶洶，民思太平，而勢未寧也。」貞素在端陽佳節想起昔日的良辰美景，再看看目前的「連城傾洞」的情景，如何不感慨萬千！篇末云：「回首兵墟，滿襟塵土，向人空說。且停杯，容我離騷細讀，弔羅江月。」眞是愴痛欲絕了。又如〈水調歌頭・時楊溪避兵〉：

飽來石上臥，醉向水邊吟。山靈不管閒事，容我儘登臨。山外猨啼鶴唳，世上虎爭狼鬬，此地白雲深。今古一杯土，天地亦何心。　隔茅廬，塵萬丈，不相侵。林泉自有佳處，石溜假鳴琴。漢室煌煌大業，唐代昭昭正緒，此理細推尋。高詠出山去，草木亦知音。

雖然因爲避兵而得過着「水邊」「石上」的林泉生活，但是貞素的憂生念亂之思是那麼深，無法把世事置諸腦後，故此有「世上虎爭狼鬬」與「漢室煌煌大業，唐代昭昭正緒，此理細推尋。」這些句子的產生。

有時他實在是太悲痛了，所以借酒銷愁，不管天高地厚。〈朝天子〉一詞就表現得最爲淋漓盡致，詞云：

> 學騃。妝癡。誰解其中意。子規叫道不如歸，勸不醒當朝貴。閒是非，子心無愧。儘教它爭甚底。不如它瞌睡。不如咱沈醉。都不管天和地。

貞素之所以有如此悲天憫人之心，與他的一片熱情是分不開的。他對世事有情，故雖隱居亦念念不忘世事；他對生民有情，故無時不爲他們憂慮。他這一片熱情貫穿着他整個人生。他對朋友有情，他對隔世的古人也有情。他的〈蝶戀花・送胡一之上襄陽〉、〈酹江月・送指揮司王仁卿知事，代廣陵郡官作〉表示他對朋友的深厚感情，〈小重山・端午〉表示他對古人的感情。茲錄〈蝶戀花〉及〈小重山〉如後：

蝶戀花・送胡一之上襄陽

> 鍾阜相催何汲汲。猨鶴休驚，卻上襄陽驛。袖拂峴山碑蘚碧，淒涼淚眼今猶昔。
> 勳業正須年少日。楚雨湘雲，囊錦都收拾。衹恐綠閨春寂寂。孤鸞背月鮫綃濕。

小重山・端午

> 碧艾香蒲處處忙。誰家兒共女，慶端陽。細纏五色臂絲長。空惆悵，誰復弔沅湘。
> 往事莫論量。千年忠義氣，日星光。離騷讀罷總堪傷。無人解，樹轉午陰涼。

貞素之詞的特色就是在乎情感真摯，平易暢達。

然間亦有綺麗之作，如〈賀新郎〉就是。詞云：

> 繡隱芙蓉褥。更屏間、雙雙孔雀，閒金盤綠。鶴別鸞離深閨悄，帳冷梅花夜獨。空夢繞、

巫山千疊。雨意雲情，紅顏霜鬢，合歡再把鸞膠續。事諧矣，意方足。洞房春暖人如玉。怕的是、雞聲遞曉，無情催促。笑拂菱花相依照，取次畫成眉曲。伊也道、臨邛何辱。吉葉熊羆應入夢，看這番、桂子紛追逐。為君喜，醉紅燭。

文字雖較前述幾篇華美，但內容就空洞得多，這自然不是貞素的本色了。

六 邵亨貞（公元一三〇九——一四〇一年）

邵亨貞，字復孺，號貞谿。先世本淳安人，徙居華亭。生於元武宗至大二年，卒於明惠帝建文三年，年九十三。元末兵亂，浙中尤甚，一時騷人墨士如會稽楊廉夫、天臺陶九成、曲江錢惟善輩，多避居松江橫泖之上，亨貞聲應氣求，更相唱和，故其詩詞甚有名於時。博通經史，工篆隸。至正間為松江訓導。所著有《野處集》四卷、《蛾術詩選》八卷、《蛾術詞選》四卷，鈔本有隆慶壬申（一五七二）沈明臣後序，稱：上海陸深之孫郯出其書授汪稷校刊。《四庫全書總目》謂詩詞已佚，阮氏《四庫未收書目》始復著錄。光緒十七年（一八九一），況夔笙借得知不足齋影鈔《詞選》四卷，覆校付梓，卷首題新都汪稷校，末題長洲吳曜書袁宸刻，即阮氏所稱陸郯授稷校刊本也。次年壬辰（一八九二），王半塘並《天籟集》合刻之，原刻目錄觀縷，經況氏刪去，半塘另簡編之，況刻異文亦從皕宋樓藏本校出。又故宮博物院有宛委別藏本，卷首亦題汪稷校，涵芬樓借以影印。況刻《蛾術詞》，光緒間刻於廣西，況跋稱一百四十三闋。四印齋彙刻本《蛾術詞》四卷一百三十五首。《四部叢刊三編》影宛委本，有張元濟跋。近人周泳先《唐宋金元詞鉤沈》從《鐵網珊瑚》輯出三首。

按《蛾術詞選》以令慢編次，第一、二卷小令，三、四卷慢詞。唯第二卷小令實有不少慢詞，如〈玲瓏四犯〉、〈暗香〉、〈埽花遊〉、〈氏州第一〉、〈木蘭花慢〉、〈長亭怨慢〉、〈八聲甘州〉、〈滿江紅〉……等就是，可見編排實有未妥之處。

復孺是元末的一個大詞人，足以繼仇遠、張翥之後。元朝的政治與軍事到了末期可謂已成強弩之末，但元詞到了末期還發出燦爛的光輝者，全賴復孺之在世。況周頤就這麼說：「《詞選》實通宋詞三昧。」❾王鵬運亦說：「復孺、蘭谷二詞，不在山村、蛻巖、伯雨諸賢下，而論元詞者罕及之，書之顯晦豈眞有時耶！」❿從這兩段話來看，況周頤實認爲《詞選》可媲美宋詞，而王鵬運則認爲《詞選》可與仇遠的《無絃琴譜》、張翥的《蛻巖詞》及張雨的《貞居詞》並駕齊驅，可惜世人很少論及它罷了。

復孺以詠物詞最爲有名，而最爲世人所讚賞的是他的〈沁園春〉詠眉、詠目二闋。他在詞序裏說：「龍洲先生以此詞詠指甲、小腳，爲絕代膾炙。繼其後者，獨未之見。彥強庚兄示我〈眉〉、〈目〉二作，眞能追逐古人於百歲之上，不既難矣。暇日偶於衞立禮座上，以告孫季野文，爲之擊節不已，因約相與同賦，翼日而成什焉。」茲錄二闋如下：

沁園春·眉

巧鬬彎環，纖凝嫵媚，明妝未收。似江亭曉玩（別作望），遙山拂翠，宮簾暮卷，新月橫

---

❾ 況周頤〈蛾術詞選·跋〉，見《四印齋所刻詞》，第九冊。光緒十四（一八八八）年刊本。

❿ 王鵬運〈蛾術詞選·跋〉。參❾。

鉤。埽黛嫌濃，塗鈆訝淺，能畫張郎不自由。傷春倦，為般多無力，翻作嬌羞。　填來不滿橫秋。料著得人間多少愁。記魚箋緘啓，背人偷斂，雁鈿膠併，運指輕揉。有喜先占，長顰難效，柳葉輕黃今在否。雙尖鎖，試臨鸞一展，依舊風流。

又　目

淚點填眶，鳳梢侵鬢，天然俊生。記隔花瞥見，疏星炯炯，倚闌延（別作凝）佇，止水盈盈。端正窺簾，瞢騰凭（別作竝）枕，睥睨檀郎長是青。銷凝（別作端相）久，待嫣然一顧（別作唉），密意將成。　困酣時倚銀屏。（別作曾被驚覺）强臨鏡挼挱猶未醒。憶帳中親覷（別作見），似嫌羅密；尊前斜注（別作相顧），翻怕鐙明。醉後看承，歌時（別作闌）鬬弄，幾度孜孜頻送情。難忘處，是香羅（別作鮫綃）搵透，別淚雙零。

這兩首詞，精巧纖麗，新艷入情，可謂極筆墨之能事，較劉龍洲之〈詠指甲〉、〈詠小腳〉，實難分伯仲。但是詞中只着力於文字的雕琢，沒有充實的內容，更無一點寄託，是很難與王沂孫、仇遠輩的詠物詞相提並論的。吳梅說得好，他說：「復孺以眉、目〈沁園春〉二詞得盛名於時，實是側艷語，不足見復孺之眞面也。其自序云：『龍洲先生以此詞詠指甲、小腳，爲絕代膾炙。繼其後者，獨未之見。』是復孺僅學龍洲耳！不知龍洲二詞，亦非改之最得意作，而世顧盛推之，世人遂以二詞概復孺，亦可謂不知復孺者矣！」⑪不過，無疑地復孺之模倣力實在是相當高強的，他不僅能模擬龍洲，而且能模擬《花間》、雪堂、清眞、無住、順菴、白石、梅谿、稼軒、遺山的作風，雖然未能做到可以亂眞的地步，但亦可謂神似到極，現姑且舉〈鵲橋仙〉（擬稼軒）〈中原懷古〉及〈浪淘沙〉（擬遺山）〈浙江秋興〉爲例：

鵲橋仙（擬稼軒）・**中原懷古**

殘陽隴樹，寒煙塞草，戲馬臺前秋老。黃河日日水東流，斷送卻、英雄多少。
西秦笳鼓，東山寄傲。萬事付之一笑。閑來繫馬讀殘碑，又目斷、江南飛鳥。

浪淘沙（擬遺山）・**浙江秋興**

紅葉滿青山。掩映溪灣。柴門雞犬白雲間。江上草堂塵不到，老子心閑。　霜後橘闌斑。籬菊香殘。夕陽回首一憑闌。世事悠悠吾老矣，且放杯乾。

稼軒之沉鬱豪放，遺山之清爽勁拔，復孺已能學到。倘若以易於舒展的慢詞為之，其逼似之程度就更進一步了。復孺在擬古十首序裏說：「……古人作長短句，若慢則音節氣概，人各不類，往往自成一家，至于令則律調步武，句語若無大相遠者，間有奇語，不過命以新意，亦未見其各成一家也。所以令之擬為尤難，強欲逼真，不無蹈襲，稍涉己見，輒復違背，由是未易苟措。」今復孺以小令來擬作，而能夠有此成績，眞是難能可貴。這無非表示他在詞學上之高深造詣而已。

然而，實際能夠代表復孺的，並不是他的詠物詞及擬古之作，而是一些具有眞實內容的篇章。它們或感時傷事，或撫今追昔，或充滿家國之思，或慨歎身世之遇，或觸景抒懷，或因事而發，這些作品始能見出復孺的眞正精神與面貌，纔可以打動我們的心絃。如〈點絳脣・秋夜

⑪ 吳梅《詞學通論》，第九章，頁一四一。一九六四年三月，香港太平書局出版。

橫泖旅牕聽雨，有懷故園〉：

兩鬢秋風，掩關坐聽黃昏雨。燈前自語。世亂甘清苦。　蔓草愁煙，荒郤東陵圃。歸期阻。荆榛滿路。投老知何處。

雖寥寥數語，已能將當時的淒涼寂寞、惆悵無方的境況表露無遺。詞中帶有無限的荒寒感和空虛感，故此抒情的力量特別強，涵載情感的度量也特別大，讀者可以投入其間而不覺得有絲毫擠迫之感，與作者的感情打成一片而不覺得有半點障礙。這首詞的好處就在這裏。又如〈摸魚子〉：

記年時、滿城風雨，姑蘇臺下重九。客樓已辦登臨屐，曾為好山回首。延佇久。望翠壁嶙峋，閑卻題詩手。相逢野叟。强咲折黃花，亂簪烏帽，來與共尊酒。　流光去，肯為閑人宿留。驚心節序依舊。西風只麼（別作管）吹蓬鬢，病骨尚堪馳驟。官渡口。便擬喚扁舟，往問江潭柳。明年健否。縱世故無情，未應遲暮，孤負此時候。

情感充沛，直抒襟懷，比之〈沁園春〉二詞，不知要勝多少倍！其序云：「甲辰季秋，與夏頣貞同在吳門，屢有登山之興，久雨不果。重陽日，友人羅仲達以節物爲具，同席數人，意頗歡適。乙巳九日，在九山之東泗水上，酒闌散步，夕陽依依，岡巒在望，興懷往事，不能無述，未知明年又在何處。駒隙如馳，行樂能幾，所謂難逢開口唉也。」可見此詞的寫作動機是「興懷往事，不能無述」，是有感而發的，不是〈沁園春〉二詞那麼小題大做，無病呻吟！所以讀起來，特別覺得有味。又如〈霜葉飛·小溪歲晚，與南金夜坐分韵〉：

晚風吹醒梅花夢，吟牎人倦無語。楚天雲澹雁淒涼，何況黃昏雨。又忽忽、驚心歲序。邨荒更迥無鐘鼓。對夜色蕭條，漫借得、孤釭耿耿，獨照離緒。　顧頷怨墨頻題，征衣慵整，怪卻雙鬢如許。故園猶是舊東風，往事今塵土。但憶著、章臺柳樹。十年青鏡催遲暮。任艷懷、如流水，芳草王孫，有誰能賦。

哀婉感慨，蘊藉無窮。從詞中之情感來看，這詞大概是入明以後的作品，而且篇中云：「故園猶是舊東風，往事今塵土。」就更加增強我的信念。復孺之詞，懷舊之作甚多，雖然大都沒有注明寫作年份，但復孺入明之後活了三十多歲，懷念故國的篇章自然不少，所以我纔有這樣的推斷。又如〈齊天樂．寄張翔南〉：

六朝千古臺城路，傷心幾番興廢。形勝空存，繁華暗老，舉目江山還異。風塵萬里。柰遷客驅馳，去程迢遞。故舊相望，雁邊消息緲難寄。　春風鳳皇臺上，轉蓬回首處，應歎身世。江總情深，陳琳檄倦，投老竟成歸計。斜陽某水，且淨洗緇衣，任休行李。只怕東山，興來還又起。

此詞不但寫出他的故國之思，更寫出他的身世之感了。又如〈摸魚子．吳門客中，九日，次魏彥文韵〉：

雁來時、晚寒初勁，青燈搖動牕戶。商聲暗起鄰墻樹，觸景亂愁還聚。秋又暮，柰合造淒涼，無處無笳鼓。狂吟醉舞。記滿帽簪花，分籌藉草，騎馬忘歸路。　懷人遠，有恨憑誰寄語。虛名長是相誤。天涯節序渾非舊，留得滿城風雨。心萬縷。漫自喜、孤高不惹沾泥絮。羈懷倦訴。好分付兒曹，耘耔三徑，早晚賦歸去。

羈客思家，觸景生愁，無處不流露出其胸中的哀傷情緒。又如〈蘭陵王．歲晚憶王彥強而作〉：

暮天碧。長是登臨望極。松江上、雲冷雁稀，立盡斜陽耿相憶。凭闌起嘆息。人隔吳王故國。年華晚、煙水正深，難折梅花寄寒驛。　東風舊遊歷。記草暗書簾，苔滿吟屐，無情征旆催離席。嗟月墮寒影，夜移清漏，依稀曾向夢裏識。恍疑見顏色。空惜。鬢白毛。恨莫趁金鞍，猶誤塵跡。何時弭棹蘇臺側。共漉酒紗帽，放歌瑶瑟。春來雙燕，定到否，舊巷陌。

蘊藉纏綿，既深且厚，沉鬱之至。如此作品，纔是復孺的本色，巧麗的詠物詞不過是次要的篇章而已。

復孺的佳作往往都是這般哀婉悽惻，情意纏綿，具有深長的韻味，風格與二窗爲近。眞不愧爲元代的一大作手！元末詞家之中，能夠上追南宋的，除復孺之外，可說是無第二人了。而仇山村、張蛻巖與復孺實爲元詞的主流，元詞之所以還能繼續南宋的詞統，他們三人實有着不可或缺的重要性。看了以上所舉錄的作品後，自然能夠證實吾言之不謬。

除了深婉的作品外，復孺又有一些清麗雋永之作，如〈浣溪沙·春感〉：

西子湖頭三月天。半篙新漲柳如煙。十年不上斷橋船。百媚燕姬紅錦瑟，五花宛馬紫絲鞭。年年春色暗相牽。

又如〈後庭花·擬古〉：

銅壺更漏殘。紅妝春夢闌。江上花無語，天涯人未還。倚樓閒。月明千里，隔江何處山。

如此作風，與他的長調就有點不同了。雖然大體上來說，復孺的長調勝過小令，但可怪的是，寫景的佳句却往往見於小令，茲舉兩闋爲例：

浣沙溪

雨過池塘綠水生。竹陰深處小橋橫。魚吹翠浪柳花行。獨倚曲闌魂欲斷，沈思傾國句難成。悤悤春晚更傷情。

點絳脣・暮登新安鎮城樓

莫倚高樓，太湖西畔青山近。雁邊雲暝。目力隨天盡。　落日平蕪，點點餘烽燼。西風緊。亂沙成陣。故惱雙蓬鬢。

這兩首詞不獨寫出一個美麗的景緻，而且情感也非常深厚。況周頤批評〈浣沙溪〉說：「韓致堯詩：『樹頭蜂抱花鬚落，池面魚吹柳絮行。』邵復孺詞云：『魚吹翠浪柳花行』，由韓詩脫化耶？抑與韓闇合耶？……邵句小而不纖，最有生氣。」⑫可見況氏是十分欣賞復孺的寫景手法的。

還有一點值得注意的是，復孺甚愛寫詞序，而且有時寫得相當長，雖然在文字造詣方面不能與姜白石相比，但每每典雅可誦，對於原詞的欣賞亦有不少幫助。上面引詞的時候，我們已同時引過幾篇序，於此不再徵引了。

(七) 韓奕（公元一三三〇年前後——明初）

韓奕，字公望，吳郡人。生於元文宗時（公元一三二八——一三三二年），卒年不詳。少目眚，筮得蒙卦，遂扁其室曰蒙齋。初與王紱友善。入明，紱出仕，奕遁迹不出。明初與王賓、

⑫ 況周頤《蕙風詞話》，卷三，頁八三。一九六一年八月，香港商務印書館出版。

王履齊名，稱「吳中三高士」。後終於布衣。有《韓山人集》（《千頃堂書目》作《蒙齋集》），鈔本不分卷。《四庫全書總目》（卷一七四）謂其詩古體傷於淺率，近體一知半解，稍得宋人格律。《彊村叢書》收明刊集本詞二十八首。

公望之詞，幽冷悽惻，哀婉動人。最可以代表他的風格的是〈女冠子・元夕〉一詞。茲抄錄如後：

又元宵近。冷風寒雨成陣。春泥巷陌，悄無車馬，數椀殘燈，依稀相映。夜深光已暝。是處敗垣，頹砌，熒熒青燐。但鼕鼕鼓，璫璫漏，打破一城荒靜。　古來此地緐華盛。歌舞歡相競。何事如今，恁地都無些剩。空傳下幾句，舊腔新令。故老風流盡。　漫唱西樓月轉，也無人聽。自剔殘紅灺，半窗梅影，伴人愁鬢。

詞中含蓄着很深的哀傷之情，對往事有着無限的懷念，但時移世易，空留下一片眷戀之懷而已。其撫今追昔之情脫字而出，而其萬縷愁絲亦可見矣。

公望是個多愁善感的人，眼前的事事物物無不觸起他的愁思，所以「愁」字就屢屢出現在他的詞裏。如〈賀新郎・送別〉云：「歲晚卻思來訪舊，舊處亭館，廢垣荒圃。寒日照，殘桑梓。……秋草蕭蕭連茂苑，正堪愁、杜牧詩中意。誰畫在，行裝裏。」〈百字令・次韻答毘陵蔣公晃見寄〉云：「故人咫尺，江雲幾回吟眺。目斷扁舟小。荒後人家依舊好。空記夢中曾到。一曲高歌，知君別後，也恁多愁抱。甚時乘興，山陰去訪安道。」〈柳梢青〉云：「何人樓外吹笙，彷彿□、梨園舊聲。喚起閒愁，暗思往事，老去忘情。」〈四字令〉云：「鳩鳴在桑。鶯啼近窗。行人遠去他鄉。正離愁斷腸。」〈卜筭子・雨中〉云：「急霰打窗紗，正是愁時候。無柰愁多著酒消，反被愁消酒。　又滅又明燈，還短還長漏。爲問梅花有甚愁，也似愁人瘦。」

〈謁金門・早秋〉：「秋已到。秋到今年何早。秋未到時愁動了，到秋愁不少。　愁尚疏濃難掃。愁下腸空易繞。要得沒愁惟睡好。愁還將睡覺。」眞是千古愁人也！他的愁眞如「一江春水向東流」，滔滔不斷！

寫愁雖然是《韓山人詞》的主要題材，然而除此之外，又並非絕無其他要寫的東西。疏朗淡逸，調子明快一點的作品亦可在集中找到。如〈踏莎行・秋夕，宿上方寺〉：

> 秋水平湖，夕陽低樹。扁舟還覓來時路。到城料得幾多程，停橈為欲尋僧去。　杳杳松蘿，泠泠鐘鼓，上方更在雲深處。鬢絲禪榻話今宵，從師要了無生句。

又如〈菩薩蠻・山寺夏日〉：

> 重重樹杪高高閣，懸泉千尺檐前落。度夏愛僧居，一來慵下梯。　睡餘無氣力。坐數遙峰碧。閒詠不成詩。斜陽在澗西。

這些詞篇就絕不是寫愁之作了。但是它們在藝術上是比不上那些愁詞的，這是因為深度不夠之故。

我們不能不提的是〈瑞龍吟・錢塘懷古〉一詞。現錄出如下：

> 佳麗地。寂寞濤響空城，草深荒壘。龍飛鳳舞山神，宛然不復，當時王氣。　西湖外、缺岸斷橋冷落，幾灣煙水。畫船總有笙歌，向甚處，有垂楊可繫。　徧野離離禾黍。月觀風亭，杳無遺址。惟有兩峰南北，在夕陽裏。因思當日，翠輦嘗南駐。二百年、生民同樂，楚中歌舞，一自重華去。算幾□曾經□瘦，不似如今最。遼鶴倘重歸，到東門市，怎知城郭，也應非故。

詞意荒涼，詞情哀婉，沉鬱渾厚，相當耐人玩味。是集中十分難得的佳作。

第四編 道釋、婦女與外國華化詞人

第一章 道釋詞人

金元時代，道釋二教極爲流行，而且因時代、社會各方面的需要而產生了幾個較大的宗派。道教方面，有全眞教、眞大道教和太一教，它們與直接承受始自漢代天師道的正一教在中國大江南北弘揚道法。佛教方面，當時流行的是今日西藏的喇嘛教。金元諸帝，對各種宗教、教派一律歡迎，而且也頗爲尊崇那些德高望重或精通道術的道士和僧人。

這個時期，道教詞人頗不少，而且大半屬於全眞教，在《道藏》裏就找到很多他們的作品。王重陽與他的「全眞七子」不用說了，其他全眞道士如長筌子、王吉昌、尹志平、王丹桂、劉志淵、姬翼、李道純、馮尊師、王道淵等都有不少詞作傳世。可惜，他們的作品大部份作道家語，道家色彩過濃，以致影響它們應有的文學藝術性。故《彊村叢書》在其所收錄的五十五家之中（金五家、元五十家）屬於道家的只有丘處機的《磻溪詞》、李道純的《清庵先生詞》、張雨的《貞居詞》。《影刊宋金元明本詞》則收錄姬翼的《雲山集》及丘處機的《磻溪集》。近人周泳先《唐宋金元詞鉤沈》，金詞輯錄四家，元詞輯錄十一家，而屬於道教的只有金長筌子的《洞淵詞》、元滕賓的《玉霄集》兩家，雖然他提到檢閱《道藏》時更得王喆、譚處端、馬鈺、王處一、劉處玄、王丹桂、王吉昌、劉志淵、尹志平等幾家。

全眞教詞是有其特別之處的，首先說它們的內容。全眞教詞旣然是道士的作品，內容自然是談道說教——以述懷、詠物、贈送、酬謝、遣興、歎世之類的方法去談道說教。其中最主要的內容是三教合一的思想。至於形式方面，有幾點特別值得注意：一、有創新詞調，爲《詞譜》及《詞律》所未及收的；二、有沿用舊名而詞律不同的；三、有改易調名而調律無別的；四、有發揮詞中的音樂性的，最顯著的如泛聲中不以實字塡入，而仍記其樂聲；又於調中加上和聲；五、有藏頭拆字格；六、有口語犯的。這些特色我已有專文討論❶，不在此贅述了。

這裏，我們只選擇地介紹四位道教詞人：長筌子、丘處機、張雨和滕賓，因爲他們的作品都具有較高的文學藝術性。

(一) 長筌子（公元一二三一前後在世）

長筌子，姓氏字里均無可考。著有《洞淵集》五卷，無序跋，題「龜山長筌子撰」。卷一至卷四爲詩文雜著，詞載於卷五，凡七十六首。卷四〈幽居〉詩序有「正大辛卯歲（金哀宗正大八年，公元一二三一年）孟春望日，時有龜山長筌子逃干戈於古唐之境」語，故可斷爲金時人。今列於丘處機之前者，因爲一般人以丘處機爲元人。《洞淵集》見《道藏》第七三二、七三三册。近人周泳先《唐宋金元詞鈎沈》始錄出其詞部份，表而彰之。

長筌子之詞，每多精美清綺之語，頗富文學價値，雖仍不免時作道家語，但較諸王重陽、馬丹陽輩已高出一籌。先看他的詠物詞：

天香慢・梅

萬木歸根，三冬拔萃，曉來梅萼輕圻。姤雪精神，清人氣焰，不許等閑攀摘。百花未發，獨占得東君春色。庾嶺斜橫，秀孤芳，更妙機難測。　西湖灑然至極。勝蠟黃愈增靈識。漏泄前村驛使，喜傳消息。解引詩人雅詠，對一枝金蕾，與自適。月浸寒梢，天香可惜。

此類作品縱使不是上乘的詠物詞，但尚覺清麗可愛，而內裏又無一點道家語，純是文人詞藻，在王重陽、馬丹陽、譚長眞、王玉陽、劉長生等全眞道士的詞集裏是無法找到的。但是有時仍脫不了道家的本色，如下面詠菊的一首〈燭影搖紅〉就是：

菊綻黃花，月生碧漢清光皎。霜前雨後正芬芳，四海圓明照。朶朶爭開爛熳，吐香風、騰輝天表。檻邊幽雅空，外嬋娟，依時呈妙。　閬苑仙葩，蔣公三徑知音少。瑤臺寶鑑照婆娑，悟者頭頭了。好對東籬賞玩，射江山、虛堂靈沼。數枝金蕊，萬道銀霞，浮生難曉。

我們不難看見詞中頗染上一層薄薄的仙家色彩。不過，這還比王重陽輩的詠物詞遠勝得多。長筌子的寫景語也不是重陽、丹陽諸眞可以比擬的，如〈綠頭鴨〉的前段就是絕美的文字，詞云：

❶ 拙文〈全眞七子詞述評〉，見《香港中文大學中國文化研究所學報》，第十九卷（一九八八年），頁一三五至一六二。

雨初晴，江山景色新鮮。乍艷陽，春光美麗，見郊原、芳草芊芊。覩梨花、輕籠淡月，聞松聲、冷和清泉。風細池塘，簾垂院落，曉鶯啼喚柳含煙。更疊翠山幈如悄，時物筆難傳。誰能悟，韶華不久，人世非堅。

又如〈瑞鶴仙．月照洞庭〉的前段：

素秋天似水，更夜色呈鮮，物華殊麗。山堂興無際。見團圓月照，洞庭深邃。清風匝地。但處處、昭彰德被。遍恒沙朗射晴空，千古秀凝青桂。

它們頗能寫出一個幽美的境界，使人有無限的嚮往，筆緻亦頗爲清麗。此外如〈花心動〉云：「蓓蕾半開，疎影斜橫，幽艷傲欺霜雪。」〈洞玄歌〉云：「野堂花老，檻外幽香度。綠影沉沉映窗戶。……見隱隱遙岑接天青，又石齒分泉，迸珠飛雨。」〈雨中花〉云：「塞鴻悲秋晚，敗葉飄黃。萬里關山牢落，一天風雨淒涼。」〈鶯穿柳〉云：「看隋堤柳搖金蕊。放適簪纓，亂鋪蒼翠。」〈鳳棲梧〉云：「逃暑繩床聊慰興。翠篁森森，幾處花陰襯。萱草池塘人不問。綠荷暗竊薰風信。」〈賀聖朝〉云：「夜橫琴高隱翠微間，看月印寒泉。」〈長思仙〉云：「竹外流泉漱石鳴，雲山疊翠屏。」〈小重山〉云：「白雲深處樂幽閑。明月下，一曲小重山。」從這些句子便可以見出長筌子的高度描寫技巧，又可知道《洞淵詞》是何等富於文學趣味了。

然而，這些還只是片段的摘錄，集中實有不少作品通首都富於文學性的，它們不僅詞藻優美，而且充滿了作者的情思。如〈鷓鴣天．秋〉：

乍覺西風吹葛衣。蕭蕭秋色滿華夷。催排蕎麥花開日，點勘梧桐葉落時。　鴉噪晚，客思歸。一川禾黍正離離。蟬聲莫向高枝叫，切恐賓鴻苦皺眉。

又如〈訴衷情〉：

夜深人悄漏聲殘。秋色滿江干。寒煙野塘橫渡，誰寫畫圖間。　風瀝瀝，月彎彎。坐更闌。寶鼎香爐，銀漢星稀，蝶夢飛還。

又如〈江神子令〉：

莊周蝶夢幾人醒。理圓明。了余生。老計田園，谷口傲其耕。落日西風吹敗葉，雲返岫，雨初晴。　數聲高柳暮蟬鳴。淡煙橫。野泉傾。千里關河，秋色滿山城。晦迹人間青眼少，誰念我，養遐齡。

此等篇章，清麗蘊藉，雋永有致，置諸一般詞人之篇什中，幾無法辨認是出於道家之手。長筌子除了具有詞人的品質外，同時具有逸人的襟懷。詞集中就有過半的篇幅描寫他的超脫思想和閑逸生活，如〈二郎神〉：

離塵俗，便點檢林泉雅趣。竹杖芒鞋青蒻笠，泛煙波、綠蓑柔櫓。月夜江天無盡樂，品短笛、瀟湘蓼渚。此消息，千金不貴，好對漁樵分付。　歸去。對晚翠風生小浦。勘破南華龜曳尾，儘教他衣冠豺虎。野水添杯誰似我，醉臥白雲深處。任秋月春花，暗換桑田，明催今古。

他之所以「離塵俗」，是因爲感到塵俗是無聊的、虛幻的，在他的作品裏就屢屢說明這一點，如〈解愁〉一詞說：

返照人間，忙忙劫劫。晝夜苦辛無歇。大都能幾許，這百年有如春雪。可惜天真逐愛欲，似傀儡、被他牽拽。暗悲嗟、苦海浮生，改頭換殼，看何時徹。　聽說古往今來，名利客，空有兎蹤狐穴。六朝並五霸，輸他水雲英傑。一味真純為伴侶，養浩然、歲寒清節。這些兒、冷淡生涯，與誰共賞，有松窗月。

不過，這種思想是一般方外人士都少不了的，不足爲奇，而且長筌子又頻頻談及，充塞在《洞淵詞》裏，故此不再舉例了。

在此不可不提的是長筌子的救世思想的表現。其〈月上海棠〉云：

應時宇宙行慈善。向苦海橫舟運方便。法界顯威光，誅群魔、隱潛逃竄。真仙現。別有神通手段。　上蒼委我開仙院。把大道玄風任弘闡。香餌滿娑婆，釣金鼇、玉京遊玩。瓊瑤宴。俯嘯人間蟻戰。

可是「欲說天機，奈塵寰世人不信」（〈粉蝶兒〉），使他「訴衷情，爲大地衆生淚灑」（〈二郎神〉）也落空了。

詞中釋道兩類語言每多兼用。道語不用說了，釋語如「大覺」、「空色」、「超生」、「法界」、「如來」、「非空非色」、「無名無相」……等亦散見於篇什中。〈滿庭芳〉說「非道非禪」，實在等於說亦道亦禪了。又「眞」字在長筌子的詞中屢見不鮮，如「眞閑」、「眞歡」、「眞情」、「眞趣」、「眞樂」、「眞悅」、「眞清樂」、「眞機」等一類辭語甚多。這是全眞教詞的特色，不過，在《洞淵詞》裏却用得特別多。〈絳都春〉一詞更有樂聲的記載，上片有「囉噔哩噔」四字，這又是全眞詞的特別地方。

㈡ 丘處機（公元一一四八——一二二七年）

丘處機，小名丘哥，字通密，號長春子，山東登州棲霞縣人。生於金熙宗皇統八年，卒於蒙古成吉思汗二十二年，年八十。幼亡父母，未嘗讀書。自少聰敏，後知向學，日記千言，能久而不忘。年十九，棄俗入道，隱居山東寧海州崑嵛山煙霞洞。年二十，謁重陽眞人王喆於寧海州全眞庵，請爲弟子，重陽爲訓今名、字與號。後隨重陽、丹陽等西遊。重陽卒後，隨丹陽、長眞、長生居重陽故鄉劉蔣村祖庵，共爲亡師修治墳墓。年二十七，西入磻溪，持心修煉。越數年，遷居隴州西北之龍門山，苦修如磻溪時，遠方學者咸敬禮之。年四十，徙居終南山祖庵。金世宗大定二十八年（一一八八年，時長春四十一歲），奉詔至京，主萬春節醮，蒙賜巾袍。後由終南山東歸棲霞，住太虛觀。宣宗慶定三年（一二一九，即成吉思汗十四年，時處機七十二歲），居萊州昊天觀，成吉思汗自乃蠻命近臣劉仲祿至萊州求之，明年處機應召北行。越二年，至撒馬爾干，覲見成吉思汗於附近行在，上問：「眞人遠來，有何長生之藥？」對曰：「有養生之道，而無長生之藥。」此後，凡講道三次，拳拳以好生戒殺爲勸。時太祖行在設大雪山之陽，故史稱長春之講道爲「雪山講道」。哀宗正大元年（一二二四年，即蒙古成吉思汗十九年，時處機七十七歲）返抵燕京。《元史》卷二〇二〈丘處機傳〉云：「時國兵踐蹂中原，河南北尤甚。民罹俘戮無所逃命。處機還燕，使其徒持牒招求於戰伐之餘。由是爲人奴者，得復爲良；與瀕死而得更生者，毋慮二三萬人。中州人至今稱道之。」❷其有功於民可見。正大四年（一二二七），卒於燕京。事跡詳《元史》卷二〇二、《新元史》卷二四三、李志常（長春弟子）《長春眞人西遊記》、陳教友《長春道教源流》、姚從吾〈元丘處機年譜〉（見姚著《東北史論叢》）。

長春著有《磻溪集》六卷。《彊村叢書》覆晦木齋藏舊鈔《磻溪集》本（《道藏》第七九七

---

❷《元史》，卷二百二，〈釋老傳．丘處機傳〉，民國二十三年九月，開明書店鑄版，總頁六五八一。

册),收詞一百三十四,又補遺二首;陶湘景《宋金元明本詞》彙刻本,所收與朱本同。近人周泳先《唐宋金元詞鈎沈》從《鳴鶴餘音》(《道藏》第七四四、七四五册)補得八首,共一百四十四首。饒宗頤教授「嘗取集本與《道藏》本(詞載第五第六兩卷)互勘,計得校記八十餘則,其要點:一爲《集》本中題序及自注較詳明;《藏》本則修成謹嚴文字(如自注劉蔣村祖菴及關中土俗,《藏》本全刪)。一爲《集》中〈沁園春〉六首,末首題爲『讚佛』,《藏》本刪去此首;又《集》本『報師恩』闋題爲『削髮留髭』,《藏》本作『嘲有髭僧』;似此迹象,殆長春已卒,全眞受到番僧讒謗以後之所爲。一爲《集》本於詞調別名之下必注『本名某』,《藏》本從略。一爲《集》本譌字較多,《藏》本文義較可據(手民誤筆亦略見)。」❸

在全眞家的詞集中,丘長春的《磻溪詞》算是相當典雅的一部了。所以《彊村叢書》亦有選入,而世人知長春能詞的也較爲普遍。平心而論,《磻溪詞》雖然比較上典雅一點,但大部份仍作道家語,純粹爲抒情而發,具有濃厚的文學趣味者不多,在一百四十餘首之中,值得欣賞的不過三幾十首而已。

《磻溪詞》的內容頗爲廣泛,有述懷、說理、勸世、記事、即興、寫景、詠物,其中說理及勸世之作純是道家語,並非我們研究的對象,我們要討論的主要是它的寫景和詠物兩類作品,其次是即興、述懷與記事。集中寫景詞不算少,如〈無俗念・暮秋〉、〈水龍吟・夜晴〉、〈月中仙,賞月〉、〈雙雙燕・春山〉、〈金蓮出玉花・青峰〉、〈玉爐三澗雪・暮景〉(二首)、〈無漏子・秋霽〉、〈賀聖朝・靜夜〉等篇,雖非盡是佳製,然妙言雋語亦屢見其中。茲舉〈無俗念・暮秋〉一詞如下:

霜風蕩颺,舞飄零、木葉斜飛阡陌。極目長郊凝望處,衰菊斕斒猶圻。點點蒼苔,漫漫朝露，漸結清霜白。山川高下，盡成一片秋色。蕭灑萬物摧殘，淒涼天氣，愁損征途客。水谷雲根無可翫，獨有蒼蒼松柏。悟道真仙，忘機逸士，亘古同標格。欺寒壓衆，自來天地饒得。

此詞清麗幽雅，瀟灑自然，誠爲不可多得之作。他如「雲收雨霽，露出青峰寒骨勢。野靜天空，岌岌高横碧落中。」(〈金蓮出玉花·青峰〉)又如「杲日西沈遠隴，輕颷南起洪崖。……漸漸放開心月，微微射透靈臺。澄澄湛湛絶塵埃。瑩徹青霄物外。」(〈玉爐三澗雪·暮景〉)又如「日落風生古洞，夜深月照寒潭。澄澄秋色淨煙嵐。獨弄圓明寶鑑。」(前調)又如「夕陽紅，秋水澹。雨過碧天如鑑。籬菊綻，寒鴻歸，長郊葉亂飛。」(〈無漏子·秋霽〉)都是十分清雅的寫景句子。

《磻溪集》的詠物詞最出色又最爲人所傳誦的自然是〈無俗念·靈虛宮梨花詞〉了。詞云：

春游浩蕩，是年年、寒食梨花時節。白錦無紋香爛漫，玉樹瓊葩堆雪。靜夜沈沈，浮光靄靄，冷浸溶溶月。人間天上，爛銀霞照通徹。渾似姑射真人，天姿靈秀，意氣舒高潔。萬化參差誰信道，不與群芳同列。浩氣清英，仙材卓犖，下土難分別。瑤臺歸去，洞天方看清絶。

《詞品》說：「邱長春詠梨花〈無俗念〉云云，長春世之所謂仙人也，而詞之清拔如此。」❹

---

❸ 饒宗頤《詞籍考》，香港大學出版社，一九六三，卷七，頁二八三至二八四。

❹ 楊愼《詞品》，卷二，頁七，見《詞話叢編》，第二册，總頁四一八，民國五十六年五月，臺北廣文書局出版。

的確，此詞高潔清絕，靈秀異常，眞不食人間煙火之作。其餘詠物之作頗多，如〈無俗念·枰棋〉、前調〈蓑衣〉、前調〈竹〉、前調〈月〉、〈月中仙·對松〉、〈萬年春·土控〉、前調〈衲衣〉、前調〈杜鵑〉都是。〈無俗念·枰棋〉云：「初似海上江邊，三三五五，亂鶴群鴉出。打節衝關成陣勢，錯雜蛟龍蟠屈。」前調〈月〉云：「露結霜凝，金華玉潤，淡蕩何飄逸。」其描寫手法甚爲傑出。況周頤評之曰：「……其形容棋勢，如見開匳落子時。『淡蕩飄逸』，尤能寫出月之神韻。向來賦此二題者，殆未曾有。」❺故他認爲是「精警清切之句」❻。

即興之作雖然不多，但亦頗清新可喜，如〈忍辱仙人·春興〉云：

春日春風春景媚。春山春谷流春水。春草春花開滿地。乘春勢。百禽弄舌爭春意。　澤又如膏田又美。禁煙時節堪游戲。正好花間連夜醉。無愁繫。玉山任倒和衣睡。

清麗流暢，爽朗自然，把春天欣欣向榮的景物和作者歡樂喜悅的心情寫得淋漓盡致。誰會想到這是出於道人之手？

詠懷篇什却有不少，共計十餘篇，如〈無俗念·歲寒守志〉、前調〈述懷〉、〈滿庭芳·述懷〉、〈瑤臺月·自詠〉、〈漢宮春·苦志〉、〈鳳棲梧·述懷〉、〈黃鶴洞中仙·自述〉、〈金蓮出玉花·自述〉、〈玉爐三澗雪·自詠〉、〈解寃結·自詠〉、〈好離鄉·述懷〉、〈蓬萊閣·述懷〉、〈下手遲·自詠〉、〈水雲游·自詠〉等，它們或言修道之苦志，或詠生活之閒適，或示思想之脫俗，或寫胸襟之曠逸，總之不離一個眞人逸士的寫照。茲錄兩闋如後：

黃鶴洞中仙·自述

故里在天涯，海上無名士。因遇終南陸地仙，挈我來游此。　素愛斷蓬飛，野鶴孤雲志。頂笠披蓑人不知，便是風狂子。

好離鄉・述懷

獨坐向南溪。一事無能百不知。所愛冥冥煙雨後，東西。雲綻峩峩列翠微。　蒼骨太虛齊。冉冉寒光映日飛。何事中心看不足，忘歸。似有膏肓病著肌。

最後我們要一談的是長春的記事詞。集中記事之作不下七、八首，但大都沒有多少文學價值。這裏要特別介紹的是一首〈滿庭芳〉。先錄其詞如下：

幼稚抛家，孤貧樂道，縱心物外飄蓬。故山墳壠，時節罷修崇。幸謝鄉豪併力，穿新壙、起塔重重。遺骸並，同區改葬，遷入大塋中。　人從。關外至，皆傳威德，悉報微躬。耳聞言，心下感念無窮。自恨無由報德，彌加志、篤進玄功。深迴向，虔誠道友，各各少災凶。

序云：「余自東離海上，西入關中，十五餘年，捨身求道，聖賢是則，墳塋罷修，考妣枯骸，孰加憐憫。邇聞鄉中信士，戮力葬之，懷抱不勝感激，無以爲報，遂成小詞，慇懃寄謝云。」這首詞的重要性是在乎內容，它不獨記述了鄉人爲他的父母修墳一事，而且更透露了他的倫理思想和求道慾望。後者從「幼稚抛家，孤貧樂道，縱心物外飄蓬」三句可以見出；前者則從他對鄉人之修墳「感念無窮」及希望他們「各各少災凶」可以看到。這說明長春雖遊心物外，但

---

❺ 況周頤《蕙風詞話》，卷四，頁八八，一九六一年八月，香港商務印書館出版。

❻ 同❺。

儒家的倫理思想如「父子」、「朋友」仍然深深的藏在他的心中。所以這首詞雖爲記事之作，但是其中的價值却在記事之外的。

㈢ 張　雨（公元一二七七——一三四六年）

張雨，又名天雨，字伯雨，號貞居子，又號句曲外史，錢塘人。生於宋端宗景炎二年，卒於元惠宗至正六年，年七十。早年及識趙孟頫，晚年猶及見倪瓚、顧阿瑛、楊維楨。年二十，以儒者抽簪入道，自錢塘至句曲，負逸才英氣，以詩著名，格調清麗，句語新奇。時趙松雪、虞道園、范德機、楊仲弘等以詩文鳴於館閣之上，而流風餘韻播諸邱壑之間。貞居以豪邁之氣，超然自得，獨鳴於邱壑之間，而清聲雅調聞諸館閣之上。其結交者盡當時海內名士，如虞集、范梈、袁桷、黃溍諸人皆嘗與其唱酬往還。貞居博學多聞，襟懷瀟灑，故士大夫多景慕而樂道之。事蹟詳姚綬〈句曲外史小傳〉、劉基〈句曲外史張伯雨墓誌銘〉、姚綬〈外史張公墓碑銘〉（俱見《貞居集》）。平生詩文，手錄成帙而未梓，明成化間姚綬始得其稿，嘉靖十三年（一五三四）陳應符始校刊爲《句曲外史集》三卷，附有劉基所撰〈墓誌〉及姚綬所作〈小傳〉。崇禎中毛晉得閔氏所錄佚詩爲補遺三卷，又搜其集外詩爲一卷。以上共七卷，即《四庫》所據本。丁丙刊《武林往哲遺著》之《貞居集》七卷，多補遺附錄各二卷。《四部叢刊初編》景元刊之《貞居詩集》五卷，不載詞。其詞之專集有吳訥輯《百家詞》本，李西涯輯《南詞》本，並稱《貞居詞》。《知不足齋叢書》刊厲樊榭手抄本，載詞五十三首。（樊榭手校抄本《貞居集》乃七卷本）《叢書集成初編》覆此。《彊村叢書》覆邃雅堂舊鈔本，收詞五十三首，又補遺二首。

張雨是仇遠的弟子，張翥的同窗，他們的詞風都以姜白石爲宗，故《貞居詞》白石氣味頗濃，甚得清麗瘦勁之旨。如〈滿庭芳・重九次趙侯韻〉就是一首很顯明的例子。詞云：

湖曲荒煙，石林斜日，笛聲淒斷山陽。孤懷無託，只用醉為鄉。回首西風黃落，儘輸他，松檜青蒼。相思處，書題新橘，還待滿林霜。 人生難會合，良辰孤負，把菊傳觴。便三人對月，獨自清狂。正為跫音空谷，天遠近、鴻鵠高翔。空追和，陽春一曲，聊代紫萸囊。

其清空勁拔處，甚似白石、玉田。更有擬白石之作，如《早春怨・擬白石》就是，詞云：

空山暮暮朝朝。盼得春來，春寒春困，陡頓無聊。半剔殘釭，片時春夢，過了元宵。 到此際無魂可消。卻倚東風，水如衣帶，草似裙腰。

格調清麗，句語新奇，可見貞居是如何的有意學白石，又如何的近似了。貞居不僅學白石的意境和用字，更有偸取白石的詞句而爲己用的，如〈東風第一枝・玉簪〉的「西窗暗雨」四字就是從白石的〈齊天樂・詠蟋蟀〉「西窗又吹暗雨」拿過來的。

然而，在《貞居詞》中，最重要的還是詠物詞，它們都寫得婉約纏綿，工巧精麗。如〈摸魚兒・雙蓮一榦爲人折去，仲舉邀予賦之〉、〈瑤花慢・賦雪次仇山邨韻〉、〈宴山亭・賦楊梅〉、〈燭影搖紅・紅梅〉、〈水調歌頭・盆荷〉、〈滿江紅・玉簪次班彥功韻〉、〈雪獅兒・賦梅次仇山村韻〉、〈東風第一枝・玉簪〉等篇就不失爲詠物詞的佳作。茲錄兩闋如下：

宴山亭・賦楊梅

鶴頂朱圓，豐肌粟聚，寶葉揉藍初洗。親翦翠柯，遠贈筠籠，脈脈紅泉流齒。骨換丹砂，笑尚帶、儒酸風味。誰記。曾問譜西泠，綠陰青子。君家幾度尊前，摘天上繁星，伴人同醉。纖手素盤，歷亂殷紅，浮沈半壺脂水。珍果同時，惟醉寫、來禽青李。爭似。為越女、吳姬染指。

滿江紅·玉簪次班彥功韻

玉導纖長，頓化作、雲英香莢。風弄影、綠鬟撩亂，搔頭斜插。璞小還思釵燕竝，叢幽略比蕉心狹。看柔鬚、點綴半開時，微烘蠟。冰筋瘦，瓊枝滑。芳徑底，誰偷掐。怕夜涼消得，錦圍紅匝。鵝管不禁仙露重，密脾謄借清香發。待使君、絕妙好詞成，須彈壓。

如此婉細精艷的作品，就算與南宋詞人比較起來，亦無多大遜色。

不過，貞居的詠物詞也不盡是這樣作風，亦有清新流麗一類，如〈蝶戀花·新柳〉：

誰道鵝兒黃似酒。對酒新鵝，得似垂絲柳。鉛粉泥金初染就，年年春雪消時候。一縷柔情能斷否。雨重煙輕，無力縈窗牖。試看溪南陰十畝。落花都聚紅雲帚。

這首詞在造語方面雖不及前兩首那麼雕琢精鍊，但自有一種疏秀之美。

貞居更有放逸清疏之作，充份的表露他的灑脫胸襟和逸氣豪情，如〈木蘭花慢·和馬昂夫〉、前調〈秋詞〉、前調〈龜溪寄張小山〉、〈石州慢·和黃一峰秋興〉、〈浪淘沙〉、〈茅山逢故人·句曲道中送友〉、〈漁父詞·贊船子和尚二首〉、〈太常引〉（二首）、〈憶秦娥〉（二首）等便是。茲舉兩首爲例：

木蘭花慢·秋詞

看秋容漸好，一番雨，一番涼。試點檢吾家，小山叢桂，金粟都黃。濤江限他吳越，便胥魂、不似向時狂。眼底龍飛鳳舞，夢中狐嘯鴟張。茫茫今古總堪傷。歌罷意難忘。甚老矣嵇生，五絃揮手，怕聽清商。淵明平生師友，白衣人、借與我持觴。若問醉翁年紀，指渠松柏高岡。

憶秦娥·楊山居湖舫新成，載酒落之，賦秦樓月二首，書於船窗（其一）

蘭舟小。一篷也便容身了。容身了。幾番煙雨，幾番昏曉。　出橋三面青山繞。入城一向紅塵擾。紅塵擾。綠蓑青篛，讓渠多少。

前一首以豪放勝，後一首以疏逸勝，這是貞居詞清麗婉約以外的另一種風格。《四庫提要》稱其「詩文豪邁灑落，體格遒上」❼，今讀貞居之詞，也有不少類似的地方。

詞中又往往染上道家色彩，如〈蘇武慢·至正八年夏和虞道園〉云：「舞琴心三疊胎仙，坐到月高山小。」〈木蘭花慢·己未十月十七日壽溪月眞人〉云：「神仙官府肯容閒。樞要在玄關。有溪上金鼇，月中金粟，長駐嬰顏。」〈百字令·壽玄覽眞人，次黃一峰韻〉云：「洞霄仙侶，更添一箇仙鶴。」〈八聲甘州·舟次垂虹寄玄洲許道民〉云：「念葛洪、移居辛苦，

❼《四庫全書總目提要》，卷一六八，頁八，民國五十三年十月，臺北藝文印書館出版，第六冊，總頁三三四一。

甚左郎、容易問丹砂。」〈望梅花·壽師道眞人〉云：「憑高望笑掣金鼇，人道是蓬萊頂上。」貞居身爲黃冠，詞中雜有道家語是很自然的，幸好它們還比較輕淡，未有達到影響詞中藝術性的地步。

四 滕賓（公元一三一〇前後在世）

滕賓，一作斌，字玉霄。《錄鬼簿》列入「前輩名公」，稱「滕玉霄應奉」。黃岡人，或云睢陽人。風流篤厚，見者心醉。狂嬉狎酒，韻致可人。其談笑筆墨，爲人傳誦，寶愛不替。至大間（公元一三〇八—一三一一年），任翰林學士，出爲江西儒學提舉。後棄家入天臺爲道士，號涵虛子。有《玉霄集》。賓以散曲著名，存小令十五首。《太和正音譜》云：「滕玉霄之詞，如碧漢閑雲。」❽《元草堂詩餘》錄其詞七首（卷上六首，卷中一首）。近人周泳先《唐宋金元詞鉤沈》從《詞品》、《歷代詩餘》等書再輯出兩首，存詞共計九首。

玉霄之詞，清麗放逸，體格不凡。存詞九首，幾無一不是佳作。最爲人所愛誦的無疑是〈鵲橋仙〉和〈齊天樂〉。先看〈鵲橋仙〉：

斜陽一抹，青山數點。萬里澄江如練。東風吹落櫓聲遙，又換起、寒雲一片。　殘鴉古渡，荒雞村店。漸覺樓頭人遠。桃花流水小橋東，是那箇、柴門半掩。

清疎雅麗，韻致非常，誠是不可多得的作品。

再看〈齊天樂〉（序略）：

片帆呼渡西山曲，匆匆載將春去。路入蒼寒，浪翻紅暖，一枕欹眠烟雨。酒朋詩侶。儘醉舞狂歌，氣呑吳楚。一樣風流，依然猶是晉風度。人生如此奇遇。問老天何意，五星來聚。句落瑤毫，香霏寶唾，驚倒世間兒女。渭川雲樹。悵後夜相思，月明何處。怕有新詩，雁來頻寄與。

這首詞却以豪放飄逸勝，其中又帶有綺艷的句語。其他諸作，除〈點絳唇・墨本水仙〉、〈瑞鷓鴣・贈歌童阿珍〉和〈百字令・贈宋六嫂〉外，都是些清放的篇章。

玉霄詞每多清麗空靈的句子，抒情意味甚爲濃厚。茲摘錄數句如下：

玉樹庭前千載曲，隔江唱罷月籠階。（〈瑞鷓鴣・贈歌童阿珍〉）

試容我、從遊五陵間，便吹落蒼寒，一簑烟釣。（〈洞仙歌・送張宗師捧香〉）

我笑姮娥解事，但歲歲孤眠空老。歸去好。江上綠波煙草。（〈玉漏遲・七夕行臺諸公見餞〉）

可人何處，滿庭霜月清冷。（〈百字令・贈宋六嫂〉）

木落山空人掩戶。得似舊時春色否。雁聲叫徹楚天低，玉驄嘶入煙雲去。

---

❽ 朱權《太和正音譜》，卷上，「古今群英樂府格勢」，見《錄鬼簿》（外四種），頁一二五，一九五九年十月，北京中華書局出版。

這類句子是玉霄詞清曠疏逸的最重要因素。楊升庵《詞品》云：「元人工於小令套數，而宋詞又微，惟滕玉霄集中塡詞不減宋人之工。」❾讀了玉霄的名篇和雋語後，便可知升庵的批評是十分有根據的了。

說到金元時代的釋家詞人就遠不如道士詞人那麼多，不過他們的作品都有相當的藝術水平，不似那些全眞家大都以說教談道爲本。就以我考據所得的幾個釋家詞人（釋善住、天目中峰禪師和竺月華）所存的詞篇來看，就不是一般道士（除了長筌子、丘處機、張雨和滕賓數人）可比的。現在介紹釋善住和天目中峰禪師二人之詞如後：

㈠釋善住（十三世紀後期至十四世紀初期時人）

釋善住，字無住，別號雲屋。嘗居吳郡城之報恩寺，往來吳淞江上，與仇遠、白珽、虞集諸人相酬唱。集中〈癸亥歲寓居錢塘千頃寺述懷〉詩有「高閣工書三十年」句，從英宗至治三年癸亥（公元一三二三年）上推三十年爲世祖至元三十一年甲午（公元一二九四年），距宋亡僅十四年，猶及見宋之遺老，故所作頗有矩矱。有《谷響集》三卷傳世。明刊本載詞十三首，文瀾閣庫本載詞十二首，少〈卜算子〉一首，文字則無何差異，蓋即出一本。周泳先《唐宋金元詞鈎沈》則從明刊本校錄。

善住之詞，清新雋逸，佳處不減北宋名家，在元代方外詞人中，固宜屈一指。存詞十三首皆爲小令，而首首可誦，其善寫小令於此可見。試看下面兩首：

臨江仙・春暮

燕子穿簾深院靜，晝闌飛絮濛濛。砌苔柔綠襯殘紅。問春何處，移在柳陰中。　老至十分詩思減，膝間閒理絲桐。曲終聲盡意無窮。杜鵑開了，餘恨寄南風。

卜算子

夜月照西風，露冷梧桐落。揚子江頭朔鴈飛，黃葛終難著。　促織弔青燈，遠夢驚初覺。擬撫窗間綠綺琴，寂寞無弦索。

清幽雋美，情韻無窮，風格甚似晏、秦，誰會想到竟是出自一個和尚之手筆！

善住又有一些較爲清逸的作品，茲舉二闋如後：

憶王孫・漁者

悠悠世事幾時休。身後身前豈足憂。天地都來一釣舟。下中流。臥看青天飛白鷗。

前調〈山居〉

半生長是白雲閒。猿鳥漁樵共往還。倚箇喬松看遠山。少機關。世上何人似我閒。

---

❾楊愼《詞品》，卷五，頁十三，見《詞話叢編》，第二冊，總頁五一三。參❹。

其清淡疏逸之處極類張志和，與前面兩首又有一點差別。

(二) 天目中峰禪師（公元一二六三——一三二三年）

天目中峰禪師，姓孫氏，名明本，號中峰，錢塘人，為元世高僧。居吳山聖水寺，工於吟詠，與趙孟頫為方外交。時馮子振以文章名一世，意頗輕之。一日，孟頫偕中峰訪子振，子振出示《梅花百絕句》，中峰一覽，走筆成七言律詩如馮之數，子振神氣頓攝，遂與定交。今傳《梅花百詠》一卷即當時子振與中峰倡和詩也。有《中峰廣錄》傳世。《歷代詩餘》（卷一一九）引筆記錄其〈行香子〉三首，又《春花集》卷十二錄其〈行香子〉八首，存詞共十一首，俱清雅之作。茲錄一闋如後：

短短橫牆。矮矮疎牕。一方兒小小池塘。高低疊嶂。曲水邊旁。也有些風，有些月，有些香。　日用家常。竹几藤牀。儘眼前水色山光。客來無酒，清話何妨。但細烘茶，淨洗盞，滾燒湯。

若不經意，天眞雅淡，方外詞人之本色也。

第二章　婦女詞人

金元是曲的時代，詞的生命已逐漸走向下坡，再不是社會上一種流行的文學形式。一般士大夫對它已經漸漸放棄，寫作的熱情也慢慢減弱，就算女性也沒有例外。這個時期的女詞人實在少得可憐，金朝竟然一個也未見，元代包括娼妓在內也不過是十數人，而其中有三數人還是由宋入元的。這比起宋代實在是太少了。而且，若求一個如朱淑眞一般的作家都不可得，更遑論可以媲美李清照了。在這十數人之中，除了張玉孃有專集（《蘭雪詞》）留傳外，其他人的作品只零星地散見於各種詞話或筆記，其中只有一首詞存世的也近一半之數。由此可見，此時女性詞人的寥落情況了。

本來，娼妓多數是懂得塡詞的，宋代就是這樣，可是到了元代，她們爲了適合時尚，都作起曲來了。元代夏庭芝《青樓集》就有不少記載。能作詞的，可考者只有三人。於此又可進一步證明元代能詞的女性委實是很貧乏了。

在這十數女詞人之中，我們於此只談論其中三人：

㈠ 張玉孃（十三世紀後期人）

張玉孃，字若瓊，自號一貞居士。《四庫提要》云：「元松陽女子張玉孃……明慧知書，少許字沈佺。旣而父母有違言，玉孃不從，適佺屬疾，玉孃折簡貽佺，以死自誓。佺卒，玉孃遂以憂死。……至嘉靖中，邑人王詔得其遺詩於《道藏》中，乃爲作傳，以表其事……卷首題張獻集錄，蓋玉孃之族孫也。」❶王詔撰傳謂玉孃是宋仕族女，卒年二十八，又說沈佺是她的中表。玉孃的〈王將軍墓〉詩小引云：「宋亡，〔王氏〕與元兵戰死。」可見玉孃實入元後去世。著有《蘭雪集》一卷。清順治間有孟稱舜刊本，後又有狄氏活字本。民國十年李氏宜秋館刊宋人集丙編《蘭雪集》上下卷，據孔氏藏鈔本校刊。下卷載詞十六首，有三首朱本缺字者，此本不缺。《彊村叢書》《蘭雪詞》十六首，據孔氏微波榭傳錄小山堂鈔本。題作張玉，乃傳鈔之誤。李本闕中脫字，此本依律補回空格者凡五首。

玉孃是一位不幸的女詞人，她的一生，除了短短的一段童年比較幸福一點外，就差不多活在愁苦之中。本來她與其表兄沈佺的愛情是帶來快樂的，他們的婚約是帶來希望的，可是她的父母突然翻悔就引起她無限的哀愁與痛苦。在這件事情還沒有解決之前，沈佺又隨父遊京師。如此生離就更增加她的愁苦了。在無可奈何之中，她重憶舊歡，但當她環顧眼前的淒苦孤寂的境況時，就更難受了。在這種情懷之下，她寫出了很多動人的詞篇。如〈玉蝴蝶・離情〉：

極目天空樹遠，春山虧損，倚徧雕闌。翠竹參差聲戛，環佩珊珊。雪肌香、荊山玉瑩，蟬鬢亂、巫峽雲寒。拭啼痕，鏡光羞照，孤負青鸞。何時星前月下，重將清冷，細與溫存。薊燕秋勁，玉郎應未整歸鞍。數新鴻、欲傳佳信，閣兎毫、難寫悲酸。到黃昏，敗荷疏雨，幾度銷魂。

這是沈佺從父宦遊燕京後，玉孃思念他而寫的。詞境非常淒寂，詞意極度愁苦。其婉約蘊藉，低徊要眇之處甚似秦少游詞。又如〈玉女搖仙佩・秋情〉：

霜天破夜，一陣寒風，亂淅入簾穿戶。醉覺珊瑚，夢回湘浦，隔水曉鐘聲度。不作〈高唐賦〉。笑巫山神女，行雲朝暮。細思算、從前舊事，總為無情，頓相孤負。正多病多愁，又聽山城，戍笳悲訴。　強起推殘繡褥，獨對菱花，瘦減精神三楚。為甚月樓，歌亭花院，酒債詩懷輕阻。待伊趨前路。爭如我雙駕，香車歸去。任春融、翠閣畫堂，香靄席前，為我翻新句。依然京兆成眉嫵。

這又是淒苦愁絕之語。詞中云：「不作〈高唐賦〉，笑巫山神女，行雲朝暮。細思算、從前舊事，總爲無情，頓相孤負。」似寓有從前「不曾眞箇」之悔。又如〈水調歌頭．次東坡韻〉：

素女煉雲液，萬籟靜秋天。瓊樓無限佳景，都道勝前年。桂殿風香暗度，羅襪銀牀立盡，冷浸一鉤寒。雪浪翻銀屋，身在玉壺間。　玉闕愁，金屋怨，不成眠。粉郎一去，幾見明月缺還圓。安得雲鬟秀臂，飛入瑤臺銀闕，兎鶴共清全。竊取長生藥，人月兩嬋娟。

似欲突破「金屋」，效嫦娥之奔月，以尋找他們的自由世界。可是「粉郎一去」，此願難償，惟有付之嗟嘆而已！此詞雖然哀婉無限，但高曠清拔之氣却浮現其間，這自然是受東坡的影響了。〈念奴嬌．中秋月次姚孝寧韻〉亦頗有東坡格調。

《蘭雪詞》雖多愁苦悽楚之言，但是清新婉麗的篇章亦並非沒有，如〈南鄉子．清晝〉：

疏雨動輕寒。金鴨無心熱麝蘭。深院深深人不到，凭闌，盡日花枝獨自看。　銷睡報雙鬟。茗鼎香分小鳳團。雪浪不須除酒病，珊珊。愁繞春叢淚未乾。

---

❶《四庫全書總目提要》，卷一七四，頁七十九，民國五十三年十月，臺北藝文印書館出版，第六冊，總頁三五五六。

又如〈浣溪沙・秋夜〉：

玉影無塵雁影來。繞庭荒砌亂蛩哀。涼窺珠箔夢初回。　壓枕離愁飛不去，西風疑負菊花開。起看清秋月滿臺。

如此佳作，比之李清照《漱玉詞》，亦不會多大遜色的。又如她的〈如夢令・戲和李易安〉一詞就甚具易安詞風。茲錄出如下：

門外車馳馬驟。繡閣猶醺春酒。頓覺翠衾寒，人在枕邊如舊。知否。知否。何事黃花俱瘦。

(二)管道昇（公元一二六〇——一三一九年）

管道昇，字仲姬，一字瑤姬，吳興人，趙孟頫之妻。生於宋理宗景定三年，卒於元仁宗延祐六年，年五十八。父伸，性倜儻，以任俠名聞鄉里。道昇無兄弟，故特爲父母所鍾愛。稟質聰明，落落有丈夫氣。二十八歲，嫁趙孟頫，相偕至京師。時孟頫已就元聘，累官直集賢院同知濟南路總管府。據〈女子絕妙好詞・小序〉說，趙孟頫欲置妾，以小詞調仲姬云：

我為學士，你做夫人。豈不聞王學士有桃葉、桃根？蘇學士有朝雲、暮雲？我便多娶幾個吳姬越女無過分。你年紀已過四旬，只管占住玉堂春！

仲姬答云：

你儂我儂，忒煞情多。情多處，熱似火！把一塊泥，捻一個你，塑一個我。將咱兩個，一齊打破，用水調和，再捻一個你，再塑一個我。我泥中有你，你泥中有我。我與你生同一個衾，死同一個槨。

孟頫得詞後大爲感動，遂放棄了納妾的念頭。仲姬這首詞，語言極爲質樸，但却充滿了感情，而且情熱如火，即使是鐵石心腸也會被它感動的，難怪孟頫打消前念了。

仲姬存詞實應以〈漁父詞〉（四首）爲第一，不獨造語高雅淡逸，更可見出她的瀟灑超脫的胸懷。現抄錄如後：

遙想山堂數樹梅。凌寒玉蕊發南枝。山月照，曉風吹。只為清香苦欲歸。

南望吳興路四千。幾時回去霅溪邊。名與利，付之天。笑把漁竿上畫船。

身在燕山近帝居。歸心日夜憶東吳。斟美酒。鱠新魚。除却清閒總不如。

人生貴極是王侯，浮利浮名不自由。爭得似，一扁舟。弄月吟風歸去休。

這四首詞之末，有孟頫識語，《清河書畫舫》載之，云：「吳興郡夫人，不學詩而能詩，不學畫而能畫，得於天然者也。此〈漁父詞〉皆相勸以歸之意，無貪榮苟進之心。其與老妻強顏道：『雙鬟未全斑，何苦行吟澤畔，不近長安！』者異矣。皇慶二年（一三一三）十二月十八日，子昂書。」❷這四首詞大概是作於仁宗延祐年間，當時孟頫爲集賢院侍講學士中奉大夫，仲姬封爲魏國夫人。仲姬是一位慣于過逍遙自在生活的人，不耐居官的束縛，故寫出了這些「名與

---

❷《清河書畫舫》，酉字號，頁六十一，有竹人家藏板，光緒元年（一八七五）仲冬重刊。

利，付之天」、「浮利浮名不自由」、「歸去休」一類的字句來。

仲姬不獨善於塡詞，亦善於吟詩作畫，更善於書法，可謂一個多才多藝的女子。

(三)羅愛愛（十四世紀時人）

羅愛愛，元末嘉興名娼，色藝俱絕，能詩善詞。嘗與諸名士讌于鴛湖凌虛閣，賦絕句云：「曲曲欄干正正屛，六銖衣薄懶來凭。夜深風露涼如許，身在瑤臺第一層。」自此才名日盛。存詞二首，一爲〈齊天樂〉，一爲〈沁園春〉，俱見《詞苑叢談》卷十二外編。今錄之：

齊天樂

恩情不把功名誤。離筵又歌金縷。白髮慈親，紅顏幼婦，君去有誰為主。流年幾許，況悶悶愁愁，風風雨雨。鳳折鸞分，未知何日更相聚。蒙君再三分付。向堂前奉侍，休辭辛苦。官誥蟠花，宮袍製錦，待要封妻拜母。君須聽取。怕落日西山，易生愁阻。早促歸程，綵衣相對舞。

沁園春

一別三年，一日三秋，君何不歸。記尊嫜抱病，親供藥餌，高堂埋葬，親曳麻衣。夜卜燈花，晨占鵲喜，雨打梨花晝掩扉。誰知道，把恩情永隔，書信全稀。干戈滿目交揮。奈命薄時乖履禍機。向銷金帳裏，猿驚鶴怨，香羅巾下，玉碎花飛。要學三貞，須拚一死，免被傍人話是非。君相念，算除非畫裏，重見崔徽。

《詞苑叢談》說：「同郡有趙氏子者，與之狎，遂托終身焉。未幾，趙有父執官太宰，以書自上都招之，許授江南一官。趙躊躇未決，愛愛勸之行。因置酒中堂，捧觴爲趙母壽，自製〈齊天樂〉一闋，歌以侑之。」❸今觀〈齊天樂〉一詞，雖有無限難捨之情，然亦以丈夫之功名爲念，而且以不辭辛苦，奉侍家姑，以息趙生之掛心，其敦厚孝謹之品德如此！至〈沁園春〉一詞則怨而不怒，強調趙生去後的淒涼慘痛的情況及道出她的「一死」，是要「免被傍人話是非」。其高貴貞潔的品質於此又可見矣！爲甚麼說「一死」呢？原來這首詞是她「死後」的作品。《詞苑叢談》載它的本事說：「……趙子遂去。及至都而太宰殂矣，無所依托，遷延旅邸。趙母以憶子故，感病歿。愛愛親爲營葬。甫三月，張士誠陷平江，參政楊完者率兵拒之。因大掠，見愛愛姿色，欲納之。愛愛以羅巾自縊死。不久，張氏通款，趙子間關北歸，則城郭人民皆非故矣。遂獨宿于堂中，忽見愛愛淡粧素服出燈下，與趙禮畢，泣而歌〈沁園春〉一闋云云，每歌一句，悲啼掩抑，趙子遂與入室，歘若平生。雞鳴泣別，瞥然而逝，但覺寒燈半滅而已。」❹此詞自是出於好事者僞托，但頗能表現出羅愛愛的高尚品格，而且寫得實在不差的。

❸ 徐釚《詞苑叢談》，卷十二外編，頁七，總頁三二一，民國五十七年七月，臺北廣文書局出版。

❹ 同❸。

第三章　外國華化詞人

這裏所謂的「外國」是指《新元史》所說的西域和東南方如高麗諸國。西域的範圍，在元人的眼中，極爲廣大，自唐兀、畏吾兒，歷西北三藩所封地，以達於東歐都包括在內。其實，西域人即是色目人，其地位僅次於古蒙人的一些人種。元代的外國華化詞人大半是西域人。東南方諸國包括高麗、日本、安南、暹羅、爪哇等地，可是，除了高麗外，其他國家未見有華化的詞人。至於「華化」的意義，是取陳垣先生《元西域人華化考》的說法，「以後天所獲，華人所獨者爲斷」❶。中國人有自己的成套文化，亦有其與別不同的文化特徵。就舉文學來說，它與西域諸國本來就大不相同，不過，在元代的時候，因爲西域人入居華地，逐漸改從華俗，所以有一部份人便由愛慕中國文學而學習中國文學，結果有一小部份人達到相當的成就，與中國人比較起來也不覺得遜色多少。今就《元西域人華化考》所載，元代西域人華化的作者就有三十餘人，著述達八十餘種❷，可見當時西域人華化之深。而高麗之華化，遠在元代之前，故在元時高麗人是被視爲漢人的。

金源一代未見有外國華化的詞人；元代則有五、六名，其中以蒲壽宬、薩都剌、李齊賢三

❶ 陳垣《元西域人華化考》，頁三，民國五十一年十月，臺北世界書局出版。

❷ 同前書，頁一二八—一三二。

人之成就較高，故此在這裏只談論他們三人。

㈠蒲壽宬（十三世紀時人）

蒲壽宬，號心泉，泉州人，先世出自阿剌伯系統，信仰回教，爲宋末提舉泉州市舶使蒲壽庚之兄。宋度宗咸淳七年，曾任梅州知州。（據光緒溫仲和等纂《嘉應州志》卷十八〈官司表〉）〈蒲氏譜系表〉云：「壽宬，宋度宗咸淳十年，詔爲吉州知州。知宋運逆，迄錄不赴。」❸原來他「不赴」是內裏有機謀的，明末曾學佺《大明輿地名勝志·泉州志勝》卷五就揭破他，說：「壽宬授知吉州，不赴，勸壽庚據泉以降元。」❹《八閩通志》卷八十六對這件事就有詳細的記載，云：「宋季，益廣二王，從福州行都，航海幸泉州，駐蹕港口，宋臣蒲壽庚拒城不納。壽庚武人寡謀，其計皆出於兄壽宬（原書作晟。《四庫全書總目》蒲壽晟「心泉學詩稿」條，及桑原騭藏〈蒲壽庚之事蹟〉一文，皆謂壽晟、壽宬爲同屬一人。）所籌劃部署。決策既定，佯作黃冠野服，隱山中，自稱處士，示不臣二姓之意。而密俾壽庚於蠟丸裏降表，命善水者由水門潛出，納款於唆都。既而元以歸附之功，授官平章，開平海省於泉州，富貴冠一時。……忽二書生踵門，自云從潮州來，來謁處士。閽人以處士方晝寢，弗爲白。書生曰：『願得紙筆書姓名，俟覺敢煩一投，幸甚。』閽人乃遺以紙筆，遂各賦詩一首。其詩曰：『梅花落地點蒼苔，天意商量要入梅。蛺蝶不知春去也，雙雙飛過粉牆來。』『劍戟紛紛扶主日，山林寂寞閉門時。水聲禽語皆時事，莫道山翁總不知。』書畢不著姓名，拂袖而去。壽宬（原書作晟）既覺，閽人以詩進，惶汗失措，大恚不早白，遂遣人四出，竟不復見。」❺壽宬於蒙人統一中國後，又嘗出仕，〈譜系表〉云：「元至元二十三年丙戌（一二八六），三月間，世祖遣御史程文海詔求江南人才，公（壽宬）赴試，中第一甲第一名，賜狀元及第。」❻或曰元世祖時未行科舉之制，說「賜狀元及第」云云當有失實之處，然壽宬既可降元，爲元而仕是不足爲奇的，在程鉅夫所薦舉二十餘人之內亦大有可能。向來都把蒲壽宬視爲宋人，但是他既然助其弟壽庚降元，復仕於元，我認爲把他視爲元人更有道理。《四庫全書珍本初集》有《心泉學詩稿》，載詞十八首。《彊村叢書・心泉詩餘》亦收十八首，覆朱學勤結一廬《心泉學詩稿》本。《全宋詞》蒲壽宬詞，收朱本。

心泉詞十八首之中，十五首爲〈漁父詞〉，風流蘊藉，清麗雋永，極得張志和之格調。玆舉二首爲例：

江渚春風澹蕩時。斜陽芳草鷓鴣飛。蓴菜滑，白魚肥。浮家泛宅不曾歸。

又

白水塘邊白鷺飛。龍湫山下鯽魚肥。敧雨笠，著雲衣。玄真不見又空歸。

可是，這類詞並不是他的代表作。能夠代表《心泉詩餘》的是〈滿江紅・登樓偶作〉及〈賀新

---

❸〈蒲氏譜系表〉，轉引羅香林《蒲壽庚研究》，第三章，頁五十六，民國四十八年十二月，香港中國學社出版。

❹曹學佺《大明輿地名勝志・泉州志勝》，卷五，轉引羅香林《蒲壽庚研究》，第三章，頁五十六。參❸。

❺《八閩通志》，卷八十六，轉引羅香林《蒲壽庚研究》，第三章，頁六〇。參❸。

❻同❸。

郎・贈鐵笛》兩首。前首云：

樓倚虛空，覺人世、不知何處。人縹緲、半檐星斗，一窗風露。潮退沙平鳬雁靜，夜深月黑魚龍怒。把青樽、獨自笑餘生，成何事。塵埃外，談高趣。煙波上，題詩句。這美景良宵，且休虛度。夢覺官情甜似蠟，老來況味酸如醋。念兒曹、南北幾時歸，情朝暮。

這首詞寫出他的豪放灑脫的胸襟，但到了結尾又似乎不禁流露出其心情的矛盾。〈賀新郎〉一首亦多灑脫語，如云：「惟我盧中元識破，笑人間、日月無停杼。名與利，莫輕許。」又云：「人生窮達皆天鑄。」又云：「百歲光陰彈指過，算伯夷、盜跖俱塵土。」這大概是他「黃冠野服，隱山中，自稱處士」時所作吧。但誰會想到他竟然助其弟策劃降元呢？無怪《四庫全書總目提要》說他是「一狡黠之叛人」❼了。

其〈欸乃詞・贈漁父劉四〉云：

白頭翁。白頭翁。江海為田魚作糧。相逢祇可喚劉四，不受人呼劉四郎。

如此質樸淺白之作，又近似〈竹枝〉、〈楊柳枝〉一類的民間小調了。

(二) 薩都剌（公元一三〇八——？年）

薩都剌，亦作薩都拉，字天錫，號㤉叟，又號直齋，本答失蠻氏，回回人。後居於雁門，遂入籍焉。生於至大元年（一三〇八），卒於至正二十三到二十八年之間（公元一三六三——一三六八年）。其卒年，或當在其五十六歲至六十一歲之間。登泰定四年（一三二七）進士第，除應奉翰林文字，擢御史於南臺，以彈劾權貴，左遷鎮江錄事司達魯花赤，歷淮西廉訪司經歷等職。晚年寓居武林，每風日晴好，輒肩一杖，挂瓢笠，踏芒蹻，凡深巖邃壑，無不窮其幽勝，興至則發爲詩歌。後入方國珍幕府卒。《新元史》卷二三八有傳。其詩最長於情，流麗清婉，名冠一時。宮詞尤爲有名，如云：「深夜宮車出建章，紫衣小隊兩三行。石闌干畔銀燈過，照見芙蓉葉上霜。」（宮詞）其詩風可以概見。有《雁門集》，原八卷（《千頃堂書目》著錄《薩天錫詩集》二卷，又《雁門集》六卷）。毛晉得別本刊之併爲三卷，又別爲《集外詩》一卷。《四部叢刊》景印弘治刊本，並載成化刊序，名《薩天錫詩集》，分前後集而不載詞。（日本有舊刊黑口本《新芳薩天錫雜詩妙蓮稿》一卷。）清康熙侯文燦輯刊《十名家詞》本《天錫詞》一卷。有光緒十三年粟香室叢書覆刻。江標輯《宋元名家詞・雁門集》一卷，光緒二十一年刊。

薩天錫在外國華化詞人中可算是最足珍貴的一個，他的存詞雖只有十五首，但幾首首可誦，藝術價值相當崇高。他的詞大抵可分爲兩種風格：豪放的和婉約的，其中又以豪放的最爲傑出。其豪放的作品多爲長調，而〈念奴嬌〉一調竟達八首之多。最爲人所稱道的無疑是〈念奴嬌・登石頭城次東坡韻〉一詞了。詞云：

石頭城上，望天低吳楚，眼空無物。指點六朝形勝地，唯有青山如壁。蔽日旌旗，連雲檣櫓，白骨紛如雪。一江南北，消磨多少豪傑。　寂寞避暑離宮，東風輦路，芳草年年發。落日無人松徑裏，鬼火高低明滅。歌舞尊前，繁華鏡裏，暗換青青髮。傷心千古，秦淮一片明月。

---

❼《四庫全書總目提要》，卷一六五，頁四十八，民國五十三年十月，臺北藝文印書館出版，第六冊，總頁三二六七。

此詞感慨極深，由開端至「鬼火高低明滅」句俱是觸目生愁，展開了一幅荒涼冷落而又陰森可怖的圖畫。「歌舞尊前，繁華鏡裏，暗換青青髮。」三句略爲推開，色調較爲鮮明，最後兩句仍收歸石頭城，表現出一片愴痛、空虛的情緒。這首詞較之東坡的〈赤壁懷古〉有過之而無不及。

〈滿江紅·金陵懷古〉一首亦甚爲人傳誦，茲錄之如下：

六代繁華，春去也、更無消息。空悵望、山川形勝，已非疇昔。王謝堂前雙燕子，烏衣巷口曾相識。聽夜深、寂寞打孤城，春潮急。　思往事，愁如織。懷故國，空陳迹。但荒煙衰草，亂鴉斜日。玉樹歌殘秋露冷，胭脂井壞寒螿泣。到如今、唯有蔣山青，秦淮碧。

慷慨悲涼，沉鬱低徊，不愧爲懷古詞之傑作。除了這首外，還有三首懷古之作：〈酹江月·登鳳凰臺懷古〉、前調〈姑蘇臺懷古〉、〈木蘭花慢·彭城懷古〉，俱爲不可多得的作品。它們之所以能夠令人愛不釋手，完全是因爲在豪邁奔放之中帶着傷感的調子和荒寒的意境，使讀者可以不斷融情於其中。現再舉〈木蘭花慢·彭城懷古〉爲例：

古徐州形勝，消磨盡、幾英雄。想鐵甲重瞳，烏騅汗血，玉帳連空。楚歌八千共散，料夢魂、應不到江東。空有黃河如帶，亂山起伏如龍。　漢家陵闕動秋風。禾黍滿關中。更戲馬臺荒，畫眉人遠，燕子樓空。人生百年如寄，且開懷、一飲盡千鍾。回首荒城斜日，倚闌目送飛鴻。

婉約雖不是天錫的主要風格，但成就亦甚高。最有代表性的應爲〈少年遊〉一首，詞云：

去年人在鳳凰池。銀燭夜彈絲。沈火香消，梨雲夢暖，深院綉簾垂。　今年冷落江南夜，心事有誰知。楊柳風和，海棠月淡，獨自倚闌時。

清婉有致，筆調何減宋人！此外，〈卜算子·泊吳江夜見孤雁〉亦頗清麗可喜，詞云：

明月麗長空，水淨秋宵永。悄無烏鵲向南飛，但見孤鴻影。　自離邊塞路，偏耐江波靜。西風鳴宿夢魂單，霜落蒹葭冷。

這首詞的意境，甚至一部份的字句，都是有意仿效東坡的〈卜算子・黃州定慧院寓居作〉而寫的，但是高逸之處就不及東坡了。

(三) 李齊賢（公元一二八七——一三六七年）

李齊賢，字仲思，號益齋，高麗人。年未冠已有文名，大爲忠宣王所器重，從居輦轂下，得與元儒姚牧庵、閻子靜、趙子昂、元復初、張養浩等游，學益進。又與《錄鬼簿》之作者鍾嗣成爲同窗。嘗奉使川蜀，所至題詠，膾炙人口，歷官門下持中，封雞林府院君。卒年八十一，謚文忠。《元史》、《新元史》俱無傳，唯《新元史》卷二四九〈高麗傳〉略有提及。著有《益齋亂稿》。《彊村叢書》載《益齋長短句》五十三首。

《益齋長短句》中，寫得最出色的自然是〈巫山一段雲・瀟湘八景〉（〈平沙落雁〉、〈遠浦歸帆〉、〈瀟湘夜雨〉、〈洞庭秋月〉、〈江天暮雪〉、〈煙寺晚鐘〉、〈山市晴嵐〉、〈漁村落照〉）十五首（應爲十六首，第二組缺〈煙寺晚鐘〉一首）和前調〈松都八景〉（〈紫洞尋僧〉、〈青郊送客〉、〈北山煙雨〉、〈西江風雪〉、〈白岳晴雲〉、〈黃橋晚照〉、〈長湍石壁〉、〈朴淵瀑布〉）十六首，它們都寫得清麗雅逸，蕭疏爽朗，極寫景之能事。茲錄數闋如後：

遠浦歸帆

南浦寒潮急，西岑落日催。雲帆片片趁風開。遠映碧山來。　出沒輕鷗舞，奔騰陣馬回。船頭浪吐雪花堆。畫鼓殷春雷。

山市晴嵐

海氣蒸秋熱，山容媚曉晴。森森萬樹立無聲。空翠襲人清。　鏡裏雙蛾斂，機中匹練橫。隔溪何處鷓鴣鳴。雲日翳還明。

北山煙雨

萬壑煙光動，千林雨氣通。五冠西畔九龍東。水墨古屏風。　巖樹濃凝翠，溪花亂泛紅。斷虹殘照有無中，一鳥沒長空。

黃橋晚照

曠望芃田路，嵯峨柳院樓。夕陽行路卻回頭。紅樹五陵秋。　城郭遺基壯，干戈往事悠。村家童子不知愁，橫笛倒騎牛。

這些篇章，整首來看，自然清麗可愛，就算抽出一些散句來欣賞，亦頗多雋永之語，如〈遠浦歸帆〉之「雲帆片片趁風開。遠映碧山來。」〈山市晴嵐〉之「隔溪何處鷓鴣鳴。雲日翳還明。」〈北山煙雨〉之「斷紅殘照有無中。一鳥沒長空。」〈黃橋晚照〉之「夕陽行路卻回頭。紅樹五陵秋。」此類句子若置之兩宋名家詞中，亦庶幾無愧色。

與〈巫山一段雲・瀟湘八景〉和〈松都八景〉的風格近似而卻充滿作者個人的情感的，集中亦有不少，如以下兩闋就是：

太常引・暮行

棲鴉去盡遠山青。看暝色、入林坰。燈火小於螢。人不見、苔扉半扃。　照鞍涼月，滿衣白露，繫馬睡寒廳。今夜候明星。又何處、長亭短亭。

菩薩蠻・舟次青神

長江日落煙波綠。移舟漸近青山曲。隔竹一燈明。隨風百丈輕。　夜深篷底窗。暗浪鳴琴筑。夢與白鷗盟。朝來莫漫驚。

它們不獨寫景如在人眼目，而且極爲抒情。詞中的情與景交織成一個很幽美的境界，給人深長的回味。

益齋固然長於雅麗的作風，但亦善爲豪放之篇什，往往得蘇、辛之遺緒。如〈大江東去・過華陰〉：

三峰奇絕，儘披露、一掬天慳風物。聞說翰林曾過此，長嘯蒼松翠壁。八表遊神，三杯通道，驢背鬚如雪。塵埃俗眼，豈知天上人傑。　猶想居士胸中，倚天千丈，氣星虹間發。縹渺仙蹤何處問，箭筈天光明滅。安得聯翩，雲裾霞佩，共散騏驎髮。花間玉井，一樽轟醉秋月。

此外，如〈沁園春‧將之成都〉、〈水調歌頭‧過大散關〉、前調〈望華山〉、〈玉漏遲‧蜀中中秋值雨〉、〈滿江紅‧相如駟馬橋〉、〈木蘭花慢‧長安懷古〉、前調〈書李將軍家壁〉等篇也是相當爽健豪邁的作品，不過有時頗覺得豪放則有餘而沉鬱則不足，故頗難擠得上第一流詞家之列的。

他的婉約之作亦甚佳妙，如〈人月圓‧馬嵬效吳彥高〉：

> 五雲繡嶺明珠殿，飛燕倚新妝。小輦中有，漁陽胡馬，驚破霓裳。　海棠正好，東風無賴，狼藉春光。明眸皓齒，如今何在，空斷人腸。

此詞雖寥寥四、五十字，已把唐明皇與楊貴妃的享樂生活，安祿山之叛亂，馬嵬坡之慘禍，及作者觸景傷懷的慨歎表露無遺。其中「小輦中有，漁陽胡馬，驚破霓裳」數句寫得尤爲深婉。

參考書目舉要

丁紹儀，《聽秋聲館詞話》，見唐圭璋編《詞話叢編》，第八册，臺北，廣文書局，一九六七。

山根幸夫（Yamane, Yukio）等編，《元人文集目錄》，東京，汲古書局，一九七〇。

山根幸夫（Yamane, Yukio）等編，《元代史研究文獻目錄》，東京，汲古書局，一九七一。

王　力，《漢語詩律學》，上海，上海教育出版社，一九六二。

王丹桂，《草堂集》，見《道藏》，第七八六册，上海商務印書館據上海涵芬樓影印明正統十年（一四四五）本影印，一九二四—一九二六。

王世貞，《曲藻》，見《中國古典戲曲論著集成》，第四集，北京，中國戲劇出版社，一九五九。

王世貞，《弇州山人詞評》，見《詞話叢編》，第一册。

王吉昌，《會眞集》，見《道藏》，第一一六—一一七册。

王　旭，《蘭軒詞》，見朱祖謀編《彊村叢書》，歸安朱氏刊本，一九二二。

王　沂，《伊濱詩餘》，見周泳先輯《唐宋金元詞鉤沈》，上海商務印書館，一九三七。

王　灼，《碧雞漫志》，見《中國古典戲曲論著集成》，第一集。

王明蓀，《元代的士人與政治》，臺北，學生書局，一九九二。

王　易，《詞曲史》，臺北，廣文書局，一九六六。

王　奕，《玉斗山人詞》，見唐圭璋編《全宋詞》，北京，中華書局，一九六五。

王奕清等，《歷代詩餘話》，見《詞話叢編》，第四册。

王奕清編，《詞譜》，清康熙五十四年（一七一五）刊本。

王若虛，《滹南遺老集》，見吳重熹編《石蓮盦九金人集》，臺北，成文出版社據石蓮盦刻本影印，一九六七。

王庭筠，《黃華集》，見金毓黻主編《遼海叢書》，第五十二冊，遼海書社排印本，一九三三－一九三六。

王書奴，《中國娼妓史》，上海，生活書店，一九三五。

王　寂，《拙軒詞》，《彊村叢書》本。

王國維，《人間詞話》，見《詞話叢編》，第十二冊。

王國維，《王國維戲曲論文集》，北京，中國戲劇社，一九五七。

王處一，《雲光集》，見《道藏》，第七九二冊。

王　惲，《秋澗先生大全文集》，見商務印書館編《四部叢刊》，影印本。

王　惲，《秋澗樂府》，《彊村叢書》本。

王　喆，《重陽全眞集》，見《道藏》，第七九三－七九五冊。

王　喆，《重陽教化集》，見《道藏》，第七九五－七九六冊。

王　喆、馬鈺等，《重陽分梨十化集》，見《道藏》，第七九六冊。

王　結，《王文忠詞》，《彊村叢書》本。

王偉勇，《南宋詞研究》，臺北，文史哲出版社，一九八七。

王道淵，《還眞集》，見《道藏》，第七三九冊。

王義山，《稼村樂府》，見《全宋詞》。

王德璉，《筠庵詞》，見《唐宋金元詞鈎沈》。

王德毅、李榮村、潘柏澄編，《元人傳記資料索引》，臺北，新文豐出版社，一九八二。

王鵬運輯，《四印齋所刻詞》，光緒十四年（一八八八）刊本。

王驥德，《曲律》，見《中國古典戲曲論著集成》，第四集。

元好問，《元遺山先生集》，《石蓮盦九金人集》本。

元好問，《遺山樂府》，《彊村叢書》本。
元好問編，《中州集》（附《中州樂府》），北京，中華書局，一九六二。
尹志平，《葆光集》，見《道藏》，第七八七冊。
孔凡禮，《全宋詞補輯》，北京，中華書局，一九八一。
仇　遠，《無絃琴譜》，見《全宋詞》。
田汝成，《西湖遊覽志餘》，北京，中華書局，一九五八。
田同之，《西圃詞說》，見《詞話叢編》，第五冊。
田　軍等主編，《金元明清詩詞曲鑑賞辭典》，北京，光明日報出版社，一九九〇。
石君寶，《諸宮調風月紫雲庭》，見鄭騫《校訂元刊雜劇三十種》，臺北，世界書局，一九六二。
丘處機，《磻溪詞》，《彊村叢書》本。
丘處機，《磻溪集》，見《道藏》，第七九七冊。
白雲霽，《道藏目錄詳注》，逷耕堂景印文津閣《四庫全書》本。
白　樸，《天籟集》，《石蓮盦彙刻九金人集》本。
江順詒，《詞學集成》，見《詞話叢編》，第九冊。
江潤勳，《詞學評論史稿》，香港，龍門書店，一九六六。
江標輯，《宋元名家詞》，光緒二十一年（一八九五）刊本。
宇文懋昭編，《大金國志》，見席世臣編《宋遼金元別史》，埽葉山房校刊本，清乾隆、嘉慶間（一七三六—一八二〇）。
安　熙，《默庵樂府》，《彊村叢書》本。
吉川幸次郎著，鄭清茂譯，《元雜劇研究》，臺北，藝文書局，一九六〇。
同　恕，《榘庵詩餘》，見《唐宋金元詞鉤沈》。

朱祖謀編，《彊村叢書》，歸安朱氏刊本，一九二二。
朱思本，《貞一齋詞》，《彊村叢書》本。
朱晞顏，《瓢泉詞》，《彊村叢書》本。
朱彝尊編，《詞綜》，臺北，世界書局，一九六六。
朱　權，《太和正音譜》，見《錄鬼簿外四種》，北京，中華書局，一九五九。
任中敏，《詞曲通義》，香港，商務印書館，一九六四。
任中敏，《散曲叢刊》，臺北，中華書局，一九六四。
沈辰垣等編，《歷代詩餘》，臺北，商務印書館據清文淵閣本影印，一九八〇。
沈　雄，《古今詞話》，見《詞話叢編》，第三冊。
沈義父，《樂府指迷》，見《詞話叢編》，第一冊。
沈　禧，《竹窗詞》，《彊村叢書》本。
沈　謙，《填詞雜說》，見《詞話叢編》，第二冊。
汪經昌，《曲學例釋》，臺北，中華書局，一九六六。
汪經昌，《南北曲小令譜》，臺北，中華書局，一九六五。
完顏璹，〈全眞教祖碑〉，見《金石萃編》，臺北，國風書局，一九六四。
完顏璹，《如庵小稿》，見《唐宋金元詞鉤沈》。
宋翔鳳，《樂府餘論》，見《詞話叢編》，第七冊。
宋濂等編，《元史》，上海，開明書店鑄版，一九三五。
宋　濂，《宋學士集》，見《叢書集成初編》，上海，商務印書館據《金華叢書》排印本影印，一九三五—三七。
宋　褧，《燕石近體樂府》，《彊村叢書》本。
杜文瀾，《憩園詞話》，見《詞話叢編》，第九冊。

李玉編，《北詞廣正九宮譜》，青蓮書屋定本，文靖書院石印本。
李　冶，《敬齋樂府》，見《唐宋金元詞鈎沈》。
李良年，《詞壇紀事》，見《學海類編》，上海涵芬樓據六安晁氏聚珍版影印，一九二〇。
李志常，《長春眞人西遊記》，見《皇朝藩屬輿地叢書》，上海，文瑞樓石印本，清光緒癸卯年（一九〇三）。
李孝光，《五峰詞》，見王鵬運編《四印齋所刻詞》，光緒十四年（一八八八）刊本。
李俊民，《莊靖先生樂府》，《彊村叢書》本。
李俊民，《莊靖先生遺集》，《石蓮盦九金人集》本。
李　庭，《寓庵詞》，《彊村叢書》本。
李道純，《清庵先生詞》，《彊村叢書》本。
李道謙編，《甘水仙源錄》，見《道藏》，第六一一冊。
李齊賢，《益齋長短句》，《彊村叢書》本。
李調元，《雨村曲話》，上海，商務印書館，一九三九。
李調元，《雨村詞話》，見《詞話叢編》，第四冊。
吳　存，《樂庵詩餘》，《彊村叢書》本。
吳自牧，《夢粱錄》，見孟元老，《東京夢華錄》（外四種），北京，中華書局，一九六二。
吳昌綬輯，《雙照樓影刊宋元明本詞》，見《影印宋金元明本詞》，北京，中華書局影印本，一九六一。
吳重熹編，《九金人集》，臺北，成文出版社，據石蓮盦彙刻本影印，一九六七。
吳師道，《吳禮部詞話》，見《詞話叢編》，第一冊。
吳訥編，《唐宋元明百家詞》，臺北，廣文書局，一九七一。
吳　梅，《詞學通論》，香港，太平書局，一九六四。
吳　梅，《遼金元文學史》，臺北，商務印書館，出版年缺。

吳景奎，《藥房詞》，《彊村叢書》本。

吳　澄，《草廬詞》，《四印齋所刻詞》本。

吳　激，《東山樂府》，見趙萬里輯，《校輯宋金元人詞》，一九三一。

吳　鎮，《梅花道人詞》，《彊村叢書》本及《唐宋金元詞鉤沈》本。

吳　鎮，《梅道人遺墨》，見鄧實輯《美術叢書》，第十二冊，一九四七。

吳藕汀，《詞名索引》，北京，中華書局，一九五八。

余　闕，《青陽先生文集》，商務印書館編《四部叢刊續編》，民國二十三年（一九三四）影印本。

況周頤，《蕙風詞話》，香港，商務印書館，一九七二。

長筌子，《洞淵詞》，見《唐宋金元詞鉤沈》。

邵亨貞，《蟻術詞選》，見《四印齋所刻詞》。

邵遠平編，《元史類編》，見席世臣編《宋遼金元別史》，埽葉山房藏乾隆乙卯年（一七九五）版。

孟元老，《東京夢華錄》，上海，古典文學出版社，一九五八。

周泳先輯，《唐宋金元詞鉤沈》，上海，商務印書館，一九三七。

周南瑞輯，《天下同文》，《彊村叢書》本及《雪堂叢刻》本。

周　密，《武林舊事》，見《東京夢華錄》（外四種）。

周　巽，《性情樂府》，見《唐宋金元詞鉤沈》。

周德清，《中原音韻》，見《中國古典戲曲論著集成》，第一集。

周　濟，《介存齋論詞雜著》，見譚評《詞辨》，附錄，臺北，廣文書局，一九六二。

周　權，《此山先生樂府》，《彊村叢書》本。

周　權，《周此山先生集》，見張鈞衡編《擇是居叢書》，影印本。

念　常，《佛祖歷代通載》，見《中國佛教史傳叢刊》，第一冊，臺北，建康書局，一九五八。

洪希文，《去華山人詞》，見《校輯宋金元人詞》。

施彥執，《北窗炙輠錄》，見《學海類編》，臺北，文海出版社，一九六四。

耶律履，《耶律文獻公詞》，見《校輯宋金元人詞》。

耶律鑄，《雙溪醉隱集》，《遼海叢書》本。

耶律鑄，《雙溪醉隱詞》，《彊村叢書》本。

胡炳文，《雲峰詩餘》，《彊村叢書》本。

胡祗遹《紫山詩餘》，見《唐宋金元詞鈎沈》。

胡雲翼，《中國詞史略》，上海，大陸書局，一九三三。

胡應麟，《少室山房曲考》，見任訥輯《新曲苑》，北京，中華書局，一九四〇。

胡薇元，《歲寒居詞話》，見《詞話叢編》，第十二冊。

柯劭忞，《新元史》，上海，開明書局，一九三四。

耐得翁，《都城紀勝》，見《東京夢華錄》（外四種），上海，古典文學出版社，一九五八。

哈佛燕京學社引得編纂處編，《遼金元傳記三十種綜合引得》，北平，燕京大學圖書館，一九四〇。

段成己，《菊軒樂府》，《彊村叢書》本。

段克己，《遯庵樂府》，《彊村叢書》本。

姬　翼，《雲山集》，見《道藏》，第七八三—七八四冊。

姚從吾，《東北史論叢》，臺北，正中書局，一九五九。

姚　燧，《牧庵詞》，《彊村叢書》本。

姚　燧，《牧庵集》，武英殿聚珍版。

紀　昀等編，《四庫全書總目》，臺北，藝文出版社，一九六四。

梁　寅，《石門詞》，《彊村叢書》本。

高士奇，《金鰲退食筆記》，見《大陸各省文獻叢刊》，臺北，世界書局，一九六三。
唐圭璋編，《全宋詞》，北京，中華書局，一九六五。
唐圭璋編，《全金元詞》，北京，中華書局，一九七九。
凌雲翰，《柘軒詞》，《彊村叢書》本。
《草堂詩餘》，北京，中華書局據吳昌綬雙照樓翻刻明洪武排印，一九五八。
馬自然，《自然集》，見《飲虹簃所刻曲》，臺北，世界書局，一九六七。
馬　鈺，《洞玄金玉集》，見《道藏》，第七八九—七九〇冊。
馬　鈺，《丹陽神光燦》，見《道藏》，第七九一冊。
馬　鈺，《漸悟集》，見《道藏》，第七八六冊。
袁士元，《書林詞》，《彊村叢書》本。
袁　易，《靜春詞》，見《校輯宋金元人詞》。
夏庭芝，《青樓集》，見《中國古典戲曲論著集成》，第二集。
夏承衡選，《歷朝名人詞選》，上海，埽葉山房印清綺軒原本，一九一二。
夏承燾、張璋編選，《金元明清詞選》，北京，人民文學出版社，一九八三。
孫光憲，《北夢瑣言》，北京，中華書店，一九六〇。
孫克寬，《元代道教之發展》，臺北，東海大學，一九六八。
孫克寬，《元代漢文化之活動》，臺北，中華書局，一九六八。
孫克寬，《蒙古漢軍與漢文化研究》，臺北，文星書店，一九五八。
孫楷第，《元曲家考略》，上海，上雜出版社，一九五三。
孫楷第，《元曲家考略續編》，見《文學研究》，一九五八年，第二期；《文學評論》，一九五九年八月，第四期；《文學評論》，一九六三年四月，第二期；《文學評論》，一九六三年十月，第五期。

倪燦撰、盧文弨補,《補遼金元藝文志》,見二十五史刊行委員會編,《二十五史補編》,第六冊,上海,開明書局,一九三七。

倪　瓚,《雲林詞》,見江標編《宋元名家詞》,光緒二十一年(一八九五)刊本。

倪瓚撰、曹培廉校刊,《清閟閣全集》,序於康熙癸巳年(一七一三),城書室藏板。

徐　珂輯,《歷代詞選集評》,香港,商務印書館,一九五九。

徐　釚輯,《詞苑叢談》,臺北,廣文書局,一九六八。

徐　渭,《南詞敍錄》,見《中國古典戲曲論著集成》,第三集。

徐夢莘編,《三朝北盟會編》,臺北,文海出版社,一九六二。

許有壬等,《圭塘欸乃集》,《叢書集成初編》本,上海,商務印書館,一九三五—三七。

許有壬,《圭塘樂府》,《彊村叢書》本。

許昂霄,《詞綜偶評》,見《詞話叢編》,第五冊。

許　衡,《許魯齋集》,《叢書集成初編》本。

許　衡,《魯齋詞》,《彊村叢書》本。

許　謙,《白雲先生詞》,見《白雲集》,《四部叢刊續編》本。

郭紹虞,《中國文學批評史》,北京,中華書局,一九六一。

郭　揚,《千年詞》,廣西,人民出版社,一九八七。

康熙敕編,郭元釪補輯,《全金詩》,臺北,新興書局,一九六八。

曹伯啓,《漢泉漫稿》,上海涵芬樓秘笈本。

曹伯啓,《漢泉樂府》,《彊村叢書》本。

梅原郁,《遼金元人傳記索引》,日本,京都大學人文科學研究所,一九七二。

盛如梓,《庶齋老學叢談》,《叢書集成初編》本。

張之翰，《西巖詞》，見《校輯宋金元人詞》。
張子良，《金元詞述評》，臺北，華正書局，一九七九。
張　丑，《清河書畫舫》，吳長元重校刊，清光緒元年（一八七五）刻本。
張玉孃，《蘭雪詞》，《彊村叢書》本。
張光賓，《元四大家》，臺北，國立故宮博物院，一九七七。
張弘範，《淮陽樂府》，《四印齋所刻詞》本。
張伯淳，《養蒙先生詞》，《彊村叢書》本。
張宗橚輯，《詞林紀事》，北京，中華書局，一九五九。
張　雨，《貞居詞》，《彊村叢書》本。
張　炎，《詞源》，見《詞話叢編》，第一冊。
張金吾輯，《金文最》，臺北，成文出版社，一九六七。
張　埜，《古山樂府》，《彊村叢書》本。
張　琦，《衡曲麈談》，見《中國古典戲曲論著集成》，第四集。
張惠言選，《詞選》，上海，埽葉山房，宣統三年（一九一一）刊本。
張壽鏞，《宋季忠義錄》，《四明叢書》二集本，臺灣，中國文化研究所據四明張氏約園刊本影印，一九六四。
張舜民，《書墁錄》，瑞先卿輯，《唐宋叢書》本。
張　翥，《蛻巖詞》，《彊村叢書》本。
張璋選編、黃畬箋注，《歷代詞萃》，鄭州，河南人民出版社，一九八四。
張德瀛，《詞徵》，見《詞話叢編》，第十二冊。
陸文圭，《牆東詩餘》，《四印齋所刻詞》本。
陸　游，《老學庵筆記》，埽葉山房石印本，清宣統三年（一九一一）刊本。

陸輔之，《詞旨》，見《詞話叢編》，第一冊。
陶宗儀，《南村詩餘》，見《唐宋金元詞鈎沈》。
陶宗儀，《書史會要》，見《四庫全書珍本》，臺北，商務印書館據清文淵閣本影印，一九八〇。
陶宗儀，《輟耕錄》，臺北，世界書局，一九六三。
陶秋英編選、虞行校訂，《宋金元文論選》，北京，人民文學出版社，一九八四。
陶　湘，《影印宋金元明本詞敍錄》，北京，中華書局，一九六一。
陶　湘輯，《涉園景宋金元明本詞》（見《影印宋金元明本詞》），北京，中華書局影印本，一九六一。
陳邦瞻編，《元史紀事本末》，北京，中華書局，一九五五。
陳廷焯，《白雨齋詞話》，見《詞話叢編》，第十一冊。
陳　衍輯，《元詩紀事》，上海，商務印書館，一九二五。
陳　衍輯、李夢生校點，《元詩紀事》，上海，上海古籍出版社，一九八七。
陳　衍編，《金詩紀事》，上海，商務印書館，一九三六。
陳　垣，《南宋初河北新道教考》，北京，中華書局，一九六二。
陳　垣，《元西域人華化考》，臺北，世界書局，一九六二。
陳　深，《寧極齋樂府》，見《全宋詞》。
陳銘珪，《長春道教源流》，清光緒己卯年（一八七九）刊本。
陳　櫟，《定宇詩餘》，《彊村叢書》本。
莊申編著，《元季四畫家詩校輯》，香港，香港大學亞洲研究中心，一九七二。
莊仲方編，《金文雅》，臺北，成文出版社，一九六七。
脫脫等編，《金史》，上海，開明書局，一九三四。
馮沅君，《古劇說彙》，北京，作家出版社，一九五六。

曾永義編，《元代文學批評資料彙編》，臺北，國立編譯館主編，成文出版社，一九七八。
曾敏行，《獨醒雜志》，見《筆記小說大觀》，上海，進步書局石印本。
彭元遜，《虛齋詞》，見《全宋詞》。
黃文吉，《宋南渡詞人》，臺灣，學生書局，一九八五。
黃兆漢，《道教研究論文集》，香港，香港中文大學出版社，一九八八。
黃兆漢，《詞曲論集》，香港，光明圖書公司，一九九〇。
黃宗羲，《宋元學案》，《四部備要》本，上海，中華書局據清刻本校刊。
黃　溍，《金華黃先生文集》，《四部叢刊》本。
隋樹森編，《全元散曲》，北京，中華書局，一九六四。
萬斯同，《宋季忠義錄》，見張壽鏞輯《四明叢書》，第二集，中國文化學院出版部，一九六四。
萬斯同等編，《明史》，上海，開明書局，一九三四。
萬斯同，《南宋六陵遺事》，見張潮輯、沈楙德續輯《昭代叢書》，第七十三冊，清道光癸巳年（一八三三）刊本。
萬　樹，《詞律》，北京，中華書局，一九五八。
舒　遜，《可庵詩餘》，《彊村叢書》本。
舒　頔，《貞素齋詩餘》，《彊村叢書》本。
無名氏輯，《元草堂詩餘》，見《粵雅堂叢書》，咸豐三年（一八五三）刊本。
無名氏輯，《樂府補題》，《彊村叢書》本。
程敏政，《宋遺民錄》，見《筆記小說大觀》，二十八編，第五冊，臺北，新興書局，一九七七。
程鉅夫，《雪樓樂府》，見《宋元名家詞》。
焦　循，《易餘籥錄》，《水犀軒叢書》本，清光緒十一年（一八八五）刊本。
傅習集、孫存吾編類，《皇元風雅前集》，《四部叢刊》本。

傅習集、孫存吾編類，《皇元風雅後集》，《四部叢刊》本。

傅勤家，《中國道教史》，臺北，商務印書館，一九六六。

賈仲名，《錄鬼簿續編》，見《錄鬼簿外四種》，北京，中華書局，一九五九。

楊向時，《詞學纂要》，《學藝小叢書》本，臺北，華國出版社，一九五六。

楊宏道，《小亨詩餘》，見《校輯宋金元人詞》。

楊朝英編，《太平樂府》，北京，北京文學古籍刊行社，一九五五。

楊朝英編，《陽春白雪》，臺北，世界書局，一九六六。

楊　愼，《詞品》，見《詞話叢編》，第二冊。

楊維楨，《東維子集》，上海涵芬樓借江南圖書館藏書舊鈔本景印。

楊績蓀，《中國婦女活動記》，臺北，正中書局，一九六四。

虞　集，《道園樂府》，《彊村叢書》本。

虞　集，《道園學古錄》，臺北，中華書局，一九六六。

葉子奇，《草木子》，北京，中華書局，一九五九。

葉德均，《宋元明講唱文學》，北京，中華書局，一九五九。

董解元，《董解元西廂記》，北京，人民文學出版社，一九六二。

詹　玉，《天游詞》，見《全宋詞》。

廖從雲，《歷代詞評》，臺北，商務印書館，一九七八。

趙　文，《青山詩餘》，見《全宋詞》。

趙　可，《玉峰散人詞》，見《唐宋金元詞鉤沈》。

趙孟頫，《松雪齋全集》，刊本。

趙孟頫，《松雪齋詞》，見《宋元名家詞》。

趙秉文，《滏水詞》，見《唐宋金元詞鈎沈》。

趙秉文，《滏水集》，見《石蓮盦九金人集》。

趙萬里，《校輯宋金元人詞》，北京，國立中央研究院歷史語言研究所，一九三一。

趙　雍，《趙待制詞》，《彊村叢書》本。

趙　雍，《趙待制遺稿》，見鮑廷博輯，《知不足齋叢書》本。

趙德麟，《侯鯖錄》，見《筆記小說大觀》，第二十二編。

趙　翼，《廿二史劄記》，北京，中華書局，一九六三。

趙　翼，《陔餘叢考》，上海，商務印書館，一九五七。

聞汝賢，《詞牌彙釋》，臺北，著者自刊，一九六三。

蒲道源，《順齋樂府》，《彊村叢書》本。

蒲壽宬，《心泉詩餘》，《彊村叢書》本。

蒙思明，《元代社會階級制度》，北京，中華書局，一九六二。

鄭振鐸，〈宋金元諸宮調考〉，見《中國文學研究》，香港，古文書局，一九六一。

鄭　騫，《續詞選》，臺北，中華文化出版事業委員會，一九六五。

鄭　騫，《從詩到曲》，臺北，科學出版社，一九六一。

歐陽玄，《圭齋文集》，上海涵芬樓據明成化刊本影印。

歐陽玄，《圭齋詞》，《彊村叢書》本。

蔣一葵，《堯山堂曲紀》，見《新曲苑》，中華書局，一九四〇。

蔣兆蘭，《詞說》，見《詞話叢編》，第十二冊。

蔣　易編，《元風雅》，臺北，商務印書館據宛委別藏本影印。

蔣維喬，《中國佛教史》。上海，商務印書館，一九二九。

蔡松年，《明秀集》，《石蓮盦彙刻九金人集》本。

黎廷瑞，《芳洲詩餘》，見《宋全詞》。

滕　賓，《玉霄集》，見《唐宋金元詞鉤沈》。

劉永濟，《詞論》，上海，上海古籍出版社，一九八一。

劉　因，《樵庵詞》，《四印齋所刻詞》本。

劉　祁，《歸潛志》，見《學海類編》，臺北，文海出版社，一九六四。

劉志淵，《啓眞集》，《道藏》，第一一七冊。

劉秉忠，《藏春樂府》，《四印齋所刻詞》本。

劉將孫，《養吾齋集》，《四庫全書珍本》，臺灣，商務印書館影印，一九七三。

劉將孫，《養吾齋詩餘》，見《全宋詞》。

劉處玄，《仙樂集》，《道藏》，第七八五冊。

劉敏中，《中庵詩餘》，見《校輯宋金元人詞》。

劉　詵，《桂隱詩餘》，《彊村叢書》本。

劉熙載，《藝概》，臺北，廣文書局，一九六四。

劉　壎，《水雲村詩餘》，見《全宋詞》。

箭內互著、陳捷、陳清泉譯，《元代蒙漢色目待遇考》，《史地叢書》本，臺北，商務印書館，一九六三。

龍榆生，《詞曲概論》，上海，上海古籍出版社，一九八〇。

《遼金元藝文志》，臺北，世界書局，一九六三。

盧　前，《詞曲研究》，香港，建文出版社，一九六三。

盧　前編，《飲虹簃所刻曲》，臺北，世界書局，一九六七。

盧　摯，《疏齋詞》，見《校輯宋金元人詞》。

蕭𣂏，《勤齋詞》，《彊村叢書》本。
錢大昕，《補元史藝文志》，《二十五史補編》，第六册，上海，開明書局，一九三七。
謝應芳，《龜巢詞》，《彊村叢書》本。
戴表元，《剡源戴先生文集》，上海涵芬樓景印明萬曆刊本。
韓　奕，《韓山人詞》，《彊村叢書》本。
薛礪若，《宋詞通論》，香港，建文出版社，一九六〇。
鍾嗣成，《錄鬼簿》，北京，中華書局，一九五九。
薩都剌，《雁門詞》，見《宋元名家詞》。
魏　初，《青崖詞》，見《校輯宋金元人詞》。
譚正璧，《女性詞話》，香港，百新出版社，一九五八。
譚處端，《水雲集》，《道藏》，第七九八册。
羅大經，《鶴林玉露》，《叢書集成初編》本。
羅香林，《蒲壽庚研究》，香港，中國學社，一九五九。
羅慷烈，《元曲三百首箋》，香港，龍門書局，一九六七。
羅慷烈，《北小令文字譜》，香港，齡記出版社，一九六二。
羅忼烈，《兩小山齋論文集》，北京，中華書局，一九八二。
羅忼烈，《詞曲論稿》，香港，中華書局，一九七七。
羅忼烈，《詩詞曲論文集》，香港，三聯書店，一九八二。
羅錦堂主編，《元人小令分類選注》，臺北，聯經出版事業公司，一九九一。
羅錦堂，《中國散曲史》，臺北，中華文化出版事業委員會，一九五七。
羅錦堂，《南曲小令譜》，香港，河洛出版社，一九六四。

羅錦堂，《北曲小令譜》，香港，寰球出版社，一九六四。

蘇雪林，《遼金元文學》，香港，商務印書館，一九六四。

饒宗頤，《詞籍考》，香港，香港大學出版社，一九六三。

釋善住，《谷響詞》，見《唐宋金元詞鉤沈》。

顧元慶，《雲林遺事》，借月山房彙鈔本。第十六集。

顧　瑛，《草堂雅集》，《四庫全書珍本》本。

顧嗣立輯，《元詩選》，清乾隆（一七三六—一七九五）刊本。

顧嗣立輯，《金詩選》，清乾隆十六（一七五一）刊本。

顧德輝，《玉山璞詞》，見《唐宋金元詞鉤沈》。

國立中央圖書館出版品預行編目資料

金元詞史／黃兆漢著.--初版.--臺北市：臺灣學生，民81
面；　公分.--(中國文學研究叢刊；43)
參考書目：面
ISBN 957-15-0468-8（精裝）.--ISBN 957-15-0469-6（平裝）

1.詞-歷史與批評-金(1115-1234)　2.詞-歷史與批評-元(1260-1368)

823.856　　81006393

金元詞史（全一冊）

著作者：黃兆漢
出版者：臺灣學生書局
發行人：丁文治
發行所：臺灣學生書局
臺北市和平東路一段一九八號
郵政劃撥帳號〇〇〇二四六六八號
電話：三六三四一五六・三六三三一〇九七
傳眞：(〇二)三六三六三三四
本書局登記證字號：行政院新聞局局版臺業字第一一〇〇號
印刷所：淵明印刷廠
地址：永和市成功路一段43巷五號
電話：九二八七一四五
香港總經銷：藝文圖書公司
地址：九龍偉業街九十九號連順大厦五字樓及七字樓
電話：七九五九五九五

定價　精裝新臺幣三三〇元
　　　平裝新臺幣二七〇元

中華民國八十一年十二月初版

82093

ISBN 957-15-0468-8（精裝）
ISBN 957-15-0469-6（平裝）

臺灣學生書局出版

中國文學研究叢刊

①詩經比較研究與欣賞	裴普賢著
②中國古典文學論叢	薛順雄著
③詩經名著評介	趙制陽著
④詩經評釋	朱守亮著
⑤中國文學論著譯叢（二册）	王秋桂編
⑥宋南渡詞人	黃文吉著
⑦范成大研究	張劍霞著
⑧文學批評論集	張健著
⑨詞曲選注	王熙元等編著
⑩敦煌兒童文學	雷僑雲著
⑪清代詩學初探	吳宏一著
⑫陶謝詩之比較	沈振奇著
⑬文氣論研究	朱榮智著
⑭詩史本色與妙悟	龔鵬程著
⑮明代傳奇之劇場及其藝術	王安祈著
⑯漢魏六朝賦家論略	何沛雄著
⑰古典文學散論	王熙元著
⑱晚清古典戲劇的歷史意義	陳芳著
⑲趙甌北研究（二册）	王建生著
⑳中國兒童文學研究	雷僑雲著
㉑中國文學的本源	王更生著
㉒中國文學的世界	前野直彬著 龔霓馨譯
㉓唐末五代散文研究	呂武志著
㉔元白新樂府研究	廖美雲著
㉕五四文學與文化變遷	中國古典文學 研究會主編
㉖南宋詩人論	胡明著
㉗唐詩的傳承——明代復古詩論研究	陳國球著

㉘中外比較文學研究　第一册（上、下）　李達三、劉介民主編

㉙文學與社會　中國古典文學研究會主編

㉚中國現代文學新貌　陳炳良編

㉛中國古典文學研究在蘇聯　俄・李福清著　田大畏譯

㉜李商隱詩箋釋方法論　顏崑陽著

㉝中國古代文體學　褚斌杰著

㉞韓柳文新探　胡楚生著

㉟唐代社會與元白文學集團關係之研究　馬銘浩著

㊱文轍（二册）　饒宗頤著

㊲二十世紀中國文學　中國古典文學研究會主編

㊳牡丹亭研究　楊振良著

㊴中國戲劇史　魏子雲著

㊵中外比較文學研究　第二册　李達三、劉介民主編

㊶中國近代詩歌史　馬亞中著

㊷近代曲學二家研究——吳梅・王季烈　蔡孟珍著

㊸金元詞史　黃兆漢著